U0585266

中国传统相声小段精选

薛永年　主编

作家出版社

目录

单口相声

对口相声

单口相声

珍珠倒卷帘

十年寒窗苦难言，
赴京赶考如登天，
喜忧全靠笔一杆，
锦绣文章换梦园。

这首诗写的是十年寒窗不容易，能盼到有朝一日能够进京赶考那更是比登天都难，一旦走进考场那可是全靠笔杆子争不争气了，只要是文章写得好，那读书的梦想就实现了，什么梦想？做官娶媳妇儿，衣锦还乡，光宗耀祖！这可是所有读书人的梦，问题是不定都能实现得了。

那位说这首诗是你写的？我哪有这能耐，我的能耐也就是人家写完了，我拿过来念念，所以写诗不行，念诗还可以。什么，谁不会念！那你会讲吗？我当然能讲啦！我能给您讲讲这首诗的来龙去脉，还能讲讲这首诗是谁写的，他是干什么的，他为什么写这首诗，写完以后他最终的结局是什么？您想知道吧，那好，我就给您讲讲写这首诗的人的故事。

这人名叫包园，姓包名园，包公的包，花园的园，认识他的人都管他叫包园儿——这可倒好，全划拉了。

说这一年包园儿正赶上去京城应试，就是进京赶考哇。他辞别了亲友，饥餐渴饮，晓行夜宿，终于来到了京城，住进了连升店。为什么要住在这连升店呢，您一听说这名字还不明白吗，住这个店不但能金榜题名，而且还能连升三级官运亨通啊！住这儿的人可有不少金榜得中的！后来都做了大官，为了感谢店老板，没少给他送银子。店老板姓郝名仁，郝仁，听这名字就错不了，他继承祖业，连升店这宝号就是祖上留下来的，谁写的？张廷玉！康熙、雍正、乾隆三朝元老首辅大臣，他就是住了这个店进了翰林院的。郝仁是个本分人，又是个聪明人，他从不干砸牌子的事儿，他虽然爱财可不贪财。他常说：君子爱财，取之有道。因此他把当了官儿、走了运送给他钱财的主儿，都用在来京城赶考住在他店里的穷书生身上了。管他们吃，管他们住，管他们的日用挑费，给他们记上账，没钱不要紧，算了，一笔勾销。只当做了好事儿赚个名声，谁让咱叫郝仁呢。什么时候有了钱，什么时候再还。您想啊，真要有了钱能少还吗！嗳，这么一来，这连升店在京城里可就名声大了，有钱没钱的人都住他这儿，有钱的图个吉利，没钱的图省心，不犯愁哇——这就是包园儿要住在连升店的目的，他是个穷书生到连升店住，连升店就全包园儿啦！

包园儿走运，这回京城大考虽然没有考中头名状元，可考了一个头名进士，那也不得了。这几天他是全沉浸在快乐之中。俗话说得好，人要是走运门板都挡不住。包园儿一个人正在房间里美着哪，突然有人敲门，打开门一看，不是旁人，正是连升店的老板——郝仁。包园儿心里明白，人家这是讨账来了，急忙开口说道：郝掌柜，您不是不知道，咱们有言在先，甭管我中不中，该您的钱我全都认账，而且在我离开北京之前我一定全部还给您。您看您这么急，我这不是刚刚考中进士嘛，上边儿还没有放任呐，只要我有朝一日走马上任，掌柜的您把心放肚子里，我头一个要办的事就是还您的账，绝不食言，您再容我住几天，缓两天咱们绝对兑现。哈哈哈哈……郝掌柜的听完以后笑了起来：哎哟喂，我的进士老爷，您也不打听打听，住在我这儿的落榜的书生可不止一个，现在还在我这儿吃喝住着哪，我找他们要过一个大子儿没有。不当官儿的我都没有，何况您马上指日高升，我跑这儿逼债来，我傻呀我，除非有病！别说您在我这儿住个两三天，您就是住他两三年，我要是提个钱字儿我就是个茄子！您住我这儿是您瞧得起我，我这连升店就靠爷您给我撑面子哪，您放一百个心就在这儿住着，吃喝穿戴只管吩咐，别的不敢说，随叫随到，随时随地听爷您的差遣，不是吹，我全包圆儿！您看这怎么话儿，我这儿一激动连您的名讳全让我喊出来了。不是……那什么……掌柜的您进来找我有什么事吗？嘿嘿嘿嘿……爷，我给您道喜来啦！不，掌柜的您是不是走错门儿啦，找错人儿啦？怎么能够呢，我这手上有帖子。那会不会是请其他人的呢，您看我是个外乡人，在北京人生地不熟，两眼一抹黑，我是树尖儿上的一颗枣儿——八竿子都打不着，谁找我呀！爷，您先别把话说得这么绝，您可是西天的如来——朝圣者心中的佛呀！得了吧您，我充其量也就是个屎壳郎卖估衣——便宜货！咳，爷，您可太小瞧自己了，您要不信您看看这帖子是不是您的大名？说着，掌柜的双手把帖子递了过去，包园儿接过帖子一看还真是自己的名字。他拿着帖子发愣，自言自语地在那儿说：这会是谁呢，我谁也不认识呀！站在一旁送帖子的郝老板搭茬儿了，这还不容易，打开看一看不就知道了吗？经他这么一提醒儿，包园儿如梦方醒，连连说是，是，是。对呀，还是掌柜的见多识广……说着把帖子打开一看，原来是请他明日傍晚儿前去赴宴——落款是乔好——包园儿心里这才明白，哎呀，原来是大主考乔好请他过府饮酒叙谈。包园儿手里拿着帖子在屋里转悠开了，一边儿转，一边儿嘴里不停地叨叨，老师请学生……不敢当，不敢当，这便如何是好呢，这便如何是好……掌柜的旁边儿打趣地说：依我看不去不好，去了准好……这……这什么？这是好事儿，有什么为难的，这说明乔大人喜欢您呀，看中您啦，好运当头哇！日后一定高官显贵！有这么一天的时候您可别忘了我这连升小店儿啊！甭管多忙，您也得抽暇过来坐一会儿，喝口香片茶，让我也有机会孝敬孝敬您老人家不是。得，得，得，我这心里边儿七上八下的您还拿我开心！您有什么忐忑不安的，老师见学生，请学生吃饭这是常见的事儿。学生不外乎为了感激老师的提携，带些礼物表示表示。今后的日子还长着呢！您只管好好歇息，养足了精神明天好去见恩师，我这就为您准备好礼物、轿子，派人把您送到乔府，然后他在外面儿等着您，把您稳稳当当、平平安安、全须儿全尾儿地接回连升店，怎么样？包园儿乐了，乐得真开心，掌柜的我算服了您了，大恩不言谢，只是这多开支又要您来垫付，实在过意不去。您看错了不是。我说过咱们不提钱，钱是小人，咱们不提小人，您可是大人。哟，岂敢，岂敢。包园儿抱拳拱手一个劲儿地行礼，感激之情难以言表。掌柜的也乐呵呵地示意留步，这才转身推门走了出去。

次日傍晚，包园儿来到了乔府门前，报上名字后被家院引进了大厅。嚯，这大厅真是富丽堂皇，名人字画，桃山对联，古董玩器，奇珍异草，高贵典雅自不必多说。让包园儿感到意外的是并非他一个人受邀来此，七个进士全到齐了。大家寒暄过后都不约而同地谈论上了一个问题，今天大家相聚乔府不知为了什么？众说纷纭之间，乔好乔大人身着便服笑微微地走了出来和大家一一见面，这七位进士像受过训练一样，齐声喊道：学生拜见恩师……随后齐刷刷地同时跪了下来，磕了响头这才一一站了起来。这位乔主考看着这些进士弟子，一个个要人才有人才，要模样儿有模样儿，将来的仕途必然是飞黄腾达，前途无限……他满意地叫大家都坐了下来，随后一招手，酒菜摆满了一大桌子，主人举起了一杯酒高声说道：谢谢各位的光临，来，咱们先干一杯。在感谢恩师的一片赞扬声中，大家举杯一饮而尽，就在大家边吃边喝中，主人满面春风地开口说道：各位贤学，今天请大家来，咱们不谈国事，不谈考事，更不谈学识，只谈家事……是这样，老夫膝下所生二女一曰大乔，二曰小乔，都已成人待聘家中，因为养得娇贵，所以至今未曾谈婚论嫁，常言说得好：男大当婚，女大当嫁。再心疼也得嫁出去！正所谓女儿大了不可留，留来留去留成仇，哈哈哈哈，我可不当仇人。今天把各位请来有两个目的，一个是我们见见面，叙谈叙谈。这其二嘛，就是把姑娘嫁出去，不留啦！嫁给谁呢？就嫁给你们七位当中的两位。既然是我请各位来的，那么我就不客气啦，我做主先让我的两个女儿主动地和大家先见见面儿，让大家有个机会相相亲如何？来人，请大小姐、二小姐到大厅来见过众家奇才。话音未落，从屏风后面走出了亭亭玉立、楚楚动人的二位小姐，到底是大家闺秀，落落大方、彬彬有礼，走出来后先向着父亲施礼说道：见过父亲大人。然后转身面向众位点首说道：众家哥哥，我俩姐妹这厢有礼了——说完之后轻移莲步，扭转身形，回到屏风后面去了。再看这七位才子，全都站了起来，探着身子，伸长了脖子，差点儿没掉出了眼珠子，全都变成了呆子……好一会儿的工夫才缓过劲儿来，不好意思地纷纷落座，也就在这个当口儿，忽然听到有人吟诗一首：

目瞪口呆看娇娃，
轻点朱唇披羽纱，
回眸一笑百媚生，
错把乔府当仙家。

好！大厅里响起了一片喝彩声，弄得包园儿脸通红，急忙拱手言道：见笑，见笑，不过是即景生情，一时兴起，随口拈来，不成体统，还望众家哥哥指教一二。哈哈哈哈……因为包园儿模仿了两位姑娘的话语，所以引得大家哄堂大笑。好，各位看也看了，瞧也瞧了，说也说了，描也描了，写也写了，笑也笑了，咱可不是天桥的戏法儿，捂着盖着。咱这是山东人开宝——大敞门儿呀。哈哈哈哈……咱们言归正传，只要各位未曾婚配，没有家室，更无提亲的，那么，这第一关就通过了。您心里想了，这多容易呀！错了！您看着容易，等到实际落实的时候问题就来了。这不是来了七位嘛，愣有六位不合格，只有一位够格儿的。谁呀？包园儿！包园儿是家穷人更穷，又因为读书那是穷上加穷。就是因为穷才没有说亲，所以也就谈不上成婚的事儿啦。嘿，您还别说，这反倒帮助他了，成全了这段婚姻，其他几位都成了屎壳郎逛公园——全不是这里的虫啊！

包园儿第一关是过了，还有第二关呢，第二关是什么呢？乔大人叹了口气开口啦：唉，老夫本想把这俩姑娘赶紧地嫁出去也算了却了心头的一件大事，万万没想到三星差一星，有禄有寿没有福哇！无奈只好听天由命！不过，老夫说话算话，绝不食言，瞎子打架抓着一个算一个。下边我这第二关是作诗，由我先作一首诗，一共四句，这四句里包括了十个数目字，从一到十。我念完了由包园儿作，他作的这四句诗里也得有十个数目字。不同的是我是顺着说的，你就不能再顺着说了，得倒着数，这个诗的格式叫念"珍珠倒卷帘"。包园儿你听明白了吗？恩师，学生记在心里了。好，在座的虽然不参加，但一个也不能走，要做个见证，包园儿的诗作得好不好，合不合格，你们都得发表意见，做个评判，最后由我定夺。如果咱们全都满意，皆大欢喜，没别的，咱们重新再上一桌喜酒，庆贺一番，老夫与你们一醉方休！这么着，我先念我写的诗，听好喽：

一女大乔二小乔，
三分姿色四分窈，
擦上五六七盒粉，
显出八九十分娇。

乔大人念完以后少不了一片赞扬之声，掌声过后，这个说妙，那个说太妙，妙极了，妙不可言，妙上加妙……总之一句话，都是出家的和尚——离不开庙（妙）。七嘴八舌过后，便是一片安静，大家伙儿都望着包园儿，因为只有包园儿有权作诗。现在大家都看着包园儿等他作诗回答呢。包园儿心里明白，这些年兄今天没安好心，他们得不到也盼着我得不到，都想看我的笑话，那是屎壳郎进笼子——没门儿！我给您来个屎壳郎顶球——瞧好吧您哪！包园儿无意朝窗外一看，但见天色已晚，一轮明月正是挂在当空，他突然像发现了什么，眼睛一亮，嘴里失声说道：天助我也！于是他清了清嗓子，慢慢儿地站了起来问道：请问老师今天是几月几日？老师答道：八月十九日。请问老师这月亮十几圆呢？十五不圆十六圆。好，那十九还圆不圆呢？十九已经过了十五好几天啦，不圆啦。老师，这帘子我能卷上去了。那好，快快说出来，我们大家听听。包园儿说：

十九月亮八分圆，
七个进士六个还，
五更四鼓鸡三唱，
二乔陪我一床眠。

啊，全归他啦，包圆儿呀！

（韩子康述　张永熙整理　吴侃记）

增和桥

朕踏御路过荒庄，
见一女子碾皇粮，
玉腕搭在石磨棒，
金莲前后点点忙。
汗满香腮花含露，
尘扑额眉柳带霜，
好一绝代多娇女，
怎奈配一村夫郎。

可惜呀！这么漂亮的一个美女，怎么会嫁给了一种地的农夫呢！作者那意思最好嫁给他，要是嫁给他，就合适了。谁合适了？他合适了！他就没问问别人合适不合适。您问他谁呀？您猜猜……什么，我呀！屎壳郎化妆——假充花大姐……您猜错人啦，我哪有那能耐！谁啊？告诉您吧，大清朝风流天子——乾隆。只有他能写出这样的诗来。乾隆七次下江南的时候……什么？不对，七次不对！那应当是几次？什么六次！六次？谁说的，都这么说那就都错了！我说七次就是七次，咱有根据呀，什么根据？这首诗就是他七下江南的时候写的。在哪儿写的？“增和桥”。“增和桥”就在苏北的一个偏远的小村庄里。

说这一年的夏天，乾隆皇帝在紫禁城里闲坐无事，在宫里边儿玩腻歪了，天气又闷又热，就想找个凉快的地方游玩游玩，想来想去上哪儿玩去呢？还是江南好。江南怎么好呢？通过六次下江南的对比之下，乾隆得出一个结论：普天之下，尽管各地各有所长，有的地方山好，有的地方水好，但唯独江南，山好，水好，人更好！您听明白了，这人更好，可不是所有的人，他指的是女人。有诗为证：“江南好，吴语真国色……”国色就是国色天香，指的就是女人，漂亮的女人说着柔媚的江南话语，动听又动人，这才是他说人更好的目的。

正所谓一方水土养一方人嘛，这江南的水土专门养貂蝉、西施、大乔、二乔、凤姐儿……这样的才女佳人。皇上拿定了主意，没人敢说一个不字，何况还有皇太后随驾。乾隆是个孝子，去哪儿都把老太太带着让老太太开心。乾隆六下江南玩遍了江南的名山、名水、名城，吃遍了江南的名菜、名羹、名茶……这回他要到乡下去看一看，看看江南的乡土人情，田园风光。

皇上出游那可是件大事儿，非同一般，所过之处都得净水泼街，黄土铺道，两旁有亲兵护卫，前有骑兵开路，后有侍卫随从，当中是乾隆坐的四八三十二人抬的金顶黄轿，后面儿紧跟文武官员百十来号，旗锣伞盖飘飘扬扬，仪仗队伍浩浩荡荡……大队人马正走到村口，突然由轿子里传出了“停轿”的圣旨。怎么回事儿？乾隆虽然人坐在轿子里，可是心里早就在外边儿野去啦！实话实说，他坐在轿子里一会儿都没闲着，他撩开轿帘儿，隔着小玻璃窗户一个劲儿地向外观看，突然他像一只狼似的发现了猎物，目不转睛地向她瞟去，可是轿子还向前走哇，猎物就要消失在视线中，那怎么行啊？正看得过瘾的时候，怎么肯罢休！好解眼馋看个够，怎么办？下令呗，下令停轿，干吗？他要走出去看！那位说他可是皇上啊！皇上怎么样？您是不知道，别看他人模狗样的，其实皇上更不是个东西！轿子停下来，皇上走出来，一路春风朝村口走去，因为就在村口的大槐树下有一盘石磨，推磨子磨面的正是乾隆在轿子里看中的那位村妇。乾隆一边走，一边看，还一边念，嘴里振振有词：“朕踏御路过荒庄，见一女子碾皇粮，玉腕搭在石磨棒，金莲前后点点忙。汗满香腮花含露，尘扑额眉柳带霜，好一绝代多娇女，怎奈配一村夫郎。”嗳，乾隆叹了口气，扭头就走了。那位说，乾隆念的诗你听见了？这不拿我寻开心吗，我要是能听见，我就值了钱啦。怎么呢？我成大清乾隆年制造——古董啊！能不值钱吗？可惜，没我什么事儿。那我怎么知道的呢？我是不可能在他身边啦，可他身边有人哪，谁呀？地方官哪，地方官全陪着哪！乾隆作的这首诗，全被站在他旁边的官员听见了，这些官员别的能耐没有，拍马屁那个顶个地都是高手，乾隆走了以后，这事没完哪，几个官员凑一块就把乾隆念的诗给凑齐了，干吗？要立一通碑，把乾隆的诗刻在碑上，这碑就有了名声啦，因为这碑刻的诗是皇上的诗啊，这就叫“御碑”。放哪儿呢？当然在哪儿作的诗就立在哪儿。正好，这村前有一条河叫“增河”，巧了，这增河上边又建了一架石桥——“增河桥”。几位合计来合计去，就把这刻好的石碑立在这桥头上下桥的地方，不管是村里人还是村外的人，只要是来到增河桥的人，就能看到这通碑，就能知道皇上曾经御驾到此，还专门写了一首诗，这不但奉承了皇上，也扬名了地方。

哥几个越想越划算，于是又在刻的御碑上建起了一个小亭子，被称为“御碑亭”，这“增河桥”真的就身价百倍了，原来不起眼儿，现在可了不得了，远近闻名。周围也搭的、建的、支的、摆的、铺的……不少餐馆、小店儿、书坊、茶肆，摔跤的、卖唱的、耍把式的、剃头的、修脚的、梳辫儿的、推事的、抬轿的、挑担儿的，人来人往那叫一个热闹。每天来这儿游览的客人那是一个接一个，一拨儿接一拨儿，络绎不绝。要说乾隆真的没白来，他给这儿带来了不少的生意呀！嗳！这就是他们几个当官的要建这“御碑亭”的目的。表面上是皇恩浩荡，实际上是借“御碑亭”把这地方盘活了，做火了，这买卖要是一个兴隆，他们哥几个以收税为名可就财源茂盛啦！也别说，正因为有了“御碑亭”，这“增河桥”周围发生的故事可就多了去了，比方说《乾隆夜宿增河桥》《天子寻村女》《皇上荷包落贫家》《打皇上》《村姑是格格》《落珍珠》《遗折扇》《下江南》《吃红蛋》《找皇上》……纯属瞎编乱造，没什么根据也没什么听头儿。不过流传广，又好听的还是另外一段，这是个真事儿。说，有这么一天，天正下着蒙蒙细雨，有这么三位游客来到了“增河桥”观赏“御碑亭”。因为下着雨，三位都想走进“御碑亭”连品诗带避雨，不巧的是“御碑亭”里已然站满了人，顶多也就还能挤进去两位，再多一位就得把别人给挤出来，人家是先来的总得有个先来后到吧。这三位有意思，两男一女：一位云游僧，一位落榜秀才，女的是一位教书先生。三位谁也不认识谁，可谁也不让谁，都想挤进去避雨。就在争执不下的时候，和尚说话了：行啦，行啦，别争了，俩大老爷们和一位女子相争，就是争赢了也不好看。大家出门在外，和为贵。这样吧，我出个主意，看见没有，皇上能作诗，为什么我们不能作诗呢？我们每人作一首诗，以“增河桥”“御碑亭”为题，能写出来的就进亭子，写不出来的只好站在亭子外边儿挨雨淋，当回落汤鸡，怎么样，行不行？秀才说：甚合我意。

老师说：就依师父。僧人说这个主意是我出的，我就头前开路给二位开个头儿，我先说，咱就说“增河桥”，我就说第一个字儿“增”。“有土也念增，无土也念曾，去了增旁土，添人便念僧。僧人真可爱，经卷两大块，一本朝西天，一本朝如来。”好！亭子里外的人全为和尚鼓掌叫好。和尚得意地说：二位看到了吗，全体通过，我就不客气了，我先到亭子里避避雨……秀才一把拉住和尚说：且慢，我们二人还没说呢，待我二人说罢再做决定也不迟。和尚说：行，行，行，那你说吧。秀才咳嗽一声，清清嗓子，摇头晃脑地说道：“增河桥”，你既说了“增”，我就来说“和”。“有口也念和，无口也念禾，去了和边口，添斗就念科。科举人人爱，文章两大块，一章中状元，一章中秀才。”好！所有的人都为秀才鼓掌叫好。现在就剩下女先生啦，女先生不紧不慢地开口言讲：我是屎壳郎配屎壳郎——没挑没拣。“增河桥”这三字，就剩下“桥”字啦，我是要也得要，不要也得要，那我就走这座独木桥吧。你们二位听好喽：“有木也念桥，无木也念乔，去掉桥旁木，添女就念娇。娇妻真可爱，胸前两大块，一个奶和尚，一个奶秀才。”这是作诗吗？

（韩子康整理　张永熙述　吴侃记）

花言巧语说媒婆

一张小嘴儿到处说，
混了吃来又混喝，
别的能耐全没有，
单靠她那油嘴滑舌，
只要两条腿能跑，
只要一张嘴能说，
管他们愿意不愿意，
管他俩是死还是活，
我给你们往一块儿撮，
爱怎么过就怎么过。

你说缺德不缺德？听媒婆的能有好结果吗，没有！嘿，还就奇了怪，有人就听她的，还专门找她，怎么回事儿？还不就是那句老话儿害的，哪句老话儿？“明媒正娶”呀。您瞧见没有，首当其冲的就是媒——媒婆。媒婆怎么这么重要，这又是一句老话儿害的，什么老话儿？“父母之命，媒妁之言……”听明白了吧，娶媳妇儿，嫁姑娘，都得听一个人的，谁呀？媒婆！那位说啦，干吗非得听她的呀。对了，不听她的听谁的，她手里有尚方宝剑，谁给的？父母给的，您忘啦，父母之命，是父母把她请来的，让她帮助找媳妇、找丈夫。你不听她的就是不听父母的，不听父母的那可是大罪过，不孝不说，那叫犯上，犯上是死罪，活不了！所以说，你敢不听吗，听吧。听完了害你一辈子，活受罪。我有亲身的体会呀，怎么回事儿？我给您说说，听完了您就知道这媒婆怎么不是东西了。

我从小儿孤身一人，十六岁离乡外出，在外省做事，一直到二十二岁了，在外边儿混得还可以，省吃俭用地私底下攒了几百块钱，想讨个老婆，成个家，有人说话儿、有人疼不是，可是不行，因为咱是外省人，当地的姑娘怕咱要娶了过去，带走了给卖了怎么办？不放心，所以没人愿意嫁给咱。没办法，我只好给老家写了封信，请媒婆帮忙给我找一个本村本地的姑娘，大家知根知底这总错不了吧，谁知道错大了，把我没坑死。为什么，就是这媒婆干的坏事，我在老家没有亲人怎么办，我就给我们那儿的刘媒婆写了封信，请她给我找个老婆。挺快的，没几天刘媒婆来了回信，信上是这么说的，她为我跑遍了三村八乡，鞋都跑破了几双，嘴皮子都磨破了几块，总算给我找了一个好姑娘，年纪只有十几岁，模样长得很漂亮，黑头发没有麻子脚不大好看……问我行不行，愿意不愿意，好歹给个回话儿……看完了来信，美得我，跟您这么说，是房高了，不然我能蹿上去，我要不是怕从楼上跳下来真能摔死，跳楼的心我都有，太兴奋、太激动了，麻利儿地写回信，一番谢谢自不必说，主要的是请她赶紧地把这桩婚事定下来，过不了多久，我马上请假回家完婚。

信发回去，没有一个月，假也请下来了，二话没说我马上披星戴月，马不停蹄，饥餐渴饮，晓行夜宿，来到了家园，整个儿一个侠客，这个快呀。什么话也不说了，头等大事结婚，只有把媳妇儿接过来，我这心中的石头才落了地呀！什么，没出息？嗳，怎么跟您说呢，这么好的姑娘万一，这万一落在了别人手里，您说我还有什么心思活着。俗话说得好，兵贵神速，先下手为强，到了手就放心了不是。最激动人心的时刻到来了，进了洞房，揭开盖头我这么一看……要不是抹脖子能丧命，死的心我都有哇！怎么啦？别提啦……一根儿头发也没有，整个儿一个大秃瓢儿，脸上的麻子大的里边套小的，小的里边还有白点，整个儿一个三环套月呀，那双脚简直不是人哪，整个儿一个仙——赤脚大仙。气得我一个人在外屋坐了一晚上，这姑娘长得水灵不水灵的咱不说，您说这媒婆坏不坏，太不是东西了，她这是骗人哪！不行，我得找她去，我得叫她过来跟我说清楚，眼前这姑娘跟信上说的怎么会完全不一样！刘媒婆你得给我个说法儿，不然我跟你没完！刘媒婆真不含糊，一会儿工夫她就来了，到了我的新家，笑嘻嘻地说：怎么着新姑爷，新郎官，接我过来请我是吃糖还是喝酒哇……当时我的气不打一处来。这都是你办的好事儿！我问你这姑娘怎么回事？哟，这姑娘怎么啦，哪点儿让你看不上眼，惹你生这么大的气呀？你甭装啦，这姑娘和你信上说的不一样！哪点儿不一样？全不一样！全不一样？是男的不是女的，还是半男半女的……你说呀！少跟我废话！甭装蒜，是你来信写得明白，黑头发，没有麻子，脚不大，好看……可娶进门来怎么变成这样啦？我当什么了不起的人命案子哪，原来是这么大点儿芝麻绿豆的事啊……说来说去怪谁呀，怪你自己，不识字。谁说我不识字？你要是识字你今儿个这事就不能怪老太太我，也用不着我教给你怎么念。怎么念？你听着，这么念：黑头发没有，麻子，脚不大好看……你要识字这么念不就没错了吗，跟现在的新媳妇儿不就一模一样了吗？你怪谁呀，怪你自己。拍拍屁股她走了。噢，闹了半天还是我的错呀！

俗话说得好，经一事长一智，后来的人都变聪明了，生怕上当受骗，结果想出一个主意来，什么主意？看相片，双方交换相片，两边儿把对方相片儿一拿，看得真真切切的，这总不会出错了吧。恰恰相反，照错不误。

我有个街坊，三十都过了还没讨上老婆，不是眼高手低也不是挑剔，是他自身有点儿小毛病，什么毛病？没鼻子……所以到现在还在耍单儿。能不急嘛，连鼻子都急掉了！嘿，说来也巧，离我们那儿不远儿，也就十来里路，有个姑娘二十好几啦，就是嫁不出去，什么毛病？豁嘴儿，就是兔唇，一天到晚在家里哭哭啼啼，愁嫁。这事儿被胡媒婆知道了，胡媒婆姓胡名咧咧，外号胡说八道。您想她要是知道了那还有跑儿？行啦，有钱花啦。她有办法，什么办法？损招儿，除了她能想得出来，谁都想不出来。这男女双方不是时兴看相片儿吗，哎，这馊主意全在这相片儿上。既然都得看相片儿，就得照相啊，这男的照相的时候她给他设计了一个背景儿，一个大花园里他站在花丛中手拿着一朵花，放在鼻子上，意思是在那儿闻香哪，用花把鼻子给遮住啦！女的她也有办法，照相的时候她给设计了一个大客厅，大客厅里摆着屏风，这位姑娘左手叉腰，右手拿着檀香折扇，遮着嘴上使了一个千金一笑，这一来豁嘴儿不但看不见，而且这一笑可够勾魂摄魄的美。经胡媒婆这么一胡折腾，男女双方的照片可就都照好了！下边儿就是胡说八道了！胡咧咧拿着男方的照片来到了女方家里。女方家里老的少的这儿一看，嗬，真俊，真潇洒，真爷们儿，个个发出了啧啧的赞叹之声，恨不得立马儿把姑娘嫁过去。别忙，你们二老可看清楚了，咱们丑话也说在前边儿，他可是绣花枕头外面儿光，眼下可没什么……还没等媒婆说完，女方二老就说啦，眼下没什么不要紧，咱们不在乎眼下，日子长得很，往后看，只要他们小两口儿携手同心，好日子在后头呢。行啦，就是他啦！行咧，那我可走啦。您辛苦……

媒婆一转身又奔男方家来了，到了男方家里把相片儿往外一拿，男方上上下下这么一瞅，嗬，这个美呀！瞧瞧这姑娘多俊哪，打着灯笼都找不到哇，整个儿一个七仙女呀！哎哟，咱们可是八辈子祖宗烧了高香啦，不然的话怎么会有仙女下凡哪。好，就是她啦！不是……那什么……您别高兴太早喽……您还是仔细瞧瞧……不用看啦，就这么定了！您老说了算？废话，我是一家之主，我要说了不算，谁说了算？就这么定了！好！不过咱们还是有话讲在当面，俗话说得好，人无完人，金无足赤，这姑娘可也有毛病，不过毛病不大，就是嘴不严实……您看行吗？行，太行啦，这嘴不严实算什么毛病，说明她实诚，没心眼儿，心直口快，快人快语，有什么说什么，不藏着掖着……多好哇！我得好好地谢谢您，您可积了大德啦……我看缺了大德啦！这两家儿都高兴都满意，还等什么呀，吹吹打打地结婚啦，等一结婚一入洞房俩人一见面儿，那可是变戏法儿的"跑托"——全露馅儿啦！男的说女的：啊，你是个豁嘴儿呀。女的指着男的：怎么啦，豁嘴儿还有嘴哪，你瞧瞧你没鼻子成白板啦。二位洞房里就吵起来了，吵了半天二位明白了，光咱们俩吵有什么用啊，这都是媒婆使的坏，我们得找媒婆去……说找就找，俩人派人把媒婆找来，当面问媒婆你怎么保的媒。你看他没鼻子。女方指着男方问媒婆。媒婆笑着，哟，我的新娘子，我当什么大不了的事儿呢，不就是少个鼻子，这有什么，出气儿的地方多了，拿我出气没门儿，他没鼻子这不明摆着的吗，再说了我早就告诉你们，说他眼下没什么，你们是知道的呀。噢，眼下没什么是没鼻子呀！才知道！男方也不示弱，那她这豁嘴儿怎么说？怎么都说啦。说什么啦？嘴巴不严实是豁子呀。你说这媒婆干的都是什么事！害人家一辈子。

像这样上当受骗的主儿可不是一个两个，多了去啦。谁都知道找媒婆就是找倒霉，可是他就怪啦，前仆后继，找她们的人还一个接一个，没完没了。您别不信，他是真有，谁呀？我们街坊……怎么这事儿都让我们街坊遇上了呢，我就得说我们街坊，我说谁谁不揍我！噢，您问我住哪儿呀，实话告诉您，我还没找着房子呢。干吗不找哇？不行，我不能找，我那不是找房子，我那是找揍。

我那街坊有一家他开了一个煎饼店。这煎饼就是用小米儿磨成浆，然后在铁制平锅上摊成的薄饼，这样吃也可以，卷各种菜吃更香。这煎饼铺子老夫妻俩没儿子，只有两个大姑娘，这俩姑娘论长相那可是两朵花，怎么瞅怎么让人喜欢，可现都二十多啦，就是没有人上门提亲，这二老着急呀。一天到晚哼嗨不止，唉声叹气，成了心病了。您该问了，这么美的俩姑娘，长得如花似玉的，应当是提亲的人不能说挤破门，也得踏破门槛不是。嘿，他就眼睁睁地没有人上门，怎么回事儿？当然有原因啦，什么原因？还不是这俩姑娘有缺陷，什么毛病？一个是眼上长了一块云翳，俗称萝卜花，等于有眼有珠看不见，全凭一只眼，所谓独眼龙！这是大姑娘。二姑娘的毛病更不好办了，她是个瘫子，下半身不能动，您说这俩姑娘长得再清秀、再好看，可是她们俩这毛病没办法哪，谁家娶媳妇不想娶个又体面、又年轻、又能干活儿的人，可这姐俩，就因为这个毛病，到现在也嫁不出去，老两口儿着急，想来想去只能找媒婆让媒婆想主意，条件很简单，只要这俩姑娘打发出去有个人家儿，二老就放心了！媒婆什么人，一肚子坏水，眼珠一转一个主意。得，谁让咱们是街里街坊的，抬头不见低头见，既然您二老信过我，那好，您就放宽了心，这俩姑娘您交给我，我准能把她俩给卖喽……不，那什么说走嘴了，是嫁喽！不过……这二老也是明白人。那什么她婶子，我这儿给您准备着哪！拿双份，行吗！事成以后，还有酬金，绝不亏待您。就冲您这豁亮劲儿，干脆劲儿，您放心，我把张三李四王二麻子他们家的事儿都往后推，麻利儿地给您办。先喝您的喜酒，等我的好消息。说完把钱一拿，一扭三摆地晃着身子得意扬扬地可就走啦！俗话说得好，没有不开张的油盐店。没过两天，这位媒婆笑得跟烂柿子一样走进了煎饼铺，二老跟接待贵宾一样沏茶倒水请她上座。媒婆也不客气，把这男方说得是天花乱坠，好得不得了！二老当然高兴啦！一个劲儿地作揖，把她当成活神仙啦。二老急不可待地问男方什么时候迎娶？媒婆说啦，心急吃不了煤火饭——咱们还得从长计议，因为人家男方可有要求，要亲自看看这俩姑娘，过目以后二选一。啊……这俩老的一听，差点儿没坐地下，心里话儿：八十岁的干儿子——这还有什么指望。二老低头不语。媒婆说：怎么啦？什么事儿把你们二老吓成这样，知道吗？天下无难事，只怕有心人，他不就是来亲眼目睹嘛，叫他看哪，让他看个够！

那什么她婶子，您今天没得什么病吧……咱那俩孩子不能看哪，一看准得鸡飞蛋打，全他妈玩完哪。您着什么急呀，这不有我呢吗。是有您，可就没我们啦。德行！瞧你们俩这点儿出息……男方不是要来看吗，咱们必须这么这么，照我说的办，准没错。您再看这二老阴天转多云，多云转晴天，一会儿的工夫，破涕而笑，您说这媒婆能耐有多大，要多大有多大。

在她的捣鼓下，男女双方都约好了星期天的下午由媒婆带着小伙子去女方煎饼铺以买煎饼的方式看这俩姑娘。说话星期天到了。媒婆领着男方到了煎饼铺一指，看见没有，两个姑娘都在里边儿。来回忙活的那是大姑娘，坐那儿摊饼子的是二姑娘，挑哪个你自己看自己做主。说完了媒婆躲一边儿歇着去了。只见小伙子走进了煎饼铺，大姑娘迎了上来照顾客人卖煎饼，小伙子一看这大姑娘可以呀，头发黑黑的，嘴巴小小的，眉毛弯弯的，眼睛……哟！不行，这眼睛有一只有毛病啊，敢情就一只眼哪！看来大姑娘不能要，这要娶个独眼龙回去那还不被笑掉大牙呀！得，我还是看看老二吧。好歹还有一个可以选择。小伙子把头一偏，往里边儿一看，正瞧见有位姑娘坐那儿摊煎饼哪！嗬，这姑娘头发黑得如墨染，小脸红得像牡丹，一双大眼滴溜转，一对酒窝真显眼，两只小手干得欢……那真是人见人爱，就看有缘没缘……小伙子赶紧买了半斤煎饼交了钱，扭头就往媒婆歇着的地方跑了过去，把煎饼往媒婆手里一递就说上了，我看中了看中了……媒婆说你看中煎饼啦？小伙子说不是煎饼是摊煎饼的！那是老二，二姑娘。对，我就看中了二姑娘。那大姑娘呢？她是卖煎饼的。不要！媒婆说你可别看花眼，瞧好喽，看准喽，这可是你自己选的。小伙子说是自个儿看中的，就是那个摊的，非她不要！媒婆说，你就要那个摊的？对，摊的！可不许后悔！后悔是个茄子，劳烦大驾赶紧给我去说吧，保不齐人家还嫌咱们呢。行了，只要有你这句话，下边的事儿就全交给我了，也不是吹，这桩喜事儿我要办不了，我就是个冬瓜。小伙子这个高兴，赶紧回家准备去了！

好事不磨，很快男方把女方接进家门儿，男方还没来得及高兴哪，气就不打一处来，那还用问吗？娶了个瘫子回来，那能不生气吗，找媒婆说理去。可谁承想，理都在媒婆那边呢，他是一点儿理都没有。为什么？人家说了这是你自己看好的呀，你自己选的，我还一再问你是要走着的还是要摊（瘫）着的，是你说的要摊（瘫）着的，我说你可别后悔，你说后悔是个茄子……这可不是买东西，不要了可以换，这是大活人！我还告诉你，你还得好好对待人家姑娘，要是有个三长两短的，那官司你可吃不起……不是……你行行好，我能不能要那走着的？趴着的也不行，你死了心吧，人家落花有主了！大姑娘也嫁出去啦！嫁给什么人啦？瘸子，一个左眼有毛病，一个左腿是瘸子，这要一见面不都看出来了？看不出来，媒婆有办法，她会安排。男女互相相亲的时候她叫姑娘站在大门里把门开着一扇关一扇，用关着的这扇门挡住左边的半边脸，做出女儿家害羞偷看，不好意思的样子。男的呢，骑着马由门外走过去，这样一安排，等于谁的毛病双方也没看着，当然就更不知道啦！两边一满意，这婚事就定下来了，大花轿一抬，行了。行了礼等进了洞房，什么毛病全都暴露了，这姑娘也顾不得害羞了，把脸儿一拉问男的，闹了半天你是个瘸腿呀?！男的急忙辩解，谁是瘸腿呀，原来好好的，都是为了你我才瘸的！那天咱们俩相亲我看见你我就高兴啊，美得我多喝了两盅，去爬山去了，一不小心从山上滚下来了把左腿摔折了，我真是有冤没地方申，有苦没地方说，你还埋怨我……你瞧你自己左边一只眼怎么瞎的我还没问你哪！你可倒好，倒打我一耙。谁倒打一耙，都是你害的。男方一听急啦，什么乱七八糟的，你左眼瞎了跟我有什么关系！哎呀，自从你决定讨了俺，那是人人见了都夸咱，我听说你摔折一条腿，这不哭瞎了我一只眼……哪的事儿啊！

（韩子康述　薛永年整理）

兄妹对联

这是个笑话儿，说的是苏东坡和苏小妹，两个有才学的人用写对子做游戏、开心。

说有一回苏东坡一个人在书房里用功哪，苏小妹闲来没事儿正好路过他的书房，她无意中向书房里一看，正瞧见哥哥苏东坡聚精会神地看书哪！苏小妹心想，哥哥这么大学问是什么好书让他这么精神集中，进去瞧瞧。苏小妹心里想着，身不由己也就走进了苏东坡的书房，苏小妹进了书房惊动了她哥哥苏东坡，他听见脚步声了，抬头一看正是自己的妹妹，他一看见苏小妹什么也没说扑哧一声笑了。他笑什么呀，他笑苏小妹的长相，您别看苏小妹是个才女，可是这相貌实在不敢恭维。过去的女子讲究柳叶眉、杏核眼、樱桃小口一点点、杨柳细腰十指尖，三寸金莲有人选……那阵儿管这样的女子称美、漂亮。可是苏小妹恰恰相反：大块头儿、大身板儿、大脸盘儿、大巴掌、大脚巴丫……最要命的是个大奔儿头，也就是个寿星头，这寿星头要是个男子也就罢了，偏偏苏小妹这位女子长了这么个奔儿头也叫“把脑壳”，巧啦她要后面把呢，一时半会儿不转身儿也看不见，她是个前边把，这可好一抬头第一眼就瞅见了，谁让她长在明面儿上呢！

苏东坡听见脚步声一抬头正看见妹妹，心里话儿“哟，把脑壳来了……”他能不笑吗，笑就笑得了，谁还不许笑，问题是他一边儿笑一边儿随口说了一句话，惹了麻烦啦！他说什么话？他是这么说的：“香躯未进坤阁内，鹅头已到大门前。”——那意思是说你人还没进屋哪，把脑壳先进来啦！这是笑话苏小妹人长得丑，您想苏小妹能不懂、能不明白、能不生气吗？心里话儿：你当哥哥的不是不知道妹妹也不小了可为什么还没出嫁，人家说我长得丑咱忍了，可你当哥哥的不该拿我寻开心。俗话说得好，揭人别揭短，打人别打脸，你可倒好，变着法儿地取笑我，合着你这点墨水全用我身上啦！苏小妹心里别扭，也没说什么扭头就走了，苏东坡也没往心里去接着看他的书。日子过得挺快的，眼看到了中秋节，苏府上下都忙着过节，只有苏东坡闷闷不乐一个人坐在自己的房中伤心落泪。为什么？他想起了自己的爱妻不幸去年病故，每到佳节倍思亲，苏东坡见景生情能不难过吗？无巧不成书，这会儿苏小妹正打这儿过，看着哥哥的房门打开着，不由自主地向里边一瞧，见哥哥一人正在伤心落泪。苏小妹也没进屋就站在外边说了一句话，就这句话差点没让苏东坡跳河自杀了！苏小妹说什么了让他哥哥这么起火？苏小妹说："昨日流下相思泪，今朝未到两腮边。"那意思是说，去年我嫂子死的时候，你心里难过，你哭我嫂子流的泪水，到今年都一年的时间啦，还没有流到腮帮子这儿哪！您说苏东坡这个脸够多长啊，成驴脸啦！苏小妹说完就走了，苏东坡吃了个哑巴亏儿，什么也不能说，这祸是他自己惹的，他比谁心里都明白，没辙也得忍着。到了晚上全家人在自己的花园之中品茶赏月，望长空繁星密布、皓月当天、金风送爽、秋虫低鸣，大家伙儿吃着喝着看着听着尽情地享受着，就在这节骨眼儿上苏东坡开口了："小妹，我这里有一上联想向妹妹对个下联不知可否？"苏小妹心里明白，这是今天白天的事没了结晚上算，想当着大家的面戏弄我，行，既然你敢宣战，我就应战。苏小妹说：既然哥哥非要和我作对，那么小妹理当奉陪，这话里可有话软中带硬，怎么呢？她说得对，不是作对子答对子的对，是做对头的对，那意思是说你要跟我做对头玩真的，我还不含糊你，我叫你小虾米游西湖——连边儿都摸不着！

苏东坡来了个骑驴看唱本儿——走着瞧！当时他一指天空："天上月圆人间月半月月月圆逢月半。"你看每当天上月亮圆的时候，正是阴历十五，恰好是一个月的一半，为什么说十五是月半呢，因为阴历一个月是三十天嘛，一年有十二个月从正月到腊月，而每个月，月亮都要圆一回，而每圆一回又正是月半。所以我的上联是："天上月圆人间月半月月月圆逢月半。"苏东坡说完了连看都没看苏小妹一眼，那个得意劲儿就甭提够多酸啦！苏东坡是没看苏小妹，可在场的家里人全看着苏小妹了，不知苏小妹能不能够对得上来，什么时候能对上来，大家都为苏小妹捏着一把汗。可谁也没想到苏小妹还没等苏东坡解释完就接过话茬儿：下联我早就给你预备好了！嘿，这话可气人啊！苏东坡心里话：你这意思是说你是有备而为呀！行，是骡子是马拉出去遛遛。苏东坡不紧不慢地说：那您就把预备好的下联说出来让我们欣赏欣赏。苏小妹说："今年年尾明年年头年年年尾接年头。"好！苏小妹一口气把下联这么一念，在座的家人是个个拍手叫好！就连苏东坡也打心眼里佩服妹妹的才学不仅过人而且敏捷，来得快呀！苏东坡知道大家伙儿给小妹鼓掌叫好，这就是叫我难堪哪：首先在这人气儿上输给了妹妹，那该多丢人哪！不行，咱们还得接着对！说着接着对，这苏东坡还没开口哪人家苏小妹就开腔了：哥哥，我也有一上联想说与哥哥听，请哥哥不吝赐教。苏东坡一听，好嘛，我这是自己搬石头砸自己的脚，什么赐教哇，分明是出难题，想让我栽在这儿，事已至此只好听天由命喽！苏小妹说，我的上联是以看戏为题"武武文文出出吹吹打打"。甭管是看文戏也好，看武戏也好，哪出戏都离不开吹和打，有吹有打。苏东坡说我的下联出来了，我给你对"男男女女人人听听看看"。苏小妹说你的意思是说看戏的人不管是男的还是女的，每个人都得连听带看。苏东坡说没有捂着耳朵光看的。苏小妹说你听这个上联。苏东坡心里话儿：这是急了，连问都不问，客气都不客气，这就迫不及待地出上联，那意思你对也得对，你不对也得对。这是往死胡同里逼呢，没关系，任你鱼儿大，奈何不上钩！我的上联是"鸡卵与鸭卵同巢，鸡卵先生鸭卵先生？"我这上联的意思是鸡蛋和鸭蛋同时生一个窝里，是先生的鸡蛋还是先生的鸭蛋？苏东坡说我也没守着它们，我知道谁先生谁后生的。苏东坡感到这个上联看着简单对起来还真不容易，就在他为难的时候忽然院外传来了马的叫声，苏东坡真不愧是位有学问的人，脑子就是快，他借题发挥，这下联真有了而且对得严丝合缝，这下联是"马儿偕驴儿并走，马儿蹄举驴儿蹄举？"你不是问我谁先生蛋吗，我问你谁先抬蹄儿。苏小妹听完了哥哥的下联确实感到哥哥才学过人，的确有能耐，但究竟这能耐有多大，特别是与苏小妹她自己相比恐怕谁胜谁负现在还难说，还得接着往下比试。何况苏东坡不但没有收兵的意思相反地还去那里叫阵，当然苏小妹也不能示弱，怎么知道苏东坡在那儿叫阵呢？因为苏东坡的下联话里有话，刚才苏东坡的下联里有一句"马儿蹄举驴儿蹄举？"从字面儿上讲蹄举就是抬蹄，可暗含着出题儿，怎么呢？抬蹄不就是出蹄？这出蹄正是出题的谐音，苏小妹能听不出来嘛，既然苏东坡放马过来，苏小妹当然不会拍马而归。苏小妹微微一笑说还是我先出上联："画上行人无雨无风常打伞。”苏小妹说有一次我偶然看到了一张画，画得好，是一个赶路的人手上撑着一把伞，可是画面上没画风也没画雨，有虚有实，所以我记忆犹新想了一个上联叫作“画上行人无雨无风常打伞”。苏东坡说，不错，我给你对“屏间飞鸟有朝有暮不归巢”。前些时候我在一个朋友家里的屏风上看到屏风上画着一棵茂盛的大树，还有一群鸟，奇怪的是没有一只停在树枝上，没日没夜地在那儿展翅高飞，这个屏风上的画有静有动实在是绝妙，看在眼里记在脑子里挥之不去，恰好你出了个上联，我正用作下联于是便对出这“屏间飞鸟有朝有暮不归巢”。苏小妹说我要是再说一个上联，苏东坡说那我就再对一个下联！不松气。这是棋逢对手，谁也不会服输！“拆破磊文三石独”，苏小妹说我说的是一个光明磊落的磊字，把磊字分开了也就是拆开了正好是三个同样的石字，所以我出的上联是“拆破磊文三石独”。苏东坡说这个上联不好对，三块石头，分量不轻啊！我给你对“分开出字两山单”，你的上联是个磊字，我的下联是个出字，磊字拆开是三个石字，我这出字分开是两个山字，石头虽重可产在山上，无山怎能有石？苏小妹这才明白刚才苏东坡是在那里说俏皮话儿、打马虎眼，表面上夸她的上联实际上是老王卖瓜自卖自夸。行，接着！苏小妹说我的上联还没说完哪！苏东坡心里咯噔一下：哟，上她当了！可脸上不能露出来，心里话：不能大意还真得小心侍候着，想到这儿，苏东坡嘿嘿一笑：我也没对完哪！苏小妹说：好，咱接着说。苏东坡说：来吧，咱接着对！苏小妹说：“拆破磊文三石独，石独似状牡丹”：有一种花的名字叫石独，它长得很像牡丹花，所以我的上联是“拆破磊文三石独，石独似状牡丹”。苏东坡说听我的下联：“分开出字两山单，山单好像芍药。”山单也是一种花的名字，长得如同芍药花，所以我的下联是“分开出字两山单，山单好像芍药”。

苏小妹说我再说一个上联，苏东坡说我再对个下联呗！苏小妹说我这个上联里有一物，这一物正是我自己。苏东坡说瓦罐铺子做广告——刚（缸）好，我这下联也有一物，这一物就是你哥哥我！苏小妹说你吃过板栗没有？苏东坡说吃过呀！苏小妹说把栗子剥开了里边是什么？苏东坡说是肉哇，苏小妹说这栗子肉是什么颜色的？苏东坡说是黄的呀！苏小妹说这就是我的上联“栗破凤凰见”。苏东坡说费了这么大劲就这么个上联，听我的下联，我问你吃过藕吧，这藕要是断了准还有丝对吧，这就是我的下联，苏小妹说全让你一个人说了，苏小妹说我的上联“栗破凤凰见”。苏东坡说我给你对“藕断鹭丝飞”。苏小妹说我的上联可有一物，苏东坡说我的下联也有活的。苏小妹说“栗破凤凰见，我是凤凰”。苏东坡说“藕断鹭丝飞，咱乃鹭丝”。咳！苏小妹说咱还往下对吗？苏东坡说你还有吗？苏小妹说我这儿多着哪，苏东坡说我这儿满着哪。苏小妹说你见过老鼠吗？苏东坡说不就是耗子吗？苏小妹说那大老鼠叫什么？老鼠哇！小老鼠叫什么？老鼠哇！我的上联出来啦，“鼠无大小皆称老”。苏东坡说不太好对，不简单！老鼠我给你对乌龟，大小我给你对雌雄，我的下联是:“龟有雌雄总姓乌。”苏小妹说我的上联只说了一半儿，还有一半没说呢！苏东坡说我这下联也只说一截还有半截留着哪！苏小妹说我的上联说全了是“鼠无大小皆称老，我是老鼠”。苏东坡一听哈哈大笑:怎么样害人如害己，绕来绕去自己把自己给绕进去了吧！偷嘴的老鼠！听我的下联“龟有雌雄总姓乌……”噢，我是乌龟呀！

（韩子康述　薛永年整理）

草船借箭

有的人拿诸葛亮当神仙，这是个大错。世上没有神仙，诸葛亮也是人。可是他怎么会算呢？这是学问。草船借箭就包括好几门学问，短一样儿，箭也借不成。都有什么学问呢？天文学、地理学、心理学，最重要的是算学。天文学用在哪里呢？他应了周瑜三天交箭。他知道第二天夜里有雾，箭准能借来。这门学问不是迷信，咱们现在就有。什么呢？就是气象台。明天什么天气，今天就报告了。诸葛亮就有这门学问，故此应周瑜三天交箭。地理学呢？下雾的时候瞧不见对方的营盘，他来到这儿很多日子了，早就看好地点了。他这二十只船往敌人大营里去，天下着大雾，船在江心走，是顺流，是逆流，哪边的风，都有一定的时间，掌握不好不行。离敌人近了，敌人有哨船，一包围就成了俘虏了。离远了，敌人放的箭他这儿得不着。不远不近，传令把二十只船停住了，一字排开，击鼓鸣锣，这就是地理。心理学最要紧，就是揣度人的心理。周瑜的心理是想法子杀诸葛亮。可是诸葛亮又不能躲开，躲开，自己的事不能成功了。这叫居于虎口，稳如泰山。派他造箭，他就应了。箭交上去你还能杀我吗？鲁肃是什么心理呢？他是个忠厚长者，不知就里，借什么有什么。曹操是什么心理呢？夜间下大雾，敌人击鼓鸣锣，怕是偷营劫寨，所以准放箭。这三样学问，少一样也不行。可是还有一样最高最重要的学问就是算学。算学要是不好，绝不能成功。怎么讲呢？他得交给周瑜十万支箭，只许多不许少。除去损坏的十万出头，那坏了的得去三分之一，至少总数也得够十五六万支。再一支箭按四两计算，这十六万支得多少斤哪！可有了重量了。这船是在水里，对着敌人方面的草人中箭了，背着敌人这一面没有箭。如果十六万支箭全放在一面的话，这船是沉定了。可不是嘛！船一偏，水进去了，不就沉了吗？故此把算术得掌握好了。这方面够八万支了，传令掉头。够十六万支了才能成功。这个算学怎么算呢？诸葛亮算账，《三国演义》原文上也有；唱的戏，《群英会》也有；大鼓上也有。可是谁也没在这上头注意。诸葛亮在船舱和鲁肃喝酒的时候，这个账就算了。他给鲁肃斟了一杯酒，鲁肃害怕，一点儿也没喝，趴在桌上装睡觉。就以这杯酒当作测量的标准，酒只斟了七成满。外边，对着敌人这一面，草人上中箭越来越多，船也越来越偏。这船一偏，杯中酒也就偏了，等里边的酒偏到杯边上啦，这八万支箭就够了。再多了这酒就洒出来了。酒一流出来，那水也就进船了，到这时传令船只掉头。带箭的这一面到背面来了。空草人面对敌人了。空草人中箭越来越多，酒杯呢，也越来越端正了。直到酒杯完全平了，十六万支够数儿了。天亮雾收，传令回去。

（张寿臣述　夏之冰记）

战长沙

这段《战长沙》又名《两将军》。关羽、黄忠，两个人俱有惊人的本领。大鼓词是一共五段：头段是韩玄派将；二段是关黄对刀；三段是马失前蹄；四段是箭射盔缨；五段是魏延杀韩玄。这几段可算有意思，紧凑。关公有关公的精神，黄忠有老年人不服老的气魄。二人大战多少回合不分胜败。为什么马失前蹄呢？关公要用败中取胜使用拖刀计。一般的说书的也说这段。关公在前面败，黄忠在后面追，直追到两匹马嘴尾相连，黄忠举起刀来往下就落，关公不用回头，就知道刀来了。他怎么知道刀来了呢？说书的说大将军眼观六路，耳听八方，听见金刃劈风，这叫胡说八道。怎么讲呢？刀砍下来带风这固然不假，可是风在后边，刀在前边。要是等听见风脑袋就开了。这拖刀计怎么用呢？我是不懂得，听武术家谈论过，如果是败中取胜，他得看日头，是上午、中午还是下午。败的方向得背着日光走，上午往西边败，下午往东边败，前边就有人影，手里拿着大刀，古时战马的丝缰不在手里，是在马镫上，左右一边一个。马往里叫拐，往外边叫削。关公败的时候瞧着地上影儿，后边的大刀举起来了，他的拖刀计要是用早了敌人还能还手，用晚了命就没有了。大刀要往下落了，就在这时候踹右边的马镫，马向右一跨，后边的马还直着向前跑，这刀就落空了，可是关公的马就圈回来了，大刀一落，准在黄忠的脖子上，故此这叫拖刀计。什么事也是寸劲儿。就在这时，黄忠的马打了个前失。黄忠从马上掉下来了，大刀也撒手了，仰面朝天。关公刀就下来了，离着黄忠的脖子也就是二寸六分三吧——您瞧还有尺寸——关公把大刀停住了，没有往下落。为什么呢？关公这个人性情最骄傲，他心里是这个想法：拖刀计用上了，可是不能杀黄忠，后人要是一谈论，不说我是用拖刀计胜了黄忠，说我是侥幸成功，说我败了，他从马上掉下来了，我得手了，才胜了黄忠。我不落这坏名声。故此关公把刀停住了，勒住马就说话了："黄先生，起来遛遛，没摔着哇？咱们明天再会。"还真客气，关公回营了。黄忠只好起来上马收兵回城。韩玄摆酒给黄忠压惊，这就叫马失前蹄。第四段箭射盔缨，更好啦。第二天黄忠换了马啦，出城与关公又战上了。黄忠也来了个败中取胜。前边一败，关公在后知道他是假败，关公性情极其骄傲，打马便追。离着很远，倒看看他有什么招数。黄忠听见后边马响辔铃，知道关公追下来了，一抬腿，在马鞍桥得胜钩上挂上大刀，抽弓搭箭。这箭也分好几种：古时候将官的箭壶里有透甲锥、狼牙箭；有一支长的还带着个葫芦，那是信箭，又名叫包头；还单有一种鱼尾箭。黄忠没用透甲锥。为什么他不用这支箭呢？他想：这可是两国相争，昨天我从马上掉下来，他没杀我，今天我要是一下子要了他的命，到后来落个骂名千载，这叫以怨报德。我要是不给他一箭呢？他也不知道我吃几碗干饭，故此用鱼尾箭射他的盔缨。回身一箭，直奔关公去了。平常人射箭能躲得开，大将的箭躲不开。为什么呢？他的弓力大速度快，听见弓弦一响箭就到了。关公心里一惊，心里说：坏了，吃了黄忠的亏了，他的百步穿杨箭天下驰名，只好闭眼等死。身上也没感到疼，一阵风在头上过去了，回头一看，盔缨射掉了。关公知道这是成心，绝不是箭射走了，这是补昨天的情。昨天我没杀他，今天还我这么一箭，这叫一命还一命，别追了，再追第二箭就没好地方了，收兵吧。那么英勇的关公吓了一身汗，把脸都吓红了。要不怎么关公是红脸儿呢？让黄忠给吓的。

（张寿臣述　夏之冰记）

携琴访友

刚才唱的是《今古奇观》上的一段儿："俞伯牙摔琴谢知音"。俞伯牙是一个大夫，大夫可不是瞧病的，古时候三品官叫大夫，明朝、清朝叫九卿。这个官儿是御前的，在皇上跟前做事的官。子期哪，是一个打柴的樵夫。这两个人哪不能平起平坐，按说交不上朋友，就因为这琴，朋友交成了，还成了知音。俞伯牙抚琴别人不懂，于是辞官不做，携琴访友，带着琴上汉阳访钟子期。由打晋国——就是山西去湖北。到那儿，子期死啦！死了怎么办哪？就在他坟前抚了一回琴。又有别的樵夫打这儿一过，一听这琴，声音挺好听，可就是不懂怎么回事，在旁边儿一说一乐。俞伯牙把琴摔碎了！这是为什么哪？"子期不在与谁弹！"琴可是好，琴好哇，可是没有知音的，不弹了！

提起弹琴来，倒退三十来年，我三十来岁的时候，我们那儿有家街坊，住一个院儿，他就会抚琴，抚得挺好，一宿一宿地抚这个琴。大杂院里的街坊先倒爱听："有意思啊！"听着听着，这院儿里街坊就都搬家啦！他怎么样啊？"你们搬家搬你们的，我这儿还抚。"房东老太太到半夜里听着他还抚，便走过来一拍窗户：

"这琴抚得真好啊，下月的房钱别给啦！"

这位一想，说：

"老太太您一定知音哪！"

"什么叫知音哪？你给我搬家！别人都搬啦，就因为你，人家嫌吵得慌，连我晚上也睡不着！"

他怎么样哪？"搬吧！不知音我走哇！"搬了之后一想："上哪儿去找钟子期呀？哪儿人多哪儿去。"天津是繁华地方，最繁华是南市呀，南市有市场啊：“那儿各样场所都有，我上那儿抚去，我不要钱哪！”买块白布写上：“以琴访友，茶水足用，分文不取。”沏一壶茶打家里提溜到市场，摆张桌子，把白布往身后头这么一挂：“以琴访友”。爱喝茶这儿喝，一个子儿不要，坐在这儿他就这么一抚！刚这么一摆，这人哪，围得里三层外三层，风雨不透。他心里高兴：“知音的不少，抚！”打这儿一抚哇，人越来越少，就剩下一位在旁边站着。他一瞧：“成啦，一人知音，胜似百位！”把琴往这儿一放，得跟他谈谈，这就是钟子期。

“阁下一定知音哪？”

这人说：

“我不懂！”

“你不懂干吗这儿站着？”

“是得这儿站着！”

“别人都走，你怎么不走？”

“我不能走，我等这桌子哪！”

敢情这张桌子是人家的。打这儿他不在街上抚啦，在家里闷着头儿抚。闷着头儿抚哇，嗯，该着，都不懂啊，有个老妈子懂！这老妈子伺候他茶水，他这儿抚着琴，正抚着是悲调子，哪个调子？就是“孔仲尼叹颜回才高命短”。正抚到这儿，一看这老妈子眼睛也红啦，眼泪吧嗒吧嗒往下掉！心说：“嗯，有门儿！别人都不懂啊，这老妈子懂，她哭！我这正是悲调子！”他把琴这么一收，不敢就问“你知音？”前者已碰了俩钉子，到这儿不敢这么问啦！他得拿话慢慢儿诓：

“你为什么哭哇？”

这老妈子说：

“我怎么不哭哪！大爷，您这琴的声音实在叫人惨得慌！”

“有门儿！有门儿！她懂！遇知音啦！”还不敢直问，慢慢儿诓：

“噢，你为什么惨得慌哪？”

“我一听您这声音哪，想起我爷们儿来啦！”

“噢，你爷们儿在家？”

“哪儿呀，他死啦呀！”

“噢，他多大年纪死的？”

“三十三！”

“这更对啦！他跟颜回同岁呀，颜回也是三十三岁死的，满对呀！你爷们儿当初做什么事呀？”

“我爷们儿也弹棉花。我听您这声儿啊，跟弹棉花一个味儿！”

这哪儿是知音哪，她想起弹棉花来啦！

（张寿臣述　张奇墀记）

属　牛

如今跟过去可大不相同，劳动光荣。不劳动，不得食。在旧社会有这么一种升官发财的思想，大人教育孩子，从小儿就给他灌输毒素。爸爸拍着儿子的肩膀儿：“好小子，长大了可得做官呀，给咱们家里改换门庭！”因为一做官就发财，有财有势，改换门庭。旧社会有这么句话：“三年清知府，十万雪花银。”做三年官要落十万两银子，这还是清官、清知府哪！要是做三年赃官，拿耙子一搂还了得吗？知府是四品官，官不算大，三年清知府要落十万两银子，怎么来的？有来钱的道儿。

知府管知县，一个府管着几个县。都是知县，县跟县不一样，土地有厚有薄，有肥有瘦。打比方说吧，离天津不几步儿有这么几个县，人人都知道，叫：“金宝坻，银武清，不如宁河一五更。”怎么讲哪？宝坻县管一千二百多村子，是个金缺，这个知县进项大啦，“金宝坻”！“银武清”哪？武清县是个银缺，武清县管下是八百八十八个半村，要是一个好年月好收成，多大的进项啊！这俩知县怎么样？“不如宁河一五更”！就五更天一早儿，宁河县知县的进项就超过武清县、宝坻县。怎么？宁河县芦台出盐，就这一点儿就成。这是肥缺呀！在这儿做上三年，他不是吃得顺嘴流油儿吗？肥实呀！这几县全属北京顺天府管。顺天府管着五州十九县，全一样吗？也有苦有甜。京南有个保定县，后来改名叫新津县，这个县管十八个村子，这点儿进项连人家的零儿还不够哪。这个县的进项小点儿，这就是知府生钱的道儿。知府不去搂，叫知县搂去，给他往嘴里抹蜜！宁河县不是进项大吗？你要是不运动知府，他把你调动走。这位知府透出信儿来，要把新津县知县调宁河去，把宁河县知县调新津来，那宁河县知县受得了吗？

到这时候，他就得给知府送礼，运动知府。可不敢送钱，一送钱落个贪赃，让御史知道了，全参下来啦。怎么办哪？知府一年办两回事就得啦，办俩生日——他一个，他太太一个。到办生日啦，凡是他的属员都到府衙门班房那儿去打听：

"大人快办生日啦？"

"啊。"

"哪天哪？"

"啊，哪天哪天。"

"大人想让我送点儿什么礼？"

"那我哪儿知道哇！你爱送什么送什么呀！"

"大人高寿啦？"

"五十六哇。"

五十六，送点儿什么合适呢？得想想。一想啊，五十六岁属鼠的，嗯，上金店给打个金耗子。金子是一寸见方十六两啊！这金耗子一尺二长，光一根尾巴一根金条还不够；俩眼睛两块钻石，五克拉八一个。拿这个金耗子往寿堂上一摆，知县得在旁边儿盯着，好让知府看见他。这知府到时候得上寿堂转悠转悠，理着小胡子，看看各样的礼物，一眼瞧见这金耗子啦，理着胡子，要拿手掂掂。要是他一拿拿起来啦，那是分量轻，就是一层皮，就搁那儿啦！这一拿没拿动，看了看下款儿，再看知县在旁边站着哪，回手一拍这知县的肩膀儿：

"太好啦，太好啦，这个真可心，这个真可心！"

这就是告诉那知县："你放心吧，你那儿做着吧，我绝不调你。"

又说：

"这手工太巧啦！"

"手工巧"干吗呀，他说的是分量真大啊！

"哎呀，你怎么这么用心哪，你就知道本府我是属鼠的！哈哈，就打一个金鼠。好！用心！啊，下月太太生日，太太比我小一岁。"

弄去吧！小一岁，属牛的，你给弄个金牛得多少钱哪！老百姓还活得了活不了！

（张寿臣述　张奇墀记）

二十四孝

每逢到了年下，家家都要贴张年画儿。旧年画儿里头就有有毒素的，什么哪？就是这张二十四孝。这二十四孝完全是旧社会愚弄人哪，帮助那个皇上，帮助那封建社会统治阶级，拿愚忠愚孝把人给闹迷糊了。二十四孝里有这么两档子事，完完全全是捏造的。什么事啊？一个“卧冰求鱼”，一个“埋儿得宝”。这两档子事，您要一研究啊，不用说不像话，不像人话。

“卧冰求鱼”那个人叫王祥，家里穷，大三九天气，妈妈想吃鱼。买不起鱼怎么办呢？正冷的时候，鱼都在冰里头呢。王祥把衣裳脱了，躺在冰上。他那意思呢，把冰焐化了好逮鱼。这工夫太白金星看见了，叹息说：“真孝哇！”用手一指，从冰里蹦出两条大拐子来，拿家给他妈一熬汤。不对！太白金星在哪儿住？我们可以跟他谈谈。说找不着他，我们可以给他去一封信，他可以给我们来一封回信。说他不花邮票钱，我们连邮票都给他寄了去！绝没有哇，这是迷信哪，事实也不可能呀！三九天那么冷，零下十好几度，把衣裳脱了躺在冰上，一会儿他就跟冰冻在一块儿啦！说即使王祥这阵闹热病，王祥发烧，烧得厉害，热身子躺在冰上舒坦舒坦，那冰它得化呀！冰化了，什么托着他呀？王祥哪儿去了？掉下去了！您想这情理呀，冰化了他还不掉下去吗？掉冰窟窿里他还出得来吗？这不可能，也没这宗事，天底下也没有这么孝的，也没有这么傻的人。

那个“埋儿得宝”呢？那个人叫郭巨，家里四口人，赶上收成不好，夫妻两口吃点儿不济的，给妈妈做点儿好的，孝顺哪！奶奶疼孙子，人之常情啊，老太太分给小孩一半儿，孩儿越吃越胖啊，妈妈越吃越瘦。两口子一合计：“得啦，咱把这孩子给埋了吧！活埋了之后呀，妈妈就吃饱啦。”两口子抱起孩子，到空地里去刨土，一刨刨出个元宝窖来。胡说八道！刨黄土刨出个元宝窖来？是卖黄土的都上空地刨土去，哪位也没刨出个元宝窖来。甭说元宝窖，连一毛钱也没刨出来过。说这个是他孝顺，老天爷就给他一个元宝窖，就让他发财！这个事情没有，要是真有这个事情呀，这个郭巨如今得让他坦白坦白。头一个罪名是摧残第二代，活埋小孩儿，这是血债！再说他的出发点不对。怎么不对呀？他得说理，不说理不成。你把孩子埋了，埋孩子是为了孝顺，让妈妈吃饱了啊！这位老太太到了吃饭的时候哇，准找孙子，那是一定的道理，惯啦！奶奶疼孙子嘛！问：

“孩子呢？让他吃饭哪！”

两口子就得说瞎话：

“您吃吧，妈妈，孩子玩儿去啦！”

“他饿啦？”

“他吃饱啦，您甭管他啦，您吃吧！”

这一顿能成，老太太吃啦，到吃晚饭呢，还找哇，还得说瞎话：

“您吃吧，他玩儿去啦！”

老太太擀儿啦：

“像话吗？啊，出去一天啦，我也没瞧见他，他吃饭啦？”

“吃饭啦！”

“早晨吃饭啦这阵还不饿吗？你们不说实话，我不吃！”

两口子没办法，就得说实话：

“您吃吧，这孩子您甭等他啦，活埋啦！因为什么？因为家里不够吃，您老疼他呀，为了让您吃饱了啊，把他活埋了！”

这老太太那么大年纪，疼孙子，家里年月不好，营养又不足，老太太一着急，准死！老太太也死啦，孩子也埋啦，剩下的粮食他们俩够啦！他们那不是孝顺，他们那是减挑费！

（张寿臣述　张奇墀记）

杜十娘

这一个是《今古奇观》的节目，“杜十娘怒沉百宝箱”。说的是李甲负义，杜十娘痴情。叫人看着，听着，可气又可怜。可气的是李甲，可怜的是杜十娘。事实不可能有这样的事儿。这是作小说的弄笔。怎么知道不是真事儿呢？就在这三个人名字里藏着哪。杜十娘，偏遇见李甲，半道上又遇见孙富。这三个人名字里别有含义。杜十娘是忒意的实在了。杜是度量的度。自己受苦当妓女想从良，度量着客人里有可靠的，就可做一生的伴侣。太实在了。跟了李甲了，所遇非人。李甲呢，这个李暗隐是理义之理，甲暗隐真假之假。杜十娘度量人太实在，遇见了“理假”，最后落个死亡。可又偏遇见孙富，怎么那么巧！偏遇见孙富呢？这个字说明了就是骂这个孙子富而不仁，有俩钱净作孽。

（张寿臣述　夏之冰记）

下神儿

世界上的事万不能迷信，迷信耽误事。过去有人迷信神仙，什么事都去求神仙，有病求神仙，没钱求神仙，没小孩儿也去求神仙，其实一点用处也没有！

说："娘娘庙，娘娘宫啊，烧香就得小孩儿啊！"这人太糊涂啦，脑筋的油泥没擦好！如今哪，不上娘娘宫烧香啦，偷娃娃的也没有啦！没有怎么样哪？如今的小孩儿更多啦！就我们那胡同儿，五个门儿九十七个小孩儿，都是五六岁，解放以后生的。说："小孩儿不是打老娘娘那儿来的吗？"与她有什么关系呀？如今怎么会这么些小孩儿哪？有真理：头一个，生活富裕，结婚的多啦；二一个，收生的这个主儿哇，是专门产科，有学问，对于婴儿，对于产妇，她完完全全得负责，跟原先那收生婆不一样。旧社会的收生婆就知道要钱，什么叫消毒，她不懂！不消毒，脐带带进脏东西去啦，就得病，四天、六天都是危险期，叫"四六疯"，抽死啦！如今小孩儿有得四六疯的吗？没有。这都是医学科学的好处，与娘娘没关系。再说，到什么时候注射什么针，什么牛痘啦，白喉啦，卡介苗哇，这都是保护儿童啊，儿童又健壮又好，与娘娘没关系，这是新社会才有的幸福。如今的小孩儿呀叫第二代，您瞧这名词多好听，第二代！您拿我说吧，倒退六十来年我不也是第二代吗？可在那个时代，我就没人管！

还有的人没钱也去找神仙，说："给财神爷烧香能发财！"这人多糊涂哇，你不劳动这钱打哪儿来呀？给财神爷烧香能发财？财神爷它是泥胎，你把脑袋磕破了它也不给你钱，它也没有钱。它让你捡皮包，你乐啦，丢主儿怎么办哪？

还有一种人，有病不吃药，上药王庙烧香去，这个更糟心！有病得上医院，不愿意上医院哪，哪条街上都有中医联合诊所，中西医都可以，千万别上药王庙去烧香，讨偏方，那不成。还有比这糊涂的，有病啊，他不找大夫，请瞧香的老婆儿吃点仙丹，什么仙丹哪？就是香灰！病人那儿躺着，她把香往那儿一烧，一磕头，一打嚏喷神仙就来，一打冷战神仙就走！瞧这个劲儿（作神仙状），神仙来啦！“啊嚏！”神仙有这么缺德的吗？您再听她说话，让您猜一半听一半，一边摸着病人，一边唱：“你这个病啊，真难看哪，这边儿是火呀，这边儿是寒哪！”这家子的人跪地下一求：“大仙姑，您赏点什么药哇？”您再听这开药方：“仨红枣哇，两片姜啊，白开水呀，沏红糖啊！”您想这药能治病吗？纯粹蒙事。您说她蒙事，她说是神仙说的。我有一句话专治神仙，一说神仙就跑，不但我能成，哪位拿这句话说去都能成，不信您就试验试验。多会儿您瞧见大杂院里有瞧香的，她在屋里正那儿跳哪！您站在门口来一句：“查户口！”这神仙就走。您说这神仙她怎么怕查户口哪！

（张寿臣述　张奇墀记）

糊涂一辈子

北京有位王爷，姓王，外号叫“古董王”。“古董王”是怎么回事哪？因为他好开玩笑，一肚子古董。古董就是古玩，他的名字叫王慎斋。

这事儿是光绪末年的事，古董王住东安门里，经常去茶馆喝茶。这一天，他正喝茶哪，对过儿桌上有甲乙二人说闲话，俩人越说越抬杠。因为什么？因为听戏。

甲某说：“昨天听谭鑫培这出戏真好，全部《失空斩》，谭鑫培去诸葛亮跟活的一样！”

乙某听完了一撇嘴：“你别说啦，我也去听了，谭鑫培唱正角，哪儿能去诸葛亮啊。”

“去谁？”

“去孔明啊！”

甲某说：“诸葛亮不就是孔明吗？这是一个人哪！”

乙某把眼睛瞪得灯泡那么大：“谁说的，诸葛亮和孔明是俩人，诸葛亮姓诸，孔明姓孔。”

俩人越说越僵啊！

甲某说：“这么着，咱俩也别抬杠，咱们赌两块钱，诸葛亮跟孔明要是俩人，我输两块钱，要是一个人？”

“我输你两块呀！”

一人掏两块钱，放桌子上了。俩人说：“咱找个人问问，就问这句话。”一抬头，看见古董王了。

“王爷，跟您打听件事。”

“什么事？”

两个人把如何说话儿，如何打赌，由头至尾一说，古董王沉得住气。

“这就不好说了，我一说，你们二位我必然得罪一位。我放俩人不交，我何必交一个人哪！”

“没关系，就听您这句话，我们俩人明白明白。”

“那么说，我可不向着谁了啊，诸葛亮姓诸，孔明姓孔，两个人。”

乙某逮住理了：“怎么样您哪，您听明白了没有！”

甲某肚子快气破了：“好好好，您赢了，您走！”

乙某连本带利拿走四块钱，甲某把茶壶茶碗一拿，上古董王这桌上来了。

“来吧您哪，咱俩一块儿喝吧。咱们打听别人，诸葛亮跟孔明要是俩人，我把脑袋输了都成！要是一个人，甭费话，你赔我两块钱！”

古董王一瞧赢钱的走了，沉住了气：“您别着急，诸葛亮啊，复姓诸葛名亮字孔明，一个人，诸葛亮就是孔明。”

“为什么刚才你不那么说？”

“跟你们开玩笑。”

“开玩笑！我两块钱没了！”

“那也是你便宜。”

“怎么？”

“你就输了两块钱哪，那小子糊涂这一辈子！”

（张寿臣述　张立林、陈笑暇整理）

一妻一妾

《婚姻法》公布了，一夫一妻制，这多好啊，夫妻和和美美，白头到老。旧社会不是这样，一夫多妻制。我们村儿有个财主，都五十多岁了，又娶了一个妾——就是小婆儿。

小婆儿三十刚出头儿，比老头儿小不到二十，总觉着自己和老头儿不般配。怎么办哪？穿衣裳啊，往年轻上打扮老头儿。晚上，老头儿睡着了，她不睡，坐在老头儿旁边儿，给老头儿往下拔白头发。干什么？她这么想：老头儿白头发少了，不就显得年轻了嘛！

大婆儿就不这么想了。

大婆儿想：好你个糟老头子，五十多了，又弄个小妖精，日子都过不安生。你只要到我这儿来，我自有办法。

老头儿到大婆儿这来了。大婆儿哪，从衣裳上啊，往岁数大上打扮老头儿。晚上，老头儿睡着了，她不睡，坐在老头儿旁边儿，给老头儿往下拔黑头发。她这么想：嘿嘿，我让你一脑袋老白毛儿，跟我安安生生过日子。

老头儿往小婆儿那去，小婆儿给老头儿拔白头发；老头儿往大婆儿那儿去，大婆儿给老头儿拔黑头发。没过半年，再看老头儿哇——成秃子了！

（张寿臣述　张立林、陈笑暇整理）

熟了就好了

都说和尚吃素，其实不然。和尚也有骗人的。他表面儿吃素，什么荤腥都不动，可背地儿呢？想吃什么吃什么！

我就遇见过这么个和尚，人前连小虾米都不吃，可背地儿吃大河螃蟹！一斤约两只，大个儿团脐，都这么大个儿（手势），活的！先拿小刷子蘸上水刷，刷干净了搁笼屉里蒸，火炉子旺得腾腾的。他准备好了酱油、醋，来点儿姜末，再点上香油，净等着吃啦！

可螃蟹是活物儿，上笼屉一蒸，它难受啊！拿爪子拱那笼屉。和尚在旁边儿受不了啦：“哎呀，这可不行，出家人，扫地不伤蝼蚁命；爱惜飞蛾纱罩灯。螃蟹大小是性命儿啊，阿弥陀佛，罪过，罪过！螃蟹难受啊！阿弥陀佛，熟了就好了，熟了就好了！”

可不熟了就好了吗，熟了他好了！

（张寿臣述　张立林、陈笑暇整理）

百家姓

我小时候念私塾，教育方法跟现在不一样，死记硬背，背不上来，老师就打。挺聪明的学生，让老师都打糊涂了。班里有位同学，就怕老师让他背书。那时候念《百家姓》啊，头两句是“赵钱孙李，周吴郑王”，学了半个月，没背下来，背上句忘下句。怕老师叫他，老师偏叫他。

“背书！”

“背书。”

“赵钱孙李，周吴郑王。”

“赵钱孙李，周吴郑王，赵钱孙李，周吴郑王。”

“记住了吗？”

“记住了。”

“背。”

“赵钱孙李，赵钱孙李……”

“怎么总赵钱孙李呀！下边哪？”

“下边忘了。”

“下边儿不是周吴郑王嘛！”

“对了，周吴郑王，周吴郑王……”

“上边儿哪！”

“上边儿？上边儿房顶子。”

“房顶子干吗？我给你讲讲吧。”《百家姓》没讲儿，老师也糊涂了，给他胡批乱讲。“这个赵啊，我不是姓赵嘛，你不是管我叫赵先生嘛，忘了不要紧，想赵先生的赵。”

“哎，忘了我就想您。”

“想我干吗！想赵。钱哪？你上学我不得跟你要学钱吗？要学钱的钱。”

“要学钱的钱。”

“孙？装孙子的孙哪！”

“装孙子的孙。”

“李？不讲理呀。”

“不讲理的理。”

“周啊？瞎胡诌的诌。”

“瞎胡诌的诌。”

“吴？无赖尤啊。”

“无赖尤的无。”

“郑，街面儿常说，某人某人不正经，不正经的正。”

“是，不正经的正。”

“王？老王八的王嘛！”

“老王八的王。”

“记住了吗？”

“您这一讲啊，我都记住了。”他把正文儿没记住，把闲篇儿都记住了，由下往上背，嗬，这份儿难听。“老王八，不正经，无赖尤，瞎胡诌，不讲理，装孙子，要学钱，赵先生。”

啊？！

（张寿臣述　张立林、陈笑暇整理）

送　煤

说一档子真事。说相声的有个刘德智，有一天，从天桥下地回家，走到半道儿，从对面走过来一个人。这个人哪，身上穿得挺破，背着一个筐，筐里头不到一筐煤，有个一百多斤。刘德智走到跟前一看：哎，这不是我那筐煤吗？

他怎么认出来的哪？筐上有记号。到了北京啊，住大杂院，院里头每家都有个煤筐，送煤的时候，怕掺和了，自己在筐上都做个记号，拴个布条啊，系个线绳啊，所以，刘德智一眼就看出来了。

"啊，这是个贼。"刘德智心里想：我要是一喊，这个贼一定跑啊，他跑了，这筐煤我还得背家去。刘德智沉得住气，过去一拍贼的肩膀："哎，你这煤卖不卖呀？"

贼吓了一跳，一听有人买煤，放心了。

"卖呀。"

"这筐煤多少钱哪？"

"您要买，给一百法币吧。"那时候，市场上的价，一百斤煤二百七十法币。贼想这个：甭管贵贱，卖给你，我白落俩钱花得了。

刘德智说："倒是便宜，便宜是便宜呀，你得给我送家去。到了家，我再给你钱。"

贼说："行，怎么走啊？"

刘德智往前一指："前边儿不远了，一会儿就到。"这个贼背着筐，刘德智在旁边儿跟着，一边儿走一边儿还说话："你这煤倒是便宜，就是湿点儿。"

来到胡同口儿，贼沉不住气了："先生，还有多远哪？"

"这就到了，进了口儿，第三个门儿就是。"

“啊！”贼扔下筐就要跑，刘德智一把把他抓住了：“别跑！要是抓你，我早就抓你了，你在哪儿偷的煤？”

“就在西墙根儿。”

“照原样儿，还给我放那儿。”

（张寿臣述　张立林、陈笑暇整理）

大力丸

旧社会的时候，骗人的事情太多。大的不说，就说南市三不管卖大力丸的吧。您听他说得好听，什么强筋壮骨、滋阴补肾哪，什么专治跌打损伤、腰酸腿疼啊……包治百病。其实哪，一样儿病也治不了，骗人。

我把它说穿了，您就信了。他那大力丸哪，里边儿没有药，什么做的？切糕做的。切糕丸，有病吃它治不了病，没病吃它也不碍事。吃多了，能解饿。

那位说："你这嘴太缺德了，没这事。"不信不是？我说话我负责。有一次，有一个卖大力丸的，正在那儿练着哪，场子外面走进一个人来："哎，我说，你这是什么大力丸哪？昨天我买了两丸，回家一吃，吃出个枣核儿来。"

（张寿臣述　张立林、陈笑暇整理）

请洗澡

有一次，我去一位朋友家串门儿，出了一个笑话儿。

朋友一见我去，心里高兴，非要留我吃饭不可。这位朋友正赶上手头儿紧，一个子儿没有，怎么办哪？他把他媳妇叫到屋外头，小声说：“哎，我们先说话儿，你去借点儿钱，捎点肉来，快回来。”

这位朋友一边儿和我说话，一边儿在炉子上坐了个大锅，倒了半锅水，说：“你嫂子买肉去了，等她回来咱包饺子。”一会儿的工夫，水开了，他不好意思说借钱去了，在锅里添点儿水，接着说话儿，水又开了，他媳妇还是没回来。连着续了几次水，锅都满了，这位朋友心里着急呀，说了一句话，我们俩都笑了。什么话？“兄弟，咱甭吃包饺子了，我请你洗澡得了。”

（张寿臣述　张立林、陈笑暇整理）

翻跟头

说段单口相声。单口相声的新段子很少，我们自己想编，可在写作上又不行。实不瞒您说，我是解放以后才学习文化，解放以前是个半文盲。怎么叫半文盲呢？书报杂志我也看，也能看下来，反正有蒙对了的时候，蒙不对的时候多！

怎么叫蒙哪？比如说，我看书看报有几个不认得的字，看看上面的字，再瞧瞧下面的字，一琢磨这几个字，大概差不多了，也就蒙下来了。还有一个办法，就是我瞧这个字像什么模样，我就念什么。过去，人家都管我叫别字先生。有时候念着念着自己都乐了。怎么？不能不乐呀。过去那"郵政局"，我念"垂政局"，您就知道我这学问怎么样了。"北大醫院"，我念"此大酱碗"！这就是我的学问，一念就把人念乐了。鲜货店门口贴着个红纸条子，四个字："糖炒栗子"，这"栗"字，我不认识，站在那儿我还念哪。念就念得了呗，我还念出声来：

"糖炒'票'子！"

哎，那能吃吗？您说，旁边的人能不乐吗？非把人念乐了不可！人家乐了，我也乐了。

过去我就是别字先生。过去我究竟念过书没有？也念过几天，可不是在学校里念的，也不是在私塾里念的，我是跟我一个亲戚念的。什么亲戚呢？是我叔伯二大爷。我这"此大酱碗"就是打我二大爷那儿来的。怎么哪？在清代给皇上治病的地方不是叫太醫院吗，"太醫院"那仨字，他就念"大酱碗"，所以我这"此大酱碗"就是得他的真传。他念别字念得比我可乐，有过这么一个笑话。

在旧社会，北京有个大财主，这家儿姓潘，家里死了人，要请一位读祭文的先生。这家儿也是倒霉催的，应当是请老秀才、举人、翰林老夫子啊，也不知道是谁出的主意，把我那位二大爷——“大酱碗”——给弄去了。这下儿漏子了，他给读祭文，那还好得了哇！往棺材前头一站，捧着这个祭文，在他眼前跪着两个人：这边儿跪着的是那个孝子，那边跪着的是孝妇。家里有钱是财主啊，两个用人搀着孝子，两个老妈子搀着孝妇，他站在那儿就念这个祭文：

“孤哀子……”

什么叫孤哀子哪？古时候，父丧为孤，母丧为哀，父母俱丧称为孤哀子。孤哀子就是那个孝子。这孝子叫什么名字呢？姓潘，名叫良顯，“云苏潘葛”的潘，良就是优良的良，顯就是显耀的显。潘良顯，这仨字，叫我二大爷一念好了，仨字儿没多错，错了一对儿半！

“孤哀子……翻跟頭！”

翻跟頭？这个“潘”哪，他给念成“翻”了，优良的“良”，他给念成跟斗的“跟”了，顯耀的“顯”，他给念成“頭”了。

“孤哀子——翻跟頭！”

这孝子一听也纳闷儿了，心说：这叫什么规矩啊？我爸爸死了，我翻跟头干什么？这叫什么事啊！这是谁请的这么一位先生？孝子跪在那儿直运气。

我二大爷念到这儿还不念了，瞧着！这工夫，旁边儿这两个用人说话了，叫孝子：

“少爷，少爷，您听见了吗？先生叫您翻跟头哪！您快翻吧！”

孝子一听这话，鼻子差点儿没气歪喽：

“废话！我爸爸死了，我翻跟头干什么？”

“那……那不是，先生叫您翻的吗！”

“胡说八道，我翻不过去。”

“这不要紧，翻不过去我们帮您翻。来，翻哪！”

两人一掀，给翻过来啦！孝子这个气呀，翻过来又跪在那儿了。我二大爷接茬儿往下念：

“孝妇……”

这个孝妇，娘家姓“乜”，“曾母沙乜”的那个“乜”，就是之乎者也的“也”字短中间那一小竖。他这一念热闹了：

“孤哀子——翻跟頭！”

用人一掀，孝子翻过去了。

"孝妇——也氏！"
孝妇一听"也是"：
"噢，我也得翻哪？！"

（刘宝瑞述　殷文硕整理）

皇帝选陵

风水先生惯说空，
指南指北指西东，
若是真有龙虎地，
何不当年葬乃翁？

在旧社会，人们都迷信，讲究看阴、阳宅的风水。什么叫阴、阳宅呢？阳宅就是住的房子，阴宅就是坟地。说是如果这家儿住的房子风水好，家里就人财两旺。要是坟地风水好，后辈子孙就能做大官儿。其实这都是瞎掰的事儿。可是在那个年月，越是达官贵人，有钱的，越迷信风水。特别是皇上，认为风水太重要了。尤其是对坟地的选择极为关心！怎么？他怕坟地选不好，破了风水，子孙后代就当不成皇上啦！

您看，历朝历代的皇上登基之后的头件大事，就是——找坟地！拿明成祖朱棣来说吧，刚即位，就派出三十多个风水先生给他找安葬的宝地。这帮风水先生围着北京四周转悠了两年多呀！那位说了，找块坟地干吗费这么大劲哪？因为明成祖忌讳太多，风水先生初选了几处陵址，他都不满意。

开始选中京西门头沟的“燕家台”，这地方不错，群山环抱，翠柏成荫。请圣上钦定吧，结果批驳回来了，让另选陵地。后来细一打听才明白，封建时代，皇上死了称为“晏驾”，“燕家”跟“晏驾”谐音，多不吉利呀，只好放弃了。

还选中一处，在昌平西南的“狼儿峪”，此处山清水秀，风景优美。奏明万岁吧，皇上一听：什么地方？狼儿峪——不敢去！怎么？明朝的皇上姓朱。您想啊，朱（猪）旁边挨着狼，那多危险啊！

又选中了长城外边儿的“屠家营”，这里是山峦起伏，巍峨壮丽。赶紧画成图帖，呈送宫内。皇上接到奏章一看，当时龙颜大怒：屠家营，更不行了！这不明摆着吗，朱（猪）入屠家，是非宰不可呀！合着刚逃出狼窝，又跑这儿挨一刀，皇上能不火儿吗？

最后明成祖亲自巡视，才选定在昌平东边儿的山区修筑陵园，就是今天的“十三陵”。这里的地势太好了：三面山峰林立，如同护屏，中间平坦豁亮，南端有两座小山，分列左右，好像一龙一虎，守卫大门。明成祖到这儿一看，非常高兴，认为此处乃是“宝地”“吉壤”。随即传旨：圈地八十里，定为陵区。可一打听这地名儿，烦了！怎么？四周的山叫“黄土山”，当间儿的地叫“绝龙坡”——嗬！瞧这倒霉劲儿——后来转念一想：朕贵为天子，金口玉言哪！地名不雅，我不会改吗？于是改“绝龙”为“九龙”。在古代呀，“九”是最大的阳数。刚改完一琢磨，也不好。皇上称为真龙天子，九龙，九个皇上，传九辈儿就完啦，那哪儿成啊！再不然叫“金龙”？还是不合适，“金”“禁”同音，“禁龙”，合着把皇上圈起来啦！最后钦定为“卧龙”。“黄土山”也太俗气啦，改名“天寿山”。

这回明成祖满意了，他以为安葬在这块风水宝地之内，后辈就能永保皇位子孙万代啦！他哪儿想到刚传了十辈儿，到崇祯这儿就完啦。怎么？吊死煤山啦。不但皇位丢了，连命全搭上啦！

他原来改名的意思是：天寿天寿——与天齐寿；卧龙卧龙——藏卧真龙。可当地的老百姓不这么解释。他们私下是这么讲的：“天寿”啊，就是说皇上天天难受！“卧龙”哪，“卧”是躺倒的意思。就是说：是龙就得躺倒——谁当皇上全得趴下！

哎，还真说对啦！

（刘宝瑞述　殷文硕整理）

十二缺

我们常说相声演员是“无不知，百行通”，无非是说什么事儿都得研究。您看我就爱研究，什么历史知识、生活趣闻，我都研究，所以我知道的事情就多。这也不是说大话，跟您这么说吧，除了“三国”的诸葛亮，就得数现代的刘宝瑞啦！

您要是不信，我提个问题就够您琢磨一会儿的。您说，咱们每个人都有一个“属相”，这是怎么回事呢？（稍停）怎么样？说不上来吧。听我告诉您：咱们国家古时候是用“天干”“地支”来记年。什么叫天干哪？就是甲、乙、丙、丁、戊、己、庚、辛、壬、癸。地支是子、丑、寅、卯、辰、巳、午、未、申、酉、戌、亥。后来为了便于记忆呀，又找了十二种动物来配合地支，叫作：子鼠、丑牛、寅虎、卯兔、辰龙、巳蛇、午马、未羊、申猴、酉鸡、戌狗、亥猪。哎，这就是属相！

您看过去问岁数都这么问：

“你多大岁数了，属什么的？”

“啊，我二十三啦，属鼠的！”

您多咱见过有这么说的：

“你多大岁数了，属什么的？”

“啊，我二十三啦，属猫的！”

哎，您听着就别扭！怎么？十二个属相里没有猫啊！其实动物有的是，干吗单挑这十二种动物呢？

（向观众）哪位能说上来，请举手！

（目光巡视观众）噢，没人举手。那还听我说吧！

现在一天分二十四小时，过去古代分十二个时辰，一个时辰合俩钟头。那么头一个时辰从什么时间起算呢？从半夜开始，叫“夜半子时”嘛。子时，就是晚上的二十三点到凌晨一点。怎么是“鼠”呢？老鼠俗称耗子，这耗子最喜欢夜里出来活动，还满处乱窜，逮什么咬什么。据说，这时候，天地浑圆一体，漆黑一团，耗子这么一咬，清气上升为天，浊气下降为地，天、地就分开啦。您说这耗子多大咬劲！您听说过“女娲氏炼石补天”吧？哎，天上那个窟窿，当初就是耗子咬的！

“日出卯时”，卯时是五点到七点。“点卯”为什么是“兔”呢？您想啊，日属“太阳”，月属“太阴”；日为“金鸡”，月乃“玉兔”，太阳要出还没出来呢，这工夫，大地还属月亮掌管哪，所以这个时辰就给玉兔啦！“卯兔”。

戌时，是十九点到二十一点。在古代呀，没有电灯，全点个小油灯，睡得都早，这时候差不多的人都睡觉啦，人是睡觉啦，狗该看家啦，“犬守夜”嘛。戌时归狗啦！“戌狗”。

二十一点到二十三点为亥时，天地漆黑，昏昏沉沉。猪就是这样，吃了睡，睡了吃，整天昏昏沉沉，哎，亥时属猪啦！

（向观众）这些知识，您都头回听说吧？啊！要不怎么说，常跟我在一块儿您长学问哪！

我还发现，这十二个属相的每种动物本身都有一点儿缺欠，不是发育不全哪，就是缺一样儿。

先说“子鼠”吧，鼠无脑。那位说了，鼠无脑？耗子有脑子呀！有倒是有，记忆力差点儿。耗子到晚上要出洞啦，先抬起前爪儿来，一琢磨，（学耗子抬爪儿状）嗯，别出去，外边儿有猫。算计得挺好，可它把爪儿一撂就忘了，哧溜！出去啦，嗷！让猫逮住吃啦！常言说，“属耗子的，撂爪儿就忘”嘛，所以——“鼠无脑”。

“丑牛”，牛无牙。牛没有上牙，上腭骨全是肉包着哪。没上牙，草嚼不烂怎么办呢？没关系，它得不了消化不良！牛是反刍动物，胃分成四部分哪，吃完了，慢慢再倒嚼一次。

“寅虎”，虎无颈。老虎没脖子，常言说，“老虎不吃回头食。”哎！老虎要回头，得整个儿身子一块儿转。您多咱见过老虎回头问：（学回头状）“几点啦？”

“卯兔”，兔无唇。您看那兔子是三瓣嘴儿，没有上嘴唇。

“辰龙”，龙无耳。您要是到故宫太和殿或者北海九龙壁去看，那龙仿佛有耳朵，其实那也是摆设。您看那聋子的“聋”字，就是由“龙”耳组成的，所以，龙有耳也白搭。怎么？“聋”耳嘛！

“巳蛇”，蛇无足。“画蛇添足”，形容多此一举。

“午马”，马无趾。您看牛、羊、猪的蹄子，都是两瓣儿的，唯独这马蹄子不分瓣儿，是个整个儿的。在动物学分科上，马属于“奇蹄目”，马无趾。

“未羊”，羊无神。羊眼无神，羊的眼珠不会动，一天到晚老那相儿。常言说，“死羊眼”嘛！

“申猴”，猴无腮。常言说，“尖嘴猴腮”嘛。就是说这猴儿啊，它腮帮子上没肉。您看，再肥的猴儿（学嘬腮）也这模样儿！

“酉鸡”，鸡无肾。鸡是拉屎不撒尿！鸡无肾。

“戌狗”，狗无味。哎，可不是肠胃的“胃”，是滋味的“味”。这狗鼻子最灵，能闻，可舌头尝不出滋味儿来。所以不管脏的、臭的，它全给“开”啦。

“亥猪”，猪无寿。就是说猪啊，没有寿数，活不长。怎么？您想啊，咱们养猪，就为吃肉啊，一般来说，有八个月就喂肥了，顶多一年，到时候就宰啦！故此，猪无寿！

（刘宝瑞述　殷文硕整理）

灶王爷

在旧社会呀，人们都迷信，家家户户起码都供灶王爷。

那时候，封建统治阶级为了麻醉人民，净宣扬这些个。愣说：天底下的人哪，都归玉皇大帝管着。灶王爷哪，是玉皇大帝从天上派下来的，到谁家就是谁家的“一家之主”！这不是胡说吗？灶王爷算一家之主，可哪家儿的户口本儿上也没他！

要真给他往上写，还麻烦。怎么？他没准姓啊！

那位同志说了，我知道：灶王爷姓“张”，常言说“灶王爷本姓张，一碗清茶三炷香”嘛。

哎，您说的是“武王伐纣”的故事，张奎把守渑池县，姜太公斩将封神封他为灶王爷，灶王奶奶叫高兰英。这是按《封神演义》的说法，灶王爷叫张奎，姓张。

可《礼记》上说，灶王爷不姓张，也不叫张奎，灶王爷叫祝融。再瞅《五经异义》——灶王爷姓苏，叫吉利。

哎！出来仨灶王爷啦。究竟哪个是真的，这让高兰英也为难哪，仨灶王爷一个灶王奶奶，您说她到底嫁谁呀？！

其实要按南方的习惯哪，她谁也没嫁。怎么呢？在黄河南边儿是“独龛”。没有灶王奶奶，就灶王爷一个人儿。合着是光棍儿灶王爷！

到了黄河北岸变双座儿啦，有灶王奶奶啦。从哪儿分界呢？以济南洛口桥为界。我细这么一琢磨，敢情灶王爷是过了黄河才结的婚！

到了黄河北边儿，灶王龛儿上人多啦。不但有灶王奶奶，两边儿还有俩小童儿，一人儿捧着一个小罐儿，罐儿上写着字儿，一个写“善”，一个写“恶”，这叫善恶罐儿。前边儿还有些零碎儿，这边儿画条狗，那边儿画只鸡。这是什么意思呢？“犬守夜，鸡司晨”嘛。

就是说，灶王爷有休息的时候，一早一晚让鸡跟狗替他值会儿班儿！

嘿！

这家儿，每天干了些什么，灶王爷全都记下来。办好事儿，写一条儿，放善罐儿里头；办了坏事儿，写一条儿，放恶罐儿里头，要是坏事儿干得太多了，恶罐儿就装满啦。您听有这么句话“恶贯满盈”，哎，八成儿就是从这儿留下的！

这灶王爷专门记录人间善、恶，到时候上天向玉皇大帝汇报。什么时候上天汇报呢？旧历腊月二十三，老百姓管这天叫小年。小年，小年，就是“小”结这一“年”！

这天家家都祭灶，欢送灶王爷。还贴副对联：“上天言好事，下地保平安。”那意思是：让灶王爷上天多多美言，拣好事儿汇报，下地就能保平安。如果上天净说坏话，那下地就……非摔死不可！

还得上供，买些糖瓜儿、草节儿、料豆儿，往那儿一摆。这是干吗呀？有用。灶王爷上天怎么去呀？又不乘汽车，得骑马。草节儿、料豆儿，是喂马的。您想天地之间那么远，马不吃饱了行吗？不然回头马一卧槽，灶王爷就趴半道上啦！

干吗买糖瓜儿呢？糖瓜儿甜哪，让灶王爷嘴一甜，就净说好话了。常言说：吃了人家的嘴短嘛！

还有的人哪，不放心，死乞白赖往灶王爷嘴上抹糖稀。他那意思是：我把你嘴糊上啦，到天上你就说不了我的坏话啦。其实这人也糊涂，糖把嘴糊住了，坏话是说不了啦，可好话也说不成啦！

哎，这不是瞎掰嘛！

（刘宝瑞述　殷文硕整理）

白蛇传

《白蛇传》是一段儿描写青年男女自由恋爱的神话故事，内容非常动人。

在杭州啊，有个书生叫许仙，有一天逛西湖去可巧下雨了。正这时候来俩大姑娘——就是白娘子和小青——找他借伞。哎，从这儿起就交上朋友了，一来二去，俩人有了感情啦，后来就结婚——成夫妻啦。您看多好。

要不现在有的小伙子一到下雨天儿，就夹把雨伞在公园湖边上溜达呢。那是干什么呢？那……那是憋着等白娘子哪！

其实啊，白娘子和许仙的媒人并不是雨伞，是小青！怎么见得是小青给做的媒哪？我有证据。您看现在市场上卖的酒当中有一种酒，叫“青梅酒”，哎，就可以说明这个问题。怎么？“青梅酒”嘛，青梅酒，青梅酒——小青为媒能长久！

那位同志说了:要是“红娘”给做的媒呢？那您就喝“红玫瑰”吧！为什么哪？红玫瑰，红玫瑰——红娘为媒才可贵哪！

嘿！

本来呀，许仙和白娘子夫妻俩感情挺好，生活得很幸福。可是这里边有人给破坏。谁呀？法海！法海是金山寺的和尚，许仙去金山寺烧香的时候，让他给截住了，说许仙面带妖气，家中有妖精。许仙不信哪，他让许仙在五月初五过端阳节的时候，给白娘子喝点儿雄黄酒。结果白娘子显露原形，变成一条大白蟒，把许仙吓死啦！

白娘子酒醒以后，一看，坏啦！赶紧去昆仑山盗来灵芝草，把许仙又给救活了。可是从打这儿起，夫妻俩的感情就冷淡了，许仙老躲着白娘子，总疑心她是妖精。

这怎么办呢？后来呀，白娘子想了个主意。有一天，白娘子陪着许仙到后花园去游逛，来到一片草地，白娘子就说了：

“许郎，五月端阳，你瞧见一条大白蟒，就疑惑为妻是妖精，好，你来看。”

说着话，由袖筒儿里掏出一条白手绢儿来，往草地上一扔，说了声：

“变！”

嗬！当时在草地上就盘起一条大白蟒，八丈多长，水桶粗细，眼如铜铃，血盆大口，三尺多长的芯子，突突乱窜！可把许仙吓坏了。白娘子笑了，说：

“许郎，别怕！”

用手一招，说：

“走！”

您再瞧，草地上这条大白蟒顿时踪影皆无。只见半空中飘落下一条手绢儿来，白娘子用手一接，塞到袖筒儿里了。

“许郎，这回你清楚了吧，那天为妻是跟你逗着玩儿哪。”

许仙看完以后，疑心病去掉了。当时说了一句话，把白娘子都给逗笑了。

“嗯，这回我明白了，你不是妖精，你是变戏法儿的！”

嗐！

（刘宝瑞述　殷文硕整理）

假斯文

今天我说的这段儿叫《假斯文》。这假斯文是谁呀？是我的一个亲戚。什么亲戚呢？是我堂叔伯两姨姑舅哥哥他丈母娘的内侄女的表叔！反正这亲戚够远的。算来算去，也不知道叫什么好了。后来一琢磨，干脆就叫他表叔得啦！

我这位表叔啊，斗大的字不认识半升，是个大文盲。您别看他不认识字，还爱在人多的地方装作识文断字的样子，摆出一副斯文的架子。故此，大家给他起了个外号，叫假斯文。

比如说，大街上贴张告示，哎，他总爱挤在前边儿，一边儿看，一边儿嘴里还直嘟囔，让外人一瞅，仿佛他认识字儿似的。其实他一个字儿也不认识。那他嘴里怎么嘟囔呢？他有办法，买个烧饼，一边儿吃一边儿看。知道的他是吃烧饼哪，不知道的还以为他那儿念告示哪！

可巧过来一位也不认识字，想打听打听告示上说的什么。你倒是跟别人打听啊，单跟我这位表叔假斯文打听：

"哎，先生，那是什么？"

他也不知道啊，他跟人家打岔：

"啊，烧饼。"

"嗐，我说那上面儿的。"

"上面是芝麻。"

"我说上面儿那黑的。"

"黑的是烙糊啦。"

嗬！

这位一生气，说了一句：

"什么东西？"

他把手一伸：

“烧饼！”

嗐！

有一回我们俩逛厂甸儿。走到一家书店门口儿，哎，他非拉着我进去看看。我心想：你又不识字儿，进书店干吗呀？没办法，陪他进去吧。进门一看，屋里有不少顾客，书架子上摆着各种书。

这位假斯文又把架子端起来啦，随手拿起一本儿来，摇头晃脑地还念上啦。

“学富五车读《诗经》。”

我过去一看，差点儿没乐趴下。怎么？他拿的是本儿皇历！就小声儿说：

“表叔，您拿的不是《诗经》，是本儿皇历。”

假斯文一听：怎么着？这是本儿皇历。马上就改口了：

“择吉上梁好动工。”

那意思是：我看这本儿皇历，想查个日子，看哪天日子好，我盖房上梁。

嘿，他转得还真快！

我仔细一看，又发现问题了：他把皇历愣给拿倒了。

我说：

“那也不对呀，您怎么把书拿倒了啊？”

这位假斯文还有的说哪：

“十年寒窗练绝技。”

啊？这是绝技呀？

我实在绷不住了，大声问他：

“您这叫什么绝技呀？”

假斯文回答了我一句话，把全屋的人都给逗乐了。

“倒视才能看得清！”

没听说过！

（刘宝瑞述　殷文硕整理）

借火儿

这回我来说段单口相声，叫《无鬼论》。无鬼论就是说根本没有鬼神。您要是说有鬼神，您见过？没有。过去有人家里供灶王爷，到了旧历的腊月二十三祭灶，给他买糖瓜儿上供，有这么副对联："上天言好事，回宫降吉祥。"这是什么意思呢？就是想让灶王爷上天净说好话。干吗给他买糖瓜儿呢？就是说你"吃人家的嘴短"哪，你接受了人家的供品，到了天上别说坏话。这是怕灶王爷在玉皇大帝那儿说坏话。还有人给灶王爷嘴上糊上很多的糖稀，为的是把他的嘴粘住，就说不了坏话啦。可是这人也糊涂哇，坏话说不了，他好话也说不了啦。怎么？糖粘着嘴哪！

既然没有神鬼，为什么从前有人一听说鬼就害怕呢？这都是他小的时候听过鬼的故事。鬼的模样非常可怕，红头发绿眼珠儿，锯齿獠牙。其实这是根据庙里的泥胎木雕想象出来的。从前还有人迷信，说男子头上有三把"真火"，两个肩膀头有两盏灯。这位走黑胡同也害怕，咳嗽完了打脑袋，啪！啪！啪！你打它干吗呀？它老实巴交，不招灾不惹祸的，你打它？这位认为脑袋一打一出火，就把鬼给吓跑了。这不是胡说八道吗？脑袋哪儿能打出火来呀！可也别说，打脑袋要是真能出火，可有好处哇，您抽烟就甭买火柴了，在脑袋上就点了。"二哥，您抽烟这儿点。"（打头）啪！着了！能有这个事吗？

从前还有这种人，因为胆小害怕，疑神疑鬼，连走道儿都不自然了。怎么呢？他恐怕火着不起来，灯倒了，鬼来掐他，所以他走路身子、脑袋、肩膀都这个劲儿的，这走法你看着别扭。他这样走（学僵尸移步），您说谁这样走路哇？刚走到胡同的中间，打后边又来了一位，一看头里那个，吓一跳！心说：这是人是鬼呀？鬼吗？又不像；

人？哪儿有这么走的！心说：小子！不管是人是鬼，你往前走我也往前走，你站住我也站住；只要你一回头儿，我就拿砖头砸你。后边这个人也是慢慢跟着他走哇，他听见后边响动，心想：麻烦了，鬼跑到我身后头去了。他打算回头瞧瞧，像这样回头一瞧——是人，搭伴儿走不就完了嘛！不价，他怕快转身肩膀上灯灭了，回头鬼过来掐他，他是连身子带脑袋，还有脑袋上的"看火"、肩膀上的"神灯"，七零八碎一股脑儿转，就这么着一回头，把后边那个吓跑了。（学动作）"哎哟！是鬼！"砖头撒手了，啪！正打到这人的脑门子上。他也不那样走了，蹦起来就跑了。到家上了些药，拿纱布在那儿缠脑袋。他儿子打外边进来，说："可了不得啦，刚才我看见一个僵尸，我给了他一砖头。您这是……""噢！是你把我开啦！"那你怨谁呀？有这么走道的吗？

过去还有这么档子事，也是误会。在城外头河边有一棵小歪脖儿树，有一个人上吊自杀了。为什么呢？您想解放前那个年头儿，是人吃人的社会，一团黑暗，倒真是鬼世界。这个人生活困难，借了一点儿印子钱（就是高利贷），利滚利越来越多，还不了啦。债主找他逼命。白天债主对他说："你穷骨头打算赖账啊！甭说你活着，你就算死了，连你的魂儿都得还我的账！"这个人被债主逼得实在没路可走，就在河边上吊自杀了。这天天快黑了，地面上准备第二天再摘下来验尸，验尸以前应该是死尸不离寸地，这天晚上就归看街的王三看管。王三想：我得想个法子，别让走路的不留神给撞下来。他就在附近的杂货铺儿要了一根鞭杆香，点着以后给死人插到手里，心说：这回没关系了，谁走到这儿一瞧，这儿有火亮儿，就不往他身上撞啦。王三自己弄了点酒，在对过儿一个大门道的台阶上一坐，手拿着酒壶自言自语："我说兄弟，咱们素常都不错，有什么事找找穷哥儿们哪，能叫你难住吗？你这么一来，谁心里好受？这才叫酒入愁肠啊！"吱！喝了一口。"你喝这个。啊，你不喝？我替你喝。"吱！又一口。王三把酒喝完了，也搭着心里烦，冲上盹儿啦。打那边走来一个人，想抽烟，一摸，没带火柴。正好走到河边歪脖儿树跟前，看见火亮儿，他想跟这个人借个火儿使使。您看，借火儿抽烟也有个规矩。比方说，我要跟对方借火儿，先不瞧对方这人，多咱对着了以后，拿烟让人了，这才瞧对方哪："您抽我这个？"是不是这样？我说的这个人也是这样。他先没抬头，直奔火亮走过来。他当时也蒙住了，谁黑更半夜的拿着香头儿在这儿站着？“借光，我使使您的火儿。（学对火动作，然后抬头）您抽我这个……（无声，惊）啊？”心说：是你呀！一看那个人，敢情吊着哪。当时他的脑袋嗡一下子就大啦，头发唰一下子就立起来啦，腿“奔儿”一下子就直啦。为什么把他吓得这么厉害哪？原来这小子就是放印子钱的。心想：哎呀！他真让我给逼死了，这他还能饶得了我呀！他的烟也扔啦，那手的香攥死了把儿啦！敢情人要是真害了怕，你要跑都跑不动了，腿就沉了。他举着香噔、噔、噔往前走，这时候看街的王三迷迷糊糊睁眼一瞧，香火头儿突、突、突直往前走，心里说：哟！走了？你走了我怎么交差啊！这可不行。死尸不离寸地，你哪儿去我也得把你弄回来。王三在后头追，又正赶上他趿拉着两只鞋，在后边踢啦踏啦，头里那个一听更怕啦，心想：我的妈呀！他以为上吊的那个人下来了哪，更跑不动啦。王三追到这人身后一伸手，噗！抓住他的脖子啦！头里这人：“噢！”吓死了！那还不吓死！王三这手一托他后腰，把他举起来啦（学动作）：“好小子，你跑到哪儿去，我也得把你弄回来，等着明天验尸，死尸不离寸地嘛！我还给挂这儿（学动作）。噢？这儿还有一个哪！”

（郭全宝整理）

孟姜女

在过去封建时代呀，重男轻女。妇女受的压迫可深啦！不用说别的，就连行动坐卧都有限制。讲究什么“行不摇头，笑不露齿，站不倚门，坐不露膝”，规矩大啦。

什么叫“行不摇头”哪？就是说妇女在走道的时候，不能左顾右盼，摇头晃脑，必须两眼平视。您瞧那年月，妇女都戴着耳坠儿，好好的耳朵，愣一边儿扎一个窟窿，为戴耳坠儿嘛。耳坠儿是上边儿一个钩儿，下边一寸多长的坠儿。这在当时不光是种装饰品，最主要的作用是限制妇女摇头的。怎么？一摇头，那耳坠儿打脸蛋儿啊！（学摇头）

嘍！这成拨浪鼓儿啦！

“笑不露齿”呢？就是妇女在笑的时候不许把牙齿露出来。那妇女要笑怎么办呢？得抿着嘴儿笑，上牙咬着点儿下唇儿（学上牙咬下嘴唇）。您看是不是这样？要是下牙咬上嘴唇就难看了。您多咱见过大姑娘有这么笑的？（学下牙咬上嘴唇）

嗬！

“站不倚门”，就是说不准站在门那儿倚靠着门框。

“坐不露膝”，过去妇女都穿长裙子，坐下的时候，不能露出膝盖来。

您看多大规矩！

还有什么“行如风，站如松，卧如弓，坐如钟”，讲究多啦。

“行如风”，走起道儿来得脚步轻盈，跟一阵风似的。“站如松”，站在那儿得像松树一样，那么挺拔直立。“卧如弓”，躺着的时候必须侧着身子，仿佛一张“弓”似的。“坐如钟”，坐在那儿就跟庙里悬着的大钟一样，那么沉稳。

“二姑娘，坐吧。”

“哎。”（学妇女坐）

您看多稳当！

“坐如钟”啊，是如同庙里的钟，可不是钟表的钟。为什么哪？钟表的钟，有摆呀，坐下跟钟表一样，带摆，那就难看啦。

“二姑娘，坐吧。”

“哎。”（学钟摆）

哎，成木偶啦！

那年月呀，姑娘讲究大门不出，二门不迈，不能随便见生人，特别是不能见年轻的小伙子。为什么哪？主要是当时的封建礼节太多啦。过去有这么一句话，叫“男女授受不亲”。这是什么意思呢？就是说，男的要给女的一样东西，不管是什么，女的都不能直接用手去拿。那怎么办哪？男的得先把东西放在那儿，女的再过去拿。反正男女双方的手不能挨上。哎，这就叫“男女授受不亲”。

那位同志说了，俩人的手为什么不能挨上呢？那可能是……怕“电”着！

不但是手不能挨上，就连衣裳袖子都不能挨上。如果大姑娘的衣裳袖子让小伙子碰上了，这叫“沾衣捋袖便为失节”，这就算失去贞节啦！那怎么办哪？要是大姑娘的衣袖让小伙子碰上了，这块儿衣袖儿算脏啦，不能要啦，得拿剪子把这块铰下去。短一块儿，不是失掉一截儿吗？所以叫失节，失节——就是衣裳袖子失去一截儿！

姑娘的手腕子要不留神，让小伙子瞧见啦，更麻烦啦，失了大节啦！那怎么办哪？剁下一截胳膊来，残废啦。后来一琢磨，不是看见手腕子了吗，干脆，不但手腕子不要了，连人全归这小伙子啦！得嫁给他。有这事儿吗？真有。在秦始皇年间有个孟姜女，孟姜女的丈夫叫范喜良。您知道孟姜女怎么嫁给范喜良的吗？哎，就因为这个。

孟姜女呀，家住陕西潼关，是个大家闺秀，晓“三从”，懂“四德”，大门不出，二门不迈。有一天哪，孟姜女带着小丫环在后花园扑蝴蝶玩儿。可巧啊，荷花池边上落着一只蝴蝶，孟姜女拿扇子往前一够，啪！坏啦，怎么啦？蝴蝶没逮着，扇子掉水里啦！赶紧往上捞吧。那年月的衣服袖子是又肥又长，她得把袖子挽上去才能捞扇子哪，往上一挽袖子，露出胳膊来了。这下可坏了，怎么？正让范喜良看见。这范喜良啊，是个书生，皆因官兵要抓他去修万里长城，为躲避徭役误入孟家的后花园，藏在荷花池旁边儿的一座假山石后边儿啦。孟姜女捞上扇子来，一回头，哎，正跟范喜良碰个对脸儿。当时唰的一下子脸就红了。心说：哟！我家花园儿里怎么出来一位公子呀？刚才我的胳膊让他看见了，这算失节。嗯，我得嫁给他！哎，后来孟姜女真跟范喜良结婚了。

您说那时候的人多封建，就因为有人看见她的胳膊就嫁他啦，这要是把孟姜女送到游泳池去，（问观众）您说她嫁谁呀？！

（刘宝瑞述　殷文硕整理）

兑　水

不管干什么事啊，都不能过分了，一过分就要入迷了。跳舞有舞迷，下棋有棋迷，喝酒有酒迷。

解放前，我三叔就是个酒迷。他每天早晨起来，头一件事儿就是拿酒瓶子奔酒铺打酒。怎么哪？他经常失业，借酒浇愁啊！

在我们胡同口儿外头，有家夫妻俩开的小酒铺。两间房子一明一暗，里外间儿。旧社会的苛捐杂税太多，买卖难做，有的铺户就弄虚作假，像什么往酒里兑水呀，往香油里掺剩茶呀，往白糖里拌馒头渣儿呀。这种风气也是当时的社会所造成的。

这酒铺的掌柜见我三叔大清早起就来打酒，猛然间想起一件事儿来：昨天晚上进了几篓酒，不知道这酒里兑了水没有？因为往酒里兑水这事归他老婆来办。可是当着我三叔的面儿又不能直接问。怎么办呢？他灵机一动，回头冲里屋说了一句谜语：

"扬子江心对如何？"

这是什么意思哪？常言说："扬子江心水，蒙山顶上茶"，这里边儿暗藏一个"水"字儿。那意思是问——凉水兑了没有？他老婆粗通文墨，明白这谜语，在里屋就搭茬儿啦，说：

"北方壬癸早调得。"

这句怎么讲哪？按"五方五行"来说，北方是壬癸水。这里边儿依然暗藏一个"水"字儿。她告诉掌柜的——水，我早兑好啦！

您别看我三叔对旁的事儿不理会，对酒是特别精心哪。他懂得这谜语呀，一听：怎么着？噢，这酒兑水啦！冲着掌柜的就喊上了：

"有钱不买金生丽！"

《千字文》上有句"金生丽水"，也暗藏一个"水"字儿。

我三叔心说：有钱不买凉水喝！我呀，我上马路对过儿那家儿酒铺打去。

转身刚要走，掌柜的急了，怕这笔买卖让对过儿给做了，赶紧说：

“对面青山绿更多！”

“青山绿水”，还是暗藏个“水”字儿。那意思是：对面儿那家儿水兑得更多。我三叔一听：

“那……什么……我还在你这儿打吧！”

（刘宝瑞述　殷文硕整理）

暴发户

在解放前哪，社会风气不好，讲究虚假，以衣帽取人，势利眼。所以即便是穷人，也得装出有钱的样子来，不然就没人理啦。

有些人爱虚面子，说大话，外表架弄着。夏景天儿走在马路上，腆着肚子，嘴里总叼着根儿牙签儿。让人一看，好像刚打饭馆儿里出来。可就怕碰见熟人，怎么？遇见熟人就得说话，不留神就露馅儿啦。人家一问他：

"二哥，您吃了吗？"

他一边儿剔牙，一边儿回答：

"刚吃完。"

"您吃的什么呀？"

"冰激凌！"

啊？您多咱见过吃冰激凌剔牙的！哎，当时的社会风气就是这样。

过去我有家街坊就好虚假，爱面子。本来他是个暴发户财主，可他非要装成多年的老财主。谁要一说他是暴发户，嗬，当时就翻脸。只要说他是老财主，能拉到饭馆里请你吃一顿！

有一回，他把我请去了：

"宝瑞，你是说相声的，眼界宽，见得多。你看看咱这所房子和屋里的摆设，怎么样？像个老财主了吧？"

我一看哪，实在不像，就说了：

"我说这话您可别恼，您不像个老财主，一看就知道是个暴发户！"

他一听就急了。我说：

"您先别起急，这新财主有特点，是'树矮，房新，画儿不古'，您看门口那几棵门槐，全都这么高。"（比画矮状）

“啊，这不刚栽上嘛。”

“您这所房子也不老啊。”

“是啊，我新盖的嘛。”

“还是的。再说您这屋里头一张古画都没有，就数那副对子年代最久，才是光绪末年的状元——刘春霖的。要想让人看不出来您是暴发户啊，得在门口来四棵大树，屋里头，挂几张古画儿，什么唐伯虎的美人儿啊，米元章的山水儿啊……”

他听到这儿乐了：

“这好办，你甭管了，我拾掇拾掇，半月以后你再来，保管看不出我是暴发户来。”

“好吧。”

过了半个月，我又去了。老远一瞧：嗬，门口这四棵大树，两丈多高！走近一看，不是槐树是松树。后来一打听，是从人家坟地里现挪过来的。好嘛，人家坟地的树，他给搁门口啦！再一看：挺新的房子，都拿煤烟子给熏黑啦，俩大铜门环子，也用烂泥给糊上啦。

哎，这不是折腾吗？

刚要叫门，正赶上他出来，嗬，见到我这份儿高兴啊：

“你瞧瞧，这回树不矮、房不新了吧？再到屋里看看，咱有几张古画儿。”

到屋里我这么一看哪，嘿，还真有几张古画儿，这边儿挂着郑板桥的《竹兰图》，那边儿挂着唐伯虎的《群芳谱》，当中间儿挂着一个挑山，是黄公望的《高山流水》，嗬，真不含糊啊！挑山的两旁，还挂着一副对子。

他说：

“你看，这副对子古不古？哎，你先瞧瞧这下款——岳飞！”

嚄，宋朝的岳飞岳元帅，这副对子年代够可以的啦。仔细一看上下联儿的词儿，我纳闷儿啦。上联儿“革命尚未成功”；下联儿“同志仍须努力”！

啊？那是岳飞写的吗？

（刘宝瑞述　殷文硕整理）

家务事

从前，山东有个大军阀叫韩复榘，他有三个不知道。第一，他有多少钱？不知道——没数儿啦；第二，他有多少兵？不知道——怎么？旧社会军队里净吃“空额”；第三，他有多少姨太太？不知道——太多啦。

他有个第九房的姨太太，姓苟，叫苟学芳。这苟学芳有个兄弟叫……苟学仁。

哎，您听这名儿！

有一天，苟学仁找韩复榘来了：

（倒口）“姐夫，你是督办，给俺谋个事由儿吧！”

韩复榘问他：（山东口音）“你打算干个什么差事？”

“给俺弄个市长当当吧！”

嘿，他要当市长！

韩复榘说了：“你会当市长吗？”

苟学仁把嘴一撇：“那有嘛呀？不就枪毙人玩儿嘛！”

啊？枪毙人玩儿，那谁受得了啊？

这时候，有个随从副官在旁边儿搭茬儿啦：“督办，我倒有个主意，您让这位舅爷先到军营里去当个班长，过些日子，您由班长把他提升为连长，再由连长升为团长、旅长、师长。这样就可以从军界进入政界，先当议员，然后参加竞选。凭督办您的面子，再请九姨太替他活动一下，顶多一年的光景，就能当上市长啦。”

韩复榘一听，这办法不错。就说：“行咧，你先到队伍上去当个班长吧。”

于是，苟学仁当时就被委派到韩复榘直属警卫团三连二班当正班长。

那时候一个班十二个人，除了正、副班长，还有十个大头兵。因为他是韩复榘的内亲，所以三连连长特地向副班长交代了一番，要对苟学仁多加照顾。副班长就在屋子里把十个大头兵集合起来，对正班长表示欢迎，让他给大家讲讲话。

苟学仁往队前一站，来了一句："弟兄们！"

唰！大家给他来了个立正。

"请稍息。"

哎，头一句还说得不错，往下您再听……就不说人话啦！

"俺哪，是韩督办委派来的，韩督办是俺姐夫，俺是他个小舅子！"

嗯？副班长心说：你提这个干吗呀？

"俺来给你们当班长，咱们全班人就好比一家子！"

大伙儿这份儿高兴啊。怎么？好比一家子，亲如手足，亚赛兄弟，班长准待咱们错不了。往下听。

"俺哪，好比是你们的爹！"

啊？大伙儿一听怎么着，来个爹？

他用手一指副班长：

"他哪，好比是你们的娘！"

嗬！副班长一听：嗐，这不是胡说吗？

"俺们老两口子，领着你们这一群孩子过日子！"

大伙儿一听，这都是什么乱七八糟的！

副班长这个气呀，眼珠一转，计上心头：嗯，有了！

"张士功，李德胜！"

"有！"

"你们俩持枪在门口站岗，任凭他是谁也不准放进来！"

"是！"

副班长冲着剩下这八个兵一努嘴儿：

"来，跟我一块儿揍他！"

嗬！乒啷乓啷，打得这小子是没命地叫啊！

正在这时候韩复榘来了。怎么哪？委派苟学仁来当班长他不放心哪。随后就视察营房，想看看情况。隔老远就听见苟学仁爹一声妈一声地直叫唤，赶紧就过去了。想要进屋，让张士功、李德胜给拦住了：

"报告督办，您不能进去，这里边儿的事您管不了。"

啊？韩复榘一听就火儿了：

“浑蛋！山东的军队都归俺管，这里边儿的事俺怎么管不了呢？”

“您能管军务事，这里边儿是家务事！”

嗯？家务事！韩复榘纳闷儿啦：这营房里怎么会出来家务事了？

“怎么个家务事啊？”

“报告督办，我娘带着我兄弟打我爹！”

嗐！

（刘宝瑞述　殷文硕整理）

慈禧入宫

这段节目又叫《咸丰立后》，就是咸丰皇上立皇后——结婚，娶媳妇。在封建时代，皇上究竟娶多少媳妇呢？都说“三宫、六院、七十二偏妃”，究竟是不是这个数字呢？我给您一个准确的答复——没准儿！

怎么没准儿呢？那年月，皇上一到十六岁就该结婚啦。皇上结婚不叫结婚，叫“立后大典”。立一位皇后。这皇后就一位，皇后以下可就多了。一等的叫贵妃，二等的叫妃，三等的叫嫔，四等的叫贵人，分多少等儿。皇后是一个，其余的贵妃、妃、嫔、贵人，加起来一共有多少呢？只要皇上不死，三年娶一拨儿，所以我告诉您：没准儿！

就拿清朝来说吧，每三年，都要从满、蒙官员家里头选一批十四岁到二十岁的“秀女”往宫里送。有才貌出众的碰巧让皇上看中啦，就能当贵人，也许能选上嫔、妃、贵妃，甚至当上皇后。有这事儿吗？有哇：像慈禧太后年轻的时候就是这么入宫选上的。

咸丰二年，皇宫里头要选一拨儿秀女。应选的一共有六十人。经过初选，留下了二十八个。从这二十八个当中挑来挑去，最后就剩俩啦。一个是后来的东太后慈安钮祜禄氏；一个是后来的西太后慈禧，叶赫那拉氏。

应选那天，她俩来到“寿康宫”，往地下一跪，上边儿坐着皇太后和咸丰。

慈安长得是端庄淑雅，雍容华贵；慈禧呢？长得是容颜娇秀，媚态横生。全够漂亮的。太后一瞧，打心眼儿里喜欢慈安。咸丰呢？看上慈禧啦！按理说，皇上喜欢谁，谁就能当上皇后啦。可慈禧倒霉就倒在她那一口牙上啦。牙怎么啦？没毛病，又白又齐，特别好看。就因为牙长得好看，她说话老想找露牙的字眼儿。结果皇后没当上！慈安呢，长了一嘴里出外进的黄板牙。别看她牙有毛病，可挺有心眼儿，说话想法儿不张嘴，让人看不出来。哎！她倒当上皇后啦。

皇太后就问慈安了：

“你姓什么呀？”

由这儿起，您注意听，慈安全使小口型的字儿来回答。

“姓钮祜禄。”

钮祜禄！不用张嘴吧？黄板牙看不出来。

咸丰问慈禧；

“你姓什么呀？”

慈禧一琢磨：论模样儿我们俩不相上下，我这口牙比她强。嗯，我呀，回话的时候，得想办法把这口白牙露出来。她是这么回奏的：

“姓那拉氏。”

说“氏”字儿故意拉点儿长音儿，“氏——”嘴唇往上下一分，把牙露出来啦。

“那拉氏——”（学状）

咸丰一看：嗬！这口牙好似排玉一样，美！

太后又问慈安：

“你多大啦？”

“十五。”

“十五”，不用张嘴。

咸丰又问慈禧：

“你多大啦？”

慈禧刚想说“十六”，一琢磨，不行，十六露不出牙来呀。灵机一动：

“明年十七——”

哎，这不是废话吗？后年还十八哪！

太后又问慈安啦：

“你家住哪儿啊？”

“禧兹府。”

咸丰问慈禧：

“你家住哪儿啊？”

慈禧住李广桥哇。李广桥，“桥”字儿露不出牙来呀。对，这么说：

“家住鼓楼西——”

嘿，变着法儿龇牙！

太后问慈安：

“你叫什么呀？”

“玉珠。”

赶寸啦，到慈安这儿全不用张嘴。

咸丰又问慈禧：

“你叫什么呀？”

本来她叫“兰儿”，“兰儿”不行啊。

“我叫兰芝——”

哎，连名儿都改啦！“兰芝——”

太后问慈安：

“你家还有什么人哪？”

“父母。”

咸丰问慈禧：

“你家有什么人哪？”

慈禧一想：我爸爸死了，光剩下妈啦，可这怎么说呀？“妈——”“母——”全露不出牙来呀。哎，有了：

“妈和姨——”

哎，连亲戚全饶上啦！

皇太后一看问得差不多啦，决定吧。按规矩，皇上把一个碧玉如意赐给谁，谁就是皇后。咸丰为难了，自己喜欢慈禧，太后喜欢慈安，到底给谁呢？他拿着如意直犹豫，嘴里叨念：

“谁当皇后？谁当贵妃？”

慈禧正那儿琢磨着能龇牙的字儿哪，一听赶紧搭茬儿：“我当贵妃——”

得，皇后归慈安啦！

（刘宝瑞述　殷文硕整理）

学行话

在旧社会说相声，真难哪。干这一行，首先得会说行话。行话，只有同行才懂，外行不懂。旧社会的艺人，为了赚钱吃饭，就得“湍春”。“湍春”，您听不懂了吧？艺人见了艺人说行话就叫“湍春”。只有“现分儿”，才会“湍春”。行话管内行人叫“现分儿”，是什么意思？大概是现在赚几个钱，现在就分了它，叫“现分儿”。把行话全学会了也不容易。行话管内行叫“现分儿”，管外行叫“控码儿”，管穷叫“水”，管富叫“火”。“控码儿”总比“现分儿”“火”。旧社会有句话：艺人不富。

旧艺人难哪，不知道哪天“朝翅子”“蛇鞭”。行话“朝翅子”，就是打官司，“蛇鞭”，就是“挨打”。旧社会做官都戴纱帽翅儿，官叫“翅子”。用鞭子打人，皮鞭子像条蛇，所以叫“蛇鞭”，挨打。

“现分儿”得会一整套行话。不是内行听不懂。像“溜、月、汪、摘、中、申、星、章、耐、居”，就是十个数：一二三四五六七八九十。衣服叫“撒托”，大褂叫“嗨撒”，帽子叫“顶天儿”，鞋叫“踢土儿”。还有那么点儿意思，帽子戴在头上，可不“顶天”吗？鞋穿在脚上走路不得“踢土”吗？管裤子叫“蹬空子”，合理。俩腿往里一蹬是空的，蹬不空，那是口袋。

这些话，内行都“攥里亮”。“攥”就是心，“亮”就是明白，“攥里亮”，就是心里明白。“念攥子”就是没心，傻的意思。“念攥子”不能做艺人。艺人里边没傻子。有的艺人外号叫“傻子”，其实他一点儿也不傻，少分一个子儿，他也不干。

干这一行，不聪明不行。真正有本事的，人家不干这一行，没本事的又干不了，高不成，低不就。

干这一行，还有行规。有的话能说，有的话不能说，说了叫犯规，不吉利，犯忌讳。有十个字不能说，即：神、鬼、妖、庙、塔、龙、虎、梦、桥、牙，最厌恶这“十大块”。内行对这十个字是绝对禁止的。还有迷信色彩，谁今天要说出一个字来，就说明今天不吉利，生意要“出鼓儿”。“出鼓儿”的意思就是会出问题，会“朝翅子”“蛇鞭”，打官司，挨打。内行都会躲着这十个字说，话里遇上这十个字，就“湍春”。“龙”说“嗨条子”，“虎”说“嗨嘴子”，“梦”说“黄亮子”，“桥”说“梁子”，“牙”说“柴掉子”。只要这样说，就认为你是内行。

那位说，学这些话有什么用？又要说，又要忌讳，多麻烦。

哈哈！用处大了，会说行话可以赚钱。譬如今天天气好坏，观众多少，可以用行话灵活掌握。观众少，节目长一点，招观众；观众多，节目短一点，多收几次钱。你要当着观众这样说：“快点说，该要钱了！”观众一听，“哦，你该要钱了，我也该走了。”还跟谁要钱去？

内行这样说：“我储门子，拖储。”意思就是到要钱的时间了，收钱。内行管要钱的时间叫“储门子”，管要钱叫“拖储”，“储”就是钱。把观众的钱储存到我这儿来。储蓄所可能就是这样兴起的。银行储蓄所有零存整取，观众的钱一到我们手里就变成了“死期”，再取不出去了。

相声演员学行话，就为赚钱。特别是赶上坏天气，阴天，下雨，刮风，下雪，演员就怕坏天气，“刮风一半，下雨全无”，没地方赚钱去。过去的艺人大部分是在露天场子演，谁看哪？

有的在书馆、书场、相声场子，在房子里边也怕下雨，一阴天观众就走，他怕把衣服淋湿了。

场子里边请来一堂观众多不容易，遇上晴天转多云，阴天了，还得告诉演员：“查棚儿了。”这是行话，“查棚儿了”就是阴天了。“摆金了”，“摆金了”就是下雨了。正在演出的演员问：“觉摆？嗨摆？”“觉摆”是下小雨儿，“嗨摆”是下大雨。

“觉摆”得告诉场上的演员。演员都有一套经验，一听说“觉摆”，这时该要钱也不要了，装傻充愣，接着往下演。想方设法把观众注意力拖住，一直地从“觉摆”拖到“嗨摆”，再要钱。放心了：一下大雨，观众就走不了啦。

一下大雨，演员逮着理了，三分钟一段儿，两分钟一段儿，说一小段儿要一回钱。把前半场拖的时间补回来。

观众心里急，下大雨，走不了，听吧，几分钟一要钱，他问：“喂，你们几分钟就要钱？”“亲爱的观众，对不起，我们全场十几个人都指着这个吃饭，高有天棚，矮有板凳，房有房租，电有电费，下这么大的雨，您身上连一个雨点儿都淋不着，避雨也值这几个钱，多破费吧，您哪！”

观众心里想：“嘿！我花钱上这儿避雨来了。”

一次两次没关系，日子长了，观众也研究：“演员嘴里说些什么？这段节目里没这个词儿呀？查棚儿？摆金？嗨摆？是什么意思？”他一边听说一边往外看：听演员说“查棚儿”，一看外边阴天了。听演员说“摆金”了，看外边下雨。有次听演员说“觉摆”，一看外边下小雨儿了，这位观众站起来说：“喂！咱们赶快走吧，都觉摆了，等到嗨摆咱们就走不了啦！”

艺人学行话为赚钱吃饭，有时也吃亏。不但吃亏，有一次为说行话还吃一场官司。我和我的伙伴儿到县里住店，店里住位珠宝商，他丢一百两金子，说我们俩偷去了。原告把我们俩带到县衙门，可巧这位县官姓沈，叫沈不清。麻烦了。

县官击鼓升堂，立刻审问：“是你们两个人偷珠宝商一百两金子？”

“回禀大人，没偷。我们两个从小到现在也没见过一百两金子，我们是说相声的艺人，把我们两个人捆在一块儿也卖不了一百两金子。”

那县官对我们俩人一声冷笑：“哼……”又问原告：“原告，珠宝商，你告他俩偷你一百两金子，有何为证？”

“大人，昨天夜晚，他们偷了金子之后，商量如何逃走，他们小声说话，被我听见了。他说‘摆金’，明天怎么走哇？”

县官又问：“被告，你们俩商量，是这么说的吗？”

“回禀大人，是我说的，一个字都不错：‘摆金’，明天怎么走哇？”

原告一听我招认了，心里非常高兴。

这时县官沈不清，把眼一瞪，惊堂木一拍：“本当先打你六十大板，念你无知，还不赶快如实招来！”

这回可把我给吓糊涂了，这不冤死人吗？我不该学行话，什么“查棚儿”，什么“摆金”！我说“摆金”明天怎么走哇？是下雨了，明天怎么走？“摆金”就是一百两金子？今后不干这一行，当“控码儿”，不“湍春”。我说的是行话，只有我“攥里亮”，我心里明白。得了，等着“蛇鞭”挨打。这县官也特别，不打四十，不打八十，他打六十，溜月汪摘中申，六十大板。沈不清，你真审不清了。

这时县官冲我一笑，我想坏了，“笑官打死人”。
他笑完，问我几句话，吓我一跳。
“被告，你查的什么棚儿？摆的什么金？
当着控码儿，你湍的什么春？
要不是我翅子攥里亮，
上堂先蛇鞭你溜月汪摘中申。”

（康立本记）

黄白胖子

我初学相声的时候，老师教我学“绕口令”，练基本功，锻炼唇、齿、舌、牙、喉。

学第一段时没费什么劲儿，我就说上来了。

“凸玻璃比凹玻璃凸，凹玻璃比凸玻璃凹。”“凸玻璃比凹玻璃凸，凹玻璃比凸玻璃凹。”“凸玻璃比凹玻璃凸，凹玻璃比凸玻璃凹。”连说三遍没费劲儿。吐字清楚，发音准确。自我感觉良好。我觉得说“绕口令”也没什么。

教我学第二段时，可麻烦了，叫我说两个胖子，我怎么也记不住。越说越糊涂。一个黄胖子，一个白胖子。一个脸白，一个脸黄。黄脸的姓白，白脸的姓黄。黄胖子掰白棒子，白胖子掰黄棒子。比看掰多掰少，一个字不能错，要一口气说上来。这下子麻烦了，一说这段我就糊涂。今天再说一回试试。

“黄胖子，白胖子，背筐比赛掰棒子。黄胖子掰白棒子，白胖子掰黄棒子。黄白胖子可不能掰错了黄白棒子。黄胖子掰了半筐白棒子，白胖子掰了半筐黄棒子。黄胖子又掰了筐半白棒子，白胖子又掰了筐半黄棒子。黄白胖子一共掰了八个半筐黄白棒子。黄胖子、白胖子掰完了棒子背棒子。黄胖子碰倒了白胖子，白胖子又绊倒了黄胖子，撒了一地的黄白棒子。黄胖子、白胖子，弯腰低头捡棒子。黄胖子捡白棒子，白胖子捡黄棒子。捡完了棒子抱棒子，抱完了棒子背棒子。背回家里扒棒子，黄胖子扒白棒子，白胖子扒黄棒子。黄胖子扒出白棒子，不噜噜噜噜噜就扔给白胖子，白胖子扒出黄棒子，不噜噜噜噜噜就扔给黄胖子。黄胖子又扒了筐半白棒子，白胖子又扒了筐半黄棒子。黄白胖子，掰了棒子，抱了棒子，背了棒子，扒了棒子。黄胖子，白胖子，掰了，抱了，背了，扒了一共八个半筐黄白棒子。”

（康立本记）

九月九

过去我家有个街坊，夫妻俩过日子，日子老过不好。男的三十，女的二十九，全有嗜好。男的好喝酒，女的好打牌。日子穷，互相埋怨：男的怪女的打牌把日子输穷了，女的怪男的喝酒把日子喝穷了。

后来两口子一狠心，男的不喝了，女的不打了，戒牌戒酒。还有一条儿，不准说两个字，男的不准说牌字，女的不准说酒字。谁说了谁就受罚。比如男的说一个“牌”字，罚男的站那儿看着女的打四圈儿。女的说一个“酒”字，就罚女的站那儿看着男的喝一斤酒。“咱们说话算数，从今天开始。”那天正赶上九月初一，男的问女的：“从今天开始，今天是几月几日？”女的说：“今天是……过完了八月的下月第一天。”女的心想：以后说话我可得多注意。

男的是酒迷，一天不喝心里都难过，女的一连七八天一个酒字也没说出来，把酒迷给瘾坏了。这天出门儿碰见两个兄弟，张三和李四，他们是好朋友。张三说：“大哥，这么多日子不见啦，今天您得请客，请我们哥儿俩喝酒。”

“兄弟，不能喝了，我和你嫂子打赌了，我戒酒，她戒赌。”

张三说：“大哥，咱们在外边喝没人跟她说，她怎么会知道。”

“哎，回家一闻我嘴里有酒味儿，我就得受罚。不但不能喝，还不能说。我说一个‘牌’字，她打四圈儿，她说一个‘酒’字儿，我喝一斤。我等了七八天她一个‘酒’字也没说。”

“大哥，我有办法叫她说。”

“你有什么办法叫她说？”

“大哥，您在这儿等着。我们哥儿俩到家去找您，您不在家，我给大嫂留下话，话里多说几个‘酒’字，您回家一问，保险她得说出几个来，咱们能没酒喝吗？”

“这是个好办法。”

“好，您等着，我们去了。”

说完，这哥儿俩走了。先到市场，张三买了捆儿韭菜，李四买了两瓶酒，抱着韭菜提着酒，来到大哥家门口叫门：“大哥，大哥在家吗？”

“谁呀？”女主人出来一看不认识。

“大哥在家吗？”

“我那口子他出去了。”

“唔，您是大嫂子。”

“您贵姓？”

“我姓张，叫张九。”

“那位呢？”

“他姓李，叫李九。”

“找他有什么事呀？”

“我们哥儿仨是好朋友，明天九月九是我的生日，请大哥大嫂到我家去喝酒。也没准备什么，很简单，这不我买斤韭菜，他买两瓶酒。韭菜炒鸡蛋，喝点儿酒。大家热闹热闹，高高兴兴过个九月九。”

“唔……我知道了，等他回来我跟他说。”

“时间是明天早九点，您可别让我们等很久。”

“好。”

“大嫂，再见吧。”

“不远送了。”

“再见。”

这哥儿俩走了，回去原原本本跟张大哥说一遍。大哥高高兴兴回家了，进门就问：

“家里的，今儿个有人找我吗？”

“有两个人找你，可我全不认识。”

“没问问吗？”

“问了，一个姓张，叫……张三三。”

“那一个呢？”

“他姓李，叫……李四五。”

“他们全拿着什么东西？”

“张三三抱着一捆儿……扁叶儿葱，李四五提溜两瓶……年终数。”

"他没说找我有什么事吗？"

"请你去过……重阳节。去喝俩二一个五！"

酒迷一想，我费了这么大劲儿，一个酒字也没问出来！瘾得他直翻白眼儿。咕咚一声倒在地上，瘾死了。

女人一见这悲惨情景，糊涂了，心一酸，眼泪下来了："我的天儿呀，我可害了你呀，你早不死，晚不死，单独死在九月九哇。"

"九月九，好，两个九，我喝二斤！"——他起来了。

（康立本记）

阎王请医

阴曹地府五殿阎君的老婆，也就是阎王奶奶，身染重病，卧床不起。阎王爷可就急了，怎么呢？您想他老伴儿病了，他能不着急嘛！一声令下，只几天的工夫，把阴间所有的医生，挨着个儿地都请到了，可就是没有一个能够治好阎王奶奶病的。阎王爷万分焦急，坐卧不安，当时命小鬼儿将判官找来，忙问判官："爱卿，偌大一个阴曹地府，竟然寻觅不到一位济世良医，是何道理？"

判官听罢，立即回禀："王爷，微臣也有不解之处，所以曾派各路小鬼遍查请医实情。得知我王所请医生，俱是看过两天儿脉诀，读过两篇儿药性赋，念过两段儿汤头歌儿，便混到医界来鱼目混珠、滥竽充数之辈，甚至连街上卖狗皮膏药的都混进来了，还有的医生连脉门在哪儿都不知道，怎么能够治病呢？"阎王一听，连白毛汗都吓出来了。为什么？他怕老婆死了打光棍儿呀……

阎王随即问道："难道就束手无策了吗？"判官急忙禀告："王爷息怒。小臣想：在阴间既然找不到能人高手，何不到阳间去请一位妙手回春的名医。我想阳世乃是藏龙卧虎之处，一定能请到治疗奶奶病体之良医。"阎王听罢大喜，急忙派两名小鬼儿到阳世请医。小鬼儿闻听忙说："阳世的医生很多，究竟哪个是名医我们怎么会知道呢？"判官在一旁说："这倒不难，你们到了阳世一看就知道谁是名医。"小鬼儿说："我们看什么呀？"判官说："凡是无能之辈皆是庸医，他们只会骗人、赚钱，肯定会害死不少人。那些被治死的人都成了怨鬼，他们个个都想报仇。但是庸医的气数还在，故此怨鬼们都不能近身，只好蹲在门外伺机以报。所以你俩到了阳世，先去各家医生的门口查看一番，门口怨鬼多的，那就说明他治死的人多，一定是个庸医，什么能耐都没有，专门骗人，可千万别请他来。如果见到门外一个怨鬼都没有，那就说明他没治死过人，一定是位名家。你俩一定要想方设法把他请来治病，去吧！”

两个小鬼儿不敢耽搁，急忙来到阳间四处查访。只见个个儿医生门外都有十几个怨鬼蹲那儿等着哪！没一家儿门前没有的。最后总算找到一位医生家门口，门外才有三个怨鬼。两个小鬼儿一见大喜，一商量，这个医生门外仅有三名怨鬼，是最少的，甭问，他一定是个名医，咱们就请他去吧。俩小鬼把这位医生请到了阴曹地府。这位医生真不含糊，马上给阎王奶奶看病，诊脉，开方。一会儿的工夫药端上来啦。要说他开的这个方子药力还真快，一碗药还没喝完哪，阎王奶奶就咽气啦，死得也快。阎王爷一看，怎么？死啦！立刻升堂！喊哧咔嚓，把这位医生绑到了森罗宝殿。阎王说：“你好大的胆子，竟敢故意害人！”医生一见阎王爷立刻趴下啦，忙说：“阎王老爷在上，草民实在不敢——”阎王说：“你还敢狡辩。本王知道你是名医，这才特意请你到此。不料想你号称名医，竟一剂药还未服完就送了条命，这岂不是有意害人吗？”医生说：“我多会儿成名医啦？”阎王说：“难道你还想抵赖不成！告诉你，在你未到之前我已先派了两名小鬼儿早已查过了，许多医生的门口有不少被他们治死的怨鬼，唯有你的门外仅仅只有三个怨鬼，由此可见你是一个名医。”

这位医生一听连喊冤枉：“我的阎王老子，您弄错了，我可不是名医，人家门外鬼多，那是人家挂牌行医几十年了。我是由昨天起才挂牌给人家看病的——”阎王一听，什么，刚挂牌两天就治死三个人，好家伙！这谁受得了哇！阎王一生气，心里话儿：我费了九牛二虎之力请来了一个冒牌儿货，病没治好，把老婆也搭进去了，往后我可怎么办？他一着急，腿儿也木了，手也凉了，脸儿也白了，一下子就晕过去了。大伙儿一看阎王爷背过气去啦，全乱了。到底还是判官见过世面，沉得住气，忙说：“大伙儿别慌，别乱，赶紧把医生请过来给阎王治病要紧……”判官一说请医生，阎王噌的一下站起来啦：“别请医生，别请他！”判官说：“阎王爷，你怎么这么快就活过来啦？”阎王说：“我要不快点儿活过来，我也成怨鬼啦！”

（韩子康述　薛永年整理）

看葡萄

这回我说段单口相声。单口相声是一个人儿说，它跟讲故事还不一样，区别在哪儿？单口相声得逗乐儿；讲故事呢？一般都是真人真事。除了新故事，都是讲以前的事，所以叫“故事”！听故事的人也不同，有爱听文的，有爱听武的，还有专门爱听“闹鬼”故事的。有人传说什么“鬼拉替身”，有没有呢？这个，我大爷遇上过一回。我大爷在乡下，他们那个屯子叫泡子沿。听这名就知道有水，这个屯子紧靠大水泡子。我大爷在屯子西头住，干一辈子农活儿，又有莳弄葡萄的好手艺。临老了，老伴儿去世啦！我大爷就把莳弄葡萄当成了唯一的安慰啦！种了十几棵葡萄，秋后能结三四千斤。可是累没少受，觉没多睡。为什么？特别是到立秋以后，他每天白天睡一会儿，晚上就不睡啦，得看他的葡萄。这天半夜漆黑一片，正是月黑天，我大爷正盘算着葡萄收完之后卖下钱来置点什么，就听泡子水响。哗……哗……哗，一会儿又听见好像有人说话。我大爷细听，当时头发根儿都立起来啦！为什么？因为这俩说话的，像是鬼说话。这个说：“大哥，给你道喜啊！听说你明天拉替身，拉谁的替身？”那个说：“拉这个屯子的周福林。”“明天什么时辰？”“正午时。”“你用什么法子拉替身？”“正午周福林到屯子当腰那口井打水，我顺势一拉，他就掉井里啦！”“这可太好啦！明天我听喜信儿。”哗……哗……哗，水一响又没动静啦！我大爷心里这个嘀咕啊！心想：我活这半辈子啦，净听人说“闹鬼、闹鬼”的，这回真叫我遇上啦！鬼还拉替身？明天正午周福林去屯子当腰那口井打水——福林这孩子，年纪轻轻的不学好，总跟那不三不四的人鬼混，放着农活儿他不干，跑高粱地里耍钱，这回看你还耍不耍啦！这时候天都大亮啦，我大爷也没睡，直到十点半，他就奔屯子当腰那口井去啦。找个土台一坐，净等周福林来打水。到正午啦！十二点，就看周福林远远挑着一副水桶，嘴里还哼着小调奔这口井来啦！刚把水桶一撂，我大爷抄起空桶就走。周福林一看：“哎！× 大爷（说表演者的姓），我打水，您把桶拿哪儿去？”我大爷也不理他，一直出了屯子，才把水桶放下。我大爷对周福林说：“孩子，你命大啊！”周福林一听愣啦！“什么事啊？大爷。”我大爷就把夜里听到的一五一十地全告诉了周福林啦。周福林当时给我大爷跪下啦：“您是我的救命恩人啊！”“起来，自己爷们儿没说的。挑水去吧，这时辰过去啦。”周福林挑水去啦，我大爷回家吃了点饭高高兴兴地睡啦。他救了一条命啊！当晚，照常看葡萄。到了半夜，又听见泡子水哗、哗、哗响上啦，还是昨天那俩又来啦！那个说：“大哥，给你道喜呀！”“喜什么？”“你不是拉替身了吗？”“嗨，别提啦！没拉了，有人把时辰给搅啦！咱们说的话是不是有人偷听啦？”“不能吧！”“怎么不能呢？这房前左右就有住家。哎，这老头儿是跑腿子（即单身汉）的，可能是他偷听啦！我呀，干脆就拉这老头儿的替身啦！”我大爷一听，嘭！一踹后窗户，噌！噌！噌！就跑啦！“怎么样？是他吧，你帮我追！”我大爷一气跑了三里多地，到了赵家屯我表叔赵万才家，半天才喘匀了气儿，这才把经过告诉了我表叔。我表叔半信半疑，直等到天亮，我表叔把我大爷送回家，回到家一看：院里的葡萄全没啦！后来才知道，敢情周福林和那俩“水鬼”都是偷葡萄的！

（马敬伯整理）

乖嘴衙役

这回我说段相声，那位（指观众）说啦：怎么你一个人说呀？啊，我这是单口相声嘛！别看一个人说，也得逗乐儿。那位说：我要是不乐呢？那……我就没法子啦！您不乐，我也不能挠您胳肢窝去！我过去一挠，您说您怀表丢啦！我赔得起吗？这是说笑话儿，哪有观众讹演员的？讹诈、欺负人的人都是仗着有势力。从前有这么个知县，就知道搂！专门刮地皮，坑害百姓，老百姓没有不骂他的。这衙门里有个衙役，姓乖，叫乖嘴儿。他对他的上司乖嘴儿，对老百姓就不乖啦，张嘴儿就骂，举手就打呀！这就叫"狐假虎威"，知县真得意他。为什么？因为这乖嘴衙役不但嘴乖，而且还会察言观色，见机行事。比如一看知县这两天不愉快，他就知道是缺钱花啦。怎么办呢？他就能帮着出个鬼主意，敲诈老百姓的钱。这样整整三年光景，这知县总算任期满啦。临走那天，全城的百姓联名给知县送了一块匾，匾文是四个字："天高三尺"。那位要问啦，这么个贪官还配"天高三尺"的美称？这是一语双关，并不是说他比青天还高出三尺，而是说他是贪官。您想啊，天怎么会高出三尺呢？是因为他把地皮刮去三尺，天就显得高了三尺。知县上了官船，刚刚离岸，就见岸上有一伙人拾起砖头石块往船上扔。乖嘴衙役也站在人群里，一边扔砖头石块，一边指着官船破口大骂："你这个狗东西，把全县百姓都害苦啦！属螃蟹的——横搂哇！欺负百姓，勒索百姓的事都是你逼着我们干的……"众百姓一听，明白啦："噢，原来这个衙役是好人。"其实是一个味儿！乖嘴衙役越骂越起劲儿："这回你可走啦！也该我们喘口气儿啦，滚你妈的蛋吧！"知县在船舱里这个憋气呀！心里说："好小子，等着吧，有朝一日咱再见着面，我剥了你的皮！"

事也凑巧。知县在别处三年任满，又回到这个县。全城百姓都愁眉苦脸，唉声叹气。乖嘴衙役知道自己把知县得罪苦啦，这次回来一定饶不了他。乖嘴儿料得不错，知县一上任，先叫人把乖嘴儿绑上啦。知县说："乖嘴儿啊，当年你骂得好痛快呀！你没想到我今天又回来啦！属螃蟹的——横搂。欺负百姓，今天我先欺负你，来呀！重打四十大板！"当时乖嘴衙役跪爬了半步："大人容禀，我料到您一定会回来的。当年我骂您，那是假的，是逢场作戏。您在本县任职，我是得吃得喝；您走这三年我什么外快也没捞着，我怕您不回来，就用话激了您几句……"知县一听："啊——原来是这么回事儿。来呀！给他松绑，赏他二两纹银。"他真能说呀！

（马敬伯整理）

家 兄

赵钱孙李，周吴郑王，冯陈褚卫，切糕蘸白糖。这段单口相声就算开始了。今天说这段叫《家兄》，什么内容呢？就是说这个……我说完了你们就明白啦。

过去的官呀没有不贪的，大官是大贪，小官是小贪，每个人哪都有一把耙子。这把耙子比猪八戒那九齿钉耙还厉害呢！阎王爷住在十八层地狱，他们能搂到第十九层去，能把阎王爷给赶跑了。

有这么个笑话：在过去有个知府，这位知府他爸爸死了，按规矩是请假三年，回家守孝。在回去的路上，后边总有个老头儿跟着，一直跟到他家门口。这位知府可就生气了，问这老头儿："老头儿啊你是干什么的呀？""回禀知府大人，您是那儿的知府，我在那儿当土地爷。""你不好好当你的土地爷总跟着我干什么呀？""回禀知府大人，您把地皮都刮来了，我不跟着您走我上哪儿去呀？"这是个笑话。

今天说的是另外一回事情。说有这么个县，这个知县哪调走了，新任知县还没来。这时候，衙门里剩下的三班衙役个个儿心里头打鼓。为什么呢？是怕新任知县一到啊，打碎自己的饭碗。为什么呢？那会儿的官场向来是一朝天子一朝臣，新官一上任，旧人全得换。就拿一个县来说，从师爷、管账的、书吏，一直到三班衙役、厨子、门房全得换成自己的亲戚、朋友，换成自己的亲信哪，有什么事就好办，可以任意地贪赃舞弊。过了几天，这位新任知县来了。姓什么？姓钱，外号叫耙子，钱耙子。您一听这外号就知道这位县大爷怎么样了。总算还不错，他就带来一个师爷和一个管账的，大伙儿这才放了心。可是哪，内中有个刑房书吏心里头还是有点儿打鼓。怎么？他是掌管刑名的呀，所有打官司的人，都是打他手里经过，油水很大。当然，打碎饭碗的危险也就更大了。他心里想啊：哼！别看这家伙现在没带人来，就冲我这差使，早晚也得换成他的亲戚呀！就算是不换，以后我的事情也没法办了，那钱没法儿搂啦！怎么办呢？想花俩钱儿“运动运动”吧，可又不知道这位县太爷什么脾气！哎，想了半天哪，他想出一个好办法来，赶紧跑到一家金银首饰楼，他定打了一个银娃娃，说明了第二天早晨就要。到第二天一早啊，这位刑房书吏就来到首饰楼，取了这银娃娃，拿布包起来，抱着它就回了衙门。到了衙门以后，把这银娃娃放在了书房里一个书桌上。然后，一个人来到后堂。见知县钱耙子，躬身施礼：“启禀太爷，家兄前来拜望太爷，现在书房候见。”钱耙子一听就愣了：“令兄是谁呀？”“家兄就是我哥哥。”“废话！我知道是你哥哥。我跟他素不相识啊！”“回禀太爷，家兄与太爷交情甚厚。”“嗯？不对呀！我怎么不记得令兄是谁哪？”“回禀太爷，您到了书房一看就明白了。”“好，请令兄在书房稍等一会儿，我马上就到。”刑房书吏就出来了。待了一会儿，这位钱耙子慢慢腾腾地来到书房，进了门一看，书房里头一个人没有。细一打量呢，在桌上放着一个银娃娃，走过去用俩手一掂，分量还不轻，心里头可就明白了：“噢，这就是刑房书吏的家兄啊。哈哈哈……好！请到后堂吧。”他给抱走了。

这位刑房书吏自从有了这位好“家兄”之后，这差事果然稳住了。胆子呢，可也就大了。过了没有半个月，可巧来了一个打官司的，送来一百两银子。这位刑房书吏仗着他那位好“家兄”，私自就扣去了五十两。可是机事不密，钱耙子把这件事情给查清楚了。嘿！这下子可把他气坏了，就跟要了他的命一样，立刻就升坐二堂，把这刑房书吏叫了上来，一拍那惊堂木：“好大的胆子！我问问你，父子分家那件案子被告送来多少银子？”刑房书吏赶紧回答：“……嗯，回禀老爷，五十两。”“胡说，明明是一百两，你为什么就给我五十两？”“这……”书吏知道瞒也瞒不过去了，干脆我实说吧：“……不是，这……这个回禀太爷，本来五十两，可被告今天又送来五十两，我正打算给太爷送去哪。”“混账东西！老爷不问，你也不说又送来五十两，哼！明明你是想要吃掉老爷这笔银子。来！打他五十大板！”刑房书吏一听要打五十大板，赶紧给钱耙子跪下啦：“哎——老爷饶命，老爷饶命！小的下次不敢了。”“饶了你？哼！老爷外号叫钱耙子，你竟敢搂起老爷来了。嗯！今天我叫你认识认识哪把耙子厉害！来！给我打他五十！”“哎——老爷饶命，老爷饶命！”“饶了你？一两银子我打你一板。”书吏一听心说：我的妈呀！一两银子打我一板，我这屁股还不打飞了！赶紧给钱耙子磕头：“……老爷饶命，老爷饶命……”一着急呀，就想起他那个“家兄”来了：“请老爷看在‘家兄’的分儿上，饶了我这一回吧！”这位钱耙子一听他提起“家兄”火儿更大了：“浑蛋！不提你‘家兄’还则罢了，要提起你那‘家兄’，我要打你一百大板！”刑房书吏也纳闷儿呀：“哎……难道家兄，不好吗？”“好倒是好，可为什么就来一回，老也没来呀？”他还惦记着哪！

（于世猷演出稿　大泉记）

波斯猫

今天，我说个笑话，出在我们街坊。我们街坊有个老头儿，六十多岁，开杂货铺。一间门面，小杂货铺儿，年年赔钱，这钱都赔在老鼠身上了。从杂货铺一开张，老鼠就在杂货铺安家了。老鼠这个东西繁殖又快，一年几窝，越下越多。杂货铺里什么都有，老鼠是什么都吃，到处乱咬，咬得乱七八糟，点心被老鼠咬坏了，再卖给谁，谁也不要。老头儿赌气又增加一种嗜好：养猫。他先养了一只大花猫，买鱼，买牛肝、牛杂碎。这猫喂得很好，养了一年多了，一只老鼠也没捉到。这猫可倒好，吃饱了睡大觉。老头儿心里想：老鼠吃我，猫也吃我，越想越生气。

最可气的是有一次老头儿亲眼看到：大花猫正睡觉，一只大老鼠从猫跟前跑，把猫吵醒了，这猫噌一下子蹦起来了，瞪眼瞧一瞧，伸伸懒腰，躺下接着又睡了。

老头儿正生气哪！来了打酒的啦，老头儿一看，认识这小伙子，常在我这里打酒，姓万，叫万事通。您听这名字就知道他万事通。小伙子能说："哎呀，老大爷，您怎么养只花猫，花猫不好，吃饱了就睡觉，不捉老鼠。"这一句话就说到老头儿心里去了。

老头儿说："可不是嘛。刚才老鼠把它吵醒了，它睁眼看看又睡了。""大爷，我告诉您，养猫咱可内行。养黄猫可比花猫强，黄猫有个外号儿，叫'黄飞虎'，会饿虎扑食。老鼠一个也跑不掉。"

"黄猫好，上哪儿去找哇？"

"黑猫比黄猫还好，黑猫有个外号叫'黑旋风'，像旋风一样，一转就把老鼠逮着。这种猫从毛上看，既不是深黑，也不是浅黑，它是乌黑，乌黑光亮才叫'黑旋风'。'黑旋风'这种猫更难找。大爷，您喜欢好猫，明儿我送给您一只。”

“您家里有好猫？”

“不，不，我屋里有只母猫，怀小猫儿了，怀有两个多月了，大概用不了一个月就要下崽儿了。猫三狗四，猫怀三个月狗怀四个月。我家那个猫是用良种猫配的。公猫是只波斯猫阴阳眼儿，一只红眼珠儿，一只蓝眼珠儿，两只眼睛闪闪发光，夜里一看活像两颗宝石。告诉您，猫交配，好种坏种在于雄性。用这种猫交配生下的小猫儿您养吧，养大了，您家有多少老鼠，用不了三天就一扫光，全给您逮干净。”

“那可太好了。总想养只好猫，这是我的嗜好。”

“我也有个嗜好。”

“您喜欢什么？”

“每顿总喝二两‘猫尿’。”

“您喜欢喝酒？”

“也喝不多，一顿二两，一斤能喝三天。”

“三天喝一斤，一个月才十斤。好，你这个月的酒我包了，这小坛整十斤，你拿去吧。”

“这多不合适，那什么……”

“没什么，拿去吧。告诉你，这坛里没兑水。我还等着你的好消息哪。”

“谢谢您……我走了，您等着吧。”

这小伙子把酒拿回去，足足喝了一个月，酒还没喝完，猫下崽儿了。小伙子跑到老头儿家：“老大爷，告诉您个好消息：我家那个母猫下崽儿了。”

“下了几个？”

“一个，白的。”

“白猫……”

“浑身上下一色儿白，一根杂毛儿都没有。”

“白的，白的不好吧？”

“全身白毛难得，这猫有个名字叫‘阳春白雪’。”

“阳春白雪，好，我要了。”

“这只送给您了，我回去看看。”说完他走了，不一会儿他又跑回来了：

“老大爷，再告诉您个好消息。”

"怎么，又下猫崽儿了？"

"没有，还是那只小猫儿，回去仔细一看，全身是白毛，就脑门上有一撮黑毛。"

"脑门儿有黑毛，那叫杂毛儿，不值钱了。"

"告诉您，值钱就值这撮黑毛上了，全身白、一块黑，这叫'雪中送炭'。"

"'雪中送炭'，好。"

"您休息，我再看看去。"又走了，不一会儿又回来了：

"老大爷，我再告诉您个好消息。"

"又下小猫儿了？"

"没下，还是那只，刚才我这只小猫儿，毛还没干，现在毛干了，我一看，尾巴上毛也是黑的，一条黑尾巴。"

"黑尾巴可不值钱了。"

"这猫，值钱就值在这条黑尾巴上了。脑门儿一块黑，一条黑尾巴，这叫'棒打绣球'。"

"棒打绣球？"

"绝了，世界少有。"他走了一会儿又回来了：

"大爷我再告诉您个好消息。"

"又下只什么猫？"

"没有下，还是那只猫。它头上有黑毛，尾巴有黑毛，小猫吃奶的时候，一翻身，看肚子底下还有一块黑毛……"

"别说了，我知道，下了一只花猫。我不要啦！"

（康立本记）

文 庙

曲艺形式丰富多彩。我说的单口相声，差不多都是有头有尾的一个故事，里头穿插着笑话儿。要是对口相声呢，比较灵活多样。有讲戏曲的，有谈电影的，有文字游戏的，吟个诗啊，答个对儿啊。哎，我要是表演这路节目比他们强，因为我这个文化够水平，水平虽然不算最高，反正能保暖二十四小时——正品暖水瓶！这是开玩笑。我幼而失学，文化水平不高，净念错字、别字儿。今天，我讲一段清代的念别字的笑话。

有这么二位，一位姓贾叫贾斯文，一位姓甄叫甄不懂。他们没事在街上闲逛，走着走着，看见前面有一道红墙，在门上挂着块匾，上写两个字“文庙”——您注意听啊，那会儿“庙”字儿还写繁体，一点一横一撇儿，里面一个朝字。贾斯文说：“聊着天儿走道不显工夫，咱们都到‘文朝’啦。”甄不懂一听，扑哧乐了：“兄弟，不认识字就别念，念错了让人家笑话。你再仔细瞧瞧，那是‘文朝’吗？这念‘丈庙’，记住喽！”——还教人家记住了哪，他也念错啦！

贾斯文偏要念“文朝”，甄不懂犟着念“丈庙”，俩人就在庙外头吵起来了。正在这时候，有一个小和尚由此处路过，手捧锡镴佛钵，上头有两个字是“打斋”。小和尚一看是俩人吵架，就过来啦：“阿弥陀佛！哎，二位施主因何争吵？”贾斯文说：“你是干吗的？”“我是大佛寺的小和尚。”“噢，少当家的。你来了，这事就好办了。我们就因为念这块匾，我说念‘文朝’，他说念‘丈庙’，你给评评这个理儿：是我错了，还是他错了；是‘文朝’对，还是‘丈庙’对。”小和尚一听，摇了摇头：“文朝也罢，丈庙也罢，我没工夫跟你们磨牙，我还急着给我师父‘打齐’去呢！”——唉，他把“斋”念成“齐”啦！

那俩人一听就急啦:“嘿，你也念错字啦！什么叫‘打齐’呀？都说‘吃斋念佛’，有‘吃齐念佛’的吗？”“‘打齐’？和尚打旗，老道打伞——像话吗？!”这回可热闹啦！刚才是俩人吵，这回小和尚也加入战团了。“文朝”啊，“丈庙”啊，“打齐”呀，“打斋”呀，正在那儿嚷嚷哪，可巧庙里头住着个教书的先生，这位老夫子打庙里出来了，因为听到仨人吵架，手里的字典都没顾得放下，赶忙过来就劝:“三位，为什么吵起来啦？”贾斯文就问:“您是干什么的？”“我在这庙的后头院教学呢，是教书的先生。”贾斯文一听，救命星来啦:“哎呀，老夫子，您识文断字，我们正因为字儿的事吵呢。门上那块匾，我说念‘文朝’，他说念‘丈庙’，我们这儿正吵着哪，这位少当家的过来了，我问他究竟念什么，他说他不管，他急着给师父‘打齐’去。谁不知道是‘打斋’呀，有念‘打齐’的吗？得了，您是教书的老夫子，满腹才学，您说‘文朝’对，还是‘丈庙’对，‘打齐’对，还是‘打斋’对？”这位先生一边捋胡子一边摇头:“哎呀，不要忙，不要忙。你嘛念‘文朝’，他嘛念‘丈庙’；和尚说‘打齐’，你们说‘打斋’。哪是正字，哪是错字？哎呀，这……”他低头一看手里的那本字典，乐啦:“要想弄清，却也不难，来来来，咱们查查这本……字曲。”——嗨，他也念错啦！

仨人当时就都火啦:“好嘛，怪不得这么多人念错别字哪，闹了半天，根儿在你这儿呢！教书先生净念错字，将来得造就出多少别字先生呀？这不是误人子弟嘛！干脆咱们见官去！”上去一把揪住这位老夫子的领子:“走，咱们打官司！”贾斯文拉住老夫子，甄不懂过来就抓小和尚:“得啦，咱们就一锅熬啦！”四个人奔了县衙门啦。

凡是县衙门口儿都有面堂鼓。在道上这四个人各有各的想法。念“文朝”的一想:“到那儿我先打堂鼓，我算原告。对！”半道上就捡了块砖头。念“丈庙”的这个也想当原告，到那儿先打堂鼓，就找了块石头子儿揣到怀里啦。小和尚也想当原告哇，拿什么打堂鼓呢？就拿这佛钵。到衙门口儿了，这教书的老夫子也想先打堂鼓抢个原告，一看墙边立着个粪叉子，顺手就抄起来了。四个人蜂拥而上，就奔这面堂鼓来了，砖头、石头子儿、锡镴佛钵、粪叉子，噔卜楞噔，噗！堂鼓破啦！

衙役往里禀报。县官一听：把堂鼓打破了，指不定有多大的冤枉呢！吩咐更衣，即刻升堂。三班衙役站列两厢，齐声呐喊:“升——

堂——了——！”“威武！”堂威喝罢，县官升堂，一拍惊堂木：“来呀，带原告！”把四个人都带上来了。为什么带四个？他们全打堂鼓了嘛。县官说：“带被告！”班头赶紧请安：“回老爷，这官司没有被告。”知县一听：那这官司跟谁打呀！“你们谁是原告？”四个人都说：“我是原告！”“我原告！”“我原告！”“我是真正的原告！”“……那么，被告呢？”“没有。”“没有？你们就告我得啦！”

这位县官是捐班出身。什么叫捐班呀？就是花钱买官做。他姓苏，叫苏惠林。别看他斗大的字认不了两升，还假装文雅。当地的士绅为奉承他，给他送了一块匾，上写三个大字“赛东坡”。宋朝不是有个苏东坡嘛，县官姓苏，就说他这学问赛过苏东坡。其实他这学问赛不过苏东坡，倒能气死苏东坡！“赛东坡”这块匾就挂在大堂上。

县官一听说没有被告，把惊堂木一拍：“那么你们四个人为什么打官司呀？”“老爷，我们为字儿。”县官以为他们为房契、地契的字据呢：“噢，什么字据呀？”“不是字据。老爷，我们是为念错别字打官司。”老爷心想：这可新鲜。“你们念什么错字来着？”“我们走到一道红墙那儿，在门口有一块匾，我说念‘文朝’，他说念‘丈庙’。这时候小和尚打这儿过，我们问他哪个对呀？他说他没工夫，还急着给师父‘打齐’去哪。谁不知道是‘打斋’呀！这工夫出来个老夫子，他在这庙后院教书，我们想，问问他就明白了，谁知道一问他更糊涂了。他说，你们想明白也不难，我来给你们查查这本‘字曲’——字典他叫‘字曲’。我们就因为这个打官司。求老爷公断，您说是‘文朝’还是‘丈庙’；是‘打斋’还是‘打齐’；是‘字典’还是‘字曲’？”

县官没等说完就恼了：“啊哇！糊涂！讨厌！可恶，唉！可恶之极！本县以为你们因为房地契的字据打官司，闹了半天是因为念错了字。这值当得打官司吗？找一个明白人问一问，不就得了吗？”

“老爷，我们要不是找人问还吵不起来呢！”

“胡说！你们应该问那有学问的人，为什么单问糊涂人呢？”

“老爷，咱们这趟街上明白人太少啦。”

“放肆！既然打官司，就应该按规矩来告状，该有原告、被告。你们来了四个都是原告，难道老爷我是被告吗？！更可气的，把我的堂鼓也打破了，你们赔得起吗？！真是目无法纪，搅闹公堂，应该每人打四十大板！”贾斯文一听吓得直哆嗦，甄不懂也吓傻了，小和尚也哭了，老夫子眼圈儿也红了，四个人冲上磕头：“老爷，老爷！小人知罪，求您恩典！”县官苏惠林瞧这情景，不由得叹了一口气：“嗐，按说每人该打四十大板，看看你们这可怜的样子！本县幼读诗书，深通礼义，为国执法，爱民如子。”——他自吹上啦！“念你等愚昧无知，本县也不怪罪你们，现在给你们说四句判词儿，就把你们谁是谁非、哪是正字、何为错读，统统说明白了。下堂之后，各安生理，不得寻衅滋事，如若再犯，定要严惩！”四个人闻听赶忙叩头：“大老爷清如水，明如镜，乃是民之父母。您快宣读判词，叫我们明白明白吧！”县官说：“听着！‘文朝’，‘丈庙’两相异，和尚不该说‘打齐’。”冲那老夫子大声说：“哪有先生查‘字曲’？气坏本县……”一指堂上这块匾：“……‘赛东皮’。”

哎，他也错啦！

（刘宝瑞述　殷文硕整理）

双音字

一个聪明人有时也会糊涂，有的糊涂一阵子，有的糊涂一辈子。我属于后者，糊涂了一辈子。现在才知道学文化的重要性，晚了。

这话叫我怎么说呢，说我没上过学吧，屈心。说我念过书吧，又亏心。老人叫我上两年学，可我病了一年半，就剩半年。我又请了五个月的假，还有一个月。我逃了二十九天学，最后剩一天，还赶上个礼拜日休息。

中国字很难学，有的字，一个字就有两个音。一个音，又有很多字，全读一个音。比如，数目之首的一，就有很多的字全念一，如：衣服的“衣”，急病乱投医的“医”，大写的“壹”，作揖的“揖”，不依不饶的“依”，您说有多少一？

一个音就有一个字，写不出第二个来，这个字有没有？有，不多。像东西南北的北，只有一个。大小的大，只有一个。户口的口，只有一个。山水的水，只有一个，找不出第二个；不信您就找，找出来不白找，我请客。真的请客，不论哪位找，谁要找谁找，谁找出来谁请客。您找吧。可不您请客嘛！我才认识几个字？我能请你吗！中国字，不但一个音有很多字，而且一个字还有双音。同是一个字，搁在这里一个音，放到那里又读另外一个音。您就拿这自行车的车字来说吧，自行车、手推车、马车、汽车、火车、三轮车，全读车（chē）。同是这个车字，换个地方，它又不念车（chē）。象棋比赛得读车（jū）。当头炮、跳马、出车（jū）。不能说成当头炮、跳马，我出车（chē）？棋盘压碎了。

中国人最聪明，识字不多，用字不错，该念车（jū）的念车（jū），该念车（chē）的念车（chē）。

比如这位要坐三轮车，到火车站去，赶火车，准这么说："三轮车！""哪儿去您哪？""我去火车站，赶火车。""好您上车吧。""请您快点蹬可别误了车。""您放心吧。"一会儿蹬到了。"您看不误事吧，到火车站了，您下车吧。"以上这些话，全得读车（chē），不能说车（jū），说车（jū）难听。

"三轮车（jū）！"

"您到哪儿去？"

"我到火车（jū）站，赶火车（jū）。"

"好您上车（jū）！"

"请您把车（jū）蹬快点儿，可别误车（jū）。"

"您放心吧。"

一会儿蹬到了。

"先生，您看不误事吧，到火车（jū）站了，请您下车（jū）。"这多难听。

还有自行车的"行"字谁都认识。行走、旅行、行李、人走人行道、徒步而行、行不行……全说行（xíng）。还是这个字，换个地方，又不念行（xíng），得念行（háng）。人民银行、某某商行、行情、行市、行约、行规、你真内行、三句话不离本行，全得念行（háng）。不能说行（xíng），"你真内行（xíng）""三句话不离本行（xíng）"，这多难听。

还有那个长（zhǎng）字，家长的长。学校校长、村长、乡长、小组长、县长、班长、排长、连长、师长、北京市长，全念长（zhǎng）。还是这个长字，换个地方，又不念长（zhǎng），念长（cháng）。万里长城、万里长江、时间很长、日久天长，这都念长（cháng）。还有这么个说道：遇上活物得念长（zhǎng），遇上死物就得念长（cháng）。

活物，比如栽了棵小树苗儿："哎呀！栽上树苗儿两年没见长（zhǎng）这么高啦，长得真快，用不了几年就长成材了。"

成材之后，把它砍下来，变成木头，死物就得说长（cháng）："这根木头可够长的，做房梁用不了这么长，锯下的废料，还可以用它做个桌子腿儿。桌子腿儿也用不了这么长。"不能说桌子腿儿用不了这么长（zhǎng），桌子腿儿能长吗？

还有开会的会字，大会、小会、会议室、开大会、大会发言、小会论、汇报会，这全读会（huì）。还是这个字，换个地方又不念会（huì），念会（kuài）：张会计、王会计，到会（kuài）计学校开大会

（huì）。不能说成张会（huì）计、王会（huì）计，到会（huì）计学校开大会（kuài）。

我认为中国人最聪明，不认识这几个字，但在他说时也说不错，该说行（xíng）说行，该说行（háng）说行，该说长（zhǎng）说长，该说长（cháng）说长，不信我说您听："张会（kuài）计，今天我参加大会，求你点儿事，把你的自行车借给我骑骑，我到人民银行（háng），找行（háng）长办点儿事，行不行？"张会（kuài）计说："行，行，行。"

您听：行是行，行（háng）是行（háng），长是长，长（cháng）是长（cháng），不能给说颠倒了。说颠倒了特别难听。没这么说的："张会（huì）计，今天我去参加大会（kuài）。求你点儿事，把你那自行（háng）车（jū）借给我骑一骑。我到人民银行（xíng）找行（xíng）长（cháng）办点儿事，行（háng）不行（háng）？"

您再听老张："不行（háng），不行（háng）！"这谁懂啊！

（康立本整理）

倒坐观音台

方才唱这段子很好，实事，这是真人真事的段子。新段子跟老段子不一样，老段子里头有的就有点儿迷信，怎么回事呀？旧社会里宣传迷信，就为让人糊涂，愚民政策。

提起这迷信，有这么一段，这是实事，说完了我负责。哪儿呀？永定门外头，叫“倒坐观音台”。现在这庙没有啦，这遗址还有哪！这个庙哇冲北，倒坐嘛。观音台在民国十二年香火特别大，重修一回。怎么回事呀？门口儿搁着一辆车，一个卖花儿的挑子。拉车的冲着这庙里嚷：

“您把车钱给我们哪，等的工夫太大啦！”

把街坊都喊出来啦，街坊一问：

“怎么回事呀？”

“有一老太太进这门儿啦，坐车没给钱，等了半天啦。”

一叫把和尚叫出来啦。其实这庙不大，拉车的这么嚷了半天，那和尚能没听见吗？就你睡着了不也吵醒了吗？到这时候大伙儿一叫，他才出来。出来就问：

“怎么回事呀，施主？”

“有一老太太进这门儿啦，坐车没给钱。”

“打哪儿拉来的？”

“西直门。”

“多少钱哪？”

“四十子儿。”

和尚说：“不对呀，这是庙，哪有老太太呀？没有哇！”

旁边儿那卖花儿的给作见证：

“有，有一个老太太，她下车还拿我两朵花哪，也没给钱，也让我在这儿等着哪。”

“两朵花多少钱？”

“俩子儿一朵。”

“没有哇！你们里头看看去。”

“里头看看，我这挑子谁管哪？”

“我这车谁管哪？”

街坊说：“不要紧，我们给你看着，咱们到里面找去。”

连街坊都进来啦，这屋里那屋里都看啦：

“没有哇！”

“有一老太太进来，怎么没啦哪！”

转悠来，转悠去，转到西北犄角，西北犄角有这么一间殿，上头有块匾，写的“王三奶奶行宫”。再往屋里一看哪，这拉车的跟卖花儿的说话了：

“哎，就这老太太！”

一瞧王三奶奶呀，在那供桌上坐着，手里拿着一朵花儿呀，头边儿插着一朵花儿。桌上搁着两摞铜子儿，一个四十子儿，一个四个子儿。数数钱：

“哎，这是四十子儿，这是车钱！”

“这四个子儿，花儿钱！”

对嘛，打西直门来嘛，王三奶奶在妙峰山住，这儿是王三奶奶行宫。嘿！打这儿一宣传，了不得啦，王三奶奶显圣啦，这个庙的香火特别地旺，初一到十五，就这半个月，这和尚卖香火就卖两吨多。这和尚赚这个钱可扯啦！和尚怎么样啊？娶了仨媳妇，抽白面儿抽得特别的多，临完怎么样啊？扎吗啡烂死啦。您说王三奶奶怎么那么缺德，单保佑抽白面儿的哪？单上他那儿显圣去？我就不信这个，后首一打听我才明白，这个拉车的是和尚他舅舅，卖花儿的是和尚他姨夫，全是亲戚。除了亲戚他不给他那么宣传。

（张寿臣述　张奇墀记）

刮眉毛

我们有个街坊，平时好吃懒做，游手好闲，到了年根儿底下，缺米少面，手底下一个子儿没有。他女人着急了："你说，咱这年怎么过？"他沉得住气："你别管，我自有办法。"

转过天来，大年三十。他出了门儿，溜溜达达就进了理发馆了："给我剃光！"伙计一看有主顾，赶紧让座，围上白被单，打好胰子，剃完了头又刮脸儿，都完事了，他不站起来："伙计，把眉毛给我刮了去。""啊！先生您刮眉毛做啥呀？""过年了，干净干净，去去晦气。""我剃了二十年头了，没听说刮眉毛的。""让你刮，你就刮，刮完我多给钱。"伙计没办法，拿起刀子，刺儿，把眉毛给刮下去一个。

眉毛也下去了，我们这位街坊也撺儿了。"哎，你怎么把眉毛给我刮去了！"伙计愣了："啊，你刚才让我刮的。""什么？我让你刮的。我吃饱了撑的，我疯魔，诸位听听，这合乎情理吗？"伙计这时候有一百张嘴，也说不出话来了。

两个人一吵，掌柜的出来了。年根儿底下，理发馆的生意正忙，正月不剃头嘛。掌柜的怕耽误生意，赶紧了事："先生，我们伙计一时不留神，算了，这个头钱您甭给了。""噢，我这儿讹你头钱来了，大年下，我这一个眉毛怎么出门儿？到现在，什么东西还没买了，怎么见人！"掌柜的一听，明白了。"先生，您多担待，我这儿刚买的两棵白菜，一斤羊肉，您拿回去包顿饺子。您全看我吧！"他把东西接过来，心里高兴，嘴里还不依不饶："要不是看着掌柜的面子，咱找个地方儿说说。掌柜的，我留一个眉毛也不好看，您受累把这个眉毛也刮下去吧。”掌柜的一听乐了：“先生，您这个眉毛留着明年再刮吧！”

（张寿臣述　张立林、陈笑暇整理）

东坡鱼

“笑”，在我们日常生活里谁也离不开，说个笑话，开个玩笑，这全是笑啊。可是玩笑还分两种：有幽默的玩笑，还有庸俗的玩笑。怎么闹着玩还有庸俗的啊？有啊！有人闹着玩，给人背后画个大王八，大家倒是乐了，可是有什么意思呢！显得非常庸俗。幽默的玩笑呢？不贫不厌，不但可乐，还有回味。在宋朝，有一位大文学家苏东坡，他就爱开玩笑，有个朋友叫佛印，是个和尚，学问也很好，性格也很滑稽。苏东坡好吃，什么鱼啊、肉啊，吃法还很讲究。您到过南方就知道，像上海、杭州饭馆里有卖“东坡鱼”“东坡肉”的啊，这些菜就为纪念他。佛印呢，别瞧他是个和尚，也不在乎，什么都吃，尤其是好吃鱼。

有一天，苏东坡在书房里，底下人送上来一盘鱼，刚做好，还挺新鲜。他拿起筷子刚要吃，从窗户往外一瞧，佛印来了，苏东坡心想：“嗬！这个和尚，早不来，晚不来，我刚要吃鱼你来了，你不也爱吃鱼吗？今儿个我偏不让你吃，看你有什么法子！”一伸手把这盘鱼搁到书架子上边了。这可不是苏东坡小气，就为了开玩笑。佛印刚进门，一眼就瞧见了，心想：好啊，你吃鱼不让我，还藏到书架上边去了，我今天还偏吃上不可！

佛印刚坐下就问苏东坡：“小弟今天前来，特为跟您打听一个字！”“什么字啊？”“你姓苏的苏字怎么写？”苏东坡一听不像话啊！你这么大学问连我这个苏字会不会写？好，别看你成心，我装不知道。“噢，苏字啊，告诉你，一个草字头，底下左边是一个鱼字，右边是个禾木，就念苏。”“噢，如果草字头下面，左边是禾木，鱼字搁在右边呢？”“那还念苏啊！”“那把鱼搁到草字头上边呢？”“嗳！那可不行！”“噢，鱼搁上边不行啊！那你拿下来吧！”他吃上了。

有一次，佛印在庙里，正要吃鱼呢！一瞧苏东坡从外边进来了，佛印一想上次你和我开玩笑，今天我也不让你吃。一看旁边有个磬，就是和尚敲的磬，一伸手把鱼放到磬里边了，心说：我也看你怎么办？

苏东坡看见了，可也装没瞧见，刚一坐下故意叹了声气：“嗐！”佛印一瞧，心说这是怎么了？“啊！您今天为何愁眉不展呢？”“嗐，贤弟有所不知，近来研究对联，有一个绝对儿，一直寻求不到下联，故而心烦！”佛印一听是绝对儿，倒得问问：“不知您的绝对儿，是否能说一说，让小弟听听啊？”“可以，可以！这上联是‘向阳门第春常在’。”佛印一听，差点儿没把鼻子气歪了，心说：这是什么绝对儿啊！你这对子全臭遍街了，心里有气，可脸上没露出来：“我是不是能给对个下联啊？”“好啊！我是‘向阳门第春常在’。”佛印说：“我给你对‘积善之家庆有余’。”“哎呀！高才高才，我是‘向阳门第’。”“我对的是‘积善之家’。”“我是‘春常在’。”“我是‘庆有余’啊！”“噢，你磬里边有鱼啊，拿出来吧！”他也吃上了。

（祥林搜集整理）

傻子转文

有这么两位住街坊的：东院里张三两口子，跟前有个傻儿子，家里养活一头驴；西院里李四爷、李四奶奶，跟前有位少爷，家里也养活一头驴。

李四爷爱下象棋，爱瞧《三国》《列国》《聊斋》。这天，他到庙里下棋去了，李四奶奶上街买菜去了，只有少爷在家里读书。这时候，东院张三到西院找李四爷串门来了。"啪啪啪"叫门，说："李四爷在家吗？"没人应。他又喊："四奶奶也没在家？那么，少爷哪？"李少爷赶紧搭话："外面何人击户？"张三一听，"击户"？转文哪！"开门吧，是我。"李少爷开门，拱手抱拳说："原来是伯父老大人。这向可好？小侄未曾远迎，请伯父大人恕罪！"张三一听，说得太好了，我回家也教教我那傻儿子，让他也转转文。他问道："你爹爹呢？"李少爷说："家父上青云寺找老和尚着棋去了，天早则返，天晚则与老和尚同榻而眠。"来到院里，看见驴了。张三说："这驴毛色好，膘也好，滚瓜流油。"李少爷赶紧客套："小小毛团，何劳伯父大人挂齿。"来到屋里，看到桌子上的《三国》《列国》了，张三说："这桌子上好些小说，你怎么不看哪？"李少爷说："此乃家父所用，小侄不敢观览。"张三说："好了，好了，你这套转文的嗑儿我记住了。回家教教你傻哥哥，让他也文明文明。"

张三回到家里，把门关了，把三奶奶推到里屋炕上，愣让她睡觉，不准出来。他把傻子叫过来了："过来！我教你几句转文的话，你若学会了，我净给你买好的吃！"傻子说："哎，行！""我教你的话你记住了！回头若来了客人叫门，你先别开门，在门里问：'外面何人击户？'开门一看，只要和我年岁相仿，你就赶紧拱手抱拳悦：'原来是伯父老大人。这向可好？小侄未曾远迎，请伯父大人恕罪！'"傻子说："哎，行！"张三说："客人要是问我上哪里去了，你就说：'上青云寺找老和尚着棋去了，天早则返，天晚则与老和尚同榻而眠。'"傻子说："哎，行！""你把客人让到院里，他若夸咱家那匹驴，你赶紧跟人家客套几句：'小小毛团，何劳伯父大人挂齿。'"傻子说："哎，行！""进了屋，人家问桌子上的《三国》《聊斋》你为什么不看，你就说：'此乃家父所用，小侄不敢观览。'"傻子说："哎，行！""记住了吗？""记住了。""来了客人，你就这么说，说对了，我净给你买好吃的。""你说了不买，我咬你鼻子！"张三的桌子上没有《三国》《聊斋》呀，他东找西找没找到，拿了本旧皇历摆桌子上了，就拿它充数吧！

张三躲出去了，三奶奶在里屋装睡觉，傻小子瞪着眼睛瞅房门："怎么还不来叫门的呀！来了客人，我好转文挣好吃的呀！这街坊邻居怎么不来串门儿呀？"盼了半天，还真来叫门的了。谁来了？李四奶奶来了。女人找女人，在门外就喊："三奶奶，三嫂子！没在家呀？傻子哪？"傻子一听喊他，在门里搭腔："门外何人击户？"李四奶奶一听，怎么转上了？"快开门！"傻子开门，赶紧拱手抱拳说："原来是伯父老大人。这向可好？小侄未曾远迎，请伯父大人恕罪！"四奶奶一听，哪的事呀！我一个妇道人家，怎么成了伯父了？她赶紧问："你妈哪？"傻子说："上青云寺找老和尚着棋去了，天早则返，天晚则与老和尚同榻而眠。"李四奶奶吓了一跳："啊？与老和尚……像话吗！这个傻小子，一句人话不会说。你爹呢？"傻子说："小小毛团，何劳伯父大人挂齿！""什么？你爹成了毛团了？嗐，真是缠不清！"她走进屋来，朝里间一看："傻子！里屋炕上躺的那不是你妈吗？"傻子说："此乃家父所用，小侄不敢观览！"像话吗！

（吉坪三述）

赃官儿断案

从前，有那么三个穷哥们儿凑到一块儿，成了拜把子兄弟。

三个人都是以要饭为生的花子。一天傍晚，天下鹅毛大雪，路上静悄悄的没行人。三个花子都是无家可归的流浪汉，于是就不约而同地奔一座关帝庙走来，都想蹲庙台度过那个寒冷的雪夜。

先进庙堂的花子姓关，他左手拎个要饭桶，右手拿个打狗棍儿，进了庙堂，回手把门关好，先朝关公的塑像鞠个躬，然后把木棍儿和饭桶放下，两手合掌使劲地搓了几下，又用嘴对着两只手哈了哈气，觉得浑身都暖和了。他刚要坐下，见庙门又开了，又进来一个人。这人姓钱，也是个要饭的。他也是左手拎个要饭桶，右手拿个打狗棍儿。进屋后掩上门，也先给关公塑像施个礼，然后放下饭桶和拄棍儿，一转身才看见姓关的花子。两个人一见是同行，又是在庙里相遇的，都感到多了一个伙伴儿，于是互相打了招呼，道了辛苦。正这个时候，门又开了，又进来一个花子，他姓贾，也是左手拎个要饭桶，右手拿个打狗棍儿。他一进门就看见两个花子唠得挺热乎，也挺高兴地掺和说："二位，千里有缘来相会啊！"姓关的和姓钱的也都忙让姓贾的坐下。

三个花子互通了姓名，又盘问了家乡，还真巧，虽说不是一个省份的老乡，但住得都不远：一个是河南人，一个是河北人，一个是山东人，三个省紧挨着。这次又都是第一次跑关东相会在黑山县界。

一盘问年龄，姓关的最大，姓钱的居中，姓贾的最小。于是姓钱的提议："咱哥儿仨干脆拜把兄弟吧！"姓关的与姓贾的也很赞成。

于是三个人在关公像前各捧三把土当香炉，选了三根草棍儿当香，一齐跪在关公像前宣誓。哥儿三个愿学当年刘、关、张桃园三结义。

老大说："今后我们哥儿三个有福同享，有祸同担；虽不同生，宁愿同死。我姓关的今后要当官儿了，咱哥儿仨就同享荣华富贵。"老二说："我姓钱的有朝一日若发财了，家产就分成三份，咱们哥儿仨每人分一份。"老三说："人都说我姓贾的能做买卖，我若是成了大商人，就把买卖劈成三个分号，每人一个商号。"

三个人宣完誓，就把要来的三桶饭菜折在一个桶里，桶底上架上柴火，等饭菜热好后，就会起美餐了。

一夜情谊不提。第二天日上三竿高后，哥儿仨都醒了，各自伸了伸懒腰，还得各奔前程谋生去。

哥儿仨出了庙门儿就一起往集市上走。这时候路上的雪已经开化了，有的还露出了黑土地，道眼被赶集的人踩得清清楚楚。

正走着，老大见一个土疙瘩上好像有个东西在上边贴着，老二上去用脚踢了一下，见一个大铜钱滚了出来，老三忙上前把铜钱捡了起来，用手擦了擦泥土，就想把铜钱揣起来。这时老二眼疾手快，忙上前拽住老三说："兄弟，你这是干什么？"老三说："我捡的呀！"老大也急了，忙说："三弟，你这就不对了，这钱可是我先看见的。"老二说："是我用脚踢出来的呀！"哥儿三个各争各的理，互不相让。于是都同意到县太爷那里求公断。

三个人来到大堂上，县太爷问明情况后让把捡到的铜钱交上来。

这县太爷姓张，平时总在老百姓身上想主意。凡是到他堂上打官司告状的，都得叫他扒层皮。老百姓都叫他"赃（张）官儿"。

"赃官儿"把大钱儿拿在手里，往自己裤腿上一蹭，大钱儿露出了黄色。他心里这个乐呀，暗想：今个儿是财神爷走错门啦，大清早就给我送钱来啦！

光乐不行，还得问案啊。他一边问案，一边想主意：怎么把这个大钱儿揣在自己的腰包里。他问一回捡钱的经过，听了听，感到没有空子钻。于是说："这么的吧，你们三个人各有各的理，老爷我想听听谁家最穷，就把这个大钱儿断给谁！你们谁先说？"

关大听县太爷说完，赶忙上前说："老爷我家最穷！""赃官儿"说："你家怎么个穷劲儿？"关大说："青天大老爷，我家住半间屋，麻秆当灯烛，枕着炕沿睡，盖着破抹布。""赃官儿"手里攥着大钱儿，鼻子一哼说："啊，是他妈够穷的啦，成年盖个破抹布。这么说这个大钱儿应该给你啦！"其实他说给，但并没有撒手。正这个时候，钱二忙抢话说："青天大老爷，我比他穷，他还有半间屋呢！""赃官儿"一听，忙问："你怎么比他还穷，那你说说。"钱二说："我家住路途，星月当灯烛，枕着车辙睡，盖着肋条骨。请老爷明断，这钱应该给我。""赃官儿"一听，心想：这小子是比他穷啊，连半间房子都没有，于是说："这么说你是比他穷，看来这个大钱儿应该给你了！"他一边说，一边伸手像要给钱的样子，但并没想给。就在他要给还没给的节骨眼上，贾三忙说："老爷慢着，他不算穷，比我强多了。""赃官儿"一听也奇怪了，心说：他在马路上睡觉，连个破抹布都不趁，你还比他穷："那你说说，你怎么穷？"贾三说："老爷，我家住半空悬，挨饿好几年，要想逃活命，就得这个大铜钱！""赃官儿"一听贾三这么一说可乐坏了，他乐的倒不是感到他穷得出奇，而是乐他说得不着边际，心说：你们越胡说，我越乐。这个大钱儿你们谁也别想要了，它今儿个是老爷我的了。于是"赃官儿"把惊堂木使劲儿往桌上一拍，指着三个花子说："嘟！关大、钱二、贾老三，搅闹地方不得安，每人重打四十板，这个大钱儿算归官！"

"赃官儿"又进钱了！他让衙役把三个花子轰了出去，问声："还有告状的没有？"

（刘白泉搜集整理）

溜须县太爷

有这么个士绅，最会溜须捧屁，结交官府。提起他那溜须的招法，会叫听的人肉麻三天。

这年本县新换一个县太爷，他买通县太爷左右，把县太爷的老底摸了个大概其，就进贡去了。县太爷一看他拿的礼够厚实的，就留他吃饭。他想：他留我就吃，若不，这一肚子奉承话送不出去。万一拍马拍对地方，得个一官半职的，在当地不就独占鳌头了吗？

对坐吃饭饮酒，总得叙谈一番啊！叙谈呢，彼此就得有个称呼。士绅称呼人家“县太爷”就行了；县太爷也得称呼士绅个姓氏才是啊。所以这县太爷便问：“贵姓啊，你呀？”像您哪就答对姓张、姓李或者姓别的什么呗，他没有，离座就“扑通”给县太爷跪下了。说：“县太爷！您是父母官。听说您从来是清如水、明如镜，您老爷公断吧。”县太爷一听愣神了，说：“你姓什么还叫我公断，我知道你姓张还是姓李啊？”他“哐”家伙就叩了个响头：“嗐！县太爷呀，您真是断案如神啊！连我姓什么都知道——我也姓张，我也姓李。”县太爷一听就纳闷了，问：“你怎么两个姓哪？”他就白话上了：“我呀，本姓李，我父亲死后，我随娘改嫁，从继父又姓张。所以说我姓李也行，姓张也行。”县太爷一听，这人可真会说话，心里很受用，便说：“请起！请起！”他刚一坐下，县太爷就又问他了，说：“你今年多大岁数啦？”他赶忙离席又跪下，说：“还请老爷公断！”县太爷说：“岁数这玩意儿可咋断呀，我知道你是四十了，还是五十了？”他“哐”家伙又是一个响头：“哎呀！我的县太爷呀，您真是了不得。连我多大岁数您都给断出来了。”县太爷觉得这也太玄了，就说：“四十、五十这中间差着十年哪！”他说：“我呀，本来是五十岁了，可我为了娶小瞒了十岁，所以报了个四十岁。县太爷您真就给看出来了，可钦！可敬！”县太爷一听，心里说：“这人行！可以赏个官做。我要他办事儿，必然是一呼百诺。不过，还不算知根知底。姓啥知道了，原来姓李，现在姓张，管他姓什么，都好说；岁数知道了，为了娶小老婆子瞒十岁，算四十，实际五十；其余还都不知道，趁这架势都问个明白吧！”就又问：“你是什么时辰生的哪？”他还没起来哪，就又给县太爷磕个响头，说：“县太爷！您给明断吧。”县太爷就像摸着揪了似的，顺口说：“我知道你是子时生的啊，还是丑时生？”他又顺杆爬上去了，说：“哎呀！大老爷，您断得可太准了，神仙一样。我又是子时生，又是丑时生。”县官这回也不说啥了，等着听他做解释。他说：“当时啊，子时末生我头，丑时初生我脚，因此上，我一个人占了两个时辰。”

这个喜欢听人奉承的县官心里这个高兴啊，也忘了叫他起来，就一谱连一谱地问了下去……

（李占春述　郑友群、严晓星记）

说大话

有一个爱说大话的人叫“张大话”。他除非别说话，一说话就云山雾罩，小虾米游西湖——没边儿没沿儿的。有一天，“张大话”在街上遇见了个熟人，俩人儿一见面儿，这位问了一句：“哟，是张大——”刚要叫张大话，一琢磨不行，这是拿他开心，给他起的外号哇，我要是当面喊出来他准得跟我急眼，可是这大字已经出口了，怎么办呢？这位脑瓜子还真灵，改口这意思就变了：“哟，是张大——哥呀……”好嘛，还带大喘气的。“您这是上哪儿去呀？”“我呀，买点雪花膏。”

“您买的什么牌子呀？”

“我是买的零卖的。”

“哎哟，零卖的可没有名牌儿的好啊！”

“不！特好，就拿这香气来说吧，你擦上这雪花膏，它的香味儿能飘出十里地去。”

“又说大话了，无论怎么香，也不能香出十里地去呀。”

“孤陋寡闻，古人云：开坛十里香嘛！”

“人家说的那是酒香。”

“是啊，酒能香十里，那雪花膏为什么不能香十里呢？”嘿，他倒有理了。打那儿以后，甭管谁只要瞅见“张大话”，就躲得远远儿的。俗话说：无巧不成书。有位姓刘的，人称“刘不服”，也是说家儿。怪了，他还就不服这位“张大话”。有一天他可巧儿撞上“张大话”了，“刘不服”赶忙打招呼：“哟，张先生。”

“哟，刘先生。”

“好久不见。”

“有日子没碰着啦。”

“您到哪儿去呀？”

“我刚吃完饭。”

“今儿您吃的什么饭哪？”

“刘先生，不瞒您说，这两天手头紧，没辙，只好吃饺子。”“刘不服”一听这话儿里有话儿啊！行，没关系，想叫我服你呀，没门儿。忙说：“张先生，巧啦，您爱吃包饺子，我也喜欢吃包馅的。”

“那么说您也吃的饺子？”

“不，是包子！”

“我不但喜欢吃饺子，我还最爱吃自己家里包的饺子。因为自己包的饺子个儿大。我们一家子六口儿吃一个饺子，愣吃了一天半。您猜怎么着，还没吃着馅儿呢。吃到两天头上，吃丢了一个人，我们最小的那个孩子不见了，这孩子您说够多淘哇，他自个儿钻到饺子里吃馅儿去啦。”

“刘不服”一听：你又跟我说上大话啦，能服吗？不能啊！叫你也看看我“刘不服”的厉害：“不错，要说张先生家里包的这个饺子个儿是不小，可是要比起我们家那个包子来呀还差得远哪。”“张大话”一听心里明白了，这是不服哇，我倒要看看你有多大道行，你不服也得服：“请问刘先生，您这个包子有多大呀？”

“刘不服”把两眼一翻，嘴一撇，嗬，那劲头儿，就跟拿醋泡了一样，别提多酸啦：“我们家也是六口人儿，蒸了一个包子，两天还没吃完，吃到了第三天的时候，捡到一个木牌，木牌上写着：‘此处离馅二里。’这是不是比您的饺子大多啦?!”

“张大话”听完以后把脑袋一歪，手往后一背，右腿前后这么一晃悠，就那模样看着也够倒牙的：“嗯，要说刘先生家里这包子，是比我们家里的饺子大多了，可是在下有一事不明，还得在老兄面前动问一二，不知可赐教？”他还转上了。

“有话请讲当面，何言赐教二字。”这位也不含糊。

“我想问问您，您这么大的包子是拿什么锅蒸的呀？”“刘不服”一声冷笑：“这还用问吗，我就是拿你煮饺子的锅蒸的。”嗳！“张大话”他服了。

（韩子康述　薛永年整理）

酒 迷

马瘦毛长蹄子胖，
老两口子睡觉争热炕，
老头儿说："我要在炕头儿上睡。"
老婆儿说："不让不让偏不让！"
老头儿拿起来掏灰耙，
老婆儿抄起来擀面杖。
一仗打到大天亮，
把个热炕晾了个冰冰凉！
挺好的热炕——
谁也没睡上！

那位说，这是什么玩意儿呀？这叫："定场诗"。有这事吗？没有，笑话儿嘛！不过人的脾气是不一样的，旧社会有这么几句诗说得有意思：

酒色财气四堵墙，
许多迷人里边藏。
有人跳出墙儿外，
真乃长生不老方。

那时候把这四个字看成是"四害"。的确，在旧社会，这也真是害人之道。就拿酒字来说吧，古代有多少著名人物被它害得身败名裂呀！现在您走在街上再也看不见醉眼乜斜的人了，更不用说撒酒疯骂大街的，根本没有了。一来人们生活好了，心情舒畅了；二来觉悟也提高了。旧社会为什么醉鬼多哪？有钱人过的生活是醉生梦死，穷人是以酒消愁。所谓“今朝有酒今朝醉”。在我们那村里有一家财主，亲哥儿俩，老大结交官府，走动衙门，是个很有名气的富豪。老二就不是了，家里的产业虽然他应当得一半儿，可是穿得破破烂烂，整天是醉梦不醒的，怀里揣着酒壶，甚至上厕所去都得喝几口。大哥看着自己的弟弟这样，太给家里丢脸，对待家里事儿一点儿都不操心，这财产还得分给他一半儿，越想越冤，想着想着，可就起了歹心了。想办法把他处置了，全部家产好归自己。又一想，害他也得有个理由，否则本村的当家本族的也不能答应；若害了兄弟，再让本族人讹一头子，更不合算。有办法，先给他散布空气，先劝他，他必然不听，一吵嘴，落个他不听话，然后再处置他，本族人就没说的了。这天一早儿，酒迷喝得“醉梦咕咚”的，在书房里睡着了。老大去叫他，连推带拽，说什么也醒不了。老大一看桌上有笔墨，拿起笔来，在墙上给留了一首诗，这么写的：

劝弟莫饮瓮头春，

这个“瓮头春”就是酒的别名，在唐、宋两代，酿酒的大部分用带春的字给酒起名儿，后来大家就用“瓮头春”做酒的名字。

多置绫罗穿在身，
如今人儿势利眼，
只认衣服不认人！

后边又缀上四个字：“别喝别喝！”老大写完了放下笔出去了。待了俩多钟头，酒迷醒了，揉眼睛一看，墙上写着一首诗：“劝弟莫饮瓮头春，多置绫罗穿在身，如今人儿势利眼，只认衣服不认人！别喝别喝！”哦！甭问，这是我哥哥写的，准没错！这是要管着我呀？我喝酒也没花你的钱哪！花的是父母的遗产。你不叫喝呀？我是非喝不可！想到这儿，把笔拿起来，在他哥哥那首诗旁边，也写了一首。写完了，把笔一扔，又出去喝酒了。他大哥回来，到屋里一看，人没了，一看墙上多了一首诗，仔细一看，把鼻子都气歪了！这首诗写着：

小弟爱饮瓮头春，
不置绫罗穿在身，
有朝一日阎王叫，
不要衣裳光要人！
偏喝偏喝！

老大一看，这是成心气我呀！心想：我正找不着台阶哪，你不是偏喝吗，好啦！我叫你喝个够！他到后院把大缸腾出来，到烧锅那儿弄了三大篓酒，倒了一大缸。然后到酒铺里把他兄弟找来，气昂昂地说："你不是偏喝吗？这次叫你喝够了吧！下去！"这若是别人，非吓坏了不可，可酒迷满不在乎，脱了衣裳，咚！蹦了下去。吱——吱，一边喝着，一边气人："嗯，这酒真香，就是没有菜儿。"他大哥这个气呀："好，你喝吧！"一猛劲儿把一扇大磨端起来，盖在缸口上，还正合适！有缝儿的地方都贴上封条，然后，去找兄弟媳妇去了。进门就说："弟妹，告诉你一件事，你可别着急，我这兄弟太不争气，整天老是一天三个醉，你跟他一辈子也是受罪，因为有他这人跟没有一样了，我把他给扔在酒缸里了。他死之后，你愿意守着，有我吃的就有你吃的，你要愿意往前走——改嫁，我也不拦着，给你几十亩地，两所房子。打官司的话，我钉着，你看着办吧！"说完就走了。他兄弟媳妇，一个妇道人家，能有什么办法呀！那时候有旧礼教捆着，讲究"家有长子""国有大臣"，再说，自己虽然认识几个字，可是论人力、势力，都斗不过人家，就剩下哭了。哭了一晚上，到后半夜一想，自己的丈夫虽然死了，还是应当看看去，夫妻一场嘛！到后院一看，酒缸上盖着一扇磨，心里就凉了，心想就是酒淹不死、泡不死，也得闷死呀！又一想，既然来了，干脆把磨推开，就着月亮光，把死尸弄出来，看最后一眼，明天也好成殓起来呀。想到这儿就去撕那封条，心里一难过，就说了一首诗：

哥哥劝你你不听，
将你扔在酒缸中，
要想夫妻重相见，
除非鼓打在三更！

这意思：绝对活不了啦！只等三更天你给我托梦吧！其实酒迷没死。为什么哪？磨上不是有个磨眼儿吗，他哥哥当时一慌，忘了堵上啦，能进空气！酒迷一听有人撕封条，仔细一听是自己媳妇念诗哪！……除非鼓打在三更？哦，这是以为我死啦！嗐！我这儿喝得挺美，这不是多余担心吗？我呀，干脆，告诉她一声儿。想到这儿，把手从磨眼伸出来了，冲他媳妇直晃悠，他媳妇吓了一跳："哟！闹鬼呀！"酒迷在缸里搭茬儿了，也说了四句诗：

贤妻不必痛悲哀，
哥哥封皮别打开，
你若念其夫妻义，
给我送块咸菜来！

他还喝哪！

（于世德整理）

考县官

在很早以前，有一位中医大夫，没有文凭，医道也不怎么样，所以赚不了多少钱。时间一长，他就很想改改行。干什么能赚钱呢？那个年头儿，当官最赚钱。不有这么一句话嘛："三年清知府，十万雪花银。"这还是清廉的官，好的；要是不好的呢？赚得还多。这个大夫就托人花钱买了个县官做。

县官上任之前，必须拜见他的上司——知府。过去不是"一府管三县"吗？县官去拜见知府，知府呢，大都利用这个机会考考县官，看看他有没有学问。那时候对对子联句特别时兴，这个知府就出了个上联考县官："新官上任上打一把金顶红罗伞"。这个县官是当大夫的，对中药和中医用语比较熟悉，他对的下联是："旧病复发下用三副乌鸡白凤丸"。知府一听，心说：好哇！这个对子对得很工整。我这儿"新官上任"，他"旧病复发"；我这儿"上打一把"，他"下用三副"；"金顶红罗伞"——"乌鸡白凤丸"。对得好！

又出了个上联："上堂鼓下堂鼓左五右六"。县官对"紧弹活慢弹花阴七阳八"。

客厅对过是知府的内宅。知府通过窗户看见他的小姐正站在自家楼上的栏杆旁，于是想出了个上联："楼上佳人齿白唇红必晓三从四德"。县官对："道旁男子面黄肌瘦定是五痨七伤"。

知府一听就急了："胡说！"

"闹汗。"

"放屁！"

“气虚。”

——全对上啦！

（苏文茂述）

买 鞋

俗话说得好：都有，别有病；都没有，别没有钱。都认，别认不认识的人；都不认，别不认认识的人。

那位说你这是废话，谁不知道哇！嗳，您还别抬杠，我说了您当然知道，我不说，您就不知道了。头两句话您一听就明白了，可后两句话您若不是亲身经历了，恐怕很难理解。就拿“都认，别认不认识的人”来说吧，这里边儿的文章可就大了。真有人上过当啊！谁呀？我爷爷。我爷爷认了一个不认识的人，结果上了一个当。多会儿的事？时间也不算远，就日本人投降那年。小日本儿一举手，咱们中国人没有不高兴的，我爷爷当然也不例外。大家都喝酒、请客，庆贺这个中国人大喜的日子。我爷爷不会喝酒，也不会抽烟，一琢磨得了，干脆我买双鞋，脚上这双鞋躲日本人跑得全开绽了，现在再也不怕日本人了，也用不着再跑了。买双鞋，穿上新鞋也算个纪念吧。上哪儿买去呢？嗳！要说北京卖便鞋的老字号就数前门外大栅栏里头的“内联陞”了。我爷爷还真不含糊，由西单六部口西安福胡同到“内联陞”一溜小跑儿，才用了半个钟头儿。他这么大岁数怎么会这么快就能跑到呢？我也纳闷儿。后来一琢磨，我明白了，他这点儿功夫，全是躲日本人练会的。

“内联陞”不愧是老字号，鞋好不说，就那客气劲儿也是可着北京城里数头一份儿的。人还没进门儿，就把您给让进来了，端茶、倒水、点烟、让座，甭说你还买鞋，就是不买也得买，不然对不住人家这个客气劲儿啊！我爷爷正在那儿试鞋哪，打旁边儿过来一位大姑娘，也就十八九岁的样子。瞅见我爷爷过来就喊：“表哥，行了，甭挑了，这鞋多好哇！我瞧您穿着挺合适的，您就买了得了……”我爷爷当时一愣，心里话儿：这都哪儿的事儿啊，我多咱有这么个亲戚呀?！我爷爷刚要说“我不认识你”，话还没出口这位大姑娘先声夺人，把我爷爷的话给堵回去了：“哟，表哥，您真是贵人多忘事。几年没见，怎么连我都认不出来啦?！”说着说着，这位大姑娘把我爷爷拉到旁边儿：“大哥，我一看就知道您是个好人。您瞧见没有，对面儿有个人老盯着我，我到哪儿他到哪儿，没安好心。没辙，求求您当一会儿我的表哥。那坏蛋瞧见我有亲戚，他就不会再跟着我了。”我爷爷是个好心人，嘴边上老挂着一句话：见死不救非君子，有难不帮是小人。所以看见这位姑娘这么一央求他，他还真就答应了。这位姑娘一瞧见我爷爷认这门亲戚了，高兴地说：“表哥，您瞧，老叫您破费，见一面儿买一回东西。上次您给我买了一件大衣，后来又给我买了一条毛裤，这回又让你——得了，您慢慢挑吧，我先走了，回头见！”遇见这事儿，照理说她走了不就得了吗？我爷爷还凿巴两句：“表妹你先走吧，有我在这，你走你的。”那意思是说谁能把你怎么的！说完我爷爷挑了一双礼服呢面儿圆口儿皮底便鞋，在脚上试了试，又合适，又舒坦，又漂亮，心里甭提多高兴了。当时交了钱，拔腿就要走。旁边儿的小伙计拦住他了：“先生您还没交钱哪！”“什么钱？”“鞋钱。”“不是刚给了吗？”“您刚给的是自己穿的鞋钱，您表妹穿的那双鞋钱，你还没给哪！”嘿，白叫人骗走一双鞋钱！

（吴穷搜集整理）

淘气闹学

现在孩子上学，老师对学生都关心。过去可不行。我小时候，上的是私塾，教书先生就讲三个字：念、背、打。学什么呢？也就是《三字经》《百家姓》《千字文》。那时候，我有个同学叫淘气，为什么叫淘气呢？因为他老淘气，所以经常挨先生的打。我们先生姓李，叫李万年。李先生教淘气《百家姓》，“跟我念啊，‘赵钱孙李’。”淘气念了：“赵钱孙李。”先生又问了：“光会念，你会讲吗？”淘气说：“不会。”“不会，听我给你讲，‘赵钱孙李’，这个赵，就是姓赵的赵。你姓什么？”淘气说：“我姓赵。”“哎，对了。赵就是你姓赵的赵。钱呢？你们家有钱吧，没钱你也念不起书，这个钱就是你有钱的钱。孙呢，就是你以后有了儿子，儿子再有儿子叫什么？”淘气说了：“叫孙子。”“对啦！孙就是你孙子的孙。李呢？哎，淘气，先生我叫什么名？”“您叫李万年哪。”“对。李就是先生我李万年的李，记住了吗？”“记住了。”“记住了，你给我讲一遍。”“赵钱孙李就是我姓赵，我有钱，我孙子，李万年。”“嘿，我成你孙子啦?！”李先生气坏了，“你给我伸手！”啪，啪，啪，就是三板，把淘气的手都打红了。“下课，看你下回还敢瞎讲不！”呵斥完，先生休息去了。

您琢磨那淘气能干吗？“我非得坏坏你这先生不可！”他一看，先生坐那椅子上有个坐垫，他有主意了。垫儿往旁边一扔，他给先生椅子上倒着钉了一个钉子。钉子尖冲上，钉完以后，又把垫儿拿过来，放椅子上了。像您那就完了吧，他不，一回身在黑板上写了三个字：“我钉的。”不大会儿工夫，同学都回来了，坐下等先生上课。这位李先生也不知道哇！进学房走到椅子前边这么一坐，就听到一声“噗”，正轧上。可把先生疼坏了，回头一看，黑板上还有三个字：“我钉的。”“嗬，这是谁呀？这么可恶。”赶紧问学生：“谁钉的，谁钉的？”没人搭茬儿，先生一看，更生气了。来，从头开始问，叫大学长，“来，我考考你，黑板上的字认识吗？”“认识。”“认识，给我念一遍。”“我钉的。”“好啊，你钉的？”啪，啪，啪，三板。“来，二学长，黑板上的字认识吗？”“认识，我钉的。”“哦，你钉的，伸手！”啪，啪，啪，三板。下面几个同学也都是三板。不一会儿，就轮到淘气了，先生问淘气：“黑板上的字认识吗？”“认识。”“认识，念一遍。”“啊，谁钉的。”“什么？那是谁钉的呀？那是我钉的。”“对啦，先生，你钉的，你打我们干什么呀？”

（冯景顺述　新纪元记）

闹考场

从前有一位白丁白财主，他目不识丁，语不成句。仗着有俩臭钱，在虎龙年买通了大主考，他也下场去考状元去啦。头一场天亮以后，考房外面喊：“鸣锣收卷儿。”

这位白丁一听：“什么，‘五鬼闹判儿’？那就跳吧！”他这儿一蹦跶，监场官来啦：“你干什么呢？”

“大老爷不叫咱来个‘五鬼闹判儿’吗，这儿我正跳呢。”

“咳！什么乱七八糟的，我是喊鸣锣收卷儿。”

“哎呀，我这篇文章还没写完呢，劳驾，您告诉我，这个马字是几个点来？”

监场官说：“你快写吧，马字是四个点。”

白丁一听就傻眼啦：“哎呀，我写六个点啦。主考大人要问，你替我美言两句，回头我送您五百两银子。”

“马字你写了六个点，我怎么替你辩解呀？！”

“你就说我白丁骑马子来的，这科中不中全在这俩蛋上呢。”

卯牌一过，举子们卷子全收上去啦，大主考一看白丁的卷子，这个气就大啦：“来呀，叫白丁进见。”

白丁高兴极了，进敞厅：“参见大人。”

“哼，就你这样文才也来应试？来呀，轰了出去！”

白丁一听急啦：“主考大人，一千两文才不济，口才将佳。”

主考一想，看在一千两纹银分儿上，再考他一下口才吧。于是说：“老夫府上走了回回，差人去找回回，去时未见回回，归来巧遇回回，左手拉住回回，右手扯住回回，叫道回回呀回回。你来对下联。”

白丁一听，心说，我的妈呀，这个下联没法对。得，我给主考打打溜须吧："主考大人您好！"

大主考说："好。"

"太太们好？"

"好。"

"哪位太太长得好？"

大主考气大啦，一捋胡须发威了："哦！"（伸右手三个手指头）

白丁一看乐啦："噢，三太太长得好哇，在家呢吗？"

主考一瞪眼："走！"

"啊！走啦，为啥走的？"

"放屁！"

"什么，三太太放个屁您就把她撵走啦，上哪儿去啦？"

大主考一拍桌案："真乃该打！"

"噢，去监工盖塔，干吗叫太太去监工呀，快派人去找回来吧！"

大主考一声怒喝："来呀，掌嘴！"

白丁一听："什么，派刘二长腿？哎，老大人，这个下联我给您对上啦。"

白丁说："主考大人您听下联，大人府上走了太太，差人去找太太，一去没见太太，回来碰上太太，左手拉着太太，右手抱着太太，我的太太呀太太。"

大主考说："我出的是西洋回回来进宝，你呢？"

白丁说："我对的是十二寡妇去征东！"

大主考说："征西。"

白丁说："大人，她们征西没过去，奔东边来啦。"

大主考说："来人呐！"

"封我官！"

"轰出去！"得。小门官来轰白丁，也损白丁几句：

"就你这两下子，快滚吧！要不服，我出题你对对看。你要对上来，没难倒你，我们官不当啦，给你当奴才！"

白丁说："那你就驴棚里伸腿——出蹄（题）吧。"

门官说："咱俩一替一句，越快越好。东屋点灯。"

白丁说："东屋里亮。"

"西屋不点，"

"黑咕隆咚。"

"南洼蛤蟆叫，"
"必定有水坑。"
"武大郎当皇上，"
"潘金莲是正宫。"
"墙上揳橛子，"
"拔掉是窟窿。"
"花了一千两，"
"仍旧是白丁。"
"门官没词啦，"
"给我快坠镫。"
这个门官呀，输给白丁啦。

（祝敏记）

赞快马

从前有一位粮百万老员外，真称得起：良田千顷，树木成林，牛羊成群，彩缎成匹，簪环成对，珠宝成斗，奴仆成帮，父子成仇，兄妹成亲，都成一块儿去啦！粮百万有三个女儿，都嫁人啦：大女儿嫁给一个秀才，二女儿嫁给一个举人，他这个三女儿嫁给一个傻子。其实呀，三姑爷是往里傻不往外傻。有一天粮百万买了一匹伊犁马，这匹马能日行千里夜行八百，是一匹千里马。粮百万老员外打发人去请三位姑爷。不大工夫，三位姑爷都来啦。给老岳父见完礼之后齐声发问："老人家，将小婿等喊来，有何指教呢？"

粮百万说："老夫我买了一匹千里马，现在廊下，此马日行千里，夜行八百。我要赠给你们仨，这一匹马又无法分，怎么办呢？你们三个不是都有学问吗？！那就每人作诗一首，来形容这匹马脚力特别快。你们仨谁作的那首诗形容我这匹马跑得特别快，就把这匹马赠给谁。"

大姑老爷一听，赶忙说："我是长婿，我先作，听我的。"大伙儿说："好，你说吧。"

大姑爷说："听着。'水碗扔钢针，骑马到湖北，快马往回跑，钢针没沉水。'"

"嘿！"粮百万说，"得，别人不用作诗啦，这匹马归大姑爷啦。"

二姑爷说："老人家凭什么这匹马归了大姐夫啦？"

粮百万说："你看把绣花针扔到水里，骑上此马从河北到湖北跑个来回，这个针还没沉水，形容这匹马的快劲儿，谁比得了哇？"

二姑老爷说："大姐夫的诗形容这匹马可不够快，慢得多呢。"

"什么？"

"慢得多呢！"

粮百万说：“好，二姑爷你作一首诗，我听听怎么个快法？”

“好，您听着。‘烈火烧鸡毛，骑马到陈桥，快马往回跑，鸡毛还没着。’”嘿！他更快啦。

粮百万说：“得，这匹马归你啦。”

三姑老爷说：“别忙，我这儿还有一首呢，比你们俩跑得全快！”

粮百万一听傻子这么一说，心里想，你是个傻子，又不会作诗，你这不是成心起哄吗？他一生气，“噗”放了个屁。三姑老爷说：“听我的。‘岳父放个屁，我骑马到意大利，快马往回跑，您刚喘半口气。’”这马归他啦。

（祝敏记）

姐夫与小姨

一个人说的相声叫单口相声，两个人说的相声叫对口相声，三个人说的相声叫群口相声。那位说了，要是八个人说的相声叫什么呢?叫什么呀?那叫起哄。

今天给大家说的这段叫《姐夫与小姨》。说的是什么事呢?就是在我小时候，我们村有这么一个财主，老两口跟前有俩姑娘，大姑娘出嫁了，二姑娘还没找着婆家。有一天，大姑爷和大姑娘回来看望岳父、岳母，老两口很高兴，赶紧叫二姑娘去张罗饭菜。姐夫来了，小姨子得忙活忙活呀!正赶上那天是三伏天，骄阳似火，天特别热。这姐夫怕热呀，为了凉快就跑到大门口摆了一张床，在那睡上了。可是睡也睡得不踏实，那枕头眼看就要掉到地下了，正这时候，偏巧小姨子在这路过，一看姐夫枕头要掉，就帮姐夫扶了一下枕头。姐夫睡得迷迷糊糊，以为是自己媳妇来了，便拉住了小姨子的手。小姨子一看赶紧挣脱跑了，可心里越想越生气，便在门洞墙上题了一首诗:

好心去扶枕，
竟将小妹欺，
区区男子汉，
何脸见小姨!
——可气可气。

嘿，这首诗写的，后面还带四个小字。写完这小姨子就走了。不一会儿，这姐夫一觉醒了，一看墙上这首诗，知道误会了，非常后悔。

他也题了一首诗作答：

姐夫本无心，
妹妹亦无意，
见面再言明，
莫往心里去。
——惭愧惭愧。

写完，姐夫也走了。正这时候，大姐从屋里出来了，一眼就看见这两首诗了。当时是妒火中烧，怒从心头起。她也写了一首诗，想骂骂丈夫和妹妹。她是这么写的：

一对狗男女，
没有好东西，
婊子立牌坊，
嫖客充仁义。
——可恨可恨。

写完，自己拿着东西回家了。又过了一会儿，老丈母娘打这经过，一看这三首诗，于是摇了摇头，叹了口气，也题了一首诗：

家丑不外扬，
花案无定理，
男女苟且事，
跑了认便宜。
——万幸万幸。

老丈母娘写完走了，老丈人又来了。看完诗后哈哈大笑，当时也题了一首诗。他这首诗是这么写的：

姐夫戏小姨，
自古就有的，
都是家里事，

没啥了不起。

——再来再来。

噉，还来呀!?

（于春明述　新纪元整理）

女招待

三百六十行呀，哪行有哪行的规矩。就拿过去这饭馆来说吧，为了招徕饭座，雇了一些女招待。因为用女招待好说话，好办事情，无论什么事抹个稀泥就过去啦！

有的女招待眼力还特别好，特别会做生意。你比如说来几位吃饭的朋友，她能看出来这几位谁是东家，还能看出来他们之间的关系是生是熟。要是关系生哪，她就帮着点好菜，什么㸆大虾呀，烧海参哪。那几位因为不太熟，拘着面子，东家也不好意思说不要。哎，这几个贵菜就卖出去啦！要是人关系特别好，没的说呢，你要点这菜，人准不要，上别的饭馆去啦！朋友下饭馆讲究实惠，你得给点什么熘三样啦，熘肉段啦。哎，这学问大去了。

还有的饭座呢，来饭馆不为吃饭，为什么来的呢？就为着女招待来的。这位一进来，就冲女招待嬉皮笑脸地套近乎："嘿嘿，大姐呀，我吃饭。"对付这样的人哪，就得跟他横。这女招待连好脸都没有："废话，知道你吃饭，不吃饭上这干什么来？要抓药就直接去同仁堂啦！"

"那你给我菜单，我点菜。"

"给你菜单，你点吧，姑奶奶给你记着。"

"大姐帮我点吧！"

"你自己不会点？"

"啊，我不认识字。"

"废话，不认识字要菜单？你拿手随便往上指吧，指哪个做哪个。"

这位还真听话，随手指了两个。指的什么呀？"炒肉片"和"摊黄菜"。什么是摊黄菜呢？就是摊鸡蛋。女招待一看："好，等着吧！"不一会儿菜上来啦！这位是边吃还边瞄着女招待，女招待看见啦，冲他喊：“老往这看什么，缺德。”“不是，我觉得菜不够，还想再指一个。”“给你指吧。”这位又指一个，什么菜呀？“木须肉”。鸡蛋炒肉，好嘛，点了半天全是一个菜，这位这心思也没用在点菜上呀！

一会儿该算账啦！女招待说：“炒肉片四毛，摊黄菜四毛，这是八毛，后来又点木须肉六毛，一个六毛，一个八毛。”六毛，八毛应该是一元四呀！这女招待故意说：“六毛，八毛，六八四十八，给四块八。”这位一听不但没生气，还冲女招待乐哪：“对，对，六八四十八，我给五块，甭找了。”

您说，这不是贱骨头嘛！

（金涛述　新纪元整理）

看告示

我上台来就是说笑话，说笑话就得知道的多，可是我知道的并不多，一知半解还不够，九牛一毛都不足。说学问哪我没有多大学问，拿我说，我说我是文盲，这话亏点儿心，比文盲强不多，认得几个字，马马虎虎，念书念得不适用，我念的书如今都没人念了。我念什么？都这个“子曰学而时习之，不亦说乎……”，“大学之道，在明明德……”，如今不适用啦，没有用这个的啦！现在认字的越来越多，再过一个时期呀，全国人民都得认字。

不认字的人最痛苦。过去，在都市里头认字的人连十分之一都不够，现在这种现象没有啦！您拿报纸说，人人都拿一张看，原先看报纸的少，比如马路旁边儿贴张告示，或者报馆门口有张报纸，围着好些人看。其实看的人全认字吗？不是。如今看的主儿都认得，您瞧，瞧得出来。原先十成里头有一成认字的，不认字的看什么哪，数数儿？也不是数数儿，他那意思让别人念念，他不认字呀，别人念念他明白明白，这就是不认字的痛苦。赶上这位念出来啦，他算没白瞧。这位认字的怕念错了叫人笑话，心里明白不往外念，不认字的瞧着干出汗，一字不认得！那位说：瞧哪儿呀？你瞧他眼睛，眼睛活，上下瞧，这主儿认字。不认字的两眼发直。

这位嘴里嘟嘟囔囔，可别问他，因为什么？因为嘴里嘟囔，他未必认字。我怎么知道哪？解放前两年，在官银号那儿贴了张告示。有一位不认字的嘴里直嘟囔，不认字怎么会嘟囔哪？他买了个烧饼，一边吃一边嘴里直嘟囔！嚼烧饼就得啦，他还出声出像，拿烧饼咬一口：“嗯，嗯，可以，不错！”材料不少，里头麻酱搁得多，那叫不错！“了不得呀！”又咬一口。“了不得”是怎么回事？烧饼个儿小啦，“了不得”。旁边站着一位也不认字，想叫别人念念他好明白明白，跟别人打听也好，单跟吃烧饼的打听，怎么？他嘴里嘟囔啊：

“嗯，了不得呀，可以，哈哈……”

“什么呀？什么呀？”

“嗯，够瞧的。”

“什么呀？”

这位紧着问，他不认字，怎么说呀！他把手伸开啦，“啊！”

“什么您哪？”

“烧饼，你吃吗？”

“嗐！我说那上头的！”

“上头是一层芝麻！”

“我说那黑的？”

“黑的是烙煳啦，火大点儿！”

“我说那有红圈儿的那个？”

“有红圈儿的你自己买去吧，那是豆沙馅儿的！”

俩人抬了半天杠！

（张寿臣述　张奇墀记）

纪晓岚

说笑话离不开唐宋元明清。在清朝乾隆年间有个进士叫纪昀，字晓岚，官拜礼部尚书、协办大学士。他当过《四库全书》的“总纂”，就是主编。

《四库全书》汇集了我国三千年的典籍，分经、史、子、集四部分，收书三千五百零三种，共七万九千三百三十七卷，抄成三万六千三百册，有九百九十七万多字，一律用毛笔蝇头小楷抄写。什么叫蝇头小楷？就是把毛笔字儿写得跟苍蝇脑袋那么大。这套书抄了多少日子？不多，十年。您说这得花多大的工夫！

纪晓岚这个人有才学，好诙谐，博古通今，能言善辩。他呀，最怕天儿热。怎么？因为他长得特别胖！一般瘦人怕冷，胖人都怕热。

有一天，各位学士都在“修书馆”抄书哪。时值三伏，又闷又热，人人汗流浃背。汗还不能滴在纸上。纸上掉一个汗珠儿那叫“黵卷”，脏啦！别人还好办，弄块手巾擦着点儿就行啦。纪晓岚可不行，他太胖啊！汗出得连擦都来不及，干脆把衣服一脱，小辫儿一盘，来个光板儿脊梁。哎，这回他可凉快啦，可凉快大发啦！怎么？他正低着头抄书哪，乾隆来啦。现穿衣服来不及啦，这下儿他可抓瞎啦。光着脊梁见皇上，赤膊接驾有失仪之罪，按律当斩！这可不是玩儿的。纪晓岚急中生智，哧溜！钻案子底下去啦。

乾隆来，怎么不事先传旨接驾哪？乾隆这个人哪，好文。还爱作个诗，一辈子作了四万多首诗，一首也没流传下来。您就知道这诗作得怎么样啦。还特别爱写字，走到哪儿写到哪儿。您逛故宫、北海留神看，挂的匾差不多都是乾隆写的。皇上写的字，谁敢不说好哇？大伙儿这么一夸他，哎，他写上没完啦！

这天散朝之后，没传旨摆驾修书馆，怕一传旨耽误抄书。嗯，溜达着就进来啦。进门儿一看，纪晓岚钻案子底下去啦。乾隆一想：噢，你这儿跟我“藏蒙哥儿”哪！随即一摆手，让各位学士不必离座接驾，继续伏案抄书。乾隆哪，来到纪晓岚的书案前头，一屁股就坐那儿啦。

纪晓岚在外头坐着还热哪，往案子底下一趴，腰哈着，脖子窝着，连气儿都喘不上来呀。乾隆再往案子前边一坐，得，连风全挡住啦。嗬，这份儿罪孽！

纪晓岚心想：谁这么缺德呀？挡得连点风儿都不透哇！噢，这是成心挡着我怕皇上瞧见。怎么半天也听不见动静啊？皇上走没走哇？走了倒告诉我一声啊！照这么再闷一会儿，我没在午门外头斩首示众啊，非在案子底下憋死活人不可！

纪晓岚实在憋不住啦，小声儿问了一句：“哎，老头子走了吗？”众人都没敢说话，乾隆搭茬儿啦：“朕躬在此。”纪晓岚一听：得，还是没躲过去！赶紧由案子底下钻出来跪在近前，口称：“万岁！臣接驾来迟，罪该万死。”乾隆一看纪晓岚这模样儿，愣气乐啦。怎么？他光着脊梁，满头大汗，脸憋得跟紫茄子似的。要是换了别人哪，二话甭说，推出去就砍啦！对纪晓岚不能这样，乾隆他爱才呀，《四库全书》还指着他编哪。

旁边的人一看，全吓傻啦。这心都“呼”的一下提到嗓子眼儿啦！

乾隆说：“纪昀！”

“臣在。”

“你叫我‘老头子’是何道理？讲出则生，讲不出则死！”

别人都替纪晓岚捏着一把汗哪，“老头子”怎么讲啊？纪晓岚说：“启奏万岁。‘老’乃长寿之意，万年长寿为老也；‘头’为万物之首，天下万物之首领称为头矣。‘子’是圣贤之称，孔子、孟子均称子焉！连在一起——老头子！”

嗯，他愣给讲上来啦！

乾隆一听都是好词儿，气儿也消啦。人称纪昀能言善辩，果不虚传。“好，恕你无罪。”

嘿！没事啦。

（刘宝瑞述　殷文硕整理）

四个名菜

我有个三叔，不但人有学问，而且在生活中还非常幽默。

有一次，我到他家去做客，他非要留我吃饭。我说不打扰了，我三叔说："我也不特意给你预备，咱就家里有什么做什么，怎么样？"我一看我三叔这么热情，那就留下吧。

我三叔一找呀，家里还真没什么菜，就剩两根韭菜，两个鸡蛋和一小块豆腐了。可我三叔还说："别看就这三样东西，我给你做四个名菜。"我一听，啊?！三样东西做四个名菜，那怎么做呀？我正纳闷呢，再看我三叔把菜端上来了。我一看这盘菜，可挺有意思，左边放了两根韭菜，右边放了两个煮熟的鸡蛋黄。我问我三叔："这叫什么菜呀？"我三叔说了："亏你老看书，连这都不知道，这是杜甫的一句诗呀！"我说："哪句呀？""两个黄鹂鸣翠柳。"嗽，这是《绝句》的第一句，有点意思。紧接着第二盘菜又端上来了。我一看，两个煮熟的鸡蛋清从中间切开摆了一趟。我又问："这又是什么菜呀？""这叫'一行白鹭上青天'。"好嘛，《绝句》的第二句。一会儿，第三盘菜又端上来了。我一看，把那小块豆腐弄碎了，上边撒的精盐。我说："三叔，这又是什么菜呀？""这叫'窗含西岭千秋雪'。"对，《绝句》第三句。我再一看，两根韭菜、两个鸡蛋和一小块豆腐，这点东西全用上了，这才三个菜。有句话叫"巧妇难为无米之炊"。你没东西了，怎么做第四个菜呀？出乎我的意料，第四个菜我三叔还真端上来了。我仔细一看，是一碗清汤，上边漂了两个鸡蛋壳。我问："三叔，这汤叫什么呀？""这叫'门泊东吴万里船'。"嗽，这鸡蛋壳是船哪！

（金涛述　新纪元记）

票友唱戏

一个人一个爱好。就拿京戏来说吧，有喜欢听的，有喜欢唱的。过去管业余好唱戏的叫票友。这票友当中啊，真有唱得好的，人家下过功夫，得到过真传。可也有唱得不怎么样的，我们街坊有位票友就是这样，好唱，一唱起来呀，那真是什么味都有，就没人味。

有一年夏天，正是三伏天最热的时候，他一高兴在屋里唱上了，街坊邻居受不了哇，实在太难听了，赶紧把窗户和门都关上了。一会儿就听他媳妇喊上啦："你唱什么呀，大热天的，不嫌闹心哪！你嗓子是痛快啦，就不管人家耳朵受得了受不了。你没看邻居们都把窗户门关上啦，你没看咱这屋里的苍蝇、蚊子直往外飞？你还唱，甭说人，连它们都受不了。你别在家唱，要唱到外边去唱。"我们街坊一想，家里不让唱，去票房吧，票房是票友活动的地方。到票房一看，不少票友在那正唱着玩呢，他过去了，对着文武场说啦："辛苦几位，我来一段。"票友们一听："什么，你来一段？你可别来，你要唱，我们大伙儿全走。"我们街坊一听来气了，怎么我唱戏就没人听，我就不信。这位也真有主意，拎起一把钢刀就奔小树林去啦！刚到小树林，正好有一个小伙子走道在这路过，我们街坊拎着刀就冲过去啦："站住！"小伙子吓一跳，赶紧说："大爷，我没钱，您别杀我。我家上有老，下有小，您饶了我吧。"

"你别害怕，我不是劫道的，千万别误会。"

"您不是劫道的，为什么拿刀拦我呀？"

"就为让你听我唱戏。"

小伙子听他说完，一块"石头"可算落了地啦！"我当什么事呢，不就听戏吗？您也不用这么费劲呀，您唱吧，我听。"

我们街坊高兴啦，“听着，我给你来段《盗御马》。‘乔装改扮下山岗”，就这一句还没唱完哪，就看小伙子扑通一声就给他跪下了：“大爷，您别唱啦，我实在受不了啦，我求求您还是把我杀了吧。”

嗽，还不如死了哪！

（金涛述　新纪元记）

一句话没说

人得有文化。没文化，说话办事都不行。

我有个邻居，哥儿仨，分居另过。大哥是做买卖的，这天出门到南京去做生意，哥哥要坐飞机走，俩弟弟来送行。到了机场快登机时，老二说了："大哥，祝你一路顺风，平安到达，买卖顺利。"大哥一听，心里高兴，连忙说："谢谢二弟，谢谢二弟。"这三弟呢没有文化，不会说话，一看二哥说了，他也要说几句："大哥，我告诉你，你要上飞机，最好坐在后边，为什么呢？因为飞机要是掉下来，都是头朝下，那样你就兴许捡条命，就是死了，也落一个整尸首。"大哥这个气呀，心想，哪有这么不会说话的，可脸上还不能带出来，还是感谢两位弟弟来送行，说完上飞机走了。

过了些日子，大哥回来了。不但买卖做成了，而且回家后又添一喜，老来得子。大哥非常高兴，孩子满月那天，大摆宴席宴请亲戚朋友，唯独没请老三。怎么着呢？怕他大喜日子说出什么不吉利的话，扫兴，在亲戚朋友面前不好看。老三听说没请他，还挑礼了，找他二哥来啦："二哥，我听说大哥得一大儿子，我得一大侄子，这么大的喜事他不请我，为什么呀？"二哥说了："为什么，就为你不会说话。万一在这大喜的日子你弄出一句不吉利的话来，我们大伙儿受得了吗？"老三说了："不行。二哥，你得带我去，我一句话不说，还不行吗？"二哥一看，这拦也拦不住了，当时说了："到那你可一句话也别说，记住了吗？""放心吧二哥，我一句话也不说。""走吧！"哥儿俩去了，大哥一看老二来了，心里挺高兴。回头一看三弟也来了，心凉半截，就对老二说了："你怎么把三弟也带来了？"老二说了："大哥，你放心吧，今天老三保证一句话也不说。"老大半信半疑。既然来了，没办法，往里请吧。进去一看，来了不少的亲戚朋友。老二呀，什么都不干，就盯着老三。心想：你要是说话，我就给你嘴捂上。待了一会儿，老二起身告辞，他琢磨早点儿走，把老三也给带走，免得大哥那心老悬着。老大一看老二要走，心里明白，赶紧送出门外，对俩弟弟说："二弟，三弟，今天我儿子满月，两位弟弟能来，我非常高兴，特别是我三弟一句话没说，我更高兴。"这三弟憋了半天，一句话也没说，心想，临走我可得说几句了："大哥，您孩子满月我虽来了，你记着，我可一句话没说，这以后你那孩子要是死了，可别怨我。"

（冯景顺述　新纪元记）

卖酸梅汤

听书有书迷，听戏有戏迷。我们街坊有一位可以称得上是真正的戏迷。这位平时说话上戏韵，走路打家伙点儿，干什么都离不开戏，可以说是生活戏剧化了。

早上起来，他妈叫他吃饭。吃什么饭呢？大米饭，汆丸子。戏迷一看这丸子，拿起汤勺，大台，怎么的了？进嘴里一个丸子。“大台”，又进去一个。“大台，大台，台台台台衣台台”，这盘丸子全台进去了。

吃完了饭，戏迷觉着肚子疼，要上厕所。上厕所他也上戏韵：“啊，妈妈，孩儿腹内疼痛，要出大恭，给儿一张手纸。”他妈差点儿没把鼻子气歪了，上厕所也上戏韵：“给你。”“接旨。”那位说了，“接圣旨呀？”哪呀，接手纸。

戏迷上完厕所，他爸说啦，别老在家待着，出去做买卖去吧。戏迷做什么买卖呀？卖酸梅汤。这买卖好做，买点儿桂花、酸梅，再放点儿糖，用水一熬就成酸梅汤了。熬了这么一大桶，放到马路边，再放一张桌子，上面放一些水碗，手里拿个铁勺，哪位要喝，把汤盛到碗里，这就行了。可戏迷卖酸梅汤和别人不一样。怎么呢？他吆喝正和唱京戏一样。词儿是卖酸梅汤的词儿，味儿是京剧的味儿。一吆喝是这样，我给您学学：

站立大街高声嚷，
尊一声列位听端详：
我这里卖的本是酸梅汤，
天下第一美名扬。
您要不信请尝尝，

我在里边加的是青丝、玫瑰、薄荷糖。
一个子儿一碗，某就不要谎。

“仓七大七，贝，贝，贝”，他打破仨碗。

（金涛述　新纪元记）

夫妻之间

在劝业场那儿，有一男一女，想上南市。

“走！咱们上南市场去。”

“好啊。”

“三轮儿！”那阵有三轮儿车。

“咱们溜达着走，不远。”

“不行，我不愿走道。”

您听这一问一答，保证他们没谈恋爱。要是两人恋爱呢，正在热火朝天的时候，不用说打这儿到南市，就是打这儿溜达到杨柳青也不累。那种劲了不得。夫妻之间呢？就更了解了。比方夏天，外面晾着衣裳，什么小褂儿呀什么的。“谁的小褂儿呀？”找不着主。这时候一个女的出来了：“我看看。噢，我们的，我们先生的。”她拿鼻子一闻就闻出来了。您看，神秘得很。比如有五位六位的，在屋子里正说着话哪，外面有人叫门，声音不大，就知道自己的丈夫回来了。外面当、当、当……“开门”！

“哎，你们姐妹几个坐着，我看一下。我们当家的回来了。”出来一看没错。一听咳嗽，或者听声音，就知道他们当家的回来了。开门一看：“哟！怎么今天回来这么晚？”

“我开会了。”

“开会了，你看这么大的风，怎么没戴帽子。进来吧。”谁的爱人谁出来看，没有出错的时候。五六位女人正在说着话哪，外面当、当、当……“开门”！

“你等等，我们家里回来了。”

“哎，你别去。你这耳朵可不好使，我们当家的回来了。”

“不对吧，我们掌柜的回来了。”

“要不咱们六个人都出去看看得了。”

六个人出去一看：“哟，邮局送信的！”

（津卫记）

买金笔

旧时的北平，在西单牌楼道两边的地摊是密密麻麻一个挨着一个。行人走路都不方便，影响交通。警察取缔不准在大街上摆摊。要是被警察抓住轻的没收货物，重的还要抓人，小摊小贩只要听见有人喊："警察来了。"是兜起货物就跑。等警察走了仍旧回来在原地摆摊，每天都闹腾几次。这些小摊上无非是卖点铜器、瓷器、木器、锡器、镜子、水壶、玉石、书画、钟表、钢笔、刀叉匙勺、花瓶、玻璃杯、皮靴、毛毯各式的小玩意儿。

有个外地来北平读书的学生，借住在北平一位远房二大爷家。这学生放了学，路过西单牌楼，瞧见地摊上有书就停下来拿起一本书翻看。摊主就问："你要不要这本书？"学生说："我看看再说。"这时打旁边儿跑过来一个人手里拿着一支金笔对着摊主说："我有一支金笔是花十块大洋买的，真正的二十四K，今儿我急着用钱，将金笔卖给你，你能给多少钱？"摊主接过金笔一看说："确实是金笔，可到不了二十四K，我给你两块大洋你卖不卖？"卖笔那人说："十块大洋的东西你才给两块大洋？"卖笔那人转脸对学生说："他们摆摊的真是吃人不吐骨头，您看这笔真正二十四K纯金的，您要，我五块大洋就卖给您，要不是急着用钱，赔一半的钱谁愿意卖呀？您就是在当铺也能当四块五块。"这年轻学生心里贪便宜，一时冲动，掏出五块大洋买下了这支金笔。回到家拿出书本正好用这支金笔写字。二大爷看见学生手里这支金笔就问他："孩子，这支笔是打哪儿来的？"学生说："二大爷，是我在地摊上花五块大洋买的。"二大爷说："是什么笔这么贵，要五块大洋，你可别乱花钱。"学生说："二大爷，这可是二十四K纯金的金笔，不信您看看。"二大爷接过金笔一看说："孩子，你把买笔的经过仔仔细细说给我听听。”学生就把整个经过说清楚啦。二大爷一摇头说：“孩子，你被人骗了，这支笔是镀金的，实际上是支铜笔，顶多也就值一块大洋，这卖笔人和摊主是同伙，北平人管卖笔人叫‘贴靴’。”学生一听就愣了，这可怎么办？心想，五块大洋对我一个穷学生来说可不是一个小数目。二大爷也看出了他的心思，说：“孩子，明天你再去那个摊上买四支这样的金笔，我给你二十块大洋。”学生说：“二大爷，还买呀？”二大爷说：“你只管买笔，别的你就甭管了。”

第二天，还是放学那时候，学生还打西单牌楼那过，他边走边找那个小摊。二大爷在他身后不远的地方跟着，假装不认识。这摆摊的摊主还在原来的地方摆摊，没挪窝儿。那位就说了，摊主就不怕别人找他算账吗？您这担心还真多余了，怎么呢？卖笔给学生的又不是摊主，摊主没拿学生一分钱，你有什么理由找摊主啊！学生走到摊前对摊主说：“我昨天在这儿买了支金笔，今儿还想再买四支同样的金笔。你要是遇见昨天卖笔那人，让他再卖我四支，价钱好商量。”摊主说：“你买那么多干吗？”学生说：“我们同学看着金笔都挺喜欢，托我帮他们买。”摊主一听心里暗暗高兴，脸上可没挂出相来，说：“这价钱可不能少，五块大洋一支，四支二十块大洋。”学生说：“行啊，二十块就二十块。”摊主说：“你再去转一圈，回来一准儿有金笔。”学生转身就走了。学生刚一走，卖笔那“贴靴”就凑到摊主面前说：“大哥，没什么事吧？我怕那学生找麻烦就没过来。”摊主说：“没事儿，这‘呆鸟儿’还要买四支金笔，已经讲好了五块大洋一支，你给我四支金笔就走人，要不就露馅了。”卖笔那“贴靴”放下四支金笔就走了。过了半个钟头，学生就回来了，摊主笑眯眯地说：“这是您要的四支金笔，二十块大洋在哪儿呢？”学生接过金笔放进口袋又掏出二十块大洋交给摊主，摊主接过二十块大洋还没来得及数数哪，就听二大爷在那儿喊：“警察来了，警察来了。”摊主吓得赶紧揣起二十块大洋，兜起货物就跑了。

学生回到家，二大爷已经在屋里等他啦。学生掏出四支金笔交给二大爷，二大爷是哈哈大笑说：“这下子总算扯平了。”学生就问：“二大爷，什么扯平了？”二大爷说：“昨天你花五块大洋买了他们一支金笔。就值一块。今儿我弄他们四支金笔值四块大洋，刚好是五块。”学生说：“二大爷，不对吧，您买这四支金笔可是又花了二十块大洋呀？”

二大爷说："这金笔虽说是假的，可最不济还可以写字用，我那二十块大洋比这金笔还假呢！是一文不值。"

嘿！二大爷在这儿等着他们呢！

（吴穷搜集整理）

问 路

这回我给您说段儿单口相声，什么叫单口相声？就是一个人说的相声叫单口相声。两个人说的叫对口相声。三个人说的那是群口相声。三百个人在一块儿说的那是相声开会，也没那么多人凑一块儿，“相声大会”归罗包堆也就十几个人，还有别的节目哪，只不过相声的比重占得多一点儿罢了。在相声行儿里比较不好表演的，还就属于单口相声，为什么？因为就一个人哪，势单力薄，从开始到完了就一个人滔滔不绝，不容易，所以一般说单口相声的都得上了点儿年纪的，见多识广，舞台经验丰富。有人缘，观众捧场啊！您看我一上场，大伙儿就鼓掌，您这是捧场啊！您这是捧我，我得卖卖力气给您说段儿好听的。

今天给各位说的这段儿是我们家自己的事儿，我乡下有个亲戚，是我舅舅的儿子，我的表弟。今年有三十多岁了，可头一回进天津，到我们家来，来的时候是熟人把他带到我们家的，熟人走了就把他一个人留在我们家了。白天我们都得出去找事由，忙生活，只有晚上大家全回来啦，这才能在一起聊聊，刚开始新鲜还过得惯，天长日久，就有点儿受不了啦，为什么？您想啊，谁都知道天津卫好玩儿，好看的地方该有多少：“大红桥小红桥，鸟市南市金家窑，东北角西北角，红蓝白绿电车跑，鼓楼炮台铃铛阁……”这吃的喝的，玩儿的乐的，瞅的看的逛的蹓的太多啦，可是来了这么长时间，他大门没出二门没迈，一天到晚就在家里蹲着，谁也得烦了！那位说了，他怎么自己不出去转悠哇？他得敢哪！怎么回事儿？他怕不认得路。这么大个子怎么还不认得路呢？他不是不认识字嘛，从小没上过学，一个字儿不认识。两眼儿一抹黑，这要是走远了回不来怎么办？又说不清楚更写不出来，那要是走丢了怎么办呀！没辙，只好在家里待着。老待着也不行啊，天长日久出去逛逛天津卫，这心气儿越来越高，这一天他实在憋不住了，俗话说得好，笨人有笨法子，他心想，我不会写没关系，我可以描，胡同口儿那儿有块牌子，听说这牌子就是这胡同的名字，我把它用铅笔描在纸上，万一走远了，不知道回来的路，我把这纸条递给人家，向人家一打听，人家一看纸条，准能告诉我怎么走，我这不就顺顺当当、安安全全地回来了吗。嗳，就这么着啦！我们照常都出去啦，他也开始行动了，把门一锁，把钥匙装好，来到了胡同口抬头看着那块钉在墙上的木牌子就描上啦！照猫画虎，照葫芦画瓢，您还别说，一会儿的工夫描完了，对照了一下一笔一画儿一模一样儿，一点儿都没错儿，这才小心翼翼地把纸条放在了口袋里，出了胡同口向左拐上了大街了。其实我们住的地方好找，就在两个林子当中。森林？我成野人啦！左边儿是“狮子林”，你听明白喽，它叫狮子林。别说狮子，连老虎也没地方找去，这是个地名。右边儿是“小树林”儿，它叫小树林儿，其实连个树苗都看不见，我们家就住在“十字街”柴家大院。照理说一出胡同口儿，往左一拐走“十字街”奔“狮子林”到了“望海楼”，过了“狮子林大桥”就到了“娘娘宫”啦，出了“娘娘宫”就到了“宫银号”，到了“估衣街”还是“鸟市”就都不远啦！嗳，我这表弟还真是这么走的，他去了“鸟市”，在“鸟市”里边儿足这么一转悠，您听明白喽，他是从电影院这头进去的，也就是靠“估衣街”这头儿，从“大胡同”走出来的，一出来还好走到了“金刚桥”，其实他过了“金刚桥”就是“菜市场”口儿。过了“菜市场”口就到了“望海楼”啦，走“狮子林”，过“十字街”这不就到了“柴家大院”了吗，也就到家啦！是呀，要是这么简单不就没这段儿笑话了吗。他从“鸟市”一出来，一看见“金刚桥”他就糊涂啦！纳上闷儿啦！嗯，不对呀，刚才我过的那个桥是木头桥，怎么一会儿的工夫变成铁桥啦……这是变的呀！不对，再变也变不了这么快呀……好嘛，他当戏法儿啦！我明白了，这木桥哇跟这铁桥不是一码事，哎哟，难怪人家都说娘娘宫大呢，真是耳听为虚，眼见为实，是大，太大啦，要不怎么一个娘娘宫里会有这么大的两座桥……什么乱七八糟的！我这是在哪儿呀？我怎么回去呀？得，找不着方向不认识家了。这时候他想起来揣在怀里的那个小条子，那上边儿有他描的地址呀！他拿出来一问人家，人家都识字，一看准能告诉他怎么走。当时立马儿从口袋里把纸条儿拿出来，手上拿着纸条，到处找。找什么？找人哪！那位说这么大天津卫多的就是人，还用找？我表弟干吗找哇，他是找那带着钢笔的，他是这么想的，他怕找一个跟他一样不识字的这倒是小事儿，他不认得，顶多再找一个，他就怕碰见这种主儿，自己不认得，胡说八道给他乱指，指"小王庄"找谁去呀，那是枪毙人的地方，找死呀！

要是找个带钢笔的肯定有文化、有学问、有知识……人家就会根据纸条上描的地址一五一十地告诉他怎么走。所以他在那儿找带钢笔的。功夫不负有心人，还真让他给碰上一位，他赶紧走过去一鞠躬把这纸条递过去，"先生，我迷路了，又不识字儿，这是我家的住址，谢谢您告诉我该怎么走哇？"

这位把纸条接过来一看，瞧了瞧我表弟，然后冲他"扑哧"一笑，急忙把纸条塞我表弟手里捂着嘴笑着就跑啦。

"嗳，先生……您告诉我呀，别……有什么毛病吧，再问一位……"好容易又找到一位带钢笔的，我表弟赶紧走上前去很礼貌地一鞠躬，"先生，我迷路了，又不识字，这是我家住址，谢谢您告诉我该怎么走哇。"这位接过纸一看，瞧了瞧我表弟，然后冲他"扑哧"一笑，急忙把纸条塞到他手里，赶忙转身走了，头也不回，捂着嘴一边儿走一边儿笑。我表弟也纳闷儿，这都是得的什么病啊！一句话没有，就知道笑。得，我再找一位看他还笑不笑，他要是再笑，我就拉着他不让他走，非得给我说出理由来。正想着呢，一看胡同口有一位，这位学问准大，你看他有这么多钢笔，赶紧走过去冲他一鞠躬，"先生……"还没等我表弟开口哪，那位说了一句话，我表弟一听他扭头儿就走啦，他说："先生您修钢笔吗？"敢情这位是修理钢笔的。难怪摆那么多钢笔呢，都是些零配件。我表弟一琢磨这不行，干脆找警察得了，正好有位警察在马路当中站岗，我表弟急忙跑过去，冲警察一鞠躬，"对不起，警官先生，耽误您时间，我迷了路，又不识字，不过我这儿有个纸条，这条儿上写的就是我家住址，劳您驾告诉我，这地方在哪儿呀，怎么走哇？"别说，我表弟今儿个还真走运，这警察还真不赖，挺客气地把纸条儿接过来，打开一看，不打开还好，一打开一瞅，一看我表弟，"扑哧"就笑了。我表弟心里话儿：怎么都得这病啊！噢，我明白啦！他们这不是笑我，是笑他们自己，因为他们也不识字。对不起，这回我非得打破砂锅问到底。还没等警察把纸条儿塞到我表弟手上，我表弟先把警察的手给挡住了……"长官，您笑什么呀？您倒是告诉我这地方在哪儿呀！”我表弟不说话还好，一说话这警察笑得连气儿都喘不过来啦。“警官您别光顾了您自己笑啦，您倒是告诉我这地方在哪儿呀？”这地方……他……哈哈哈哈……又笑上啦！“警官您看这时间不老早的啦，我得赶紧回去，不然家里人着急，他们还不知道我出来，回头满世界找我可就麻烦啦！”警察一听我表弟这么一说，也就忍住了笑说：“这不像是你们家呀。”我表弟急忙说：“是，警官，没错儿，这就是我的家。”“这是你的家？”“对，您快告诉我吧……”“写的不是呀。”“那不是写的，那是我描的……”“描的也不对呀！”“这上面到底写的什么呀？”“你想知道？”“多新鲜！我不想知道问您干吗……”“好，你听着，这上面写的是：此处禁止小便……”“啊！”

（薛峰搜集整理）

避　雨

我来说段单口相声，说在清末的时候，有七个赶考的举子进京赶考，几个人凑在一起就想推举一位能说会道的，好遇到有什么事儿的话，由他出面料理解决。七个人选来选去的只有一位叫“话三千”的他可以。您听这名字“话三千”，不单爱讲话，一开口滔滔不绝，一说就得三千句，再加上他年长，论学问也比那六个强。“话三千”也不推辞，反正这是为大伙出力跑腿儿动嘴儿的事，从此只要是出头露面的事就全由“话三千”包了！

那个时候交通不方便，有钱的人骑马乘轿，家人跑前跑后地伺候着，他们几位都是贫穷之家出身，所以只好以步代劳，每天几个人朝行暮宿，饥餐渴饮，省吃俭用，向京城赶路，一路上的辛苦自不必多说。好在几位都是有学问的人，走在路上吟诗作对儿望山看水，谈古论今倒也快活。话说这一天几位正走着哪，突然乌云遮天，狂风四起，瓢泼大雨从天而降，正所谓天有不测风云，几位立马被淋成了落汤鸡。浑身上下被雨一淋，全湿透了，风一吹，那真是寒风彻骨，冷得几位上牙和下牙碰得直响，这人一冷肚子里就显得没食儿就饿，饿得咕咕直叫，这哥几个没辙，全冲“话三千”喊：“年兄，这又冷又饿、天降大雨，如何是好？”“话三千”这时候话也不多，只说了一句：“找个地方避避雨吧。”这几位一听说避雨，异口同声地问“话三千”：“上哪儿避雨去呀！”“话三千”心里话儿：嘿！真有你们的，合着我全包啦！俗话说得好，无巧不成书，就在前边不远就有一处大宅院儿，“话三千”说：“看见没有，老天饿不死咱们这几个穷家雀儿（读巧儿），快走几步到前边那个大宅子里避避雨去。”这人要看见希望，干什么都有股子劲儿，一溜儿小跑就来到了大宅院门口，二话没说，全跑进了门洞里避雨。

这家儿一看就是个有钱的人家，虽然没有回事房、管事处，但这高大的门楼、宽敞的门洞、四季平安的影壁墙都显示出当年车水马龙、人来客往的繁华情景。您猜怎么着？一点儿不假，这还真是个官宦人家，主人姓陈叫陈芝麻，曾是两榜进士，现在告老还乡，膝下无儿，只有两位千金，一个叫大乔，一个叫小乔，都生得娇小玲珑，如花似玉。那真是比花花结蕊，比玉玉生香，真是沉鱼落雁之容，闭月羞花之貌，那小脸蛋儿，白中透着粉，粉中透着红，红中透着润，润中透着泽……论相貌、论才学这两位小姐是远近闻名，提亲说媒的人可以说是踏破了门槛儿，可就一门亲事都看不中。原因很简单，不是长得不中看，就是没有文才。陈芝麻就是想找个要长相有长相，要能耐有能耐，站在厅前看得过去，坐在堂中讲得出口，可是偏偏就没有。天长日久把两位小姐的事给耽误下来了，这成了陈芝麻的一块心病。常言说得好，男大当婚女大当嫁，怎么着也不能让这美若天仙的两个女儿就这么空空地等着、盼着，什么时候是个头哇！陈老先生一想起这两朵花儿心里就发烦，再加上天降大雨书房又闷，他想走出来到大门口透透气。穿廊过院绕过了影壁墙来到了大门洞，抬头一看瞧见了这七位上京赶考的水鸡子，这七位又冷又冻又饿又着水淋能有好样子吗？陈芝麻一看这气不打一处来，想过去把他们连推带踢地赶出去，可一琢磨不妥，他们浑身上下没有一点干的地方，我这一推一踢他们走不走还不一定，反倒把我的干净衣服给弄湿弄脏了，这不是自找苦吃？干脆我把他们骂走，骂他们总脏不了我，刚要开口骂，一想也不行，我是堂堂的进士及第，出口不逊这让外人知道了岂不笑我是村野之人，成何体统，骂不能骂，打不能打，总不能眼睁睁地让他们在这儿祸害吧！有了，我不如以文数落他们几句，看他们知趣不知趣，于是脱口而出：“天留过客谁是过客主？”这几位都是有学问的，一听还不明白？几位，看来主人是叫我们走哇，他不让我们在这儿避雨，“话三千”说话啦：“别价，这么大的雨他忍心让我们走，我们怎么忍心出去挨雨淋哪。”可是光厚着脸皮不挪窝儿也不是个事儿啊！大伙你看看我、我看看你，全没主意，真是走也不是，不走也不是，“麻秆儿打狼——两头为难”。“话三千”说，得了，谁让我是咱们领头儿的呢，还是我“狗掀帘子——拿嘴对付”去吧。当时“话三千”走到陈芝麻面前深打一躬，说：“雨阻行人君是行人东。”你不是问谁是过客的主人吗，我告诉你不是别人，就是东家你。陈芝麻一听完了，敢情我自己挖的坑，自己往里跳。好，既然事已至此也不能当溜肩膀，好歹咱是两榜进士见过世面的人，既然他们把我当东家，那就叫他们先进屋待一会儿，雨一停让他们走，也就没话说了。想到这儿便客气地说道："既然几位都已到舍下，不如请到寒舍一叙。""话三千"倒是脑子快，接茬儿说："那就有劳了。"请，请，他这儿"拜山"来啦！

七个人跟着老进士到了书房，没等主人说话，哥几个一屁股坐下了，还真整齐！陈芝麻心想这是跟我泡上了，没那么便宜。"来人，把这半壶剩茶兑上请各位喝。"他那意思我请你们喝剩茶，你们一生气肯定拍屁股走人，这不就没事儿了嘛。当时把茶倒了七杯，陈芝麻说："请各位饮清茶半盏。"几位一听，这是送客呀，刚要站起来走，"话三千"说话啦："劳东家备斋饭一餐。"啊，还要吃我呀！

没想到这姜是小的辣，好！咱们骑驴看唱本儿——走着瞧！你们不是要在我这儿吃吗，我让你们喝，喝酒，喝个够，喝得你们东倒西歪，然后连滚带爬地出了我的庄院，一个个摔得鼻青脸肿我才高兴呢。这可真应了那句话，"黄鼠狼给鸡拜年——没安好心"哪。陈芝麻吩咐下去，只一袋烟的工夫，家人们就把酒菜准备好了。那位说，这也太快了点儿吧？不快，你听明白了，酒是现成的，挪个地方就是了，菜是炒白菜，熬白菜，炖白菜，凉拌白菜……整个一个白菜大团圆，您说这能用多大会儿的时间，也就一袋烟的工夫。几位一瞧，好嘛，拿我们七个当菜虫子了，不会吃别的就会啃白菜帮子。好咧，今天你不仁也别怪我们不义，非给点儿厉害你看看不可，不然的话你不知道马王爷几只眼！马王爷三只眼嘛，对，皆因为他们这里边有三个马王爷。

陈芝麻一看酒也上来了，菜也摆齐了，笑眯眯地把酒杯一端，"来，各位，我们能坐在一起全是天意，难得。无甚佳肴，只备园中青菜，老夫敬各位一杯，干！"陈芝麻话音未落，"话三千"接过来就说上了："天降大雨，多蒙老夫子怜悯之情让我等在此讨扰，多谢了。有此美酒，只差笼中黄鸡……"陈芝麻心里话儿：宝贝儿呀，有白菜就够对得起你们啦，怎么着？打算动我们家鸡的主意，没门儿！对付着喝吧。要说这几位酒量还真可以，你一杯我一盏的一直喝到三更天。怎么知道是三更天呢？有打更的，就听见外面锣声"当——当——当"，梆声"啷——啷——啷"。陈芝麻一看，好，这都什么时候啦，不行，我得让他们走啦，当时对着大家伙儿说："你且听樵楼上叮叮当当几更几点？”“话三千”接着说：“我等在厅堂上说说笑笑饮到天明。”啊，喝一夜呀！受不了！“这等饿客快去快去。”“话三千”说：“别发火呀！有此佳东再来再来！”还想来哪！陈芝麻听完以后不但没发火还笑了，他为什么笑呢？他看着这几个年轻人想起了自己两个女儿来啦，他想两个女儿的婚事到现在都没办成，眼睁睁地都老大不小的了，何时才能完婚呢？嗳，这突然之间来了七位进京赶考的举人，一直到现在都没走，这是天意呀，这是老天爷给我送上门来的女婿呀，我怎么啦，真是老糊涂啦！在他们之中选两个出来这可是姓郑的嫁给姓何的——正合适呀！人逢喜事精神爽，陈芝麻心儿里美，脸上堆着笑：“各位，各位，俗话说得好，有缘千里来相会，无缘对面不相识。咱们爷们儿是有缘哪，是这么回事，老夫无子只有两个女儿，现已成人，远乡近邻说媒相亲者不计其数，怎奈无一人看中，今日七位来到，如天外来客，老夫见了你们总觉得格外亲，有似曾相识之感，现在我想从你们之中选两位作为我的女婿，不知各位可愿意否？”当时七个人差点没蹦起来，“话三千”嘴快：“老夫子得亏您是现在说，您要是说早了这白菜席说什么我们也不吃，我们吃宴席多少带点荤腥儿。”陈芝麻知道话里有话，忙说对不起各位，待女儿大事定下来我是一起奉陪……大伙说：“我们这七个您只要两个，可要哪两个呢？”“老夫想以文择婿，我说个对子的上联你们谁能对上个下联，谁就是我家姑老爷，我的上联是珍珠倒卷帘由一到十，你们得由十到一，现在我就开始说上联啦！‘一女大乔二小乔，三分姿色四分窈，擦上五六七盒粉，显出八九十分娇。’好，我的上联说完啦，现在看你们的啦。”哥儿个听完了足足一个时辰你看着我，我看着你，来了一个猴儿舔蒜罐子——全都翻白眼儿啦，张三推李四，李四让王五，推来让去没有一个人能对得上来，七个秀才这回可全现眼啦，这个说：“咱们还上京赶考哪，在这儿就栽啦。”那个说：“没承想我们这么几个有才学的人，今天个个都是饭桶。”还有的说：“赶考咱也别提，成亲更别想，当务之急，是咱们总得有一位出头露面，管他是骡子是马的，弄他几句咱们好出这大门儿啊！”想来想去还只有让“话三千”出面了，“话三千”说：“真有你们的，严嵩打喷嚏——倒霉旗手，你们全当缩头乌龟，让我出头。”大伙儿说：“年兄，您若是不出头咱们可就没有出头儿之日啦，咱们怎么走出去呀；走出去，怎么有脸见人哪，您一向足智多谋、学富五车、才高八斗哇，这下联还就得您对啦！”“话三千”说：“各位，这是个美差呀，如果我要是能对上来，一能救大家二能救美女，两全其美，这是多好的事儿呀！可惜呀，我这不也没办法吗，不过既然到了这一步了，我也就‘砂锅捣蒜——一锤子买卖了’。”“话三千”话是这么说了，可心里一点谱儿都没有，一个人在屋子里左三圈儿右三圈儿转了不知多少圈儿，您还别说，大家伙儿就这么看着他转圈儿，谁也不敢说话，谁心里都明白，谁说话都惹火烧身，所以只好看着他转呀、转呀，一直转到天快亮了，“话三千”猛抬头一看，窗外虽然已近黎明，可朦胧的月色依稀可见，也许是见景生情，“话三千”突然哈哈大笑起来，所有在座的人都吓了一跳，都以为他神经了呢！异口同声地喊："年兄你不会……”“话三千”说："你们想到哪里去了，告诉你们，我的下联已经有了。”陈芝麻说："真的有了？”“话三千”说："这还有假。”老夫放心了，我女儿可以嫁出去啦！好嘛，生怕嫁不出去！陈芝麻忙说："既然下联已有，那么快快说将出来我们好欣赏评判。”“话三千”说："陈老伯再把你的上联说一遍。”“听好：一女大乔二小乔，三分姿色四寸腰，擦上五六七盒粉，装出八九十分娇。”“听我的下联：十九月亮八分圆，七个举子六个完，五更四点鸡三唱，二乔伴我一床眠。”全归他啦！

（薛峰搜集整理）

《死不死》

嗳，这好不好，坏不坏，美不美，丑不丑，行不行，妙不妙……都能问，也好回答，唯独这死不死，没人问不说，也没法儿回答。巧了不是，他就有人问，还真的有人回答，这可真应了那句老话儿，天下之大，无奇不有哇！

乾隆执政时有两位他最心爱的重臣，一位是鼎鼎大名的和珅，和中堂。一位是赫赫有名的刘墉，刘中堂。可在乾隆眼里他们之间还是有区别的。和珅他是宠爱有加。他嘴甜哪，专拣乾隆喜欢听的说，他能不高兴吗！刘墉就不同啦，他是又喜欢他，又恨他，嘴欠！乾隆越不喜欢听什么，他就变着法儿地说什么，用尽心思地往耳朵里头灌。您说他就是再有本事，那乾隆能不恨他吗，恨得牙根儿都疼。这不刚说退朝，文武百官都走出了金銮殿，各忙各的去了。刘墉也跟没事人儿一样，大摇大摆地往外走。就在这个时候，刘墉听见身后头有人喊他。谁呀？皇上。刘墉不敢怠慢，赶紧站住了脚，躬身下拜，口中说道："万岁您喊臣下——？"乾隆说："怎么着，我不能喊你了？""岂敢、岂敢——我是怕臣下听错了。""所有的人都走光了，这正大光明殿里就剩下你我二人，我能喊错吗？对了，这还有俩太监，他们叫刘墉？""怎么能够呢，是臣愚钝，无知……""算了吧。大人不把小人怪，我不计较你。""是，是，万岁海量。""刘墉——""臣在。""今天天气不错——""对对，风和日丽。""你怎么知道是风和日丽？""他——这个，不是您说的今天天气很好吗？""我说好就好？""万岁，您是金口玉言哪！""那我要说不好呢？""那就是不好！""噢，可算我睁眼儿说瞎话，是吧？""不，不，不，是臣下说瞎话。""你欺君！""不敢不敢。""那你敢什么？""臣，什么也不敢！”“你还不敢，前两天你还当着众大臣的面儿，参我。说我偷木宫掘墓，你可够狠的啊。那不就是动了几根儿建皇陵用的木头，修了乾清宫吗？这有多大的罪过儿？你非给我扣上这么大一顶帽子，逼得朕自己罚自己下江南。”噢——刘墉这才恍然大悟，我说皇上干吗气儿不打一处来呢，原来是报复我呀！嗯，我还真得留点神。“刘墉——”“臣在。”“你甭在那儿动心眼儿，想主意，没什么，今儿个我高兴。”刘墉心里话儿：您是高兴了，我可倒霉了！“没别的，整天批折子，朕累得慌，我想出去走走，透透空气——你陪陪朕。”“是，臣领旨。”

乾隆在前，刘墉随后，慢慢儿地走到一个供佛像的庙前——万佛楼。皇家嘛，不仅人多，佛也多。真乃是雄伟壮观，佛门壮丽。上台阶，门前摆放着两个多人合拢不过来的两桶无花草，碧绿碧绿的，长得非常茂盛。乾隆站住了，一回身正好看见刘墉，开口道：“刘墉。”“臣在。”“朕问你，这两桶光长叶儿、不开花的是什么东西？”什么东西！刘墉明白，东西这俩字可太俗了，我要是说不是东西，得，正被他逮个正着，堂堂大清朝，文华殿大学士，一品大臣，竟然说出如此粗俗之话，该当何罪？少不了这一月的俸禄就没了，归他了不说，这脸上还不好看哪。怎么办？得想法子应付过去，到了是有才学的人，脑子就是快。“万岁，此乃是万年青。”乾隆微微一笑：“万年青，什么意思？”“它寓意着我大清朝一统天下万万年。”“好！说得好。”乾隆一个人往前走进了万佛楼，迎面儿供着一尊佛像，大脑袋、大肚子、大脚巴丫，盘着腿儿，咧着一张大嘴巴，正那儿哈哈大笑哪！乾隆指着佛像问刘墉：“刘墉。”“臣在。”“这是什么佛呀？”刘墉心里话儿：这不是揣着明白装糊涂吗，这谁不知道哇，连三岁的小孩儿都知道他叫大肚儿弥勒佛。噢，我明白了，他这不是问我，他这是害我呀，我要是不注意随口打哇哇，一秃噜说出来这是大肚儿弥勒佛——嗯，怎么回话呢，大肚儿弥勒佛是你说的？如此粗俗与草民有何不同，出口不逊，这叫失仪，扣你的俸禄。多则两个月，少则一个月。说话不慎，这饷银可就没啦！我给他白干不说，我一家老小吃什么——那就得喝西北风啊！不行，我还真得小心，防着点儿。这往后走，指不定他那花花肠子出什么幺蛾子哪！有了，想到这儿刘墉拱手说道：“回万岁爷的话，此乃喜笑佛。”“喜笑佛！嗯，这个称呼太美了。朕还从来没听说过。刘墉啊——”“臣在。”“真难为你呀，你说这么大会儿工夫，你是怎么琢磨出来的？”刘墉心想，这都是你逼出来的！“刘墉。”“臣在。”“朕还有一事不明，问问你，他笑就笑呗，为什么老冲着我笑哇？”废话！他冲着谁都笑。可你不能这么回答他呀，明摆着他是小炉匠戴眼镜——找碴儿！“万岁，您不是问他为什么冲着您笑吗？”“什么讲究，快说与朕听听。”“这叫佛见佛笑！他是佛，您也是佛，久违了，如今一见面表示亲热，所以笑了。”“嘿，罢了！”乾隆听罢是连声称赞，“刘墉啊刘墉，你真不愧是我大清朝……”他是想说第一才子。好好夸夸他，可是欲言又止，他突然打住了，第一才子没说出来。为什么？他想起来了，我出来干吗来了，就是找机会，让他犯错儿，我好罚他，解我心头之恨哪！这可好。封他个天下第一才子。刘墉什么人物，脑瓜子转得快。他是绝顶的聪明啊！跪那儿一句谢主隆恩，得，我这儿百两银子可就归他了！偷鸡不成蚀把米。这赔本儿的生意我不能干！你聪明不是，我让你知道知道我比你更聪明！想到这儿，他还能往下说吗，不能说啦，所以他突然打住不说了，可是这话说了个半截也不像话呀，总得把它说圆全了，所以乾隆一转弯儿说了句：“刘墉啊，你真不愧是我大清朝读过书的人哪！”这不跟没说一样吗！刘墉心里话儿：行，有你的。长心眼儿了是吧，好，那咱就骑驴看唱本儿——走着瞧！刘墉这儿正想着对策哪，乾隆也没闲着。一侧身儿就把刘墉给让出来了。乾隆站在一旁指着那尊佛，冲着刘墉说：“刘墉。”“臣在。”“刚才你说，他冲着我笑那叫佛见佛笑，可是，你瞅瞅他怎么也冲着你笑哇？”“万岁，他是这么回事。他本来是不冲着我笑的，可他为什么会冲着我笑了呢？”乾隆说：“这里边儿一定有讲究。”刘墉说：“万岁爷，您说得对，太有讲究啦。”“有什么讲究哇？”“他是——您别着急呀，您听我慢慢地跟您说呀。”乾隆说：“我着什么急呀，我是怕你着急。”刘墉说：“那什么，您不是问他为什么冲我笑是不是？”“是呀！”“他冲我笑，得有冲我笑的说法……”“什么说法呀？”“我不说您肯定不知道啦。”“多聪明啊，我要是知道还问你干吗。”“所以我告诉您哪。”“可是到现在你也没告诉我呀！”“我这就告诉您……不是，万岁您刚才问我什么来着？”“噢，没听见？”“听见啦！”“听见了你倒是说呀！”“我说什么？”“还是没听见！”“不，万岁，您出的题，您记性好，您再说一遍，也没什么大不了的事儿不是。”“刘墉啊刘墉，都说你巧言能辩，伶牙俐齿，今日一见，你还真不怎么样，就依你，我再说最后一遍，我问你他为什么冲着你也笑。”“知道了，知道了……”“说，为什么？”“他笑我未修道。”“怎么讲？”“您看您修道了，修成正果，修成了佛，所以您是天子，是皇上，是万岁爷，我未修道，所以我只能是臣子，臣下，臣民，在您的脚下，佛爷那是在耻笑我生得贫贱，活得卑微，跟您不能比呀。一个天上，一个地下呀！”“行啦，行啦，你就甭跟我耍贫嘴啦。”“是，皇上圣明。”“刘墉啊。”“臣在。”“你堂堂一个首辅大臣怎么连好赖话儿都听不出来呀。”“皇上金口玉言，都是好话儿，臣下爱听，喜欢听，听不够……”“行，行，行，打住。我这牙床子发酸……”“万岁，您吃了什么馊东西啦……”“我听了馊话反胃。”“那以后就少听点儿。”“关键是你少说此言不由衷的话。”“万岁，微臣一字一句可都是掏心窝子的话呀，我向天发誓……”“停，又来了不是。”“臣，闭嘴。”“你这辈子狗掀帘子——净拿嘴对付了，真要能把嘴闭上还真是我大清国众臣的福音。”“万岁，我明白了，我这张嘴，得罪了不少人。他们怨我，恨我，可我也是为了咱大清国伸张正义不是。”“又给自己擦粉、表功哪，今儿个咱不谈这些。咱们上楼，上楼看。”“臣，遵旨。”乾隆在前，刘墉随后。君臣二人一前一后，缓步而行。照理说刘墉老老实实在后面儿伺候着，随时听吩咐不就啥事儿没有，万事大吉了吗！他偏不，闲得慌，没事儿找事儿，他是不犯各，不犯难——犯贱！他在乾隆后边儿唱喜歌儿，拍乾隆的马屁：“万岁爷您步步高升，步步高升啊。”乾隆一听，“哟，自在，还唱上啦，我让你美。”乾隆站楼梯那儿不走了。刘墉纳闷儿，吔，怎么走着走着不走了呢，又出什么坏点子？忙问：“万岁，您不走站这儿干吗哪？”“谁说我不走哇？”“您要是走站着干吗呀，您倒是往前走哇。”“我就不往前走，你把我怎么样！”好嘛，耍起小孩子脾气来了。刘墉哭笑不得，只能好言相劝。“行，行，行，您不想走咱们就在这楼梯上站着。”“谁说我不想走了？”“是您刚才说的不想往前走啦！”“没错儿，我是不想往前走……”“这不结了吗？”“我往后走。”“啊！”刘墉心里话：折腾啊！没法子，刘墉在前，乾隆在后，下楼，往回走。刚要走，乾隆说话了：“刘墉。”“臣在。”“刚才上楼的时候，你在后边儿唱喜歌，真好听。朕我爱听，你再给朕唱一个。”乾隆这是使坏呀，您想啊，上楼叫步步高升，下楼呢，叫步步走下坡、一步不如一步。刘墉这才恍然大悟，噢，他这是每时每刻都在想着算计我呀！姥姥，没门儿！他这是心里话儿，没敢说出来。那位说他怎么不说呀？是啊，他除非不想活了！常言说的好哇：伴君如伴虎。刘墉父子常年伴君，那得积累多少有问必答、滴水不漏的经验哪！太丰富啦。有人说眼珠一转计上心头，刘墉是谁，他连眼珠都不用转，计谋就来了！“万岁，您听好喽，后背倒比前背高，后背倒比前背高。您站得高，看得远，高瞻远瞩……”乾隆说：“咱们就逛到这儿吧。”刘墉万分高兴，心里话儿：总算躲过一劫。忙说：“万岁，咱们回宫……”乾隆脸儿一拉，“谁说的？”刘墉说：“臣多嘴……”“是你说了算还是我说了算？”“当然是万岁爷您说了算。”“还是的，走，去御花园。”“臣遵旨。”俩太监头前引路，乾隆走在当间儿，刘墉紧随其后。来到御花园荷花池旁，八角亭下，亭子里有汉白玉的桌子，汉白玉的墩子，乾隆随意坐下，看了看周围，看了看前方，一湾池水，满塘荷花，微微一笑：“刘墉——”“臣在。”“你读过圣贤之书，必达圣贤之礼。我来问你，君叫臣死，臣若不死……”刘墉急忙回禀：“那叫不忠！”“好。父叫子亡，子若不亡呢。”“那叫不孝。”“说得好。那朕问你，你是忠臣，还是奸臣？”“万岁，您心里还不明白，我是大大的忠臣哪！”“嗯，你既然是忠臣，那我要是叫你去死，你死不死呢？”“死，立马就死。连头都不带回的。”“那好，你死去吧。”“臣遵旨。”刘墉一转身，准备离去，他又转身回来了。“万岁，我是怎么个死法？”“这也问我！”“不是，您不明白。我不是没死过吗！”“噢，照你这说法，我是死过的人，是吧？”“万岁，您误会了。我是说，这死的方法很多，有吊死的，撞死的，捅死的，掐死的，勒死的……反正都是死。可是死的过程、死完了留下的面容都不好看，为臣我怕您看见了，惊了您的驾，吓着您，您晚上怎么睡得着，就是睡着了做噩梦，也把您吓醒喽，您要得了病，吃药不管用，有个三长两短出个好歹——为臣我死不瞑目哇！”“别价，听你这意思，你还没死哪，我就已经咽气了是吧！”“万岁寿与天齐，怎么可能不治身亡呢？”“行啦，你别咒我啦，少在这儿啰唆，你只管死去，吓不吓着我跟你没关系，你少在我跟前，屎壳郎念经——假充善人！”“您要这么说，臣就放心了，我是屎壳郎戴花——死也是美死的！我走了……我，我还得问您最后一句话，我就死去……”“你说吧。”“万岁，您说我怎么个死法呢？”“好办哪，您瞧见没有，”乾隆用手一指前边儿那个荷花池，“你就跳荷花池淹死得了。”刘墉听罢二话没说，“臣，领旨死去……”乾隆一摆手儿，“赶紧的。”刘墉磕头谢恩，站起身来慢慢悠悠地朝荷花池走去。

这乾隆真的要让刘墉死吗？非也！为什么？乾隆知道荷花池水浅，

不深，也就到膝盖儿那儿，等刘墉往池子里一跳，他就会叫身边儿的两个贴身太监把他从池子里拽出来，让他变成落汤鸡，就是为博一笑，羞辱羞辱、寒碜寒碜这位胆子大得连皇上都敢参的一品大臣。

刘墉颠儿颠儿地朝着荷花池走去。只见他走到荷花池边儿上，一屁股坐地上，脱下了脚上的一双靴子，慢慢儿地站了起来，左手提拉着一双靴子，右手不断比画什么，像是和池子里讲话，一会儿工夫，就见刘墉把左手提的靴子往水里蘸了蘸靴子底儿，然后朝肩膀上一甩，扭过身来，他颠儿颠儿地又走回来了。乾隆一看，“咦，这玩儿的什么花活？”气不打一处来。“刘墉。”“臣在。”“我不是让你跳荷花池去死吗？”“是呀。”“那你干吗不跳又回来了呢？”“万岁，我是想跳哇，我要是一跳您不就省心了吗？可是事不凑巧，我刚要往池子里跳，您好说怎么那么巧，我碰见了一个人他拦着我死活不让我跳。”乾隆说：“真是活见鬼了，大白天，你碰见谁啦？”“万岁，我碰见了楚国大夫——屈原。”“嘿，你可真会碰啊，早不碰，晚不碰，单等着你要死的时候，碰上啦……”“无巧不成书嘛。”“嘴贫！快说，碰见他又怎么样？”“他不让我死！”“凭什么？”“他说了几句话，我一听也在理儿，所以我想回来跟您唠叨唠叨，等唠叨完了我再去死。”“说吧，他跟你说什么？”“是。屈原大夫说，知道我为什么死吗？因为我遇上了昏君，不能报国，所以我选择了投江，以死报国。你不同，你的主子是有道的明君，你应该在他身边好生为国效力呀！我遇昏君该死，你遇明主当回呀！万岁，您说我死不死呀！”乾隆听罢大声喊道：“你不能死呀，你要死了我就成昏君啦！”刘墉急忙跪下：“臣，遵旨。”得，他又活了！

（韩子康述　薛相整理）

对口相声

打桥票

甲　干哪一行儿都得有个称呼。

乙　对。

甲　比如您是开大买卖的，“阁下在哪一界？”

乙　“岂敢！敝人是商界。”

甲　您要在银行做事呢？

乙　那就是“金融界”。仕农工商，军警学界都有称呼。

甲　唯有咱这行儿没个称呼，即便提到您，听着也不那么顺耳。

乙　怎么？

甲　“走！咱到杂耍园子，看玩意儿去！”

乙　玩意儿？

甲　您听着怎么样？

乙　是不顺耳。

甲　挺好的人给改玩意儿了。

乙　不像话。

甲　其实您不是玩意儿。

乙　就是……这也不好听啊！

甲　有不少地方，诸位能去我们不能去。

乙　都什么地方？

甲　像什么利顺德饭店、聚合成饭庄，还有赌场、妓院、回力球……

乙　咱去照样花钱啊！

甲　不行，在座的先生们去了，一下汽车就远接高迎地喊上了：“张督办来了！”“李司令到了！”“杨老爷往里请！”咱俩去，怎么喊啊？

乙　对啊，咱没官称，就喊行业吧。

甲　这么喊：“常说相声的来了！”“赵说相声的到了！”这别扭不别扭啊！

乙　喊老爷呢？

甲　“常老爷来了！”“赵老爷来了！”人家一看：“噢！敢情这俩老爷，没带姥姥来呀！”

乙　姥姥干吗。

甲　“干脆，让这两位老爷给咱们说一段儿得了！”

乙　咱别胡溜达了。

甲　谁都敢惹事，唯独我们不敢惹事。

乙　咱这脑袋上都刻着字儿呢。

甲　听戏，看电影就有人愣不打票，你敢吗？

乙　不敢。

甲　那阵儿，我们撂地零打钱。

乙　就是说完一段相声要一回钱。

甲　场子挤满坐满，一打钱都是摇头票。

乙　什么叫摇头票？

甲　要到他那儿，冲你一摇头（学），你就不敢要了。

乙　听相声凭什么不给钱？问问他呀？

甲　你敢问吗？上回我倒问过一个摇头的。

乙　他怎么回答？

甲　没说话，一挑大拇哥往胸口这儿一指！（学）

乙　什么意思？

甲　意思是说：“你没看见我这儿挂着牌儿了吗？”

乙　不定是哪个部门的。

甲　他不是听一回不给钱，连着听了好几天，每次要钱他都指指胸口这个牌儿。有一次，我要到他这儿，他一指胸口，细这么一看这牌儿，我也乐了。

乙　哪个机关的？

甲　汽水瓶子盖儿。

乙　啊！蒙事啊？

甲　你别看听相声他敢不打票，哪次过法国桥他都抢着打票……

乙　怎么过桥还打票？

甲　人家白给你站岗啊，听戏打戏票，看电影打电影票，过桥打桥票嘛。

乙　你这小子也快挨打啦。
甲　听清楚了，今天台下要坐着警察可别在意。
乙　他说的不是您。
甲　我指的是专勒索人的警察。
乙　那是太个别了。
甲　这样的警察他也没工夫听相声，下了岗他还得“穿柜”呢！
乙　这么说每天还收入不少？
甲　能少得了吗？不管你是谁，只要从桥头那边一过来，你就得自己把钱掏出来。
乙　交给这位老总。
甲　不，电线杆子上专门挂着一个盒子，你自己把钱放到盒子里边去。
乙　噢，这么打桥票，要不往盒子里塞钱呢？
甲　你过不来，过来也得把你轰回去，“回去！”“那什么……我带居住证了！”“没问你那个，打票了吗？”
乙　人家不懂这规矩。
甲　“告诉你不就懂了吗？往盒儿里塞钱去！”
乙　噢！就是过路的打桥票。
甲　不，除了电车、汽车不打票，什么洋车、自行车都得打票。
乙　那拉车的要没拉着座儿呢，没钱怎么办？
甲　那好办。
乙　就不打票了。
甲　车垫子归他了。
乙　啊！
甲　一看打老远过来一辆大车，赶脚的顺脖子流汗。“站住！”“老总，您辛苦了！”“懂规矩不懂？”“懂，我还没赚着钱呢，这车白菜拉过去卖了才有钱哪。”“没钱啊？”
乙　放行了。
甲　“搁这儿两棵白菜吧！”
乙　白菜也要啊！
甲　什么白菜、辣椒、黄瓜、土豆、鸭梨、苹果、暖瓶、砂锅……
乙　应有尽有，他怎么拿回去呀？
甲　好办，等快下岗了，过来一辆排子车，“站住！干吗去？”“我……打桥票。”“别打了！”

乙　谢谢吧！

甲　“把这堆东西给我拉家去。”

乙　啊！

（常宝堃演出本　常宝华整理）

牙粉袋儿

甲　干咱这行儿可不容易呀！

乙　干哪行儿有哪行儿的难处。

甲　咱这算吃张口饭的。

乙　我们一张口就来饭。

甲　家里还有几个张口的。

乙　都会说相声？

甲　那是等饭的。

乙　哎！就靠咱们这张嘴，指身为业，养家糊口。

甲　所以这行儿经不住刮风下雨。

乙　刮风减半，下雨全无嘛。

甲　可唯独瓦匠这行儿，就盼着下雨，雨下得越大越好。

乙　怎么？

甲　谁家房子漏了，山墙塌了，他该有活儿干了。

乙　对呀，他就是干这个的。

甲　我们街坊小南屋儿，住着一家儿干瓦匠活儿的，一看下起雨来了，叫他们孩子："三儿，跑一趟打二两去！"

乙　嘿！高兴啦。

甲　他那儿一边儿唱，一边儿喝着，我们一边儿愣着。

乙　下雨谁还听相声。

甲　就听"哗"，下大了！"咔嚓"！

乙　怎么啦？

甲　那边儿墙倒了！"三儿，再打二两去。"

乙　越唱越高兴啊。

甲　就听“哗”，可桶儿倒的大雨！“咔嚓”！

乙　又怎么啦？

甲　后边房塌了！“三儿，再来二两！”

乙　雨住了他该忙了。

甲　就听“哗”，“咔嚓”！“哎哟”！

乙　再来二两。

甲　喝不了啦！

乙　怎么？

甲　自己的房子塌了！

乙　嗨！下大发了谁也受不了！

甲　这就是各有各的难处，您当我们说完相声就没事啦？

乙　从早忙到晚啊。

甲　晚上演完等散了场就十一点了。

乙　咱不得歇会儿吗？

甲　洗洗脸，休息会儿就十一点半。

乙　都管我们叫夜猫子。

甲　走到了家十二点半，叫开门一点半，生上火两点半，做点儿吃的三点半，吃点儿东西四点半，铺好了被窝五点半，钻进去大天亮又钻出来了！

乙　一宿没睡呀！

甲　我们小哥儿俩一早还得练功，对词儿。

乙　得排练啊。

甲　每天要赶几场演出。另外，什么看孩子、买菜、做饭、刷碗、洗衣裳、挑水、扫地、倒土、攥煤末子、挤配给面，这都得干。

乙　为了赚钱，累死为止。

甲　受累倒不怕，钱到手更为难。

乙　怎么？

甲　米、面一天一个行市，你知道什么时候涨价啊！

乙　那咱可说不好。反正有配给面，价也涨不到哪儿去。

甲　就是那混合面？里边儿全是麸子、黑豆儿、花生皮儿、白薯、土粉子掺锯末呀！吃完消化不好，我妈吃一顿一个礼拜没解大便。

乙　老人孩子，买点儿白面吃。

甲　咱不像人家有钱的，什么“金豹”的、“三星”的方袋面，往家一拉就三十袋、五十袋的。

乙　你哪有那么些钱啊！

甲　最多咱也就买上一袋儿洋白面。

乙　花上两块大洋。

甲　两块？你再打听打听。

乙　涨多少块了？

甲　涨到五块、七块，“第四次强化治安”涨到八块一袋儿。

乙　嚯！穷人还活得了啊？

甲　他慢慢“强化”，你慢慢熬着呀！“四次强化治安”八块钱一袋面，听说到“第五次强化治安”白面就落到四块钱一袋儿了！

乙　嘿！落一倍的价儿？

甲　不过，袋儿小点儿。

乙　洋面袋儿？

甲　不！牙粉袋儿。

乙　啊！

（常宝堃演出本　常宝华整理）

方言土语

甲 相声是群众喜闻乐见的艺术形式，无论哪一省的人都可以听得懂。

乙 因为我们说的是普通话。

甲 什么叫普通话？

乙 北京话就是普通话。

甲 不，标准普通话是以北方语言为基础，以北京语音为标准，北京的方言、土语不能算标准普通话。

乙 北京也有方言？

甲 （指乙头）这个叫什么？

乙 脑袋，也有叫脑袋瓜儿的。

甲 脑袋还出来个瓜儿！这就是土语。

乙 普通话怎么说？

甲 “头”，到理发馆都得说“头”。“同志！我推个头。”人家也得说“头”。“请坐，你是留个分头，还是来个背头？”

乙 说脑袋也行。

甲 说脑袋？“同志！我推个脑袋。”“请坐，你留个分脑袋，还是来个背脑袋？”

乙 啊！

甲 背着脑袋上哪儿啊？

乙 是不好听。

甲 什么“溜溜儿的”“压根儿的”“今儿个”“明儿个”“昨儿个”“死乞白赖的”“不然那碴儿”，这都是北京的方言。土话更不好懂了。走不叫走。

乙 叫什么？

甲　“颠儿”。“待着你的，我颠儿了嗨！”走叫“颠儿”，跑就不叫“颠儿”了。

乙　叫“大颠儿”？

甲　没听说过，跑过“挠丫子”，这两只是“鸭子”。“挠丫子了嗨！”

乙　就是跑了！

甲　看见不叫看见。

乙　叫什么？

甲　“瞜见了”。事情失败了叫“褶子了”。我不答应……

乙　土话怎么说？

甲　“跟你泡了”。

乙　“泡了”？

甲　傍晚的时候，土话叫“擦黑儿”。

乙　“擦黑儿”？

甲　出去散散步……

乙　土话怎么说？

甲　“迈迈单儿”。俩人要是谈点儿秘密的事情叫“闷嘚儿密”。

乙　嘿！！

甲　这个人工作态度不好。

乙　怎么说？

甲　“汤儿泡饭”。

乙　就是糊弄事。

甲　还有一句话，我一直不理解。

乙　什么话？

甲　“姥姥”。

乙　我也听说过。

甲　比如，两个人争论一个问题。“得了！你呀，姥姥！”你说怎么讲呢？

乙　就是不服气的意思。

甲　不服气就得了，提外祖母干什么？

乙　对呀！姥姥就是外祖母。

甲　都说“姥姥”。

乙　要说外祖母呢？

甲　“什么？你呀，外祖母！”

乙　那不像话啦。

甲　现在又发现一些不三不四的语言，什么“官的”“震了”“盖了”“盖帽儿了”。

乙　这更不好听啦。

甲　只有使语言走向规范化，才能更好地为社会主义建设服务。

乙　大家说都要说标准普通话。

甲　舞台上使用的是艺术语言，必须用标准的普通话。记得咱们看的那个话剧吗？有一场戏，一个流里流气的小伙子向一位少女求爱，俩人有一段对话。

乙　说的都是普通话。

甲　咱们学学。“×× 姑娘，你真美丽。”

乙　我还美丽哪？

甲　“见到了你，我的灵魂早就离开我的肉体。”

乙　我呀？

甲　“我们能不能好好谈一谈？我约你傍晚散散步吧。”

乙　“我不。”

甲　“不然，我是不会答应的。”

乙　“糟了！我怎么又见到他了！谁不知道你一直是后进的人，只要是见到姑娘就流出口涎。答应？哼！马上你给我走！”

甲　这台词都听得懂吧？

乙　说的都是普通话。

甲　要是都改成土语多难听。

乙　咱俩学学。

甲　北京土话管姑娘叫“妞儿”。“噢，妞儿，你长得可真盖了帽儿了！”

乙　瞎！

甲　“瞜见你，我的魂儿压根儿没回来，我们能不能闷嘚儿密？要不咋们擦黑儿迈迈单儿，不然我跟你泡了。”

乙　“噢！褶子了！我怎么又瞜见他了！谁不知道你一直是汤儿泡饭的，瞜见妞儿就流哈喇子。答应？哼！姥姥！马上你给我颠儿。”

甲　颠儿！

（常宝堃演出本　常宝华整理）

送 妆

甲 您感觉新社会是不是温暖？

乙 当然温暖。

甲 在旧社会的时候，我们挣多少钱都不够。为什么哪？每一个月，人情份往太多。尤其是天津，那会儿酒席卖两块钱一桌，坐六个人，可是每一个人送礼至少一块钱，请六个人，准赚四块钱。后来有个地痞流氓，租界的伪警察，家里没事也撒帖，一年他家得办几十回事情。帖上是父母寿辰，本人贱辰，本人结婚，小儿弥月，小儿百岁，小儿周岁，小儿订婚，小儿接三。其实都没这么回事，假事真办。他撒帖，我们就得送礼。你不去还不行，你不去，行了！下次在园子里搅你。没办法，得了，去吧！有时候我们这么想：送一块钱，我们不是还吃一顿嘛。得，倒霉了！你到那一看，他们这群飞帖打网的人都在一块哪。一看你去了，他又给你四份，你还得去，你要不去，就打你。所以每一个月挣多少钱也不够，老得当当。有一次我给人家送礼，最多送过一百块钱。

乙 哎呀！那可太多了。那会儿我们送礼都是一两块钱，最多不超过十块钱去。怎么你给人家送一百哪？

甲 礼尚往来呀。当初我父亲过生日，我也没撒帖，我也没办事，人家知道了，给送了一百块钱。当时我收了一百块钱份子，我痛快了，那一个多月我富富余余。后来人家办喜事——姑娘出门子，您说我怎么办啊？我能装不知道吗？不能！我要送礼，我给人家送少了行吗？应当送一百块钱礼，给姑娘买点填箱的东西，可我哪儿弄这一百块钱去？没办法了，当当吧！您说得什么东西才能当一百块钱呀？

乙　那得值个千八百的才能当一百块钱。

甲　旧的不行，我卷了一卷新的。我当去了，到了当铺，不要。

乙　什么？

甲　炕席！

乙　是不要。

甲　我想还有什么呀，我没有值钱的东西，上我们姑奶奶那儿借去了，到她那也没钱，她说："我这有点儿东西你拿去吧，皮货。"

乙　嗳，皮货值钱，分什么筒子。

甲　灰鼠！那真是三性鼠，有这么长的毛头儿，库缎的面儿，没上过身儿，有十成新。我一想：这行。拿到当铺，我说："您给我瞧这个。"他接过去也没细看，"不要！"我说："您给少写！""不要！"多气人呀！

乙　真可气！这么好的皮袄他不要？

甲　不是！要是皮袄他就要了。

乙　噢，皮马褂？

甲　不是。

乙　噢，斗篷？

甲　不对！

乙　什么呀？

甲　耳朵帽儿！

乙　耳朵帽儿呀？人家是不要。

甲　新的！

乙　没听说过上当铺当耳朵帽儿去的。

甲　没办法了，托人找放钱的借一笔印子。

乙　吃多大亏呀，借印子送礼。

甲　把钱借着，我派别人把礼送过去，我本人没去。

乙　你有了钱，你怎么没去哪？

甲　你想，人家是财主，所有送礼的人，穿的衣服都阔，都讲究。我就趁一件蓝布大褂，跟人家站在一块儿多寒碜呀！得了！我来个礼到人不到。本家很不高兴，说："我们这样的交情，送礼不送礼没关系，你人应当来呀！"赶紧找人催请，请了我两趟。我一想：不去不合适，去吧！到门口儿我可没进去，我站在门口儿看看。

乙　那你看什么呀？

甲 我看看所来的人，要有跟我穿的差不离儿的，我就进去。到那儿一看，没有！穿西服的多，就是有穿便服的也都阔。可是我看见有几个老头儿穿衣裳新鲜，跟《四郎探母》里国舅穿的衣裳一样。

乙 噢，您说那是顶子、翎子、袍子、褂子。这几位老者在前清一定做过大官，后来回家享福了，赶上老亲老友办事，他穿上这个好看。

甲 这衣裳不穷啊？

乙 穷人哪有穿这个的。

甲 我一想，西服我没有，这我有，我也穿啊。

乙 您在前清也做过官呀？

甲 我哪儿赶上啦！

乙 您上辈有做官的？

甲 哪儿呀！我们三辈子说相声。

乙 那您哪有这东西呀？

甲 我凑合呀。

乙 那可不能凑合，短一样都不好办！

甲 成！凑合得了一样不短。

乙 那这袍子、褂子，您先没有。

甲 有！我这蓝布大褂，穿在里边是袍子，把我媳妇儿那件旗袍套在外边，是外褂子。

乙 是青的吗？

甲 是呀，蓝袍子，青褂子，那多好看呀！

乙 不行！外褂子是对襟儿的，你媳妇的旗袍有大襟儿！

甲 有主意，我把大襟儿往里一掖，胸前钉几个纽扣儿，把后边的开气儿拆开一点儿。

乙 前后有补子？

甲 我买了两张煎饼，拿剪子铰四方了。

乙 那上边儿有飞禽走兽？

甲 我拿笔瞎画啦画啦，找几个绷针，一绷！

乙 您脖子上还缺一挂朝珠哪？

甲 我买了几挂脆枣儿，拿手巾把它擦干净了，穿在一块儿跟紫赑屃一样。

乙 是一百零八颗吗？

甲 不！六十多个就到我髁膝盖这儿了。

乙　对！它是长圆的嘛。还得有四个佛头哪？

甲　安上四个荸荠。

乙　还有一个节珠儿哪？

甲　我拿胡萝卜旋的节珠儿。

乙　那您没有帽子？

甲　我父亲会抽烟，我把熬大烟的烟滤子扣在脑袋上了。

乙　没有顶子？

甲　买了个大个山里红。

乙　嗬！这还是红顶。没有翎管儿呀？

甲　我母亲那个烟袋嘴，拿铁丝把它缠上。

乙　上边没翎子？

甲　在卖柴火那儿，拣了几根苇毛子插上了。

乙　你真能凑合。你脚底下没靴子也不好看呀。

甲　在我们门口杠房借了一双靴子。

乙　那穿着合适吗？

甲　穿着大，拿草纸包点炉灰，往里一楦。

乙　您穿这衣裳就得有拜匣。

甲　有！找两个写匣子盖儿，拿红绵纸一糊。

乙　这应当是您的用人给拿着。

甲　我哪儿有用人啊，我自个儿拿着吧。穿好喽，托着拜匣，走道儿不能快喽，得迈方步，亮靴底儿。刚一出胡同，把走道儿的吓趴下了好几个。那个说："哎哟！诈尸！"

乙　您这可不像诈尸嘛！

甲　有人认识我，"别胡说呀，这是 × 大人出门拜客。"那个人一听我是 × 大人，他不服气，过来拿胳膊一撞我，照我肩头上就是两口。

乙　咬了您啦？

甲　吃了我俩脆枣儿！我一想：这要一嚷叫人瞧见多难看呀，吃俩就吃俩吧！我到了本家儿，就得找这几个老头儿，我们得站到一块儿去。

乙　那干吗呀？

甲　对啦！我跟穿西服的站在一块儿，我这是什么像儿呀？找了半天，看见了，都在廊下站着哪。我往旁边一站，有个老头回头看了看我，也搭上岁数啦，眼睛花了，还直夸我："这个衣裳保存得多好，就是补子叫烟熏了！”

乙　是吗？

甲　嗯！煎饼火大，摊煳了！我想着是谁也看不出来，有一个老头儿领着一个小孩儿，我倒霉倒这孩子身上了，这孩子有这么五六岁，他瞧瞧我，叫老头儿：“爷爷，我吃煎饼。”老头儿哄他：“别闹，等卖煎饼的过来给你买。”“嗯，过来了！”老头问：“哪儿呐？”小孩说：“他这有两张哪！”我一想：给他吃吧，这要是不给他，他要一哭，棚口里的人过来一问，人家都知道是煎饼啦。揭下来，吃去。别哭呀？他一吃倒哭啦。

乙　怎么哪！

甲　煎饼上有绷针把他嘴扎了！他一边哭着，还瞧我，“爷爷，我吃红果。”我说：“把顶子给你。”他接过去，还瞧我，我赶紧躲开他啦。

乙　您干吗躲开他呀？

甲　我要不躲开他，这挂朝珠也没啦！我已然来啦，跟本家见个面儿就走吧，本家不叫我走。本家说：“咱们这样儿的交情，别走啊，你给我帮帮忙儿吧。”他叫我帮忙儿，您说我在棚口里能干点儿什么？

乙　像你这个精神，能说能道，在棚口里当当知客，让让席。

甲　对！当知客可不容易，你让坐席的时候，你眼睛得有活儿，把年轻的跟年轻的让在一个桌上，把年长的让到年长的一桌儿上。

乙　这是为什么哪？

甲　你把会喝酒的跟在理儿的让到一块儿，他吃着别扭。你把爱说话的跟不爱说话的让到一块儿，他吃着也不痛快。我的眼力好，我一看就知道，这位是在哪界做事的人。

乙　那您当知客太好啦。

甲　不行！我有一种性格不太好。我说出来您可别笑话我，我可有点儿势利眼，我不管这位跟本家亲戚远近，我看他的穿着好坏，穿好的我就往上让。因为这个，我现过一回眼。有一次，在城里，也是我朋友办事，请我当知客，来的亲友都挺阔。有一个人，三十来岁，穿得阔，狐腿皮袍子，大维呢的面儿，还套着一个毛葛的坎肩，鹅绒的帽子，礼服呢大衣，水獭领子。手上戴着钻石戒指，到坐席的时候一脱大衣呀，坎肩上有一个表兜儿，金链子，翠表杠，还有两个翠坠儿，我一看这个绿儿呀！我就在他身上注了意啦！

乙　干吗？你要绑票儿呀？

甲　我绑票儿干吗？到了让座的时候，我先让他首座，“您这儿坐。”找把手巾掏出来，掸掸凳子，“您坐这儿。”这人还挺客气，“不！不！我年轻！您让旁人吧。”“嗳，这不在于年轻，他们有您这表杠吗？”我这正让他哪，回头一看，我这气大了。有一位四十来岁，穿着灰布棉袄，挺长头发，也没刮脸，他坐在上边了。我过来把他揪下来了，我说：“嗳，嗳……起来！起来！谁让你啦？你也不看看你这一堆儿，坐那儿寒碜不寒碜呀？像你这个，找哪儿加个座儿就完了。送五毛钱礼，你还往上摆，厨房吃去，弄点杂和菜一吃多香啊！”

乙　这位站起来吧！

甲　站起来？冲我一点头，啪！就给我一嘴巴子！打完了我就把桌掀了。本家过来，这个央告呀！

乙　这是谁呀？这么厉害？

甲　我这么一问，是本家的姑爷。

乙　那怎么他穿衣裳不讲究呢？

甲　他那儿穿着孝哪！我就这一次，以后我再也不当知客了。

乙　那您的学问挺好，您可以给管账。

甲　管账可不容易。头一样说，字得熟，挨着个儿现问，那您就别写了。二一样儿说，本家的亲戚朋友你得认识多一半儿，到那儿一交钱，甭问，唰唰唰……就写上了。

乙　那您就来吧。

甲　不行！提起管账来我都伤心了。有一次我有个盟兄弟，他们家办喜事，我是管账的，他还请了一个帮账的，我一看那个人不行啊，我说：“您走吧，这要是出了错是算谁的？”我是一手写，一手算，进来的钱，票子跟票子搁一块儿，现洋跟现洋搁一块儿，出账的钱清清楚楚，一笔也不叫它错，两天两宿我没合上眼，你说我这交朋友的怎么样？

乙　好啊！

甲　结果我一算，收了顶两千块钱。

乙　嚯！可真不少。

甲　凭咱的心，咱给他八百少吗？

乙　啊？收两千给人家八百，那些钱哪？

甲　我带起来了。
乙　像话吗？人家的钱你带起来了？
甲　是啊！我带起来，他要我还给他哪。
乙　不给人家也得行啊。
甲　没要。
乙　那算完了。
甲　完？到法院把我告下来了。还没等过堂，有朋友出来了事，让我把钱拿出来，我说："拿出来也行，我得叫他本人上我这儿来。"
乙　那干吗呀？
甲　我看他有什么脸见我。
乙　废话！人家怎么不能见你哪？
甲　他真来了。当着大伙儿我寒碜寒碜他！我把钱往地上一摔，我看你怎么拿！他觍着个脸还真拿起来了！
乙　多新鲜呀，人家的钱，人家不拿起来。
甲　真没羞没臊，下回再有事谁还帮你呀！
乙　下回再有事谁还敢找你呀！
甲　我可不容易呀！两天两宿没睡觉，人家送礼十块我改五块，五块改两块，两块改内收，我容易吗？
乙　您给人改账还不容易！
甲　从那回起，只要一提给人家管账我脑仁儿就疼！
乙　那您可以干点儿别的，厨房您给料理料理。
甲　干吗料理啊，我造厨都行，我小时候学过那个，我跟我父亲学的，您知道酒席处有一位 × 师傅，那就是我父亲。
乙　我知道那有好几位 × 师傅哪。
甲　不，就一位是，就那高个儿是。
乙　那几位呢？
甲　跟我父亲是师兄弟。我打小时候跟我父亲做下手活儿。
乙　噢，您刷家伙洗碗。
甲　那叫"油伙"！我是下手。
乙　噢，切肉，切菜？
甲　那叫"剁墩儿"。
乙　剥葱，剥蒜？
甲　那叫零碎活啊，我做下手活。

乙　什么下手？

甲　就是我父亲偷了东西，我往外带。

乙　那是下手呀？那是偷！

甲　对！过去，是厨子都偷，有这么句话："厨子不偷，五谷不收。"偷不能叫偷，有行话，叫"俘"。比如：要偷什么东西吧，师傅告诉徒弟："你把什么东西偷起来。"让人家本家听见啦。要说"俘"起来哪，人家不知道，偷完带走，叫"脚行"。

乙　那偷的东西搁哪儿呀？噢，您挑着两个大提盒进去，完事您再挑出来？

甲　那可不行，人家本家儿要说："您打开我看看。"那多麻烦？

乙　那搁哪儿呀？

甲　满在身上哪。您看那变戏法儿的身上带好些盘子、碗，那是跟我们厨子学的。有一年冬天，在河东，我跟着父亲造厨。本家办喜事，买的这调和这个多呀。我一看，"俘"呀。我那天穿的棉袄，有这两个肥。

乙　您穿那么肥的棉袄子干吗呀？

甲　就为多带东西。把猪肉贴在前心，牛羊肉搁在后心，香油脂贴两肋，大肠灌香油，围在腰里当搭包系。我穿着套裤，这套裤筒儿里装满了大米，这套裤筒儿里装的是黄瓜、木耳、口蘑、虾米。再把粉条儿泡软了往脖子上一围。

乙　那不是看见了吗？

甲　不！外边还有围脖儿哪。我一看，盆儿里还有二斤多团粉。

乙　那就别要啦！

甲　别要？好嘛，二斤多哪！我把水澄出去，拿手拍成一个大饼子似的，往脑袋上一顶，拿帽子一扣，看一看，还有一个火锅子，里边一锅子肉菜，"俘"！

乙　那搁哪儿呀？

甲　我裤腰带上有两根绳儿，上边有两个铁钩，往锅子环上一搭。我也全"俘"完了，我也动弹不了啦！

乙　怎么？

甲　我身上分量太重了，一百多斤！我父亲一看，"脚行"！

乙　叫你走。你怎么走道儿这样儿啊？

甲　我这儿挂着锅子迈不开腿呀！我头里走，我父亲后边跟着。刚一拐二门，墙根儿那儿立着一把铁锹，我父亲没留神给人家碰躺下了，像你就给人家立起来吧，懒得哈腰，叫我："你给扶起来。"我听错了，我听说"俘起来"。我一想："俘"了不少了，"俘"这玩意儿干吗呀？我父亲叫我"俘"一定是有用，可是我没地方搁呀，我一想铁锹把儿不值钱，我把铁锹把儿拔下来，光要那铁锹头儿。那上钉子挺难卸，我正在那晃悠着哪，主家送客，看见了，问我："嗳！你这儿干吗哪？"我说："这个……""什么？""啊，这铁锹坏了，我给您修理修理。"

乙　噢，你跑那儿修理铁锹去了。

甲　本家问："你是干吗的？""我是厨房的徒弟。""厨房的徒弟？我怎么没看见过你呀？"我说："我是跟 × 师傅来的，那是我父亲。""不对呀，你来的时候没有这么胖呀？你怎么这会儿这么胖了？"

乙　是啊，身上的东西太多了。

甲　我说："我来的时候没吃饭，我吃了一顿饭，胖了！"

乙　噢，一顿饭就胖得这么快？

甲　他说："你怎么哪儿都胖，脑袋不胖哪？"

乙　这里没"俘"东西嘛！

甲　我父亲过来啦，"二爷，这是我小徒弟。"本家一看："噢，× 师傅，摆多少桌？""三十五桌。""调和哪？""都用完啦！"本家说："不对吧？我预备那是四十多桌的东西，那东西都哪儿去了？"我心里说："全在我身上哪。"我父亲说："您放心，咱这全有账，回头我跟先生我们算算。"本家说："不用，咱们算吧。"我父亲说："好，徒弟你先回去。"

乙　干吗叫你先走啊？

甲　东西都在我身上挂着哪，我一走就完了。本家一把就把我拽着了。"别价呀，徒弟受了一早晨累啦，来来来，屋里暖和暖和！"我一想，跟他进去。

乙　嗳！你怎么跟他进去了？

甲　对啦！他一揪我，我一较劲儿，大肠一碎，香油全洒出来了！到屋里算账，这屋里这个热呀，又是暖气，又是洋炉子。我站的这个地方，还正挨着这炉子，这本家缺德，他扒拉扒拉算盘，瞧瞧我，我心里又害怕，又着急！这一害怕可坏了，脑袋一出汗，团粉化了，顺着脸直往下流白道儿！本家看见了，“咱们这账先别算了。赵师傅，你徒弟这脑袋怎么啦？怎么直流白呀？”我父亲说：“你别管他，这孩子是白面儿抽多啦！”

乙　啊！

（常宝堃演出本　赵佩茹述　孙玉奎整理）

朱夫子

甲　都说你们说相声的眼力好，您看看我像个干什么的？

乙　我看您在车站上……两个字——

甲　站长？

乙　偷煤！

甲　嗐！我是个学生。

乙　您是学生？跟我一样。

甲　您也是学生？

乙　我是和尚！有您这模样儿的学生吗？

甲　我过去念过私塾。

乙　你念过几年？

甲　我念过十年书。

乙　念十年学问可以的。

甲　十年我念了经书全篇。

乙　“五经”“四书”全篇？

甲　不，《三字经》全篇。

乙　十年就念了一本《三字经》啊？不怎么样。

甲　嗳，还有一本《百家姓》，一本《千字文》哪。

乙　那也不怎么样。

甲　十年我念了三本书，老师看我太机灵啦，就叫我出阁啦。

乙　你跟谁结婚啦？

甲　结婚干什么呀，出阁就是不要我了。

乙　那叫革除。

甲　老师一不要我，我回家一说，我爸爸生气啦，说：“小子，我供给你念了十年书，没想到你就念会了三本书，爸爸赚钱容易吗？你还甭不乐意，别忘了我是你爸爸呀！”

乙 你冲谁嚷嚷！

甲 别急，我这是“承样”。我说：“爸爸您别着急。”

乙 这回你怎么冲那边“承样”去啦。

甲 “您别瞧我花了这么多钱，我拿这三本书把您供给我的钱全给赚回来。”

乙 那怎么赚哪？

甲 我把它卖了。

乙 三本书卖烂纸能卖多少钱？

甲 卖烂纸干吗，我教学去。

乙 念三本书您还教学呐？！

甲 念三本我就教三本，我找了两间房子开了个学坊铺。

乙 哎，那时候有学堂，有学馆，哪有学坊铺哇？

甲 我这是一半教孩子，一半做买卖。在门口贴了一张报子，上写：“招生。凡五岁以上九岁以下者均可入学。”

乙 五岁至九岁太小哇，大一点儿好教。

甲 废话，大一点儿他在别处念过二年书，连《大学》都念过，到我这上学来，是他教我呀，还是我教他？

乙 对呀。

甲 我那儿学费便宜，每月两毛钱。

乙 这么便宜？

甲 以多为胜啊，太贵了谁上我这念来呀！

乙 有理。

甲 最后我写得明白：“溺爱管送。”

乙 应当溺爱免送，溺疼溺爱别送来。

甲 全不来，我甭开张啦，我这是溺爱管送，有溺爱的放学我管送家去。第二天一开学来了二十一个学生，到月头我拿算盘一算账……

乙 怎么还算账？

甲 没告诉你买卖的性质嘛，除去房钱，灯钱，水钱，车钱，子儿没剩。我一想不够挑费，涨学费！我把学生叫过来，“我跟你们商量点儿事儿，这月我不够挑费，下月打算涨点儿学费，你们怎么样哦？”学生说：“好吧！你生活不够，我们大伙儿应当帮忙，打算涨多少您就说吧。”我一听挺好说话，“现在不是两毛嘛，下月涨十五块钱吧。”学生一听拿起书包全走啦，我现往回叫：“回来回来，慢慢商量，你们给多少钱呐？十二块行吗？十块？八块五？六块？”学生说得好，两毛钱，多一子儿不念。“你们怎么那么死脑筋呐？”“不是我们死脑筋，我们家长说过，多一子儿不花，就两毛钱跟您这儿泡着玩。”我一听学费是涨不了啦，还有主意，学生犯了错，不打，我罚！

乙　罚站罚跪？

甲　罚钱。这学生打那学生一嘴巴，两人一吵，“过来，怎么回事？”“老师，他打我一嘴巴。”“他还踢我呐！”“你不应当踢他，你也不应当打，打人的一毛五，挨打的一毛。”

乙　有理五八，没理四十。

甲　两人我先对付两毛五。地下吐痰这叫有碍卫生，罚一毛二；把凳子碰歪啦，这叫有碍交通，一毛四；迟到不遵守时间一毛八；别的不敢保证，唯独迟到，天天准罚上二十一个学生，一个也跑不了。

乙　难道没有早去的吗？

甲　多早也不行。八点钟上课，天不亮我就把表拨好啦，学生来啦，八点三刻。“晚了吧？交钱，一毛八！”学生天天挨罚。那天天将亮，我还没起床哪，学生叫门，我赶紧下地拨表，九点半，一开门，“干吗来啦？”“上学来啦。”“怎么这时候才来？”“老师，不晚，还没出太阳哪。”“废话，今儿太阳出来得晚，瞧表去。”“九点三十一分，老师，我又迟到啦，不就一毛八吗！”“知法犯法，罪加一等，三毛六。”“三毛六哇，一子儿没有。”“点心钱呐？”“家不敢给钱啦。”“怎么？”“怕您全罚了！”“你不饿吗？”“是呀，怕我饿带一张烙饼。”“几张？”“一张。”“罚半张！”

乙　饼也罚？！

甲　到晚上，烧饼麻花、果子、干馒头、饼干、花生豆，罚了一桌子，天黑门口摆摊儿，一毛钱一堆。

乙　老师摆小摊儿呀？

甲　我不去，我让学生卖去，每天留一个值日，卖光了就走，卖不完老看着。那天剩了两堆，晚上十点啦，还没卖出去哪，天又凉点儿，学生实在受不了啦，“老师，我还没吃饭哪，这两堆甭卖了，归我得啦，明天我给两毛钱吧。”我说：“你给一毛六吧，咱们本柜上买打八折。”

乙 好嘛！

甲 慢慢我这名声就传出去啦，本胡同有一家请我教专馆，这位姓窝，叫窝心。

乙 怎么叫窝心哪？

甲 但凡不窝心，能找我吗！我见了窝先生，我说：“您有几只狼？白眼的，红眼的？我给您修理修理。”

乙 哎，不能说几只狼，您应当说几位令郎，我给您教育成名。

甲 我哪儿会说那个呀。窝先生也没听出来，“我有三个犬子，请您给栽培栽培。”我说：“好，您只管放心，养不教，父之过，教不严，师之惰。”

乙 听您这两句，还像有点学问。

甲 这不是《三字经》上的嘛。我一打听，待遇还不错，一年给我三百块钱，管吃管住，一天两顿饭三遍酒，有早点，有宵夜。

乙 好哇！

甲 可有一样，教到一年给三百块，到十一月不教啦，一子儿不给。您说去不去？

乙 去吧。

甲 三本书能教一年吗？

乙 不去。

甲 三百块钱谁给呀？

乙 那怎么办呐？

甲 去是去，蒙一天算一天，教到两月一子儿不给，我还吃他六十天哪！头天晚上我躺在炕上琢磨，我希望这孩子越笨越好。

乙 越机灵越好。

甲 他机灵我不是少蒙几天嘛。第二天一瞧，这仨孩子一个比一个机灵，七天念了一本《三字经》，九天念了一本《百家姓》，还剩一本《千字文》，怎么着也念不到一个月呀，我得放几天假，我跟窝先生一说：“咱们这学生脑筋不应当太累，每星期得放几天假，叫他们游戏游戏。”窝先生说可以。“礼拜六放半天儿，叫他们温习温习功课。”窝先生说很好。“初一、十五放一天，初二、十六放一天，正月初一到正月十五放半个月，二月二龙抬头放一天，三月三蟠桃会放三天，四月初八乱穿纱放一天，五月初五端阳节放五天，六月六看谷秀放一天，八月十五中秋节咱们放三天，九月九吃烤肉放一天，十月一上坟烧纸放一天，孔圣人生日放半个月，我的生日放十天，师娘生日放两礼拜。”窝先生说：“那就全放啦？！”一年放半年还得教半年哪，这仨孩子也不闹病。他不是不病嘛，我把他鼓捣病了。

乙　怎么鼓捣哇？

甲　我那儿有把大茶壶，头天晚上沏半壶茶，第二天早晨兑半壶凉水，学生一进门，渴不渴一人三碗。这法子还真灵，大的拉得起不来了，二的拉得直翻白眼，我一瞧这小三呀，是我的要命鬼，铁肚子不怕打，剩一个不是也得教嘛——我还有办法。

乙　什么办法？

甲　书里给他加句子。

乙　怎么加呀？

甲　“天地玄黄”底下是什么？

乙　“宇宙洪荒”。

甲　不那么念，接着“黄”字往下找，字头咬字尾。天地玄黄，底下是黄道吉日，日行千里，理所当然，炎天大暑，暑后秋凉，梁唐晋周，周主文王，王子犯法，法国铁桥，桥上行人，人生如戏，戏法变碗，碗里有水，水兑柠檬，蒙蒙细雨，宇宙洪荒。这一来学生可没法儿念啦，有句子没字，怎么念怎么找不着头儿，这本《千字文》，从正月教到腊月廿三，念了一篇半，我跟窝先生一告假：“您给我算账吧，过年我可不教啦。”窝先生说：“账给您算好啦，晚上摆桌酒席给您送送行。”还请了两位陪客，一位本家大姑老爷，一位本家二姑老爷。大姑老爷是文秀才，二姑老爷是武举人。

乙　您露脸。

甲　我倒霉。

乙　怎么？

甲　二位姑老爷说闲话儿，我打窗户底下一过，全听见啦，“大姐夫，您是个念书的人，您小时候念《千字文》有‘法国铁桥’吗？”“甭说‘法国铁桥’，连‘戏法变碗’也没有啊！”“这是怎么回事呐？”大姑老爷说：“我看这小子可眼熟，不像教书的，好像是说相声的×××，上咱们这蒙事来啦。”二姑老爷说：“您要叫他蒙走可寒碜。”“怎么办呐？”“不要紧，我有主意，喝酒的时候，在酒席宴前，您拉个典故问问他，他说得上来还则罢了，说不上来，您一努嘴儿我就打他。”我一听要坏，钱是拿不走了，打是准挨上，干脆我跑吧！卷起了铺盖，前门儿我都不敢走，我走后门儿，一出门儿，可巧……

乙　没人。

甲　蹲着俩！“干吗去？”“拉屎去！”“拉屎怎么扛铺盖？”“拉困了睡一觉。”“回去！《千字文》里有‘法国铁桥’吗？”

乙　全知道啦！

甲　我一想还有办法，晚上我多喝两盅酒，问我的时候装醉，我给他溜桌。晚上酒席摆好啦，我在中间一坐，大姑老爷、二姑老爷在两边，窝先生堵门，我一瞧跑是跑不了，就等着溜桌吧。酒还没喝呐，大姑老爷站起来了，冲我一抱拳，我瞧那意思是要问哪，要等他一问可就糟啦！

乙　你不是会装醉吗？

甲　没喝就醉啦？！

乙　怎么办呢？

甲　我给他来个先下手的为强，后下手的遭殃。

乙　你先打他？

甲　甭说仨人，二姑爷一个人我也打不过呀。

乙　怎么办呢？

甲　我先拉个典故把他问住，我问他他不知道，回头他问我我也不知道。我冲大姑老爷一抱拳，“大姑老爷，愚下有一事不明，要在大姑老爷面前领教，不知肯其赐教否？”“先生有话请讲当面，何言领教二字。”“‘齐人卖黍鸡，追而返之，二黄争骨，秦公怒，一担而发之。’请问大姑老爷，此典故出在秦始皇以先乎，还是秦始皇以后乎？”大姑老爷说：“愚下才疏学浅，不知不知。”我一看二姑老爷脸都红啦，那意思是怕我问，他越怕我越问，“二姑老爷，愚下有一事不明，要在二姑老爷面前领教。”二姑老爷说：“先生您说吧，我全不知道。”“那朱夫子有子九个，五子在朝尽忠，三子堂前侍奉老母，独一子逃窜在外，至今未归，请问二姑老爷，朱夫子那一子流落何所乎？”“我不是告诉你全不知道吗！”当时全让我蒙住啦。

乙　您有学问呐！

甲　哪儿有哇！

乙　您问大姑老爷那个不是典故吗？

甲　那是我们的家务事。

乙　“齐人卖黍鸡”是怎么回事啊？

甲　我们有个帮工的姓齐，我管他叫齐人。

乙　“卖黍鸡”哪？

甲　他卖黍子去，偷了我一只鸡，“齐人卖黍鸡”。

乙　“追而返之”？

甲　让我给追回来了，“追而返之”。

乙　“二黄争骨”？

甲　我们家有两条黄狗，一个叫大黄，一个叫二黄，两条狗抢骨头，“二黄争骨”。

乙　“秦公怒，一担而发之”？

甲　挑水的老秦生气啦，拿扁担就打，“秦公怒，一担而发之”，就是扁担打狗。

乙　您家有秦始皇吗？

甲　有哇。

乙　列国那个秦始皇？

甲　不，我嫂子娘家姓秦，叫秦氏。

乙　“皇”哪？

甲　那年我嫂子得黄病啦，不是“秦始（氏）皇（黄）”吗？

乙　那怎么还有“以先乎，以后乎”呢？

甲　我问他扁担打狗，是在我嫂子得黄病以先，是在得黄病以后，您想他哪儿知道哇！

乙　噢。您问二姑老爷那个许是典故？

甲　也是我们家的家务事。

乙　您家有朱夫子吗？

甲　有哇。

乙　写《治家格言》的朱柏庐朱夫子？

甲　不是，我们家有口老母猪，爱吃麸子，叫“朱夫子”。

乙　“有子九个”？

甲　生了一窝小猪整九个，“有子九个”。

乙　“五子在朝尽忠”？

甲　卖给国家五个，“五子在朝尽忠”。

乙　“三子堂前侍奉老母”？

甲　剩下三个小猪给老母猪抓痒痒，“三子堂前侍奉老母”。

乙　“独一子逃窜在外”？

甲　那年炸圈了，跑了一口猪，“独一子逃窜在外”。“至今未归”，到现在没回来，“朱夫子”那一子流落何所乎？我问他那口猪跑哪儿去了，您想他哪儿知道哇。

乙　他要知道呐？

甲　叫他赔我那口猪！

乙　讹人家呀！

（常宝堃演出本　常贵田整理）

戏　魔

甲　我最喜欢京剧。

乙　嗽，好唱。

甲　对，好唱、好看、好学。

乙　学谁啊？

甲　学谭派。

乙　噢！学谭富英先生。

甲　富英啊！我们常在一块儿研究，我说的是老谭派。

乙　就是谭富英的祖父。

甲　对！谭鑫培先生。

乙　这是老谭派。

甲　谭鑫培原来是唱武生的，他叫谭英秀，又叫小叫天，后来改唱老生，自创一派。

乙　他学谁呢？

甲　学大老板程长庚。

乙　那是京剧创始人之一。

甲　不但是谭鑫培，当时的汪桂芬、孙菊仙，都是学程长庚。

乙　谭、汪、孙这三派老生可不一样啊！

甲　是不一样，要不怎么叫艺术家呢！汪桂芬的王帽戏好，带黑三绺，学的是程老板壮年。

乙　谭鑫培呢？

甲　学的是程老板的老年，带灰三绺的戏好。

乙　扮演五六十岁的人！

甲　孙菊仙学的是程老板的残年，带“白满”的戏好。

乙 够七八十岁的啦！
甲 其实不止这三派，还有学程长庚的。
乙 谁？
甲 你爸爸！
乙 对！我爸爸好唱老生。
甲 他学程大老板的童年。
乙 小孩啊！
甲 （唱）“薛倚哥在南学懒把书念……”
乙 娃娃生啊！奶黄子味儿还没退呢！
甲 你爸爸嗓子脆。
乙 那也不能跟小孩一样啊！
甲 这是跟你开玩笑，反正你爸爸好唱。
乙 对，我爸爸是戏迷。
甲 比戏迷可厉害，外号戏魔。
乙 戏魔，怎么叫戏魔呢？
甲 每天饮食起居，行动坐卧，全要唱几句，这是一般戏迷，你爸爸比这个迷得还厉害，他是吃的、使的、用的，家里一切东西，都要带个戏名。
乙 要找不着合适的戏名呢？
甲 宁肯把这件东西扔了不要！
乙 嗬！这可真成了“魔怔”了！
甲 还有，家里的男女用人，他都给起的是戏名，你乐意叫，多给工钱。
乙 噢。
甲 不乐意叫就走，我这儿不用你。
乙 瞧让戏给“魔”的！
甲 亲戚朋友带戏名儿的，我们有来往，不愿意带戏名儿的，你别往我家来。
乙 这叫什么脾气！
甲 就连自己住的房子、胡同儿，甚至这趟街道，都把它改成戏名儿，你说这一般人做得到吗！
乙 那做不到。你要说吃的、喝的、穿的、戴的改成戏名儿行，把地名儿也改成戏名儿那可办不到。
甲 怎么？

乙　我爸爸硬把前门大街改成“华容道”，你说谁这么叫啊！

甲　再说，街道的名字也不许随便改啊！

乙　就是。

甲　你父亲有主意。

乙　什么主意？

甲　你父亲找了块儿荒地，就把这块地买过来，盖好一个庄子，庄前庄后，庄里庄外，都是你父亲给起的名字，都带戏名儿，往后谁走到这儿，都得按这戏名儿叫。

乙　都有什么戏名儿？

甲　庄子盖得了，先有一出戏。

乙　什么戏？

甲　《太平庄》。

乙　不错，有这戏。

甲　庄里的四面有四道河。

乙　哪四道河？

甲　《秦淮河》《渡银河》《阴阳河》《孟津河》。

乙　又是四出戏！

甲　通连着《芦花荡》《落马湖》，还有《金雁桥》《金水桥》《洛阳桥》《当阳桥》，桥梁四座。有一道庄墙虽然不如《万里长城》，也赛过《徐策跑城》《赚历城》《冀州城》。四面有四道关口。

乙　哪四道关？

甲　《牧虎关》《独木关》《阳平关》《凤鸣关》。庄南有《武家坡》《白马坡》《十字坡》《长坂坡》。庄西有《景阳冈》《通天犀》《蜈蚣岭》《摩天岭》《神亭岭》一片。

乙　倒还真不少。

甲　山上有《黑松林》《野猪林》。林内有《小上坟》《哭坟》《打侄上山》。庄北有一道《黄泥岗》，当中是条《断密涧》，有《卧虎沟》《塔子沟》两道。还有一片《打瓜园》，常见《小放牛》《贩马记》来往不断。附近还有几个村子。

乙　哪几个村子？

甲　有《四杰村》《恶虎村》《霸王庄》《东皇庄》《溪皇庄》《善宝庄》《岳家庄》《祝家庄》《李家庄》《扈家庄》《殷家堡》《薛家窝》《曾头市》《梅龙镇》《招仙镇》《朱仙镇》《珠帘寨》《连营寨》《穆柯寨》。

还有《七星庙》《蚆蜡庙》庙宇多处，中间有一座大庙叫《斗牛宫》，里边有《佛门点元》《大登殿》《长生殿》，每年《七月七》开庙门，热闹非常，有《大逛庙》《小逛庙》，善男信女甚多。

乙 有什么会没有？

甲 有《盂兰会》《英雄会》《群英会》《父子会》《母女会》《双摇会》《蟠桃会》《古城会》《桑园会》，各会的弟子上那儿赶会。

乙 真热闹。

甲 会上有《打花鼓》的，《卖符》《捉妖》的，《请医》看病的，《定计化缘》的，卖《一匹布》的，卖《胭脂》的，《卖绒花》的，《也士斋》卖鞋的，《双铃记》《燕青卖线》的，《小磨坊》卖面的，七十二行，行行都有。进庄是一条大马路。

乙 叫什么？

甲 《华容道》。

乙 华容道跑我们家去了！

甲 有几个人在那儿《扫地挂画》《马前泼水》。走过《三门街》《三岔口》，再过《失街亭》《汉津口》到了你们家住宅。

乙 这就到我们家了！

甲 那真是用《顶花砖》修的一所《连环套》的《汉阳院》住宅。

乙 讲究。

甲 大门叫《南天门》，上安着《巧连环》《连环计》门环一对，大门挂着《七星灯》，下放两条《双背凳》，门框上还有个牌子。

乙 叫什么？

甲 《假金牌》。门洞儿放着《烟火棍》，门口儿有《黄金台》《白蟒台》上下马石，《摇钱树》门槐四棵。《一缕麻》拴着《盗御马》《卖黄骠》《千里驹》《火焰驹》《红鬃烈马》，还有一条《告状》的黑驴儿。

乙 嘿！什么都有！

甲 这边有《挑滑车》《打囚车》汽车两辆。进大门，上有四言的门心对一副。

乙 上联？

甲 出将入相。

乙 下联？

甲 谈古论今。

乙 横批？

甲　准演不慌！

乙　这就开戏啦！

甲　再往里走才到您家的院子。

乙　叫什么？

甲　《乌龙院》。

乙　怎么叫这名字？

甲　院里有几座楼。

乙　哪几座楼？

甲　有《黄鹤楼》《白门楼》《望儿楼》《艳阳楼》《狮子楼》《贾家楼》《赵家楼》《富春楼》，到客厅门前还有副对联。

乙　上联？

甲　“门迎二黄魁，生旦净末文武丑。”

乙　下联？

甲　“堂前三大王，连良少山梅兰芳。”

乙　横批？

甲　《红梅阁》。进客厅迎门摆着丈八《双包案》，上摆《完璧归赵》《长寿星》，左右是古铜《举鼎》《朝金鼎》，有《对金瓶》一对，墙上挂着《百寿图》的中堂，两边配《疯僧扫秦》，一口《鱼藏剑》，《铁弓缘》《一箭仇》《辕门射戟》《雌雄镖》的镖囊，八仙桌上摆着文具。

乙　都有什么文具？

甲　一块《击曹砚》，一支《春秋笔》，《朱砂痣》的印盒装着《双狮图》图章。屋里的桌椅全是硬木镶大理石，天然的花样，《龙虎斗》《胭脂虎》《罗四虎》《麒麟豹》。靠东墙摆着一张很长的条案。

乙　叫什么？

甲　《铡美案》。案上摆着三颗大印：《取帅印》《血手印》《状元印》，再看三面墙上字画不少，画的山水儿，满带山名儿。

乙　全有哪些山？

甲　有《二龙山》《铁龙山》《牛头山》《牧羊山》《双锁山》《九里山》《四平山》《丁甲山》《百草山》《云蒙山》《银空山》《大香山》《青石山》《马鞍山》《五谷山》《普球山》《剑峰山》《芒砀山》《飞虎山》《六出祁山》《火烧绵山》。三八二十四条山水儿，名人字画，还有八张美人儿。

乙　哪八张美人儿？

甲　《黛玉葬花》《嫦娥奔月》《太真外传》《木兰从军》《佳期拷红》《尼姑思凡》《晴雯撕扇》《天女散花》，全是唐伯虎的笔迹。有《采石矶》《蝴蝶梦》《鸿雁捎书》的翎毛花卉、《麒麟阁》一张中堂有《武侯出师表》，靠西墙有张《麟骨床》，床前六面围屏，床上挂着《闯帐》，两边拴着《盗钩》，床下放着《捉放曹》的灰槽子，床上铺着《金钱豹》豹皮两张。你爸爸喜欢躺在床上看书，床前有一盏《宝莲灯》、一部《水浒传》，你爸爸正看到《武十回》《宋十回》《林冲夜奔》。

乙　我爸爸爱看书。

甲　不但爱看书，还爱看报。

乙　全看什么报？

甲　《奇冤报》《杀子报》《天雷报》《妻党同恶报》。

乙　哪儿找这报馆去！

甲　往左一拐到了书房，门口也有一副对联。

乙　上联？

甲　“家无别韵，西皮、二黄、原板、三眼、四平调。”

乙　下联？

甲　“庭有余音，长锤、纽丝、住头、起霸、紧急风。”

乙　横批是？

甲　“嗯屯，打呆！”

乙　开戏了！

甲　书房请位教员，还是位女士。

乙　谁呀？

甲　三娘，在你们家教子。

乙　快让她走！

甲　往西一拐，是个大花园。

乙　那花园可不小。

甲　花园门前还有副对联。

乙　我们家还真爱贴对子。上联是？

甲　梅兰芳遍地芙蓉草。

乙　下联？

甲　程砚秋开放小翠花。

乙　横批？

甲　《御果园》。

乙　园子里都有什么？

甲　一片《快活林》，连着《白水滩》《月牙河》，里边开放着《铁莲花》，那真赛过《莲花湖》，湖边有《上天台》可以钓鱼，走过《御河桥》《跑坡》到山顶，有一座《万花楼》，左右有《凤仪亭》《御碑亭》《青风亭》《风波亭》，当中有一通《李陵碑》，过了《扫松》，见有折柳八棵：有《红菊花》《白菊花》《二度梅》《一支兰》《一支桃》《打樱桃》《盗灵芝》《戏牡丹》，招来《红蝴蝶》飞来飞去，就连《花蝴蝶》也飞你们家去啦！

乙　把它轰出去！

甲　真是气死《畅春园》，不让《大观园》。

乙　多热闹！

甲　有一年你父亲的生日，我去了！

乙　噢！你赶上了！

甲　这也有一出戏。

乙　哪出？

甲　《生辰纲》。

乙　对。

甲　众家亲友都来《入府》《拜寿》。

乙　都有谁啊？

甲　有《三进士》《四进士》各位生员。有《新安驿》《驷水驿》《临江驿》的驿臣，有《郿邬县》《铁塘县》《中牟县》《新野县》的知县。

乙　全是县官。

甲　还有《潞安州》《泗州城》的知州。

乙　州官。

甲　还有《嘉兴府》《大名府》的知府。

乙　知府也来了。

甲　还有《两将军》。

乙　都露过脸吗？

甲　一位打过登州，镇过潭州，破过洪州，取过洛阳，闹过当阳，取过金陵。那一位闹过江州，战过宛城，战过北原，还《刀劈三关》，从《让徐州》以后就《回荆州》了！

乙 是啊！

甲 还来了不少边关大将。

乙 都有谁？

甲 《山海关》《雁门关》《泗水关》《南阳关》《文昭关》《武昭关》《草桥关》《临潼关》《界牌关》《葭萌关》《天水关》的十几位镇守史。还来了《查头关》税务局的局长，《白帝城》特别市的市长，《水淹七军》的总司令，《法门寺》的和尚，《蚆蜡庙》的喇嘛，各自送了寿礼。

乙 寿礼？都送的什么？

甲 最多的送《拾万金》。

乙 嗬！

甲 也有的送《一元钱》。

乙 又太少了！

甲 还有送《拾黄金》《马蹄金》，《千金全德》为的是《千金一笑》，有送《蝴蝶杯》《对银杯》的，还有送《富贵长春》寿匾的。送帐子的也不少。

乙 帐文写的什么？

甲 《喜荣归》《忠孝全》《天官赐福》《麻姑献寿》，你父亲是《金榜乐》。

乙 快出来招待亲友吧！

甲 对！连你母亲都出来了，老公母俩这扮相特别。

乙 怎么特别啊？

甲 从头到脚都打戏上找。

乙 是吗？

甲 先说你父亲戴的这帽子！

乙 什么帽子？

甲 《破毡笠》。

乙 破帽子呀！

甲 别看帽子破，上面镶着两颗珍珠。

乙 什么珠子？

甲 一颗《海朝珠》，一颗《庆顶珠》。身穿一件《斩黄袍》，上绣《游龙戏凤》的《龙凤配》，腰系一条《乾坤带》，足蹬《借靴》，左手拿着《盗宗卷》，右手拿着《芭蕉扇》。

乙　这叫什么打扮？

甲　你母亲打扮出来漂亮，头戴《荆钗记》，镶着《卖绒花》，戴着《玉玲珑》的耳环，身穿《狄青借衣》，内衬《珍珠汗衫》，腰系《香罗带》，左手拿着《黑风帕》，右手拿着《桃花扇》，胳膊上戴着《拾玉镯》。

乙　我妈成刘媒婆了！

甲　马上酒案摆下！

乙　到此就要讨扰！

甲　男客入《琼林宴》，女宾入《鸿门宴》，来了个《宝蟾送酒》，用《盗银壶》斟出雄黄酒，大家端起《九龙杯》《搜玉杯》《日月杯》《温凉盏》，同饮《岳阳楼》的长生寿酒。

乙　怎么没上菜啊？

甲　来了！上的是《雅观楼》的全席，有《刘全进瓜》《偷桃偷丹》《佛手橘》《太公钓鱼》《时迁盗鸡》《送饽饽》《混元合》《抱妆合》，《黄一刀》的酱肉，《斩窦娥》《斩蔡阳》，还有一碗《羊肚汤》。

乙　怎么上这个汤？

甲　又换了一碗《审头刺汤》。为了助兴又来了《断臂说书》。这一喝，坏了！

乙　怎么？

甲　你爸爸差点《醉打山门》！

乙　喝多了！

甲　你妈也《贵妃醉酒》了！

乙　那就别喝了！

甲　不喝了。你爸爸一高兴，要唱一出戏。

乙　唱哪出？

甲　《赤桑镇》。他唱完了包公又唱嫂娘。

乙　瞧这赶罗劲儿！

甲　亲友们可是《三击掌》，再看你爸爸脸上有点《得意缘》。

乙　美啦！

甲　本当见好就收，他又唱了一出《丑表功》，把句子唱得《花田八错》，大伙儿一叫倒好，你爸爸脸上挂不住了，浑身发热，《烧骨记》一般，出了一身《楚汉争》。气得你爸爸直骂街。

乙　骂谁？

甲　《骂城》《骂殿》《骂杨广》《骂毛延寿》，又拿出五花棒要《打金枝》《打金砖》《打龙袍》。

乙　哪找去？

甲　到了厨房《打沙锅》《打面缸》，把灶王爷也打了，又《打刀》《打店》《打棍出箱》。老妈过来一劝他，他给老妈一个嘴巴，这一来《老妈辞活》不干了！这还不算完，《老妈上京》把你爸爸告下来了！

乙　哪个老妈？

甲　杨妈。

乙　杨妈是谁？

甲　《杨三姐告状》！

乙　那是告我爸爸呀！

甲　把你爸爸气得要《碰碑》《三上吊》。

乙　没人给劝劝吗？

甲　有。他的把兄弟《五人义》《八义图》也没劝好，你外祖父来《探家亲》，也正好赶上他《三气周瑜》，连你母亲《打狗劝夫》都算白说，最后还是我用戏名劝住了他。

乙　你怎么劝的？

甲　我说："今天是大喜的日子，您本应当是《渔家乐》，就为这点《错中错》，何必去找《苦中苦》。"这一劝你爸爸还真给我面子啦！

乙　劝好了！

甲　跳河自杀了！

乙　啊！赶快抢救哇！

甲　大伙儿用绳子把你爸爸拉上来，他又说了一出戏。

乙　怎么说的？

甲　"这可是《钓金龟》啊！"

乙　有这么比的吗？

甲　要不怎么说"戏魔"呢！

乙　是啊！

甲　给你父亲换好了衣服，这才消了火儿！我赶紧过去说："大爷！我给您往回找找面子。"

乙　怎么往回找？

甲　咱们再唱一出！

乙　还唱哪！

甲　给你父亲转转面子。

乙　别唱啦！

甲　不行，一定得把这面子找回来。

乙　那唱什么呀？

甲　我点的戏，《翠屏山》。

乙　石秀杀嫂。

甲　就唱前半出，你爸爸，你妈，你外祖父也助兴，我也参加。我派的角儿。

乙　您说说。

甲　你外祖父潘老丈，你爸爸把杨雄唱，你妈潘巧云，我去海和尚！

乙　你呀！

（常宝堃演出本　颂华整理）

反八扇

甲 说相声的家里最阔的得属着您啦，您家里的底子最好，就是帮儿差点。

乙 鞋底子呀？！

甲 根底好，可称得是家大业大，米面成仓，煤炭成垛，金银成库，钞票成刀，骡马成群，鸡鸭成棚，鱼虾成池，锦衣成套，彩缎成箱，簪环成对，珠宝成匣，好物成抬，美食成品，父子成仇，弟兄成恨！

乙 满盛到一块儿啦！

甲 要说您家虽不是书香门第，也是禽兽家庭。

乙 我们家呀！礼乐之家。

甲 北京天津，多少有钱的住的房子也没有您家那房子讲究。

乙 您是知道的。

甲 别人家盖房有旗杆吗？

乙 没有。

甲 您家有。

乙 讲究嘛。

甲 你们家门口有单吊斗的旗杆，飘面杏黄旗，飞着红火焰，门前稳兽、玉石狮子分为左右，汉白玉台阶一十三层，金钉珠户，红油漆大门，上有无数铜门钉，有一副对联，一块横匾。

乙 上联？

甲 “兄玄德，弟翼德，德兄德弟。”

乙 下联？

甲 “师卧龙，友子龙，龙友龙师。”

乙 横匾？

甲 “亘古一人！”

乙 这是我们家？

甲 老爷庙。

乙 你吃错了药啦！你不说我们家，说老爷庙干吗？

甲 未曾说你们家，得先说老爷庙。

乙 怎么？

甲 你们家在庙后头。

乙 瞧这寸劲儿！

甲 你们家门口有一片槐树，有名！那真是 × 家大槐树！

乙 干吗大槐树哇？

甲 添个大字显着阔。那真是古槐冲天，浓荫洒地，门庭壮丽，金匾高悬，大有官宦之风。前有高楼大厦，后有小院泥轩，金碧光辉，千门万户，左龙右凤，横搭二桥，以通来往，操练水军，有意征南。

乙 这是我们家？

甲 曹操大宴铜雀台！

乙 让你说我们家，你说《三国》干吗呀？

甲 拿铜雀台做个例子，铜雀台工程大不大？

乙 大呀！

甲 没您家殿座大，有名，× 家大殿座！

乙 这干吗也加大字呀！

甲 加个大字显着阔。殿宇重重，高冲霄汉，七步一阔，八步一宫，外有千山万脊，内有锦绣华堂。宫内摆设精奇，真是象牙为床，锦绫为幔，走穗提钩，绣金花帐，帐内美女，一个个霞帔霓裳，云鬟珠翠，貌美无双，艳容绝世，晨起梳妆，粉水如渠，哈气成云，一阵阵香风扑面，脆滴滴娇音悦耳。

乙 这是我们家？

甲 秦始皇的阿房宫。

乙 我说你怎么意思？你不说我们家，怎么说完《三国》又《列国》呀！

甲 秦始皇的阿房宫阔不阔？

乙 阔呀！

甲 不如您家的茅房，有名 × 家大茅房！

乙　大茅房管什么？

甲　添个大字显着阔。

乙　阔不阔的不吃劲。

甲　说说您家的花园：山石高耸，细水盘流，上有楼台水榭，下有水阁凉亭，左右爬山转角，抄手游廊，玉砌通银，花石为路，两旁有木香棚，芍药圃，牡丹池，荼蘼架，藤萝绕树，山虎爬墙，青松合抱，鹤鹿往还。水溪之中，水声潺潺，丛树之内，野鸟喳喳。玉带桥，朱栏护岸，月牙河，碧水沉流，一望无边，恰似水晶世界，大有仙府之风。

乙　这是我们家？

甲　《红楼梦》的大观园。

乙　你这闹汗哪，放着我们家不说，你干吗说大观园哪？

甲　《红楼梦》里大观园的景致好不好？

乙　好哇。

甲　不如你们家的后门，有名×家大后门嘛。

乙　这大不大的不吃劲！

甲　添个大字显着阔。

乙　你不说我们家，我不理你啦！

甲　这回真说你家，我要再跟你开玩笑，我应誓，叫我出门撞气球上。

乙　那软拉不囊的撞什么劲儿，撞汽车上。

甲　对！让我出门坐汽车上。

乙　坐呀！撞汽车上！

甲　让你出门撞汽车上！

乙　你撞！

甲　让咱俩撞汽车上！

乙　干吗拉着我呀！

甲　我一个人格不住。

乙　我也格不住哇！

甲　这回说您家的真山真水，那真是山不高而清，水不深而秀，花不多而艳，竹不密而翠，凉亭不多而雅，朋友不多而俊，形同管鲍，又似关张，未出茅庐，先定三分天下，此乃武侯发祥之地。

乙　这是我们家？

甲　诸葛亮卧龙岗。

乙　我听着就不对嘛。

甲　说你们家。西跨院是你爸爸的书房，三间屋子，四面都是书阁子，“诸子百家”《史记》“纲鉴”“四库全书”“图书集成”“五经”“四书”无一不备，虽然有这么些书，可是你爸爸一年都不进书房一趟。

乙　那是他看腻啦。

甲　不认字！

乙　不认字要那些书干什么？

甲　摆谱儿显着阔。

乙　这谱儿摆什么劲儿！

甲　侍候你爸爸的底下人也多，干什么的都有，只要你爸爸早晨起来往那一卧……

乙　狗哇！那叫坐着。

甲　对，你爸爸也会坐着。

乙　不像话！

甲　坐那儿这么一叫唤。

乙　还是狗！

甲　谁说你爸爸是狗啦？

乙　人有叫唤的吗？

甲　叫人不是叫唤吗？

乙　那叫呼唤。

甲　你爸爸这么一呼唤，底下人全进来，各负其责，干什么的都有。

乙　都是侍候我爸爸的。

甲　有扫田的，挂地的，掸土的，拂尘的，掀帐的，挂钩的，铺床的，叠被的，搬桌的，挪椅的，知根的，托底的，穿靴的，戴帽的，掐尸的，入殓的，刨坑的，下葬的。

乙　埋啦！

（常宝堃演出本　常贵田整理）

笑一笑，少一少

甲　人人都喜欢听相声。

乙　哎。

甲　因为相声能使人发笑。

乙　对。

甲　发笑就是让大家乐，并不是听完相声就起化学作用。

乙　就是逗乐儿。

甲　这对人有很大的好处。

乙　这有什么好处？

甲　能使人精神愉快，身体健康。

乙　啊，听相声有这么大好处？

甲　卫生家说过：人能每天大笑三次，生命就能延长；常常愁闷，容易衰老，就能使生命缩短。

乙　这我倒听说过。

甲　医学家也有说法。

乙　说什么？

甲　说：人哪，最好是多听相声，少看病。

乙　啊！听相声有什么好处呢？

甲　哈哈一乐，可以清气上升，浊气下降，二气均分，食归大肠，水归膀胱，消食化水，不生病灾。

乙　有这么大好处？

甲　这都说明：乐对人的好处。俗语有这么句话。

乙　什么话？

甲　“笑一笑，少一少。”

乙　嗯？

甲　就是说：人一乐，年轻一点儿；一发愁，就能老一点儿。老发愁头发就能白了。要不怎么有那很年轻的人头发就白了？

乙　那是少白头。

甲　那是不常听相声。

乙　啊！

甲　所以说，“笑一笑，少一少；愁一愁，白了头。”

乙　你这说法不对，我记得有这么句话：“笑一笑，十年少。”

甲　嗯？

乙　人一笑，能年轻十岁。

甲　噢，你这是定期的？我那是活期的。

乙　干吗，存款哪？

甲　你说，一乐就能年轻十岁？

乙　啊！

甲　比如：来个三十岁的人听相声，哈哈一乐，剩二十了。再一乐，十岁了。你再说什么他也不敢乐了。

乙　怎么？

甲　再一乐，没啦！

乙　没啦！挺大一个人能没了吗？

甲　人不能没，岁数没啦，成初生小孩儿啦。来时骑车来的，走时让保育员抱走啦。让你这么一说，哪个剧场也不能演相声，演完了转业，剧场改托儿所。

乙　啊！

（侯宝林整理）

笑的研究

甲　相声是一门笑的艺术。

乙　不错。

甲　笑对人有好处。

乙　有什么好处？

甲　笑能使人清气上升，浊气下降，二气均分有利健康。

乙　有这么大好处？

甲　笑能看得出来。

乙　怎么看得出来？

甲　人笑的时候颧骨往上。

乙　哭呢？

甲　颧骨往下。

乙　是吗？

甲　不信我可以给您学一学。笑是这样，刚才 ××× 表演的节目真有意思，哈哈哈哈——您看见了吗？颧骨在上面。

乙　要是哭呢？

甲　颧骨往下。

乙　是吗？

甲　哭的时候都这样，哇——

乙　嚯！这哭可真难看。

甲　哭没有好看的。

乙　这倒是。

甲　笑还有讲究。

乙　有什么讲究？

甲　笑的时候是笑纹来得快，回去得慢。
乙　怎么笑？
甲　刚才 ××× 表演的相声有意思，哈哈哈——完啦。
乙　嘿！那要是笑纹儿来得快，回去得也快呢？
甲　能把您吓一跳。
乙　不见得。
甲　这样笑，刚才 ××× 表演的相声真有意思哈哈！
乙　什么毛病？
甲　行吗？
乙　不行您哪。
甲　笑还分男的笑，女的笑。
乙　男的怎么笑？
甲　男的是哈哈大笑。
乙　爽朗，潇洒。
甲　比方说俩人好久没见啦，一见面一笑非常自然。
乙　没注意。
甲　这么着，咱俩学学。“哟！二哥老没见啦，怎么不到我们家玩去啦？今天我请您到我家吃饭，我先回去准备一下，您待会儿就来，别忘了准来呀。回见，回见。哈哈哈……”
乙　男人是这么笑，透着阳刚之气。
甲　女的就不同了。
乙　那女的要笑呢？
甲　恰恰相反，不笑出声来，笑的时候要转个身儿还得扭脸儿。
乙　挺讲究的。
甲　比方说大姑娘在街上买线，老太太过来用话逗她，姑娘这么一笑就是刚才我说的那模样儿。
乙　还真没瞧见过。
甲　这么办，我给您学学。
乙　那敢情好。
甲　“姑娘，干吗哪？”“我买线哪。”“哟，都会做活儿啦！多大啦？”“我十八啦。”“嗯，女大十八变，长得多水灵，像朵花儿，真漂亮，快结婚了吧？”“哟，大妈，您瞧您，见面儿就开玩笑，这要叫别人听见了够多难为情……”

乙　咳！

甲　姑娘笑就得这样儿。

乙　好看，要是男的学女的笑我琢磨着更好看。

甲　男的学女的笑？不行。

乙　行。

甲　抬杠。男的这样笑，“哟，二哥好久没见啦，怎么不到我们家玩去呀，今天我请您到我们家吃饭，我等你，（变女音儿）你准来呀，你可一定要来呀！你来……”

乙　什么毛病？

甲　能行吗？！

乙　这么说男的学女的笑不好看，可是女的要是学男的笑那就好看了。

甲　好看不了。

乙　学回试试。

甲　女的一笑是这样，“姑娘干吗呢？”“我们买线哪！”“多大啦？”“十八啦。”“都十八啦，快结婚了吧？”“哟，大妈干吗呀，一见面儿就拿我们开心，叫人家怪不好意思的（学男音）哈哈哈——”

乙　这是姑娘？

甲　这是傻小子。

（王树田述　薛永年、杨松林整理）

哭的研究

甲 研究笑是一门学问。

乙 对。

甲 研究哭也是一门学问。

乙 哎。

甲 笑反映一个人的兴奋心情，哭反映一个人的痛苦心理。

乙 对，人不伤心不掉泪嘛！

甲 人的感情是非常丰富的，表示难过不一定全是哭，可分悲、嚎、哭、泣几种。

乙 这位对哭还挺有研究。

甲 当然了。有泪有声为哭，有声无泪为嚎，有泪无声为悲，无声无泪为泣。

乙 噢！

甲 另外还分谁哭谁。儿子哭爹惊天动地；姑娘哭妈实心实意；媳妇哭婆婆假声假气；唯独姑爷哭丈母娘——

乙 这是真的。

甲 骡子放屁！

乙 嗐！

甲 满没那么八宗事。

乙 这是假的！

甲 妈哭儿子是真哭。

乙 母子连心。

甲 北京老太太“哭肉”哭出来是有腔有调，三哈哈，一勾儿？

乙 是呀？您学学。

甲　“我的肉哎哈哈哈噢！”

乙　嘿，怎么三哈哈一勾儿。

甲　你看：“我的肉哇，哈哈哈，噢！”缺一不可，少哪样儿都难听。

乙　多来几个哈哈不行吗？

甲　难听。

乙　您多来几个哈哈。

甲　这么哭：“我的肉哇哈……（串评戏唱腔）”，唱上了。

乙　那干脆不要哈哈。

甲　也难听。

乙　您来来。

甲　这么哭：“我的肉哇欧！”死过去了。

乙　把这些零碎全不要，行不行？

甲　更难听。孩子死了，母亲一难受，这么哭“肉——”卖肉的！

乙　是不好听。

甲　要说哭得最难受、最惨的是——泣，丈夫死了妻子。

乙　这是真哭。

甲　啊，从小同学，大了同事，由恋爱到结婚四五年，有两个孩儿，大的刚会走，小的怀抱着，两个人恩爱，别说吵嘴，连红过脸都没有过。女的上午病了，男的赶紧找大夫，抓药。熬好了，女的没喝半杯，“嘎嘣儿”死了！

乙　太快了！

甲　此时此刻男的心情是悲痛欲绝，但不能哭出声来。

乙　为什么？

甲　过去有这么一句话叫“大丈夫有泪不轻弹”。

乙　爱人死了都不哭，太没感情了。

甲　怕人笑话。媳妇死了哭什么呀？“媳妇，你怎么死了，咱俩还没好够哪！”

乙　啊？

甲　这成傻小子啦。爱人死的时间，是九月份。

乙　秋天。

甲　秋风阵阵，落叶飘零，蒙蒙细雨，屋里静得怕人，女的停在床上，男的抱着小的，大的搂着爸爸的大腿，这时候看哪儿哪儿难受：墙上挂着订婚照片，炕上放着没织完的毛衣，桌上放着没喝完的那杯药，屋里凄凄惨惨。男的是心如刀绞，过去欢快情景像电影一样一幕幕地再现。男的眼泪哗哗的，就是不哭出声来。看着才难受哪：你走了，你也太狠心了，我哪点对不起你？我有什么不好，你提呀！你可倒好，连商量一声都没有，一甩“髫子”走了！

乙 啊，那由得了她吗！

甲 你晚死两年，孩子大了，你再走，我不难过，或者早死两年，没这么小的，我能生活。现在怎么办？再找一个吧，怕孩子受气，我对不起你。不找吧，怎么生活？你给我出个主意，我怎么生活，你说，你说，你倒说呀！

乙 我说什么呀？

甲 那么你多病俩月，我侍候侍候你，夫妻一场，我也对得起你。你可倒好，刚说不舒服，请来大夫，药还没喝完，一声没说——死了。

乙 得的暴病嘛！

甲 这时候，孩子说了一句话，大人的心都碎了！

乙 说什么？

甲 “爸，我找妈。”“孩子别找你妈了。听话。你妈找你姥姥去了。”“我也去！”“别去！一去就回不来了！”

乙 是呀！

甲 就这时候，他兄弟过来劝他：“哥哥，别难过了，把身体搞坏了，孩子怎么办？”“兄弟，我没哭，你看我是哭呢嘛？”

乙 还不是哭啊！

甲 旧社会都是土葬，棺材抬来，死者入殓，帮忙的喊一声：“本家，看看还要装什么东西，不装就盖盖儿了。”这时候憋不住了，这一嗓子：“别忙，我看看。”

乙 好家伙！

甲 “他舅妈，你帮我抱孩子。”

乙 我是舅妈呀！

甲 “劳驾，您把她脑袋扶正喽，别睡落枕了！”

乙 能落枕吗？

甲 “把毛巾、香皂放里边，还有雪花膏、花露水、梳头油、洗发膏。活着就爱干净，肥皂多带几条，上那边洗去吧！”

乙 啊？

甲 “把结婚照片放里边，让她想我的时候好看看。”

乙 对！

甲 “还有那棉鞋、布鞋、高跟鞋、皮鞋、雨鞋、趿拉板儿……”

乙 要开鞋铺。

甲 “还有那风雨衣，她活着就喜欢雨衣，买了五年一回也没穿。”

乙 怎么？

甲 老没下雨。

乙 白买了！

甲 “您把抽屉里的扑克牌多放几副，她活着爱打扑克，让她上那边打去吧，到那儿有时间玩儿啦。”

乙 为什么呢？

甲 不用上班了！

乙 嗐！！

甲 “棉被、褥子、毛毯、毛衣、线衣、绒裤，多带点，别冻着。”

乙 好嘛，放里边儿。

甲 “床单、褥单、枕头套。”

乙 放里边儿。

甲 “袜子、手套。”

乙 放里边儿。

甲 “蒙头纱、口罩儿。”

乙 放里边儿。

甲 “沙发、立柜……”

乙 放里边儿。

甲 这放不下！

乙 嗐！

（于连仲记）

对对子

甲　我最喜欢诗词歌赋。

乙　您还时常作诗呀?

甲　啊!昨儿不还作了一首诗!

乙　在哪儿呀?

甲　河边上。昨儿下午没事,到河边转悠转悠。当时来了一阵春风,吹得我神清气爽。我诗兴大发,口占一绝,刻在树上啦!以留永久的纪念。

乙　到处乱涂,破坏公物。您打算遗臭万年哪!

甲　那是文人风雅。

乙　您刻的是什么诗?

甲　刻的是:××× 到此一游。

乙　嗽!就这个呀!我还会哪! ×××(乙名)逛了一趟。您撒泡尿啊!

甲　啊?你把我当孙猴啦!

乙　那您到底作的什么诗呀?念来我们听听。

甲　当时作诗来不及啦!作了副对联。

乙　对联也不错呀!以什么为题呀?

甲　风雨为题。

乙　上联是什么呀?

甲　您要洗耳恭听,有不明白的地方,有不懂的地方,可以问我。听着啊!“风吹水面层层浪。”

乙　唔,好!

甲　好什么呀!叫您见笑。

乙　您客气。下联呢？
甲　啾！风呀，风就是刮风的风嘛！"虫入风窝飞去鸟"，这个字念风。
乙　是呀！这个字我认识，我问您下头。
甲　下头？下头是吹呀！口字旁一个欠字，念吹，吹牛的吹嘛！
乙　我说底下。
甲　底下是水面，水面就是水皮，这个名词不深呀！你不懂呀？
乙　（着急）我懂呀！我连水面都不懂我还活什么劲呀！我问您下联。
甲　下边连着呀！层层浪呀！就是一层一层的浪头。连在一块儿就是：风吹水面层层浪。
乙　行啦！我没法跟你说话，我问你，你们家有门吗？
甲　废话！哪有没门的房子呀！
乙　有门就好办，你上首门框贴上风吹水面层层浪，你下首门框贴什么呀？
甲　啾！你问下首门框贴什么呀？
乙　是呀！
甲　您怎么死心眼呀！
乙，我怎么死心眼呀？
甲　你不会也贴上风吹水面层层浪嘛！
乙　啾！上下联一样呀，那怎么念呀？
甲　没学问不是，您压着韵念呀！风吹水面层层浪（念仄声），风吹水面层层浪（念平声）。
乙　嗯，有意思！您要横着一贴就是横批，斜着贴就是封条，裁开了当小福字。
甲　然也！
乙　别然也啦！就这个呀，您甭说，我也知道你这上联是从哪儿来的。
甲　从哪儿来的呀？
乙　你到河边遛弯儿去啦，这上联可不是您作的。人家那有两三位正作对联："风吹水面层层浪。"你在后边听见啦！人家一回头看见你这么猴贫恶眼地跟着偷听，下联人家没说就走啦！你偷了这么一句，就跑这儿唬我们来啦！你也不打听打听，说相声的，肚子好比杂货铺，买仨子卖仨子的。还说念过书呐，什么诗词歌赋，诸子百家啦！简直是蒙事儿呀！没听说过吗：天不言自高，地不言自厚，人不言自能，水不言自流。能人背后有能人，三人同行，必有我师，择其善者而从之，其不善者而改之。

甲　好啦，好啦！

乙　知之为知之，不知为不知，是知也，不患人之不己知，患不知人也，真是下次之才，不可造就，朽木不可雕也，粪土之墙不可圬也。

甲　听听，教训起徒弟来啦！

乙　你别看我教训你，对你有好处。

甲　嗷！对我还有好处。

乙　给我敬个礼。

甲　干吗？我又不是你的学生。

乙　我给你对个下联。这么大个子，光有上联没下联，你怎么下台呀！

甲　照这么说，你打算给我对下联？好吧，我给你敬个礼。

乙　您上联怎么写的呀？

甲　风吹水面层层浪。

乙　不假思索，脱口而出。我给对："雨打沙滩万点坑。"

甲　嗯，好！真是十步之内，必有芳草，何处无贤呀！照这么看起来，您真可以说是圣人。

乙　不敢。

甲　您跟说相声的一比，可以说是鹤立鸡群。乱石之中您是块美玉，乱草蓬蒿里您是棵灵芝，想不到狗食盆里会有你这么大块的红烧肉。

乙　啊？

甲　凤凰窝里会出你这么一个乌鸦蛋。

乙　你怎么挖苦人哪？

甲　挖苦你还是好的，还要登你报哪！

乙　凭什么呀？

甲　雨打沙滩万点坑，未曾下雨龙王爷就给你打电报来啦？

乙　没有呀！

甲　你在当院一点一点数来着？

乙　那哪数得清呀！

甲　那你怎么知道下雨只下一万点呢？

乙　这——

甲　什么叫这呀！他不许下九千九百九十九点，也不许下一万零一点，只下一万点，雨打沙滩万点坑，合着雨都下在沙滩啦！马路上一点没有？雨打沙滩万点坑，像话吗?！

乙　他又训了我一通，我这下联不好啊？

甲　啊！

乙　我好歹还有个下联哪，你还没下联哪！你瞪眼干吗呀？

甲　噢！让你说的，没下联我敢站在台上说呀！

乙　那你怎么不说下联呀？

甲　我怎么说呀！我刚刚给你批批字眼，怕你没听明白，你就给我来这一套，什么天不言自高，地不言自厚啦，人不言自能，水不言自流……说相声的肚子好比杂货铺，买仨子卖仨子的。杂货铺，给我来盒烟卷儿。

乙　没有！

甲　来盒火柴！

乙　没有！

甲　全没有你叫什么杂货铺呀？看你这个样，不学无术，食之无味，弃之可惜。

乙　挨得着吗？我成了鸡肋啦！您说，您那下联，真比我好，我才真佩服你。

甲　当然比你好啦，我那下联是：雨打浮萍点点青。

乙　啾！我那下联就不能用？

甲　用倒是能用，得改一个字。

乙　改哪个字？

甲　万点坑改为点点坑，还能凑合着用。

乙　干吗要改点点坑呢？

甲　因为我上联是层层浪，没有举出数目。你下联怎么能给举出数目呢！对对子的规矩你还不懂呀！一三五不论，二四六分明哪！天对地，雨对风，大陆对长空，平平仄仄平平仄，仄仄平平仄仄平。连这点基本规矩都不懂，还对对子哪！

乙　说了半天，我就说错了一个字呀！一个字没多大关系。

甲　你说错一个字没关系？我举个例子给你听听：过去国民党的《中央日报》，有条消息，应当登“美国大使来华，蒋介石亲率文武官员，至机场欢迎”。那天我打开报纸一看，差点把我肚子都笑疼啦！

乙　不是美国大使来华吗？

甲　《中央日报》排错了一个字，把“使”字排成“便”字啦！

乙　嗽！美国大便来华呀！美国大便还出口呀！

甲　蒋介石迎接美国屎。

乙　嗽，屎壳郎碰到粪球儿啦！臭到一块儿去啦！

（叶利中、张继楼整理）

寿比南山

甲　生活当中，很讲究说吉祥话。

乙　图个吉利嘛。

甲　过年，都爱听吉庆有余。

乙　日子越过越富。

甲　买卖开张，爱听财源茂盛。

乙　财越发越大。

甲　老人过生日，爱听寿比南山。

乙　图个长生不老。

甲　您听说过有多高年岁的老寿星？

乙　传说彭祖寿活八百。

甲　这也是民间传说。据说，乾隆下江南见过一位高寿的。

乙　多大岁数？

甲　一百四十一。

乙　够瞧的。

甲　乾隆还专为他写了一副对联。

乙　怎么写的？

甲　上联是：花甲重开外加三七岁月。

乙　下联呢？

甲　古稀双庆内多一个春秋。

乙　怎么讲呢？

甲　都说的是这位老人高寿一百四十一岁。

乙　是吗？

甲　你听，上联是：花甲重开外加三七岁月，花甲是多大岁数？

乙　人生六十花甲子，六十岁为花甲。
甲　那么“花甲重开”就是两个六十岁。
乙　二六一十二，一百二十岁。
甲　下半句是“外加三七岁月”，就是再加三个七岁。
乙　三七二十一，一百二加二十一，正好一百四十一岁。那下联“古稀双庆内多一个春秋”呢？
甲　人生多少岁是古稀？
乙　人生七十古来稀，七十岁。
甲　“古稀双庆”就是两个古稀。
乙　二七一百四十岁。
甲　还有下半句“内多一个春秋”。
乙　就是再加一岁。还是一百四十一岁。嘿！有点意思！
甲　所以说，上下联都是说这位老人一百四十一岁。
乙　不过，活这么大岁数的，还没人见过呢。
甲　不，我就见过。比这位老人的岁数还大哪！
乙　在哪儿？
甲　就在长白山下，抚松县。
乙　就是人参之乡？
甲　对。这位老人，一百五十六岁。
乙　嚯！比那位还大十五岁！
甲　这位老人，鹤发银须，头上梳了个冲天杵的小辫儿，拴着红头绳。
乙　啊？
甲　我一看很纳闷儿，这么大的年岁，怎么还梳冲天杵的小辫儿呢？
乙　是呀。
甲　我得问问。我过去请了个安，问：“老大爷，您高寿啦？”“唉，还小哪，一百五十六岁！”“您都一百五十六岁高龄了，怎么还梳冲天杵的小辫儿，还拴着红头绳呀？”“这不是我拴的，是我妈妈给我拴的。”
乙　啊？还有老太太哪！
甲　啊，我忙又问：“老太太高寿啦？”“一百九十二啦！”
乙　大他三十六岁！
甲　我说：“这可是奇事，我得见见老太太，给她老人家请安去。”“嗨！你这两天别去，我妈没在家。”

乙　上哪儿去了？

甲　“上通化看我姥姥去啦！”

乙　啊？！

（朱相臣述　蔡培生整理）

山东儿跑堂

甲　你知道什么人最规矩吗？

乙　这可说不好。

甲　商人最规矩。

乙　怎么呢？

甲　商人有商人的宗旨。

乙　什么宗旨？

甲　挣钱。

乙　钱哪！

甲　商人能忍，度量大，什么话都能听得进去。过去马路上有一种卖唱的，专门唱“劝人方”。

乙　什么味？

甲　（唱“太平歌词”调）“买卖人能忍，和气生财，不论穷富一个样看待。买卖做的熟主道啊，上柜台来笑眼开，休要发死莫要发呆。像你这买卖怎么会不发财。”

乙　是这味儿。

甲　过去做买卖的最能干是山东人和山西人。

乙　是吗？

甲　过去讲究三年一回家。有这么一句俗语——

乙　怎么说的？

甲　“山东人回家大褥套，山西人回家骡驮轿。”证明满载而归。

乙　要是我们北京人回家呢？

甲　“瞎胡闹”。

乙　瞎胡闹？

甲　挣多少花多少，三年回家你看，一块手绢一兜——
乙　金条？
甲　两双破袜子。
乙　嗐！
甲　到门口一下三轮："妈，拿车钱！"
乙　啊，找他妈要车钱哪？
甲　要不怎么说"瞎胡闹"呢。
乙　可不。
甲　北京、天津有很多银号、钱庄是山西人开的。很多大饭庄子，什么"登瀛楼""天和玉""鼎和居""泰丰楼"，多半是山东人开的。
乙　对。
甲　开饭庄的就数山东的胶东一带，什么文登、掖县、乳山、黄县的多。
乙　是。
甲　鲁菜是中国八大菜系之一，也是四大菜系之一。山东菜馆不但菜好，主要是招待得好，和气。任你有多大的气他不着急，最后达到顾客满意。
乙　是吗？
甲　你比如说吧，来三个人吃饭，有两个人谈得很热闹，把那一位给干那儿了。这位这个气呀！去也不是，坐也不是，光坐那儿生闷气。
乙　怎么办呢？
甲　这时就看跑堂的了。他会主动过来拿起茶壶，（说胶东话）"先生，你老喝茶。"
乙　喝茶。
甲　你看这位："不渴！"
乙　气儿挺足的。
甲　要搁你就没词儿了。人家就有话说："对，不渴别喝，喝了胀肚子。"
乙　胀肚子？
甲　又拿过烟来："先生，你老抽烟？"
乙　这位？
甲　"不会！"
乙　还气着哪。
甲　"对，不会就别抽了，抽了没好处，净咳嗽。你老先吃点瓜子、点心？”

乙　这回？

甲　“不饿！”“对，不饿先别吃，吃了不好受，你老多咱想吃再吃。”

乙　这回？

甲　这位“扑哧”一乐：“哎呀，你们胶东人真能说呀！”“哪里，我们怎么能说呢？再能说我们也不如说相声的能说。”

乙　嘿！还给我们做广告了。

甲　人要一高兴话就多了。

乙　那是。

甲　这位要和跑堂的拉拉家常：“小伙子，今年你多大了？”

乙　他怎么说？

甲　“多大了，还用我说吗，你老人家走南闯北的，你老就猜吧，一猜就对。”

乙　一猜就对呀？

甲　“我猜呀，你不是十八就是十九。”“对，你老说得真对呀，我又是十八又是十九。”

乙　到底十八呀还是十九啊？

甲　“我去年十八，今年不十九嘛！”这位心说：对了，明年你还二十哪。这位气消了一大半了，还想问问：“小伙计，我还得问问你。”“你老问吧，你问什么我说什么。”

乙　倒好说话。

甲　“小伙子，你是胶东什么地方人哪？”“你老猜吧，一猜就对。”

乙　还是一猜就对。

甲　“我猜呀，你不是掖县的就是乳山的。”“对，你老说得对，我又是掖县的又是乳山的。”

乙　他怎么两个地方人呢？

甲　“你老不知道，我爸爸是掖县的，我姥姥家是乳山的。”

乙　谁问他姥姥家了！

甲　这位问他：“你十九了，是几月的生日？”“我就别说了，你老猜吧，反正一猜就对。”

乙　生日还有猜的？

甲　这位一想：我怎么猜？我说你不是七月的，就是八月的，你会说：“对，我又是七月的又是八月的。”我问你怎么又是七月的又是八月的？你又说："我是阴历七月，阳历八月。"这回，我叫你两本皇历也对不起来。

乙　是呀！

甲　这位这气完全消了，笑嘻嘻地说："伙计，你这生日，不是六月的就是腊月的，对吗？"

乙　啊？差半年哪？

甲　他这回可真出汗了："啊……对呀……你老猜得太对了，我又是六月又是腊月的。"这位想乐也不敢乐："你到底是六月还是腊月？""啊……什么……你老不知道，我应该是六月生人，我出来一看，天太热了，我回去了，腊月才出来的！"

乙　这像话吗！

（孙少臣记）

山西人写信

甲　我们说相声的哪儿都去呀。在山西太原府，有一家办寿，请一场相声，让我去。您说挣钱的事我能不去吗？

乙　得去呀。

甲　去，我舍不得朋友。

乙　那也就几天，您可以跟他说说。

甲　我上他柜上告诉他："大哥，我要走啦。"

乙　他说什么？

甲　他哭啦。

乙　他怎么哭啦？

甲　他舍不得我呀！我给他个放心话。

乙　什么放心话？

甲　"多说走十天，少说走五天。"他问我到什么地方去，我说："山西太原府。"

乙　他说什么？

甲　他乐啦："山西太原府是咱们老家呀！"我赶紧问他："老家在山西太原府什么地方？"他告诉我："在太原城西。咱们老爷子名叫'辛干'，到那一打听'辛干'，都知道。""你这么告诉我是有什么事情吗？""我有十几年没回家啦，你要走，给我带一封家信去。"

乙　朋友嘛，这个事应当管。

甲　你当光带信哪？

乙　还带什么？

甲　还有钱哪。

乙　多少钱？

甲　五十块现大洋。

乙　现大洋是银子的，沉哪。

甲　五十块钱，拿报纸卷上，半尺多长，我不能搁口袋里。

乙　您放什么地方?

甲　掖到裤腰扣里。我走那天，他送我上车，告诉我一句话。

乙　他告诉你什么?

甲　连信带钱交给本人，“到家有一个年轻的女人，她就是我媳妇，你嫂子。”

乙　嘱咐得挺详细。

甲　我上了火车奔太原去，坐时间长了闷得慌，心想临走带点解闷的东西就好啦。

乙　是啊！谁让你没带啦。

甲　我把带的那封信打开，看看都写的什么。

乙　私看书信，这可不好。

甲　朋友，没关系，我打开一看哪……

乙　怎么写的?

甲　信上没写字。

乙　没字呀?

甲　在信上画了七个大骆驼，一棵大树，树上落了两个苍蝇。树的那边还画着四个王八，两把酒壶。

乙　这是什么信?

甲　我也不知道啊。我到了太原府，刚进城，见有一个老头儿，我过去鞠了躬，打听打听。我说:“老大爷，请问附近有个叫‘辛干’的吗? ”

乙　老头儿说什么啦?

甲　老头儿反过来问我:“你找‘辛干’有什么事? ”

乙　你就跟他说吧。

甲　“我打北京来。有一个朋友托我办点事，往家里带封信，还捎俩钱来。”老头儿说:“你跟我来吧。”走不远，就把我让屋里去啦。给我找个座我就坐下了。老头儿就说话啦:“有话你就对我说吧，我就叫‘辛干’。”

乙　真巧，碰见本人啦，你就把钱和信交给他吧。

甲　我说:“给您这封信，还有五十块钱。”老头儿乐呵呵地拆开这封信，看看信瞧瞧我："噢，你跟我儿子是把兄弟呀！"

乙　信上不是没写字吗？

甲　我也纳闷儿，我赶紧问他："你儿子在信上说我们是把兄弟吗？"他说："是呀，你看这信上有七个骆驼。我们山西人养骆驼，五个为一串，六个为一挂，七个为一把儿，这不就是把兄弟吗？"我一听我们俩全变骆驼啦。

乙　把兄弟不是一把子嘛！

甲　老头儿看完信，跟我说："一点不错，信上写得明白，是五十块钱。""您怎么知道是五十块钱？"

乙　他怎么知道的？

甲　"你看这树上落两个苍蝇。"

乙　树上有俩苍蝇是怎么回事？

甲　"我们山西人，把苍蝇叫蝇子，花的洋钱也叫银子，可是山西人说银子，也叫蝇子。"

乙　那么，蝇子在树上落着是怎么回事？

甲　"蝇子代表银子，就是银子，银子有数（树）的。"

乙　噢，怎样知道是五十块钱呢？

甲　老头儿说："这画着四个王八，两把酒壶，你算算，四个王八,四八三十二；两把酒壶，二九一十八。十八加三十二，共计五十块。"

乙　是这么回事啊！

（白银耳述）

棋　迷

甲　过去有那么一句话说得明白："好走东的不走西，好吃萝卜不吃梨，好听相声不听戏，好踢球的不下棋。"

乙　对。

甲　提到下象棋，谁都好下两盘，那有点意思。虽然说三十二个棋子，倒是不多，可是要走起来，千变万化，巧妙不同，一人一招数，一人一棋风。

乙　对啦，我也很爱下棋，有工夫我就下两盘。

甲　不但你爱下，我也爱下。要打算看某个人的棋下得如何，他只要一说话就能知道。

乙　那怎么能看出来哪？

甲　比如说：这屋里大伙儿都下棋哪，由打外边进来个人，几位抬头一看，进来这人是高棋，大伙儿准得让："哎哟！大哥来啦，来来来！您下这盘。""不。我下不好。你们下，我在旁边学两招。"甭问，这位是高棋，明着下得好，还跟大家说："学两招。"

乙　不错，是高棋态度，很谦虚。

甲　还有一种人，一进门就冲大伙儿说："有敢跟我下一盘的吗？"

乙　这位怎么样？

甲　不怎么样。

乙　谁这样啊？

甲　我二大爷就这样。刚学会了什么叫"别马腿"，到哪儿在哪儿下，人家高棋一盘能下两三个钟头，我二大爷一个钟头下了六十八盘。

乙　可真不怎么高明。

甲　不但棋下不好，一看见人家在那儿下棋，他在旁边还要多说话。

乙　噢！支招儿。

甲　可是有一样，下棋真有烦支招儿的，旁边有人一支招儿，心里就不高兴。

乙　本来嘛，人家俩人下棋，旁边有人说话，人心里是不痛快。

甲　有一天，家里吃饺子，我二大爷拿醋瓶子打醋去，走到半道，看见人家俩人在树荫底下下棋哪，他不走啦，醋也不打啦，拎个空瓶子瞧上啦。

乙　瘾头可真不小。

甲　像那你看你的，别说话呀，他在旁边问人家："你们俩谁下得好？"这二位下得都不怎么样。一位说："谁下得好？他三盘没开张啦！"我二大爷说了："哟！这么一说你下得好啦。来！我帮助你。"

乙　啊！帮助胜家打败家？

甲　虽然说下棋输赢没什么，可是那位连输三盘啦，心里也有点不痛快，心里话：我连输三盘了，你不帮助我，倒帮助他？抬起头来瞪了我二大爷一眼。

乙　那你二大爷哪？

甲　他一瞧冲那位说："你看我干吗？那意思叫我帮你？输了连我一块儿输啊！我帮助他，再赢你三盘我还打醋去哪。来，来来来摆上摆上，咱们先走，当头炮！跳马，出车……"

乙　说上没完啦？

甲　那位心里真不痛快，也没心下，也不知怎么啦，走了个漏步。他在旁边一看："将！"又一支。"明白这步吗？闷攻！"

乙　这叫什么招啊？

甲　"来来来，快摆快摆，再赢他两盘我还打醋去哪！咱们先走，当头炮！"可把那位给气坏啦！也搭着喝点酒，火也压不住啦，起来一把就把我二大爷的领子给抓住啦，那手把瓶子抢过来，照我二大爷脑袋"啪"就一下子，把我二大爷打得直叫唤。

乙　打急了吧？谁让他支嘴来！

甲　我二大爷一边捂着脑袋一边对人家说："你怎么那么厉害，打人干什么？你不让说话我不说完啦，这你是打了我啦，你要打了别人行吗？你看看把脑袋都打破啦，把瓶子给我，你也太厉害啦。不让我说话，我走！"

乙　挨一顿打还不走！

甲 我二大爷一扭脸，回头用手一指："二哥，拱卒！"

乙 啊？还支招哪！

（张久来搜集）

酒色财气

乙　（念定场诗）酒是穿肠毒药，色是刮骨钢刀，财是惹祸的根苗，气是无烟火炮。

甲　您这首《西江月》不合事实，太夸大了。

乙　怎么夸大啦？

甲　您想啊！这四句本来是劝大家不要对这四样贪得无厌。因此用“比”字合适一些，如果像您说的那样“酒是穿肠毒药”，谁还敢喝酒哇！“色是刮骨钢刀”，就都甭娶媳妇了。

乙　怎么？

甲　比方说你下礼拜结婚，咱俩在街面上碰见了。

乙　好吧。（两人做行路见面状）

甲　大哥您好哇？

乙　好哇！

甲　听说您下礼拜娶媳妇？

乙　是啊！请您一定喝酒去呀！

甲　这多好听。如果用您那《西江月》上的词儿一说就热闹了。

乙　来试试看。

甲　大哥您好？

乙　好哇！

甲　听说您下礼拜娶个“刮骨钢刀”？

乙　啊？……啊！我请您啊喝“穿肠毒药”啊！

甲　俩死鬼！

乙　全完啦！

（于世德记）

扇子规矩

甲　现在的事儿，有时候得打破常规。

乙　对！

甲　过去的规矩也太多。

乙　那时候专讲“没有规矩不成方圆”嘛！

甲　就拿扇子来说吧，也有一套说法。

乙　都怎么说法？

甲　文胸、武肚、僧道领，书口、役袖、媒扇肩。

乙　什么叫“文胸”啊？

甲　过去念书的文人扇扇子都扇胸口。搁在这儿（把折扇打开竖在胸口前边），扇面都是名人字画，舍不得扇，用脑袋找扇子，（低头在扇子上摆）就这样。

乙　这倒是省扇面儿。

甲　就是有点累脖子。

乙　好嘛！“武肚”哪？

甲　练武的扇肚子。使的是桑皮纸的大扇子，一说话都是瓮声瓮气的（一边扇肚子一边说）：“二哥，这两天练了吗？”“没有，天儿太热。你练了吗？”“我练来着，昨天没留神，踩死俩马！”

乙　啊？

甲　俩蛤蟆（音马）。

乙　俩蛤蟆呀？“僧道领”哪？

甲　出家人和尚、老道都扇领子，因为和尚穿的叫衲头，特别厚，不容易进风，所以扇领子（左手揪领口，右手扇，边扇边说），“师兄，近来佛事忙吗？”“够忙的，前天晚上去‘放焰口’，到那儿，人家没让进去。”

乙　怎么？

甲　“本家儿老太太还没死哪！”

乙　是不让进去！“书口”是什么意思？

甲　说书的扇嘴。说的工夫一大了，嘴里有白沫子，嘴里热。

乙　“役袖”哪？

甲　过去当“跟班儿”的，跟着官儿出去，天热得给老爷打扇，一边给老爷扇着，张着袖口自己也凉快凉快。

乙　最后这句“媒扇肩”哪？

甲　过去当媒婆的都是扇肩膀，她可不使咱们这折扇儿。

乙　使什么？

甲　蒲扇、芭蕉扇。一边扇一边说，有扇子岔着对方精神，她好想词儿，什么好听说什么。

乙　您给学学。

甲　（右手拿着扇扇左肩，边扇边说）“哟，大嫂子，要说您这少爷可得娶媳妇啦，今年也老大不小的啦，再不结婚可就要‘绝户’啦！”

乙　多大呀？

甲　“六岁啦！”

乙　啊？

甲　“在我们那儿有个姑娘，长得别提有多好啦，真正是柳叶眉，杏核眼，樱桃小口一点点，不笑不说话，一笑俩酒窝儿，最近烫的飞机头。”

乙　真漂亮。

甲　“就是没鼻子！”

乙　嗐！

（于世德等整理）

雇　车

甲　您看生活当中这说话就有个规矩。

乙　什么规矩？

甲　比如两人见面客气一下：“您来啦，请坐吧！”“您走哇？不送啦！”

乙　是这样说。

甲　“您来”是正字，得有个“啦”；“请坐”，得有“吧”；“您走”，有个“哇”；“不送”有个“啦”。

乙　有虚字儿衬着。

甲　这样儿显着客气。

乙．没有虚字儿也一样！

甲　那听着就干得慌了。这么说：“你来！坐下！走！不送！”“干什么你！”

乙　打起来了。

甲　妇女说话也有规矩，一句话的前头爱加个“哟”字。

乙　“哟”字儿当先。

甲　“哟！大娘您还没吃饭哪？”“哟！大娘您做什么活儿哪？”“哟！大娘您没上街呀？”

乙　是这么说，“哟”字儿在话前边。

甲　如果你把“哟”字放在一句话后边，听着就不舒服了。

乙　那也没什么。

甲　这么说：“大娘，您还没吃饭哪？哟！”

乙　吓我一跳，怎么回事儿？

甲　这儿踩猫尾巴了。

乙　嗐！

甲 如果你注意的话，街上雇三轮，研究起来很有意思。

乙 您说说。

甲 一个是拉车的，一个是雇车的，两个人两个心理……

乙 什么心理。

甲 雇车的总想少花俩钱，拉车的总想多挣俩钱。

乙 是这么两种心理。

甲 比如这儿一叫车："三轮儿！""哪儿您哪？""西四牌楼。""您给五角吧！""什么五角，这么几步要五角钱？两角。""您给四角怎么样？""两角五。""您多给一角我拉快点儿。""三角！多了不要。"这听了多干脆。

乙 对！是这样。

甲 如果你把两个人的心理掉一个儿，雇车的总想多给钱，拉车的总想少要钱，您听着就可笑了。

乙 怎么说？

甲 "三轮儿！""哪儿您哪？""西四牌楼。""您给两角行吗？""什么两角？瞧不起我，一块六。""哎，要不了，您给一角就够了。""什么一角，三块八！别捣乱。""干脆您上车我白拉您得了。""白拉干吗？这么着吧，给你五块钱，你拉别人去吧，我溜达着走啦！"

乙 嘿！

（郭全宝整理）

谁能耐大

甲 您喜欢看书吗?

乙 我是最喜欢看书。

甲 您一天能看几部?

乙 一天看几部?

甲 啊!

乙 我看得慢，一天连一部也看不完。

甲 那您可不如我了。

乙 您一天能看几部?

甲 一个钟头就能看几部。

乙 那是什么书哇?

甲 小人书!

乙 小人书哇?那我还能看哪!

甲 这是闹着玩，我爱看《三国》呀,《水浒》……

乙 噢!您也爱看《三国》。

甲 啊!

乙 我也爱看《三国》呀!

甲 您也爱看?那我问问您,《三国》上属谁的能耐大?

乙 《三国》上?那属关云长能耐大呀!

甲 关云长有什么能耐呀?

乙 温酒斩华雄，斩颜良，诛文丑，过五关，斩六将，黄河渡口刀劈秦奇，拖刀斩蔡阳，多大能耐呀!

甲 你怎么老提过五关斩六将啊!虎牢关三战吕布，你怎么不提呀!但凡有能耐哥儿仨打人一个?

乙　那……那是吕布能耐大呀！

甲　吕布有什么能耐呀？

乙　虎牢关，哥儿仨打人一人都没打过嘛！

甲　吕布要有能耐，白门楼为什么让曹操给逮住了？

乙　那是曹操能耐大！

甲　曹操有什么能耐呀？

乙　他把吕布逮住了。

甲　曹操要有能耐，长坂坡为什么让赵云杀了个七进七出，如入无人之境哪？

乙　赵云能耐大。

甲　赵云有什么能耐呀？

乙　长坂坡，七进七出，救阿斗哇！

甲　赵云要有能耐，为什么让曹操追得望影而逃，到当阳桥那儿为什么让张飞断后呢？

乙　那是张飞能耐大呀！

甲　张飞要是有能耐，为什么听诸葛亮的调遣哪？诸葛亮叫他干什么他得干什么！

乙　那是诸葛亮有能耐。

甲　诸葛亮要是有能耐，为什么错差马谡，失了街亭，那是多大的错误哇？

乙　那……

甲　说呀？

乙　啊……

甲　谁能耐大？

乙　你能耐大呀！

甲　我有什么能耐呀？

乙　你把我给问住啦！

（于世德等整理）

罗圈怕

甲　我跟您打听点事，您知道吗？

乙　什么事？

甲　有时候刮风，刮着刮着就不刮了，这是什么原因？

乙　不知道。

甲　不知道吧？我知道。

乙　什么原因？

甲　风把脖子崴了。

乙　没听说过。风有脖子吗？

甲　怎么没有呢！京戏《牧虎关》您听过吗？

乙　听过。

甲　高旺游庄时候来了一阵风，他不是唱“让风头，抓风尾，细看分明”吗？

乙　是呀！

甲　头在哪儿长着？

乙　在脖子上……啊，对呀！那么它在哪儿崴的呢？

甲　在旮旯，风最怕旮旯。不是有这么句话，“刮风走小巷，下雨走大街”吗？这意思是说下雨走大街宽广，能挑着道儿走；刮风在胡同里走，是因为胡同旮旯多，风不敢进去。风要一进旮旯，“日——哐当”，撞着旮旯了，把脖子就撞崴了。

乙　噢！那旮旯怕什么呢？

甲　旮旯怕耗子。

乙　怎么？

甲　耗子盗洞都是找旮旯呀，日久天长旮旯就趴下了。

乙　耗子怕啥呢？

甲　耗子怕猫哇！

乙　对！是猫就避鼠。猫怕什么？

甲　猫怕狗。

乙　为什么？

甲　狗看猫抓耗子，它生气呀！所以猫一下房，狗就撵它。

乙　狗没怕的了吧？

甲　狗怕主人太太呀！家庭琐碎事一般都是大奶奶干哪！狗要是好好看家，大奶奶就能多喂点剩汤剩菜，狗要是不好好看家净偷嘴吃，大奶奶一生气，就拿开水秃噜它了。

乙　对呀！大奶奶没怕的了吧？

甲　大奶奶怕大爷。

乙　夫妻俩怎么还谈到谁怕谁呢？

甲　旧社会不行啊！那时候男人都有男权思想，女人得讲究三从四德夫唱妇随嘛！所以在旧社会大奶奶就得怕大爷。

乙　大爷怕什么？

甲　怕官儿！旧社会专讲究"只许州官放火，不许百姓点灯"嘛！

乙　官怕啥呢？

甲　官怕皇上呀！

乙　这回皇上没怕的了吧？

甲　皇上怕玉皇。过去皇上不都是自称是天子吗？那意思就是玉皇的儿子。

乙　玉皇还有怕的吗？

甲　玉皇怕云彩呀！

乙　因为什么？

甲　他老得看着下界呀！如果有云彩，就把他的眼睛挡上了，什么也看不见了。

乙　云彩怕什么？

甲　怕风。

乙　风怕什么？

甲　风怕旮旯。

乙　旮旯呢？

甲乙　（同说）怕耗子，耗子怕猫，猫怕狗……

乙　噢！罗圈怕呀！

（于世德等整理）

五句话

甲 这回咱们俩人说段相声。

乙 哎。

甲 说相声也不容易呀。

乙 怎么?

甲 起码的条件得会说话。

乙 唔……哎！这个条件容易呀！有相声演员不会说话的吗?

甲 并不是单纯地指着说话，你脑筋还得快，记忆力得强，脑筋慢不行。

乙 是啊！

甲 拿您说吧，是相声老演员了。

乙 倒是有几年了。

甲 您的艺术水平很高。

乙 过奖。

甲 哪方面都好，就是脑筋慢点。

乙 我，我脑筋一点都不慢。

甲 并不是说您太慢，稍微有一点迟钝。

乙 我一点都不迟钝。

甲 谁告诉你这么说话?

乙 谁告诉我干吗呀，本来就不比你迟钝。

甲 你要说不慢的话，咱们就考查考查。

乙 那好，怎么考查吧?

甲 我说话你跟我学，学对了就算你不迟钝。

乙 那不行！

甲 噢，完了。

乙 什么叫完了，你一说滔滔不断，二百多句，别说学，记我都记不住。

甲 用不着二百多句，五句话。

乙 五句话？

甲 啊。

乙 五句话我再学不好，那我还活个什么劲儿。

甲 可是我说什么你学什么，字不要错，音不要错。学对了，就算你脑子不慢。

乙 还告诉你这话，不但字不要错，音不要错，而且动作表情都和您一样。

甲 是这话？

乙 当然了。

甲 开始了。“这回我们两个人说段相声。”

乙 “这回我们两个人说段相声。”众位，您瞧！

甲 “我们两个人说不到好处。”

乙 “我们两个人说不到好处。”

甲 “要不这么办吧！”

乙 “要不这么办吧！”

甲 “错了！”

乙 没错！

甲 啊？

乙 没错！

甲 还没错哪！要不说你脑筋慢呢！

乙 怎么啦？

甲 你不是跟我学话吗，怎不学了？

乙 我哪一句没跟你学！头一句你说什么？

甲 我说的是：“这回我们两个人说段相声。”

乙 我也说：“这回我们两个人说段相声。”

甲 “我们两个人说不到好处。”

乙 “我们两个人说不到好处。”

甲 “要不这么办吧！”

乙 “要不这么办吧！”

甲　“错了！”

乙　没错！

甲　啊？

乙　唉！这么错啦？

甲　没学对吧？脑筋迟钝。

乙　学得好好的，半道你说错了，我以为我学错了呢！我可不说没错吗！

甲　这人，本来脑筋就迟钝，还强调理由。

乙　强调什么呀，这是误会。

甲　算你误会，要是不服再来来。

乙　再来来吧！

甲　这回就不这么来啦。

乙　怎么来呢？

甲　这回咱们给它来个所答非所问。

乙　什么叫所答非所问？

甲　就是问你什么你别回答什么。

乙　那行。

甲　这可难点，耳朵听着，脑子里想着，嘴里说着，三合一，还得快，我说一句，你想五分钟，那不行。

乙　行行行！你说吧！

甲　“你贵姓啊？”

乙　“我姓 ×！”

甲　“吃饱了吗？”

乙　“吃饱了！”

甲　吃饱了你遛遛去吧！

乙　怎么啦？

甲　你这是所答所问了！我问你贵姓啊？你说姓 ×，问你吃饱了吗？你说吃饱了，那还行啊！

乙　要不怎么个意思呢？

甲　所答非所问就是问你什么，你别回答什么。比如说我问你贵姓啊？你说今儿个礼拜一了。

乙　噢，就是话茬儿拧着，往错里说。

甲　错了就算对了。

乙　那我还不会呀？来吧！

甲　可得快，慢了不行！

乙　可以！

甲　“你贵姓啊？”

乙　“我脚疼！”

甲　“你吃饭了？”

乙　“我刚下火车！”

甲　“你会说相声吗？”

乙　“我昨天结的婚！”

甲　“几句了？”

乙　三句了！

甲　啊！

乙　嗯？唉！

（张嘉利述　张继英记）

蛤蟆鼓儿

甲 您这说相声的什么事全都知道，对吗？

乙 唉，一般的事我们倒是全都有个研究。

甲 那我问问你，蛤蟆你看见过吧？

乙 谁没见过蛤蟆呀。

甲 你说为什么它那么个小的动物，叫唤出来的声音会那么大呢？

乙 那是因为它嘴大肚儿大脖子粗，叫唤出来的声音必然大。万物都是一个理。

甲 我家的字纸篓子也是嘴大肚大脖子粗，为什么它不叫唤哪？

乙 字纸篓是死物，那是竹子编的，不但不叫，连响都响不了。

甲 吹的笙也是竹子的，怎么响呢？

乙 虽然竹子编的，因为它有窟窿有眼儿，有眼儿的就响。

甲 我家筛米的筛子尽是窟窿眼儿，怎么吹不响？

乙 因为圆的，扁的不响。

甲 戏台上打的锣怎么响啊？

乙 它不是中间儿有个脐儿吗？有脐儿就响。

甲 我们做饭的锅也有脐儿，怎么不响？

乙 它是铁的，不响。

甲 庙里的钟也是铁的，怎么响？

乙 它不是挂着哪，钟悬则鸣。

甲 我家秤砣挂那儿了，咋没响过？

乙 十年也响不了，死固膛的不响。

甲 炸弹怎么响啊？

乙 炸弹里边不是有药吗？有药才响哪。

甲　药铺尽是药，怎么不响？
乙　往嘴里吃的不响。
甲　泡泡糖怎么响？
乙　因为它有胶性，能响。
甲　胶皮鞋怎么不响？
乙　它挨着地，那响不了。
甲　三轮车带放炮，怎么响了？
乙　那它里边有气呀！
甲　咱俩说这么半天，你有气没有？
乙　有气。
甲　怎么不响？
乙　我呀——

（老屈记）

花没叶儿

甲　说相声不易呀！没事的时候就得研究。

乙　对，干什么说什么，卖什么吆喝什么，这是定而不移的。

甲　那也不一定，就有干什么不说什么的！

乙　什么？

甲　小偷。您多咱看见小偷说来着，就因为他不说，我们才要提高警惕呢！上电车、听戏、看电影，只要人多的地方就得留神，要是稍微不注意，钱包就归他了。

乙　是呀！

甲　你不是说"干什么说什么"吗？你多咱看见小偷说来着，比方在电车上，小偷说话了："先生，您把胳膊抬高一点。""干什么？""我要偷您的钱包！"这位也说得好："快点偷啊，我前站就下车了。"有这事吗？

乙　没有。

甲　那你说干什么说什么？

乙　反正卖什么吆喝什么！

甲　卖掸子的吆喝吗？走在街上卖掸子一吆喝："好大的掸（胆）子！"前边要有个老太太非吓趴下不可！

乙　就这一行，叫您找着啦！

甲　剃头的吆喝吗？

乙　没听说过。

甲　理发大师傅下街都是拿一个像铁钳子的东西，那叫"唤头"，一打"当儿当儿"的。他要是一吆喝有多难听啊："刀快水热，一秃噜一个。"这像话吗？

乙 您说理发的不吆喝不是有那唤头帮助吗？多好的唱戏的也得有打旗的呀！

甲 有没有打旗的没有？

乙 没有。

甲 《武家坡》谁给王宝钏打旗？

乙 ……

甲 《吊金龟》谁给张义打旗呀？

乙 ……

甲 《鸿鸾禧》谁给金玉奴打旗？

乙 你这不是抬杠吗？反正一个人唱不了一出戏！

甲 《花子拾金》。

乙 就这一出叫你给找着啦！《花子拾金》不是还有锣鼓配合着吗？也就是说花儿好得有叶儿衬着。

甲 有没叶的花没有？

乙 没有。是花就得有叶。

甲 我能说出一百种没有叶的花。

乙 你说说。

甲 点灯的灯花有叶吗？

乙 没有。

甲 泼大街的水花有叶吗？

乙 没有。

甲 练武术的扎枪花有叶吗？

乙 没叶。

甲 咸盐花有叶吗？

乙 没有。

甲 葱花有叶吗？小姑娘梳的辫花有叶吗？吃的脆麻花有叶吗？

乙 没有。

甲 洋腊的腊花有叶吗？

乙 没有。

甲 肉铺的肘花有叶吗？

乙 没叶。

甲 萝卜花有叶吗？

乙 没……您等等，萝卜缨子不就是叶吗？

甲　什么萝卜花?

乙　地里长的水萝卜，青、红萝卜呀!

甲　不，我说的是眼睛里长的萝卜花!

乙　那没叶。

甲　账本上贴的印花有叶吗?刨花有叶吗?爆米花有叶吗?就酒吃的松花有叶吗?春节放的烟花有叶吗?

乙　没有。

甲　打麻将由杠上抓一张胡啦，那叫什么?

乙　杠上开花。

甲　有叶吗?

乙　没有。

（于世德记）

小抬杠

甲　（用倒口）你往这儿一站，比比划划的，你是干什么的？

乙　我们是说相声的。

甲　说相书儿的？

乙　你说的不对。相声。

甲　相书儿。

乙　这位。相——

甲　相。

乙　声——

甲　书儿。

乙　真笨！相，相，相——

甲　相，相，相。

乙　声，声，声——

甲　书儿，书儿，书儿。

乙　相，相，相。

甲　相，相，相。

乙　声，声，声。

甲　书儿，书儿，书儿。

乙　还是相书儿，我非把你教会了不可！

甲　好啊！

乙　相，相，相——

甲　相，相，相。

乙　声，声，声——

甲　书儿，书儿，书儿。

乙　相声——
甲　相书儿。
乙（加快）相声——
甲　相书儿。
乙　相声——
甲　相书儿。
乙　相书儿——我也相书儿了！
甲　看看，你没教会我，我把你倒教会了。
乙　还是你本事大。
甲　你以为我说不上来吗？你是说相声的。
乙　对了。
甲　这相声怎么吃啊？
乙　吃？不是吃的。
甲　喝的？
乙　也不是喝的。
甲　那是干什么的？
乙　是听的。
甲　谁能听啊？
乙　谁都能听。
甲　我能听吗？
乙　当然能听。
甲　听完了给我多钱？
乙　啊，听完了给你多钱？
甲　啊，我不能白听啊！
乙　麻烦了！您听完相声不但不给您钱，您还得给我们钱。
甲　还得给你们钱？
乙　对了。
甲　给多钱？
乙　每张票两块钱。
甲　才两块钱？我给你二百块钱！
乙　一百张票，可以。
甲　你什么时候还我？
乙　还你？

甲　你是立个字据，还是找个保人？要不到时候自己来拿吧！

乙　你“放印子”哪？不管多钱，你给了我们，我们就不还了。

甲　你是土匪？“绑票”的？

乙　谁是土匪？

甲　那为什么钱给你就不还了呢？

乙　那为什么我们说，您听呢？

甲　听你这玩意儿有什么好处呢？

乙　当然有好处。

甲　听完我就胖啦？

乙　胖啦？

甲　没钱来钱，没面来面，没米来米，我还没娶媳妇哪，你再给我娶个老婆子？

乙　要有这好处我也不说相声了，我也找个地方听去啦！

甲　你不是说有好处吗？

乙　有点小好处。

甲　虱子不咬，蚊子不叮，有老鼠往你们家里头跑？

乙　我怎么这么倒霉呢？

甲　你不是说有好处吗？！什么好处？

乙　比如说吧，你今天刚吃完饭——

甲　我吃嘛咧？

乙　你呀，吃的是干饭炖牛肉——

甲　干饭炖牛肉？

乙　对。

甲　嘛味儿？

乙　这位连味儿都不知道。你吃没吃？

甲　没吃。

乙　你就说你吃了。

甲　我对得起我的肚子吗？我对我自己都不说实话，别人谁还敢交我这朋友？

乙　不是吃没吃，我这是给你解释。比如说，你心里不高兴——

甲　我这不挺高兴的吗？

乙　你心里不痛快——

甲　我挺痛快！

乙　你别扭——
甲　我干吗别扭？
乙　你呀，跟人家抬杠啦——
甲　我跟谁抬杠啦！
乙　你跟我抬杠啦！
甲　我跟你抬哪门子杠？
乙　比如说，你呀，短人家两千块钱——
甲　我短谁两千块钱？
乙　（对观众）这位真急了。
甲　让大伙儿看看，我往这一站就短人家两千块钱，你们大家都坐着还不定短多少钱哪！
乙　你短不短？
甲　我不短。
乙　你就说你短——
甲　我吃饱了撑的，不短人家钱，我偏说短人家钱，弄几个账主子在后头跟着我好看是怎么着？
乙　你不是不明白吗？
甲　我一糊涂钱没了！
乙　你不许先别说话嘛！
甲　你这是法院？法院也得让人说话呀！
乙　我说完了你再说——
甲　你是原告？
乙　打官司哪！你短人家两千块钱还不了人家。
甲　当初我就没借呀！
乙　我知道！你还不了怎么办呢？心里不高兴啊！你溜溜达达我这来了——
甲　你就替我还了？
乙　我呀？
甲　你不替我还，我上这来干什么？
乙　听我们几段相声，你把短钱的茬儿就忘了。
甲　我明白了，假设我短人家两千块钱，人家找我要，我还不起，心里别扭，溜溜达达就到你这里来了，听你几段相声，把我逗得哈哈一笑，我把短钱的那个茬儿就给忘了。
乙　这才明白。

甲　我是忘了……

乙　啊！

甲　一出门，账主子在门口等着我哪，你说怎么办呢？

乙　你想办法还钱去吧！

（孙少臣回忆整理）

行者让路

甲 才说呀，您哪？

乙 可不是，头一回。

甲 买卖好吧？

乙 还不错。

甲 现在年头儿好啦，说相声也比早年好说啦。

乙 嗯。

甲 早年相声不好说。因为那时候的人，对中国的封建礼教太认真了，在说话的时候有好多忌讳。所以说相声的有这么两句话："进门问讳，异地讯风。"要往远里说，那个时候您没赶上。

乙 什么时候？

甲 列国时候。您赶上了吗？

乙 我没赶上。你赶上啦？

甲 我也没赶上。

乙 你这不是废话嘛！好几千年啦，谁赶上啦？

甲 那太远了。就以帝制时代说吧，帝王用的都是愚民政策，所谓"民可使由之，不可使知之"，把人弄得都成了迂腐的老道学了。尤其是对待女人，要求得更严格了。女人的一切举止动作，言谈话语，都有严密的限制。什么"男女不同席"啦，"男女授受不亲"啦，"擦襟沾油"都不行！记得有这么一个故事：有一个大姑娘上猪肉铺买肉去啦，卖肉的给她称好了递给她，这个姑娘不用手去接，叫卖肉的搁到案子上，她再拿起来。

乙 这是为什么？

甲 这就叫"男女授受不亲"嘛。

乙　是了。

甲　这个卖肉的不是好东西，心里说：你不用手来接肉，是怕我的手挨上你的手。哼！今天我非要挨挨你不可。卖肉的见大姑娘掏出钱来，没等姑娘搁到案子上，就伸手去接钱，在接钱的时候，卖肉的成心摸了姑娘的手一下儿。这个大姑娘当时满面通红，认为失去了贞节，拿起案子上的切肉刀，当的一声，把自己的那只手剁下来啦！

乙　啊？！

甲　那个意思就是说："我这只手，被男人摸了，脏啦！要不得啦！"

乙　好家伙！

甲　您看，这都是什么事儿！那个年头儿，大姑娘不敢见大学生，大学生不敢见大姑娘，见了彼此都害臊。比方说：这一条胡同僻静一点儿，有一个大姑娘从这儿走，正走在中间儿，由对面来了一个大学生。这姑娘一看，当时面红耳赤，心中乱跳，心里说：哟，这可怎么办哪？那边儿来了个大学生，这要是走到对脸儿，他一看我，那不臊死了人吗？哎！有主意啦，这里有个墙犄角儿，我在这旮旯儿藏一会儿，等他走过去，我再走。对！这个姑娘脸冲墙趴在那儿啦。那边儿那个大学生看见这边儿走过来一个姑娘，心里也是直嘀咕，心里说：糟糕！那边儿来个大姑娘，我要是早知道我就不由这条胡同走，你瞧，这多臊人哪！有了，我在这门垛子后边躲一躲，等她过去我再走。这学生脸冲墙趴到这边儿啦。俩人对等着。一趴趴了四个钟头，谁也没动窝儿。

乙　这是为什么呢？

甲　这还不是因为一个男一个女，都是十七八岁的年纪。更可笑的是，有两个上了岁数的也那么迂。

乙　怎么档子事儿？

甲　我有一个远门儿的二叔，那年他二十上下，有一天，他家里有人得了暴病"绞肠痧"，三四个钟头就能要了命。请大夫看了，开了个方子，叫赶快去抓药，在两个钟头内吃了药就能有救。我这位二叔拿着药方子上街抓药去。走到一条很窄的胡同里，地当中有一个泥坑儿，是前两天下雨存的水，靠墙根儿有一点儿干道，可是只能走一个人。我二叔走到泥坑这边儿，恰巧，坑那边儿走过来一个六七十岁的老头儿，我二叔一看，就站在这边儿让老头儿过来，他再过去。

乙　这是应该的，“行者让路”嘛！

甲　对！他们就坏在这“行者让路”上啦。

乙　怎么？

甲　他们把这“行者让路”的意义全解释错了。我二叔站在这边儿等老头儿先走，可是老头儿站在那边，等我二叔先走。我二叔说：“老大爷，您先走！”老头儿说：“不！小伙子，你先走吧。”我二叔说：“不！我是受过教育的人，我知道‘长者先，幼者后’，是应该您先走。”老头儿说：“我比你懂得‘年轻有为’，你们年轻的出来就是有事儿，不能耽误你们的时间，我是没事儿闲溜达，早点儿晚点儿不要紧，还是你先走吧！”我二叔说：“我理应‘尊敬长上’，还是您先走。”老头儿说：“我应该‘慈惠青年’，还是你先走。”我二叔说：“我不敢以年幼向长辈撒娇儿。”老头儿说：“我不能仗着有了年纪，朝晚辈倚老卖老。”我二叔说：“我要是先走叫人看我是欺侮老人，没有道德。”老头儿说：“我要是先走，叫人说我和小孩子一般见识，没有大量之才。”我二叔说：“无论如何，也得您先走！”老头儿说：“说出‘大天’来也得你先走！”两个人站在那儿都不走。那个泥坑都干了，两个人才走。

乙　真有决心。

（韩子康述　薛永年整理）

不叫唤

甲 说相声全讲究什么？

乙 讲究说、学、逗、唱。

甲 学，您全能学什么？

乙 要跟您说得三天。这么告诉您吧，凡是天上飞的、地上跑的、河里凫的、草里蹦的，我都能学它叫唤。

甲 这话不大点吗？

乙 不算大呀！

甲 地上跑的您能学什么？

乙 说这个也得一天。总而言之，只要带四条腿儿的，我就能学它叫唤。

甲 只要带四条腿的，您就能学？

乙 哎。

甲 请您给我学学桌子怎么叫唤？

乙 桌……板凳怎么叫唤？

甲 椅子怎么叫唤？

乙 沙发我也学不了哇！您说的这个是死物。我能学那活的，比方有时在街东，有时在街西，来回绕弯儿的……

甲 馄饨挑子怎么叫唤？

乙 啊？还剃头柜子呢！

甲 磨剪子磨刀的板凳……

乙 行啦！您说这个还得人挑着哇！我说的是脊背朝天，四腿朝地，吃草拉粪的，我都能学。

甲 象！

乙 没那么大嗓门儿，小着点儿。

甲　蚂蚁。

乙　嘿！我能学儿马、骒马、伊犁马……

甲　您学学电话号码。

乙　天地码儿我也学不了哇！得啦得啦，河里凫的我能学。

甲　河里凫的，你能学什么？

乙　这话不是吹，只要在水皮儿上漂游的，我就能学。

甲　那荷叶怎么叫唤？

乙　学不了。

甲　那莲花怎么叫唤？

乙　我学不了！我说的是有时在河东，有时在河西，满河里绕弯儿的……

甲　那摆渡怎么叫唤？江南划子怎么叫唤？小凉船怎么叫……

乙　你这都哪儿找来的？我说能学的是那河里生、河里长的那种河里凫的。

甲　噢，鲇鱼怎么叫唤？

乙　泥鳅我也学不了哇！

甲　怎么河里凫的您也学不了哇？草里蹦的能学什么吧？

乙　是蹦得起来的，我就能学。

甲　那蚂蚱顿儿。

乙　还“挂大扁儿”呢！

甲　刀螂——

乙　我叨你！我能学吱拉子——

甲　哈喇子。

乙　什么呀？油葫芦——

甲　打卤。

乙　还热汤面哪！

甲　你怎么都不能学哇？

乙　反正天上飞的我能学。

甲　能学什么？

乙　飞得起来的我就能学。

甲　风筝怎么叫唤？

乙　您说的这个还是死物呀！不用人放它起得来吗？我说是活的。

甲　蝴蝶怎么叫唤？

乙　蜻蜓怎么叫唤？我说是带毛儿的。

甲 皮袄怎么叫唤？

乙 我说是打肉里往外长毛儿的。

甲 连毛胡子怎么叫唤？

乙 我说是带翎毛儿的。

甲 鸡毛掸子怎么叫唤？

乙 嗐！

（于世德等整理）

劝 架

甲 生活当中，两口子吵几句嘴也是常有的事。

乙 舌头没有碰不着牙的，发生这样的事要互相让一句两句，有一个人不吱声了就完了。

甲 作为街坊邻居的遇上，劝劝也就拉开了。

乙 是呀。

甲 可也得会劝。通常男的过去劝，得向着男的；女的过去劝，得向着女的。

乙 还有这一说？

甲 那当然啦！比方说，街坊二姐过去劝架："哟！嫂子，因为什么呀，吵起来啦！怎么了？大哥，别跟我嫂子吵啦！真是的，还要我嫂子怎么着，你在外头忙一天，我嫂子也没闲着呀！做菜做饭，洗洗涮涮，哪样不是我嫂子呀！再说看看这仨孩子，多干净呀！多规矩呀！不是我说你，你一个月才进多少钱呀？我嫂子省吃俭用，把家弄成这样，这多不容易啊！亏你还跟嫂子吵呢，什么了不起的事呀！得了嫂子，你也别生气了，其实我大哥也就是这脾气，吵过就完。你也不是不知道，话说开了就得。你先到我屋里坐会儿，消消气儿再回来。"你看怎么样，女的向着女的。

乙 好！那男的向着男的呢？

甲 我再学学。街坊三爷过去了："什么事呀，吵起来啦？怎么了大哥，跟谁呀？跟我嫂子呀！要说嫂子你也别生那么大气，像我哥哥这样的就算不错了，一天到晚地奔忙，不错花一个钱，为的是谁呢？还不都是为了你们娘儿个吗！他要是在外头遇上啥别扭了，到家里，你不安慰他，谁安慰他呀？行啦。大哥，我嫂子也不容易，也是一天忙到晚的，可能对你要求过高了，那也是出于对你的信任，你也不该得理不饶人。别吵了，到我屋里去歇会儿，哎，我可有瓶好酒，咱哥俩喝两盅。走吧，大哥。”怎么样？

乙 好！是得这样劝。

甲 可劝架男的不能向着女的，女的也不能向着男的。

乙 为了他们好，向着谁有什么关系？

甲 不信，咱试试，非吵乱套了不可。

乙 我看不见得。

甲 比方街坊的两口子吵起来了，这位三爷过去了：“嫂子，怎么啦？又跟谁怄气呀？噢，大哥你呀！你怎么回来啦？”

乙 废话！人家的家嘛，人家不回来！？

甲 “你可倒好，经常不回家，一回家就找碴儿。”

乙 啊？

甲 “你也真不像话，像我嫂子这样漂亮又能干的，你哪儿找去呀？你还不知足哪！你也没找块镜子照照，配得上我嫂子吗！嫂子，别生气了，你身体又不好，就当他没回来。走，你跟我走……”

乙 “找你弟妹去。”

甲 “蹓蹓马路去。”

乙 啊？不像话！

甲 是不是不行？女的向着男的也不行。

乙 是吗？

甲 比如街坊两口子吵起来了，二姐过去，进门就帮着男的说：“哟大哥，跟谁吵起来了？甭说，又是跟我嫂子。你干吗呀，跟她一般见识！你在外头累一天了，回来看着顺眼就在家里待会儿，不顺眼就到别屋坐坐，犯得上跟她怄这么大气吗？”

乙 有这么劝的吗？

甲 “真是的，就做点饭呗，指东骂西的，一天没个好脸。你再看看孩子们造的这样！嫂子，不是我做妹妹的说你，我大哥脾气够好的了，搁别人早不要你啦！”“得了大哥，你别气坏了身体。走，跟我走……”

乙 干什么去？

甲　咱俩看电影去。

乙　啊！这是劝架？

甲　这是插足！

（朱相臣述　蔡培生整理）

疑心病

甲 不论对人处事，就怕乱怀疑，这种人天长日久就坐下病了。

乙 这是什么病？

甲 神经过敏，疑心病。

乙 还有得这种病的？

甲 怎么没有！早先我们街坊住着小两口，那个女的就有这种病。

乙 疑心病？

甲 可不。女的老疑心男的在外边有情人，长了就成了她的一块儿心病了。

乙 这种病可不好治。

甲 偏巧同院住着一个姑娘，长得非常漂亮，这小两口就因为这个姑娘发生了矛盾。

乙 因为啥呀？

甲 女的总怀疑男的爱上了这个姑娘。

乙 这不是没影儿的事嘛！

甲 你说住在一个院里，哪有见面不说话的？你可别说话，一说话等进屋她就问。

乙 问什么呀？

甲 “哪儿来那么些说的，说起来没结没完的，你也不怕得话痨！你要是喜欢她，咱俩可以离婚，你跟她结婚去！”

乙 这都是哪儿跟哪儿呀！

甲 男的说：“我不跟她说话不行吗！”

乙 这回没事了。

甲 事更多了！男的怎么都不合适，男的见着那个姑娘，瞧也不好，不瞧也不好。

乙 怎么？

甲 男的瞧了那个姑娘一眼，回来她就问："你瞧她干吗？她长得漂亮啊？咱俩可以打离婚，你跟她过去吧！"男的一赌气，见着面不瞧啦，仰着脸就过去了。

乙 这回行啦！

甲 也不行。"你往上瞧什么呀？她烫的发好看哪？"

乙 嗬！

甲 男的一想，别仰着脸走道了，再见着她低头走吧！

乙 这回许行啦。

甲 还不行！

乙 还不行？

甲 "你低头走干吗？噢！你看人家买的皮鞋好哇？咱俩打离婚，你跟她结婚去！"

乙 仰头不行，低头也不行？

甲 男的实在没办法啦，再见着那个女的，赶紧把眼睛闭上了。

乙 这回没词啦！

甲 没词啦？更厉害了！"你闭眼干啥？"男的说："我抬头也不行，低头也不行，我闭上眼睛不瞧啦，还不行？""你哪儿是闭着眼哪？"

乙 干吗哪？

甲 "你那是琢磨哪！"

（于世德整理）

卖膏药

甲　过去有句老话："北京天桥逛一趟，除了生意就是当。"

乙　旧社会天桥尽是骗人的。

甲　是呀，像算卦的、相面的、传偏方的、卖假药的、卖膏药的、卖大力丸的——

乙　全是假的。

甲　啊，卖膏药的先打把式。小伙子二十多岁，脱个大光膀子，脯子肉翻着，翅子肉横着，太阳穴鼓着，眼睛瞪着。说话瓮声瓮气的，（倒山东口）"列位，这回俺哥俩练一趟单刀破花枪。俺练完了，练罢了，俺是分文不取毫厘不要。要真好，你给俺喊一嗓子，俺不能叫你白叫好，离家的时候，师傅给我一样宝贝东西——"

乙　什么宝贝东西？

甲　"我带来了膏药。俺的膏药是祖传秘方，全是地道药材熬的，什么人参、鹿茸、犀牛角、羚羊、珍珠、琥珀、牛黄、狗宝。那位又问了，你这膏药能治病吗？列位，俺这膏药，能治的病治，不能治的不治。"

乙　废话！

甲　他一说，没有不治的。

乙　都治什么病呢？

甲　"你要是打着、压着、扯着、碰着、牛顶着、马踩着、车轧着、鸭子踢着——"

乙　鸭子能踢人吗？

甲　"闪腰、岔气、睡落枕、男人的肾寒、女人的血寒、小孩子的食积、奶积、大肚子脾积、跑肚拉稀红白痢疾、迎风流泪、暴发火眼——”

乙 啊，害眼病贴膏药呀！

甲 “你要有蹾着脚后跟的、扭了脚脖子的、掰了手腕子的、挫了手指头的，贴上俺这膏药，当时就好咧！”他这膏药这么好，你信吗？

乙 说得太神了。

甲 哪位上同仁堂买药，看人家售货员带练把式的？

乙 哪有这事呀！

甲 “先生，来两盒乌鸡白凤丸”。售货员从药柜里拿出一把单刀来。

乙 干吗？

甲 “稍等，我给您练练。这叫‘怀中抱子’，来个‘缠头裹脑’，帮我搬开桌子，我打个‘飞脚’。”

乙 嗐！

甲 他这么一说，还真有捧场的。有位拄着棍儿：“先生，您看看，我脚脖子崴了。”一看这位脚脖子肿得比发面馒头还大。“你是打算去根儿，还是留点解闷呢？”

乙 啊，当然是去根儿。

甲 “好，今天算来巧了！”他拿出一贴膏药，在火炉子旁边一面烤，一面说：“真金不怕火炼，好货不怕试验，人叫人千声不语，货叫人点手自来！”他把膏药掰开，这只手托着这位脚，有多大劲儿使多大劲儿。这下子，那位差点背过气去。“你就这儿疼！”“哟！”

乙 好嘛。

甲 他这手托着这位脚后跟，那手攥着脚尖，使劲儿揉，那位疼得直学油葫芦叫唤：“唷……”心说：“这么治，说死我也不治！”

乙 那可不是。

甲 “站起来。把棍扔了。使劲儿跺脚。使劲儿！跺！还疼不疼？先生，不疼了！”

乙 好了？

甲 都跺趾木了！

乙 是啊！

（于连仲记）

底　漏

甲　新社会讲究尊婆爱媳。婆媳和睦，夫妻感情就能好。过去，往往有的老太太都不疼儿媳妇，疼自己的闺女。其实闺女跟儿媳妇不是一样吗？

乙　这种老太太想不开。

甲　在家里什么都不干，到姑奶奶家，一洗衣服就是好几大盆，洗一天。回家来抱怨："哎哟！我胳膊疼噢！"她不能不疼啊！

乙　怎么？

甲　洗衣服洗的。有这么句老话儿："儿子是自己的好，媳妇是人家的好。"两个老太太一说话儿，您听，儿子不好是儿媳妇给带累的！

乙　是吗？

甲　俩老太太一见面："大姐！您好哇？""好！""您真有造化！您那儿子多孝顺哪！""可不是嘛！我们那孩子倒是不错，真孝顺我，每天下班回家，给我买点心，我想吃什么给我买什么。从先好着哪，自从一娶媳妇呀，嗐！"打这儿就来劲儿！"自从一娶这媳妇，可学坏啦！每天下班还买点心，不往我这屋里拿啦，都拿到他媳妇屋里去啦！我这屋里别说点心，连点心渣儿都瞧不见啦。嗐！""哟！我看您那儿媳妇挺好哇！多机灵啊！""还机灵哪？你看她那俩大眼睛啊！又浑！又呆！又拙！又笨！什么都不会。上月我让她做个被卧，俩礼拜，好容易做得了，又拆啦！"

乙　怎么？

甲　"把猫缝在里头啦！"

乙　有这么笨的人吗？

甲　"不但笨，心眼儿还不好。她底漏！"

乙　什么叫底漏哇？

甲　那位老太太也不懂："大姐！什么叫底漏哇？""连底漏都不懂？底漏哇，就是往娘家偷东西！米呀！面呀！逮着什么偷什么。去年我买了三丈白布，搁箱子里啦。今年我一找，没啦！前几天，我看她娘家爹穿一件白小褂儿，那就是我买的布让她偷走啦。嗐！我这儿子给她养活啦！"这位一听，说几句闲话儿，招她难过干什么，找她爱听的问吧："老姑娘没家来呀？"

乙　老姑娘是谁呀？

甲　老太太的闺女。一问闺女，您再瞧老太太这模样："老姑娘可好，真惦记我，常回来。哪趟都不空着手儿来，什么都往我这儿拿！"这不是也底漏吗？

乙　一样啊！

（全常保搜集整理）

搬　家

甲　您在这儿哪?

乙　可不是嘛。

甲　成天老说，可真够累的。

乙　也不算累，白天说，晚上休息。

甲　您比我强多了。

乙　您哪?

甲　我是白天说相声，晚上打更。

乙　打更?

甲　啊！夜里一会儿睡不着。

乙　为什么哪?

甲　因为院里街坊吵得太厉害。

乙　噢！您那院里街坊多?

甲　也不多，就三家。我们院里就有三间北房，我住当中间儿，东边儿那间是一个铁匠，西边儿这间是个木匠。白天两个人谁也不干活儿，到夜里十二点，他们打夜作，东边铁匠叮叮当，西边木匠唰唰唰。您说我睡得着吗?

乙　可以跟他们说一说。

甲　我一说，他说:“我们指着这个吃饭。”我一想啊，说好的是不成了。

乙　那你有什么主意呀?

甲　我到房东那儿去一趟，我要不叫他搬家，我姓他那个姓。

乙　别说你呀，人家不欠房钱，房东也不能叫人家搬家。

甲　架不住我给他说坏话呀。

乙　什么人性啊!

甲　没过两天，我上房东老太太那儿去啦："大妈在家吗？"老太太出来了："谁呀？""我！""有事吗？""有点儿事，我住您这几年的房子一个子儿不欠。"老太太说："我知道。""今儿我来看看你，我就要搬家啦。"老太太说："你住着好好的，为什么搬家呀？""其实我也不乐意搬，我怕打挂误官司。"老太太说："你怕跟谁打挂误官司呀？""您知道东边那家儿是干什么的呀？"老太太说："他不是铁匠吗？""应名儿他是铁匠，黑夜净做炸弹。"

乙　说话可要留德。

甲　留德？他吵得我黑夜睡不着觉，你管哪？"西边那个木匠啊，成天净卖白面儿、烟土。"老太太一听："啊！""其实我说这话是向着您，一月收俩房钱儿，您不担心吗？"

乙　变着法儿，你多长点儿肉好不好？

甲　肉多了走道儿累得慌。老太太说："你别搬家，我叫他们两家儿搬。""大娘您别叫他们搬哪！他们两家儿要知道是我跟您说的，他不骂我吗？"老太太说："我绝不说你跟我提的。""大娘回见吧。"我就回家啦。没过三天还真发生效力啦！

乙　发生什么效力啦？

甲　早晨我正在院里漱口哪，我一看铁匠跟木匠往出归置东西哪。我心说："这点儿坏没白使。"

乙　这回你可心平气和啦。

甲　"二位怎么不节不年的扫房啊？""搬家了！""嗳！好容易住得挺投脾气的，又搬啦。""可是我们也不愿意搬，这里边出了坏啦！说那个铁匠啊，半夜里做炸弹；说我呀，卖白面儿、烟土。据我想，说坏话这个人远不了。"

乙　你心里难受不难受？

甲　不管怎么说，你得搬家。我说："二位搬哪儿去呀？我帮你们搬两趟。"

乙　人家说什么来着？

甲　"行啦！你别受累啦，不远儿呀。""不远是哪儿呀？""你看不远不远的，你还问什么哪？"

乙　那你就别问啦。

甲　不成！我问他到底搬到哪儿去！把他们问急啦，他说出来啦。

乙　搬哪儿去啦？

甲 “你要问哪，他搬我那屋里去，我搬他那屋里去！”我一听呀，那么……干脆我搬吧！

（武魁海述　胡仲仁记）

哭当票

甲 笑有各种各样的笑，哭也分很多种。

乙 是吗？

甲 当然。起码说，哭分三种。

乙 哪三种？

甲 有声有泪谓之哭；有泪无声谓之泣；有声无泪谓之嚎。

乙 噢。

甲 一般说，前两种都是发自肺腑，出自内心，真动情，真伤心了。唯独后一种是干打雷、不下雨。

乙 有点儿装腔作势。

甲 对！我见过我二舅就是这样。

乙 你二舅？

甲 他呀，不务正业，整天跟酒肉朋友吃喝玩乐。有一次，一位朋友死了，给他捎来了一封讣文。他接到讣文嘴里就骂上了。

乙 骂朋友？

甲 “嘿！你早不死，晚不死，单单到我把薪水花完了，你死了！”

乙 他死，跟你花没花完薪水有什么关系？

甲 我没钱随份子呀！

乙 没钱就甭随啦。

甲 那叫人家看着多不够朋友呀！

乙 这……

甲 没办法，抱床被卧当了两块钱。

乙 就当了两块钱呀！

甲 少当点儿往回赎方便。

乙　可也是。

甲　拿着两块钱就随份子去了。可这张当票放哪儿呢？

乙　放口袋里。

甲　那不行。一掏钱，连当票带出来了，多难看。有主意了，把当票往袖口上一放，龙抬头的袖口一卷，谁也看不出来。

乙　行。

甲　到了他们家，见到账房："辛苦、辛苦，劳驾，您给我写两块。"随完份子，往里走。一边走，一边摸手绢儿，走到棺材面前，一捂鼻子就开嚎："哎哟，大哥呀！你怎么先走啰！哥俩没好够啊！哥唉！"一边哭一边拿脑袋往棺材上碰："大哥呀！我也跟你去吧！"棺材上有个欠缝，把头发刮上了，"我也跟你……（拽头）我不去！"

乙　嗐！

甲　他这一嚎，谁也劝不住。招待员过来一句话，他立即止住了。

乙　怎么说的？

甲　"前边开席啦，请入座吧！"

乙　好嘛！

甲　一入座，连吃带搂，袖子有点儿碍事。他用手卷袖子，刚才嚎了半天没见眼泪，这回泪下来了——

乙　怎么了？

甲　嚎的时候，光顾做戏了，没留神，把龙抬头的袖面甩下来了。那张当票没了，眼泪还不下来！

乙　那是，一床被卧值十来块呢，没当票怎么往回赎哇！

甲　我二舅心想：可能在棺材那抖搂出去了，找找去吧。端着酒杯就奔过去了。

乙　端酒杯干吗？

甲　就是借个由子。一边走，嘴里一边嘀咕："没了！没了！"

乙　朋友没了！

甲　当票没了！

乙　嗐！

甲　朋友们都伸大拇指："瞧瞧，交朋友交这样的，端起酒杯，想起死鬼来了。咱们劝劝去。"

乙　嘿！

甲 到那儿一看，这位声泪俱下："没啦！没啦！这回真没啦啊！""朋友，止哀吧，人死了，不能活了，你也要保重身体，天这么热的！""不热呀，今晚上就得冷呀！"

乙 是呀，少床被卧嘛！

甲 "朋友，您别哭了，已经死啦！"我二舅以为他说的是当票已经死了。

乙 当票没过期怎么叫死了。

甲 人家说的是棺材里的人。"您别哭了，已经死了。"我二舅赶紧解释："没死，我刚当的！"

乙 说实话啦！

（朱相臣述　蔡培生整理）

孤独一枝

甲　这算命的、相面的可纯属骗人。

乙　现在有的人还信呢。

甲　您可千万别信。

乙　我倒是不信，可有时候他算得真灵。

甲　他是察言观色，瞎蒙乱唬。

乙　怎么唬？

甲　我经常看热闹，多少的学会几招。给您算算怎么样？

乙　您能给我算什么呢？

甲　知道您父母在不在，弟兄哥儿几个。

乙　是吗？

甲　我写出十个字来，你父母在不在，我就知道。

乙　哪十个字？

甲　“父母双全不能克伤一位”。

乙　我父母全在着哪？

甲　对呀！父母双全，不能克伤一位。一位也不能克伤！

乙，那我父亲死了，我母亲还在着哪？

甲　对呀！父母双全不能，克伤一位。

乙　那我父母全死了呢？

甲　那也对呀！

乙　怎么还对呀？

甲　父母双全不能克伤一——位。要死死俩！

乙　噢！全死了。您给我算算哥儿几个？

甲　我写出九个字就行了。

乙 哪九个字？

甲 “桃园三结义，孤独一枝”，您哥儿几个我准知道。

乙 我哥儿仨。

甲 桃园三结义哥儿几个？

乙 哥儿仨呀！那半句哪？

甲 孤独一枝，说你们哥儿仨孤独在一个枝上，一母所生一母所养。

乙 我哥儿俩！

甲 对呀！桃园三结义哥儿几个？

乙 哥儿仨呀！

甲 孤独一枝，要给孤独（咕嘟）下去一枝呢？不就剩哥儿俩了吗？

乙 噢！硬往下咕嘟哇！我哥儿一个。

甲 对呀！桃园三结义这是哥儿几个？

乙 哥仨呀！

甲 孤独一枝，你这人命中孤独，上不靠兄，下不靠弟，哥儿一个！

乙 又这么讲了。我哥儿四个！

甲 对呀！桃园三结义，这不有哥儿仨了吗？

乙 可我哥儿四个！

甲 要再咕嘟出来一个不就哥儿四个了吗？

乙 我哥儿五个！不，我哥儿六个！

甲 你就哥儿七个也没关系。

乙 怎么呢？

甲 你慢慢咕嘟去呗。

乙 不像话！

（大良搜集）

帮倒忙

甲　我这个人好管闲事。一看人家有忙事，就想多一把手。

乙　那样好哇！

甲　好什么呀！我昨天多了一把手，让人家打了一顿。

乙　什么事呀？

甲　我们街坊四号死人啦，门上不是挂着挑钱纸吗？

乙　是呀。

甲　那纸让风给刮掉地下啦！我寻思帮一下忙，捡起来再给插上吧，没想到倒挨了顿打。

乙　凭什么啊？

甲　四号死人，我给插到五号门上啦！

乙　那还不打你！

（大良搜集）

小相面

乙　石崇豪富范丹穷，甘罗运早晚太公，彭祖寿高颜回短，各人皆在五行中。

甲　听您刚才念的这几句诗，看得出您对星相学颇有研究。

乙　研究咱可不敢当，不过是看过几部相书，什么《水镜机》《麻衣相》《相理衡真》《相法大全》《柳庄相法》等等。

甲　您既然看过相书，我想向您领教一二，不知肯赐教否？

乙　行啦，行啦，有什么话您就直说吧。

甲　请问这人的寿数长短，需要看什么地方。

乙　看人中啊！就是上嘴唇。按照相书上说：人中长一寸，寿活一百岁。就是说人的上嘴唇越长，寿命就越长。

甲　噢，我明白了。人中长一寸，寿活一百岁。就是说，要是长二寸，那甭问就得活二百岁啰！当初彭祖寿活八百八十岁，那他的上嘴唇一定要长八寸八啦！

乙　那成驴啦。

甲　古时候称呼皇上为“万岁万岁万万岁”，他要活万万岁，那么皇上的上嘴唇该有多长啊！他要是站在北京城一努嘴，那上嘴唇还不到山海关哪！

乙　没听说过。

甲　这是你说的！

乙　什么呀，这是相书上写的。

甲　我就不看那玩意儿。

乙　玩意儿。

甲　我照样能相面，会算卦。

乙 吹牛。

甲 没那毛病。

乙 你给人相过吗？

甲 不但给人相过，而且还一看一个准儿。就连看相的人姓什么，在哪儿住，我都能算得一点儿不差。

乙 真有这事儿？

甲 看这意思你是有点儿不大相信。

乙 我不是不大相信，而是根本不信。

甲 这么着，我先跟你说件事儿：有一年我在山东济南府，九月九，到千佛山赶会去。回来的时候下小雨，因为是牛毛细雨，我没打伞，淋着往回走。那天刮的是北风，我由南往北迎着风走。九月九，有点儿冷，前身上的衣服全湿了，距离南圩子门还很远呢。正好，路边儿上有一座乡间茶馆，还带卖便饭。我想进去喝会儿茶，避避雨。

乙 等雨住了再走。

甲 雨不大，可是下个没完。就在这个时候，由外边走进一个人来，问堂倌："请问在这外边儿摆卦摊儿的先生今天来了没有？"

乙 他是来找算卦的。

甲 对！当时堂倌说："来啦，因为下雨，收摊儿回家了。"

乙 那个人呢？

甲 那个人听了以后没精打采地往外走。他刚走到我跟前，我站起来对他说："你是不是想算卦？我也是一个算卦的。"

乙 他说什么啦？

甲 他上下看了我两眼，那意思有点儿不大相信。

乙 别说他不相信，就连我也不信。

甲 我说："王先生，你先坐下，咱们聊聊怎么样？"那个人听了以后，当时一愣。我说："你是南乡的人吧？"他点了点头儿。我说："您家里有病人，你这是由南乡来，进城抓药去。你是骑着牲口来的。对不对？"他又点了点头儿。我说："病的是个女人，还不是外人，是你老婆。对不对？"那个人听到这儿，就坐下来了。他说："先生，您说的都对，就请您给算一算，她这病能不能好哇？"我说："能好。吃了这服药，一定会好的。"那个人一听喜欢得不得了，替我给了茶钱，千恩万谢地走了出去。

乙　这么一说，你算得还真灵。

甲　没什么。我要说出来你也能算。

乙　不行，我没那能耐。你看，他姓什么、哪儿的人、干什么去，你都算出来了，那还不灵？

甲　那不是我算出来的，那些事儿都在他身上带着呢。只要你留心注意，仔细观察，便可一望而知。

乙　我先问问你，你怎么一见面就知道他姓王？

甲　我看见他在肩上扛着一个布褡子，到河北省叫捎马子，上边写着四个大字“三槐堂记”。你想呀，他的堂号是“三槐堂”，那一定是姓王。要是“百忍堂”一定姓张。要是“有余堂”一定姓刘。

乙　对！要是“四知堂”准姓杨。

甲　这不你也会算了吗？

乙　就这个呀？

甲　这就可以啦。

乙　你怎么知道他在南乡住呢？

甲　今天下小雨儿，刮北风，我见他前身的衣裳淋湿了，后心的衣裳还是干的，他一定是由南往北走的，所以我断定他是由南乡来。

乙　他骑牲口你是怎么知道的？

甲　我见他身上的衣裳淋湿了，可脚上的鞋底全是干的，连点泥都没有，所以断定他是骑牲口来的。要是坐车来的，身上绝对不能淋湿了，要是走着来的，鞋底儿一定有泥巴。

乙　这不一定吧，他要是骑自行车来的呢？

甲　不可能。

乙　怎么呢？

甲　因为他左手提着个马鞭子，哪有骑自行车带鞭子的，自己赶自己？你来一回试试。

乙　来不了。

甲　还是的。

乙　你怎么知道他家里有病人，这会儿是去抓药的呢？

甲　我看见他耳朵边儿上夹着一个药方子，这一定是进城抓药哇。既然是抓药，那家里一定有病人。你们家是不是没病也抓药哇？

乙　你们家才没病找病哪。

甲　这不是打个比方嘛。

乙　没这么比方的。

甲　真急了。

乙　不行，我还得问问你。你怎么知道有病的是个女人呢？

甲　他那药方子不是叠着夹在耳朵边儿上吗？方子面儿上露着两味药，一味是甘草，一味是红花。甘草是去毒的，差不多开药方子的时候都要加上它。可是红花就不然了，红花是专门治妇科的药。男人不论得什么病也很少用红花，所以我断定他家病的是个女人。

乙　你说的都对。可是我还是有点儿不明白，你是怎么知道得病的是他老婆呢？

甲　这还不明白吗？今天这样的天儿，又是风又是雨的，他不顾一切顶风冒雨地进城抓药，一定是他老婆有病。要是他妈妈有病啊，这样的天儿说什么他也不出来呀！

乙　你得了吧。

（韩子康述　薛永年整理）

十遍安

甲　旧社会有很多老封建的风俗、礼节，在婆媳关系上也反映出来了。

乙　旧社会的儿媳妇儿不好当。

甲　有这么句话："多年的大道走成河，多年的媳妇熬成婆"嘛！

乙　熬成婆以后再接着管儿媳妇儿。

甲　清朝末年，不论满人汉人，见面都讲究请安问好。

乙　这是当时的礼节。

甲　男的请安这样，单手下垂一猫腰："请老爷安！"

乙　是这样儿。

甲　女的不行，得半蹲半站："您好啊！"

乙　这多难受。

甲　赶上有喜寿事连着请安，你看，这可真够累的。

乙　演清装戏有这动作。

甲　那时候的儿媳妇儿，按正常的生活习惯来说，一天得给婆婆请十遍安。

乙　用得着吗？

甲　要不怎么叫封建礼节呢？

乙　怎么个一天十遍安？

甲　先说早晨起来，儿媳妇儿到婆婆房里先请安："奶奶，您睡得好。"请完安再去叠被，收拾屋子。

乙　这是第一遍。第二遍呢？

甲　"奶奶，请您用早点。"

乙　这也请安哪？

甲　两遍了吧！等婆婆吃完了，儿媳妇儿喝点汤啊水儿的，赶紧把梳妆盒打开：“奶奶！请您梳头！”

乙 三遍了！

甲 梳完头儿媳妇儿去做饭，得说一句：“奶奶，我少陪了。”

乙 四遍了！

甲 做好了饭，端上来，摆好了筷子、碗，又得一遍安：“奶奶，您用饭。”“你也一块儿吃吧！”儿媳妇儿得欠身坐着，就这样儿。

乙 干吗欠身儿？

甲 好盯着盛饭哪！

乙 也就是跨着点儿椅子边儿。

甲 儿媳妇儿光吃饭，不敢夹菜。

乙 婆婆不让吃菜？

甲 不是。可是婆婆让她，她也不敢夹。

乙 又是封建意识。

甲 夹菜也只能“骑马夹”，不能“抬轿夹”。

乙 怎么还分骑马、抬轿呢？

甲 “骑马夹”是在上边轻轻一过，“抬轿夹”是抄底儿。儿媳妇夹菜也就是“骑马夹”，比如吃“红烧鱼”，挑点儿鱼皮就走，真要一抬鱼背，婆婆马上就瞪眼：“哼！”

乙 你冲我瞪眼干吗？

甲 吃完饭还得请一遍安：“谢奶奶的饭。”

乙 这就六遍了！

甲 晚饭照旧请这么两次。那就八遍了！

乙 还短两遍呢？

甲 “请奶奶休息。”把被窝铺好了，临出来请最后一遍：“奶奶，跟您告假啦！”这才能回到自己屋里去。你算算，是不是整整十遍安？

乙 纯粹是折腾人！

甲 这还得赶上婆婆顺心。

乙 要不顺心呢？

甲 一次就十遍。

乙 怎么？

甲 “奶奶，请您用饭。”“什么，我还吃饭？气也让你气饱了！从打娶你过门，我没过一天舒心日子。你说，我怎么看见你心里就发堵呢？”这下儿麻烦啦：“奶奶，您别生气，怪我不好，我下次再也不敢啦，您快趁热儿吃吧！”

乙 这就五遍了！

甲 “我不吃！”“奶奶，您可别这样，我们这儿给您请安啦！”

乙 又两遍！

甲 “您可别不吃饭，气坏了身子我们可担当不起！”“少废话，我不吃！”“您要一准儿不吃啊……”

乙 怎么样？

甲 “不吃活该！”她腿都酸啦！

乙 是啊！

（张寿臣述 陈笑暇记）

盖 被

甲 旧社会结婚入洞房头一宿不许说话，说什么谁先说话谁先死。这完全是吓唬人。真有胆小相信这个的，结婚好几天了，俩人谁跟谁也没说过一句话。

乙 怕死。

甲 纯粹是骗人。谁先说话也没关系，可多半儿还是男的先说话。我就因为这事，过去跟人打过赌。

乙 打赌？跟谁啊？

甲 过去我有一个朋友，我们俩岁数差不多，那会儿都二十来岁。那个人平常好说好闹的，挺诙谐。谁结婚他都要闹喜房，他说句笑话儿能把新婚夫妇乐得直不起腰来，屋子里有多少人都得乐。

乙 嗬，这么滑稽。

甲 谁结婚他都闹，到哪儿都受人欢迎。

乙 有他就热闹嘛！

甲 到他结婚的时候，我们大伙儿围着他。我问他："别看你这么说，谁结婚你都闹。今天你结婚，头一宿你要是能把新娘招得能说了话，我请客。"

乙 干吗打这个赌啊？

甲 因为我跟这位新娘住过同院儿，这姑娘特别老实，在家一天也看不见她说一句话。你想，平常都不爱说话，到结婚入洞房的时候，她更不会先说话了。

乙 噢，你知道这个才跟他打赌。那他怎么说来着？

甲 "她不说话我请客，你们订一桌菜，连酒带饭吃多少钱我给。她要是说了话，你怎么样呢？"

乙 对呀！人家问你啦，你怎么说呢？

甲 “她要说一句话，我输给你一块钱。”那会儿还花现洋呢！

乙 噢，一句就一块。

甲 “可有一节，你入洞房，我得在外边听着。”

乙 你干吗听着呀？

甲 不听着没凭据啊！第二天他告诉我新娘子说了十句，我得给十块啊！

乙 也对。

甲 等到亲友都走了，就我还在洞房外边。窗户帘那儿露着个缝儿，我往屋里瞧着。新娘子在床边儿坐着，低着头。这小伙子脸皮也厚，嘴也能说。从外边进来，一边走一边说：“哎呀，真够累的，这哪儿是结婚，受罪呀！哎，你怎么样？累不累？咱俩的罪过一样。我看你比我还累，打下轿就在这儿坐着，我都替你累得慌。说真的，你累不累？说话，没关系啊！什么谁先说话谁先死啊，咱不信那个。咱家没迷信，你说你的。累不累？”他挤对人家说话，新娘要是说不累，我一块钱没了，这打赌他就算赢了！

乙 那么要是说累呢？

甲 也是一块钱。反正只要对方说一句话，我就得输一块钱。他哪儿知道人家新娘不爱说话呀，越问越低头（学）。

乙 新婚之夜，新娘都害羞。

甲 人家不理他，他还说：“怎么着？这儿跟你说话哪！噢，没听见啊？不会说话？哑巴！”他这是逗人家说话。新娘子要是一生气：“你才哑巴哪！”完！我一块钱没啦。这新娘子还不理他，心里想：咱俩不得过一辈子嘛，过两天你就知道我是哑巴不是啦。今天说什么我也不理你。他一看，问了半天没说话：“你不累我累了，我可得先睡了！”说着话，他把长衣服脱下来了。那阵儿结婚，新郎都穿袍子马褂儿，把衣服往衣架上一挂，里边的小衣裳可没脱。他把床上的被卧给抖搂开了。头一宿盖的被卧、褥子都是女方的陪嫁，那会儿有条件的都是陪上四铺四盖。

乙 哎，那叫四平八稳。

甲 不给四套，也给两套，那叫双铺双盖。讲究给双不给单儿。这家儿陪送的被卧还真讲究，都是洋绉的面儿。他拉过来横着盖在身上。你想，这被卧要是横盖着，左右长，上下短，盖在身上连脑袋带脚都露着。他想：我这么盖被卧你还不理我吗？新娘瞧着，就是低头儿，还是不理他。他往上拽这被卧，本来这被卧就短，往上一拽，脑袋盖上了，腿又露着了，拿脚往下一踹，腿盖上了，前胸又露着了。他来回折腾这被卧，新娘还是没说话。我在窗户外头这个乐啊！心说：行，这顿饭我算吃上啦。

乙　你赢了！

甲　赢？这小伙子真高。他一看新娘还不说话，这回他改味儿啦。刚才是高高兴兴，这回是气气哼哼："哼！这都是你们娘家陪送的东西。你们就是什么不给，我们这儿也不挑眼；要打算陪送，别这么算计，多扯几尺料子。你弄这么个小被卧，我怎么盖？上下够不着！"他这是抱怨的话。这一说，新娘也不高兴了。心里想：什么，我们娘家算计？这是多么讲究的被卧。被卧小哇，谁叫你横着盖啦？新娘实在憋不住啦，一扭脸：（学）"你把它顺过来盖。"他一听，赶紧冲外边喊："一块啦！这是告诉我哪。她可说了一句话，你输我一块啦！"新娘不知道哪儿的事，什么事半夜三更喊一块啦，"噢，你问这被面儿呀？""两块啦！""用不了那么些钱。""三块啦！""连棉花啊？""四块啦！"我在外边儿搭茬儿啦："我说你别问啦，我就有五块钱！"

乙　是啊！

（赵佩茹述　颂华整理）

姓名学

甲　您在这儿说相声哪？

乙　是啊！

甲　最近挺忙啊？

乙　反正也闲不着。

甲　我说您贵姓呀？

乙　说了半天还不知道我姓什么。免贵姓于。

甲　是弓长的于，还是立早的于？

乙　我……您等等，弓长念张，立早也念章。

甲　那您姓哪个张啊？

乙　我哪个张也不姓，我姓于。

甲　姓于？我就纳这个闷儿，您为啥要姓于，谁给你出的主意姓于？

乙　干吗谁给我出主意啊！

甲　那您有许可吗？

乙　要许可干什么？

甲　那么你有证明吗？

乙　我要证明干什么？

甲　没许可没证明怎么单姓于呢？这事儿我可真纳闷儿。

乙　不但你纳闷，连我也纳闷。跟您这么说吧，这个姓于，不怨我——

甲　噢，怨我？

乙　怨你干什么！

甲　那么不怨我，怨哪位呢？

乙　哪位也不怨。他是这么回事儿，想当初我们家有姓于的。

甲　你们家谁出主意姓于呀？

乙　干吗谁出主意呀？跟你这么说吧，打我爷爷那儿姓于，传到我爸爸这儿也姓于，我爸爸生养了我，我也跟着姓于。这叫子随父姓，曾祖父遗留。

甲　啊，那您姓刘！

乙　我姓刘干什么？

甲　既然曾祖父遗留，你怎么不姓刘呢！

乙　噢，曾祖父遗留，我就得姓刘啊？

甲　那你不姓刘姓什么？

乙　曾祖父遗留，我并不姓刘。

甲　您姓什么？

乙　我姓曾！

甲　噢！您姓曾。

乙　我姓曾干什么！

甲　那不是您说的嘛！

乙　我都让你绕糊涂了。告诉你，我就姓于！

甲　你这么一说我就明白了。想当初，打你们上辈子姓于，你就跟着姓于。也就是你打姥爷那儿就姓于。

乙　这跟我姥爷有什么关系？

甲　那不是你们上辈吗？

乙　这都挨不上。

甲　那……这上辈子是谁呢？

乙　打我爷爷那儿姓于！

甲　噢，打你爷爷那儿姓于。这以后又生养了你舅舅了……

乙　你先等会儿。干吗又生养我舅舅了呢？

甲　那生养谁啊？

乙　生养我爸爸，我爸爸姓于。

甲　对，以后你爸爸把你给请出来了……

乙　这都不像话！

甲　把你给牵上来了，不，把你给拽上来了，也不是，钓上来了，把你……

乙　别费劲儿了，那是把我生养下来！

甲　噢，生养下来。

乙　唉！我就跟着姓于了。

甲　你这么一说，我就全明白了。打你爷爷传，到你爸爸那儿，你爸爸又生养了你，到你五六岁上，你也懂得人情世故了，于是，你爸爸把你叫到跟前说：孩子！今后你要出门玩耍，如果走丢了你可别哭。有人问你姓什么，你就说你姓于，人家就知道你是姓于的儿子了；你要是说姓张，你就是姓张的儿子了；你要是说姓王，就是姓王的儿子了，你要是说姓……

乙　你要是说姓孙，你就是姓孙的孙子了。

甲　嗨，你这是怎么说话？

乙　你那是怎么说话？

甲　我把你好有一比。

乙　比从何来？

甲　你是八仙桌子盖井口——随的方，就的圆。你是将了将，凑了凑，委了委屈，窝里窝囊，一咬牙，一跺脚，把心一横，嗐！我认了命了，就姓于吧！

乙　您瞧我这姓多麻烦！

（于春明整理）

求　财

甲　说相声的得脑子好。

乙　对，得聪明。

甲　半年学会一段，半个月没说，忘了，那不行。

乙　那是。

甲　您拿我们这位（指乙）说吧，就够聪明的了。

乙　您这是夸奖。

甲　您算算吧，七岁就会抓挠了。

乙　唔！我七岁才会抓挠呀？

甲　您说该多聪明吧！

乙　我还聪明呢我呀，我都成了傻小子了！

甲　反正从小您就很机灵。

乙　嗯，这不假。

甲　您别看您机灵，有一路人比您还机灵。

乙　哪路人？

甲　算卦的。

乙　那当然了。他们净指着赚人吃饭，不机灵能行吗！

甲　这话也不然。您别看他们净指赚人吃饭，还有糊弄他们的。

乙　还有能糊弄他们的？

甲　有。说这话是在旧社会。我在北京看见一个算卦的，天津人，大高个，挺胖，戴着一副大黑眼镜，好像墨光眼镜，其实不是。

乙　是什么呢？

甲　啤酒瓶子底。

乙　好嘛。

甲 坐那儿派头不小，头里有一个筒子，里面搁一把签。打那边来一位要算卦的："先生，多钱一卦？""五毛钱。""你给我算一卦。""掏钱，先付卦金。"这位打兜掏出一元假票子来。

乙 假钱哪？

甲 啊。"给你，找五毛！"算卦的接过来一看，赶紧地找给人家五毛。"抽根签！"

乙 抽签干什么？

甲 根据抽出来的签算卦。

乙 噢。

甲 这位抽出一根签来，交给算卦的了。算卦先生接过来一看："你，问点儿嘛事儿？""唉！先生，我求财。""求财呀，求财多少，过年就好。"签往签筒子里一扔，"哗啦楞"，完了。

乙 这就五毛哇。

甲 对了。这一句话就五毛，这玩意儿比听戏贵得多。

乙 是啊。

甲 这位算卦的走了。先生一点今天赚的钱，怎么这里还有一元假的呢？

乙 那不是方才那位给的吗？

甲 算卦的先生不知道啊。他纳闷："这是谁给的呢？明天我得注意点儿。"转天，摆上卦摊了，花假钱的那一位又去了。

乙 又来了？

甲 "先生，给我算一卦。""先付卦金五毛。"那位由兜又掏出一元的假票来："给你，找五毛。"他把一块钱搁起来，找了五毛。"抽根签！"他又把签抽出来，先生接过签来一看："你，问点儿嘛事儿？""我求财。""求财多少，过年就好。""哗楞"，又完了。

乙 又完了。

甲 这位算卦的刚走，先生想起来了，我得看看我这钱。

乙 对，才想看。

甲 拿出钱来一看哪，又是假的。"嘿！天天没事儿，研究吃我。"先生暗气暗憋，"完了，又白扔一块钱。"

乙 就得白扔。

甲 像那算卦的那位你就别去了。

乙 是呀。

甲 这位还真等着用钱，他又去了。

乙　又去了？

甲　“先生，给我算一卦。”先生一听就一愣，赶紧把眼镜摘下来了：“你，问点儿嘛事儿？”“我求财。”“啊！你还求财？你不求走两次了吗？”

乙　噢！认出他来啦！

歪讲书

甲　我这人最有学问。

乙　没听说有学问还到处嚷嚷的！

甲　《论语》上有这么句话:“不患人不己知，患不知人也。”你知道怎么讲吗?

乙　那意思是说:不怕对方不知道我有学问，就怕对方有学问我不知道。

甲　对呀！我有学问净往外说，就是为了叫对方知道，省得他成为忧患啊！

乙　别不害臊啦！

甲　这叫啥话?我本来有学问嘛！

乙　那我可要跟您领教领教。

甲　您问吧！

乙　《诗经》上有这么几句话:“关关雎鸠，在河之洲，窈窕淑女，君子好逑。”怎么讲呢?

甲　连这几句都讲不上来。

乙　是呀！

甲　头一句“关关雎鸠”是说有一个姓关的。

乙　姓关的?

甲　叫关少波，大高个，俊俏人物，有点浅白麻子，老戴着养目镜。

乙　这是什么乱七八糟的呀?

甲　老关这人的人性倒是不错，就是好要钱。因为要输了，闹了很多亏空，他想放两场局，好抽点头钱还账。他家在关西住，这一天赌友都来齐了，刚推上牌九，警察来了，叫警察给抓了局啦。这就叫:关关局（雎）究（鸠）！

乙 这就叫“关关雎鸠”哇！那么“在河之洲”呢？

甲 旧社会哪是抓赌啊！就是为了罚两个钱。

乙 可不是嘛！

甲 他们以后想了一个办法，再要钱上船上要去！

乙 警察一样抓呀！

甲 不要紧！等警察来了，拿桨一支，船就跑河中间去了，警察干瞪眼。这就叫：在河之舟（洲）！

乙 那么“窈窕淑女”哪？

甲 有个老苗是卖烧鸡的，那时候卖烧鸡的大部分都带着“抽签儿”，就是一个竹筒子里装着三十二根竹签儿，上边刻着骨牌点，用这个来赌输赢的。

乙 是呀，都见过。说行话叫“幌条子”的。

甲 老苗这天挎着五只烧鸡刚出门口，来了一个女的，要跟他抽签赌五块钱的，赢了把这五只烧鸡拿走，输了给他五块钱。

乙 好买卖。

甲 老苗一想，行啊！“啪”一抽，一个“大天”、一个“长三”。

乙 好哇！“天八”不容易，准能赢。

甲 是啊！老苗心想，刚出门就来五块钱，今天错不了。一瞧那女的手里一个“幺四”，心里话，你再来一个“大天”才七个点啊！

乙 对呀，就差一个点哪！

甲 可是那个女的露出来另一根签儿，心说：糟了！是个“二板儿”。

乙 得！好八不如赖九哇。

甲 新出锅的烧鸡叫那个女的拿走了。这就叫苗（窈）条（窕）输（淑）女！

乙 噢！这么讲啊！那“君子好逑”哪？

甲 后来，孔子一想，这么要钱太不像话了，往小处说提心吊胆，往大处讲倾家荡产，所以告诉念书的人说，君子不应要钱，应当弹球。这就是君子好球（逑）！

乙 就这么讲啊！？

（于世德等整理）

买肥皂

甲　现在的商业都讲究实事求是。公约上写着:“百问不烦，百拿不厌。”

乙　那是呀!

甲　旧社会做买卖就不一样。宣传得满好，实际净骗人，门口都写两块大牌子——

乙　写的什么?

甲　写着“货真价实，公平交易”。

乙　写得满好看!

甲　实际是货不真，价不实，大秤买，小秤卖。想尽一切办法多赚钱。大买卖讲究宣传，门口弄一份洋鼓洋号吹吹打打。还有的在电台登广告。广告都这样——

乙　您给学学。

甲　“各位先生，各位女士:早晨起来您不喝茶吗?您要想喝好茶叶的话，报告您一个好消息:××茶庄备有专人到南省产茶名区，采办各种红绿花茶，加花熏制，西湖龙井，铁叶儿大方，清香适口，气味芬芳，馈送亲友，最为相宜。他家的地址:××大街往北路西一百七十三号，电话三局六二九四号。”

乙　是这样儿!

甲　这是那时候的大买卖。小买卖儿可报不起，做一天买卖连本带利够一家子吃饭的，花不起广告费呀。像卖烤地瓜的也这么登广告就不行了。

乙　是吗?

甲　那稿子念起来也不受听啊!不信我给您念念。

乙　好。

甲 “各位先生，各位女士：早晨起来您吃烤地瓜吗？烤地瓜里有一种维他命，吃了能使人精神健壮，身体健康，烤地瓜红皮黄瓤，滋味甜美。您要买地瓜的话，就请到……”

乙 哪儿呀？

甲 “马路上去找吧！”

乙 多新鲜哪！

甲 所以说过去报广告的都是些大买卖。别看宣传得挺好听，其实一到他那儿买东西，准得上当。别家茶叶卖八块钱一斤，到他那儿就得十二块，他连广告钱也算到一块儿啦。

乙 对。买的没有卖的精嘛！

甲 还有哪，门口写得很漂亮，什么九五折啦，买一送一啦，甩卖大牺牲啦，实际就是为把你骗进去。到里边一问，卖完啦。不好意思空手出来呀！只好买他点儿别的东西。

乙 还有这事？

甲 有，过去我就上过当。

乙 怎么回事呀？

甲 从前我在街上走，看见一家百货商店，门口立着一个大牌子，写着：“好消息：日光皂每块一千元。”我一看，这可真便宜。那时候别处的胰子最贱的还卖五六千一块儿呢，这儿才卖一千块钱，并且还是日光皂，我买一块儿去。我一进门儿：“掌柜的，给我拿五块儿日光皂。”掌柜的说：“对不起，卖完啦，明儿再买吧。”

乙 真巧！

甲 我一想，空手出去多不好意思呀？得了，买把牙刷儿吧，花了一万二。

乙 没省了钱，倒花了一万二。

甲 没关系，明儿我再来。第二天一早我就去啦。一进门儿：“来五块儿日光皂。”“对不起，卖完啦。”

乙 真快呀！

甲 这回我也学机灵啦，什么也没买就出来啦。

乙 还没买着日光皂哇！

甲 不要紧，明天我还去。第二天天还没亮哪，我就起来啦！赶紧往那儿，跑到门口一看，还没开门儿哪。我心想：这回没错儿了。又等了一个多钟头，他那儿刚开门我就挤进去啦：“来五块儿日光皂。”掌柜的一乐：“我们每天就卖一块儿。”

乙 嘿！

甲 我一赌气：“一块儿我也买！”掌柜的又一乐：“对不起，卖完啦。”

乙 啊？

甲 我说：“我头一个进来的，你怎么会卖完啦？你卖给谁啦？”掌柜的说：“就卖一块儿，我留下啦。”

乙 白跑啦！

（于世德忆记）

媒婆儿

甲　过去男女结婚，讲究父母之命，媒妁之言。媒婆儿媒婆儿，两头儿说合，不图赚钱，赚吃赚喝。从前北京的风俗，媒婆儿给说成了一门亲事，男女双方，送给媒婆儿四对猪腿，四对羊腿。

乙　干什么给猪腿羊腿呀？

甲　说媒婆儿为这件事，把腿都跑细啦！送她猪腿羊腿，让她吃这个腿，补她那腿！

乙　那补得上吗？

甲　一年十二个月，媒婆儿肥吃肥喝十一个多月。就有一个来月差点儿。

乙　哪月？

甲　腊月底，正月初。

乙　怎么？

甲　“正不娶，腊不定”嘛！

乙　这一个多月，媒婆儿吃不上。

甲　吃不上啊？她吃得更肥！

乙　怎么？

甲　她有办法。

乙　有什么办法？

甲　到腊月底，她买点儿东西。

乙　买什么东西？

甲　红带子，剪成一截儿一截儿的。小枣儿、栗子、花生，兜这么一兜，往各家串，进门儿往炕上就扔，都有吉祥话儿。

乙　什么吉祥话儿？

甲　红带子是“带子”，往谁家去给谁家带儿子。

乙　小枣儿跟栗子？

甲　早立子，早点儿生养儿子。

乙　花生？

甲　净生儿子想闺女，净生闺女想儿子，花生就是花搭着生，一个男的，一个女的。

乙　嘿！

甲　进门她还唱哪！“给你个栗子给你个枣儿呀，明年来个大胖小儿呀！”唱完了抓一把，往炕上一扔。吉祥话谁不爱听啊？哪家儿都得给一两块钱。

乙　真有主意。

甲　大杂院儿十几家儿，这屋出来那屋进去，到哪屋都是这套，给你个栗子给你个枣儿，明年来个大胖小儿。由这屋出来进那屋，这位太太不但没给钱，两嘴巴一脚，给打出来啦！

乙　怎么？

甲　这位太太是寡妇！

乙　是呀！

（全常宝述）

卖稀饭

甲　您贵行是？

乙　说相声。

甲　您看我呢？

乙　（端详甲）看不出来。

甲　做买卖。

乙　嗷！买卖底儿。做什么生意呀？

甲　没准。

乙　啊，没准？

甲　什么赚钱，倒腾什么；什么本小利大做什么。

乙　嗷，投机取巧呀！

甲　差不多。

乙　别差不多啦，亏得你还有脸说哪！

甲　这是过去的事呀！有一年，我听说 ×× 稀饭涨价。

乙　嗷！

甲　×× 卖两个铜子一碗，×× 卖四个铜子一碗。

乙　差一半的价钱。

甲　我一想：稀饭这个生意可干得过。当时，我把所有的本钱，都买了米。不够呀！

乙　怎么还不够呀？

甲　还没绿豆哪！

乙　买呀！

甲　没本钱啦！

乙　那怎么办哪？

甲　卖了小褂买绿豆。
乙　那你穿什么哪？
甲　没关系，先穿空心大褂。赚了钱回来做纺绸的。
乙　嗯，好主意！
甲　天天在家里没别的，就是熬稀饭。把街坊的炉子都借来啦，熬了三天才熬完。熬好了，事又出来啦！
乙　什么事又出来啦？
甲　没家伙装呀！把我住的那所三合院的房子给押啦！讲好了回来赎。买了二十个五十三加仑的汽油桶，装稀饭。
乙　真舍得下本呀！
甲　这算什么哪！对本利嘛！
乙　我看你简直财迷心窍。
甲　那时 ×× 铁路还没修。我雇了四十个脚夫，起早走。俩人一挑，往 ×× 抬。讲好了卖了货拿脚钱。
乙　有像你这么做生意的吗？
甲　我这是新发明呀！
乙　还新发明哪？！
甲　起早摸黑，走了十八天半，才到 ×××。天又热，可把大家累得够呛。我想：你热吧！越热越好，绿豆稀饭才卖得起价哪！到了 ×××，有人检查："你们抬的什么呀？打开看看。""老总，稀饭。""什么，稀饭？"
乙　人家听着都新鲜。
甲　"要不信，打开您看。都打开，叫老总看看。"当时把盖一打开。警察一看都笑啦！立刻就说——
乙　抬进城！
甲　倒了去！
乙　啊，怎么叫你倒了呀？
甲　全部长了蛆啦！
乙　那还不长蛆呀！
甲　是呀！不倒也没人买啦！我一边倒一边哭啊！
乙　你哭什么哪？
甲　连房子都倒了嘛！
乙　那你怨谁呀？谁让你贪图对本利哪！赶快把汽油桶卖啦，回去赎房子吧!

甲　赎不了啦!

乙　怎么赎不了啦?

甲　汽油桶抵了脚钱啦!

（叶利中、张继楼整理）

四书五斤

甲　您念过书吗？

乙　念过几天。

甲　念的什么书呀？

乙　四书：《大学》《中庸》《论语》《孟子》。

甲　你念过四书？

乙　啊！

甲　那我问问你，四书有多重？

乙　这……这不知道，没约过。

甲　四书有多重您都不知道，还说念过四书。您问我。

乙　您知道？

甲　我也不知道。

乙　废话，您不知道可说个什么劲儿呀！

甲　我不知道能问你吗？

乙　那您说，四书究竟有多少斤？

甲　五斤哪！

乙　您怎么知道呀？

甲　您没听说吗？四书五斤（经）嘛！

乙　噢，这么个五斤呀！

（叶利中、张继楼整理）

追　窑

甲　先生，您贵姓？

乙　姓张。

甲　张先生？

乙　不敢当。

甲　张先生贵姓？

乙　姓李。

甲　这位没准姓。

乙　有你这么问的吗？张先生就姓张。

甲　就姓张。我怎么看您这么眼熟呢？

乙　是吗？

甲　您在哪住？

乙　我在 ×× 路。

甲　我也在 ×× 路住啊！

乙　这么说咱们还是街坊？

甲　可不是嘛！

乙　那我怎么不认识你呢？

甲　难怪。可能您出去得早，我回去得晚，不得拜街坊。失敬失敬。

乙　不敢不敢。

甲　您在什么胡同住？

乙　大兴里。

甲　我也在大兴里住啊！

乙　住一条胡同，那我怎么不认识你？

甲　那是您出去得早，我回去得晚，不得拜街坊。失敬失敬。

乙　岂敢，岂敢。

甲　您在大兴里住多少号？

乙　八号。

甲　我也在八号住啊！

乙　（对观众）我们俩跑一个院儿住去了。那我怎么不认识你？

甲　那是您出去得早，我回去得晚，不得拜街坊。失敬失敬。

乙　失敬失敬。

甲　您在哪屋里住？

乙　我在北屋里住。

甲　我也在北屋里住！

乙　（对观众）我俩跑一个屋里住去啦！那我怎么不认识——（自语）在一个屋里住还不认识哪？

甲　您出去得早，我回去得晚，不得拜街坊。失敬失敬。

乙　（疑惑地）唉，唉。

甲　您在炕上睡还是在床上睡？

乙　我在床上睡。

甲　我也在床上睡。

乙　我俩跑一个床上去了。那我怎么不认识你？

甲　您出去得早，我回去得晚，不得拜街坊。失敬失敬。

乙　（不耐烦地）唉，唉。

甲　您睡觉铺着什么盖着什么？

乙　我铺着褥子盖着被子。

甲　我也铺着褥子盖着被子呀。

乙　（对观众）跑一个被窝里去了。那我怎么不认识你哪？

甲　您出去得早，我回去得晚，不得拜街坊。失敬失敬。

乙　（对观众）都一个被窝啦，还拜街坊哪，唉！

甲　您睡觉，谁陪您睡？

乙　我陪我媳妇睡呀！

甲　我也陪你媳妇睡呀！

乙　那我怎么不认识……（猛醒）认识！好家伙还不认识哪？我也太马虎了！

甲　您出去得早……

乙　我不出去啦！我哪也不去，就在家里看着。（对观众）这位是成心要找便宜。我也问问他。先生，您在哪住哇？

甲　我刚下火车。

乙　得！没地方找他去。不行，刚下火车不行，你得找地方。

甲　我在旅馆里住。

乙　我也——不行。搬家！

甲　我在二十一大马路住。

乙　我也——（对观众）有这条马路吗？我也在二十一大马路住。

甲　那我怎么不认识你呢？

乙　您出去得早，我回去得晚，不得拜街坊。

甲　失敬失敬。

乙　您在什么胡同住？

甲　倒霉胡同！

乙　我也倒——我倒霉干什么啊，我也在那住。

甲　我怎么不认识你呢？

乙　你出去得早，我回去得晚，不得拜街坊。

甲　失敬失敬。

乙　您那门牌号是多少？

甲　半号。

乙　有半号吗？

甲　应该是一号，下雨冲掉半拉，所以半号。

乙　我也在半号。

甲　那我怎么不认识你呢？

乙　您出去得早，我回去得晚，不得拜街坊。

甲　失敬失敬。

乙　您在哪屋里住？

甲　我在东北角往南拐西边往里靠旮旯那间。

乙　……你住得怎么这么别扭呢！

甲　这你甭管。

乙　我也在那住！

甲　我怎么不认识您呢？

乙　您出去得早，我回去得晚，不得拜街坊。

甲　失敬失敬。

乙　您在炕上睡还是在床上睡？

甲　我在炕上搭床。

乙　……他怎么这么别扭呢？我也在炕上搭床。

甲　那我怎么不认识你呢？

乙　您出去得早，我回去得晚，不得拜街坊。

甲　失敬失敬。

乙　您睡觉铺什么盖什么？

甲　我铺床单，盖着凉席，枕着夜壶！

乙　有这么睡的吗？反正我跟你一样。

甲　那我怎么不认识你呢？

乙　您出去得早，我回去得晚，不得拜街坊。

甲　失敬失敬。

乙　（对观众）这就行啦！您晚上陪着谁睡？

甲　我陪着法国人睡。

乙　我也陪——嘟！不睡了。

（孙少臣记）

捡 行

甲　我很喜爱你们这一行工作。谁都喜爱。你们这行人人爱，我干这行万人嫌。

乙　您贵行是？

甲　这叫我怎么说呢？

乙　干工作嘛，有什么不好说的。

甲　嗐，过去有这么句话："在行嫌行，出行想行。"

乙　你到底是哪一行？

甲　哎……捡行。

乙　碱行？

甲　捡行！

乙　唔，卖碱。是碱面儿、碱块儿？还是火碱、洋碱？

甲　白捡。

乙　白碱。白碱是发馒头的。请问，白碱现在是什么行市？

甲　白捡，那哪儿有行市。

乙　没准行市？

甲　没准行市，有时好，有时坏。白捡嘛，也许块八毛，也许千八百，百八十。不开张，挨顿打，关起来……

乙　做买卖还挨打？

甲　挨打，挨打是本钱。

乙　我越听越糊涂。是怎么个白碱？

甲　就是吃完了饭，没事干，到大街上去转悠，看谁掉了东西就捡着，白捡又不花钱。

乙　就等着白捡东西，专干这行？

甲 专干这行，专业。

乙 那捡得着吗？

甲 捡不着我吃什么？

乙 唔，指着这个吃。今天捡着了吗？

甲 捡着了。

乙 嘿！真是没有不开张的油盐店。今天捡了点儿什么？

甲 捡得不多。有一个钱包，里边有三十多块现钱，还有两百五十元的一张支票，一个工作证，两张调拨单，就这么点儿东西。

乙 这东西还少哇？真该你走运。

甲 走什么运，倒霉啦！

乙 捡这么多东西还倒霉。

甲 别提了，捡早了一点儿。

乙 在哪儿捡的？

甲 在电车上。捡早一点儿，我刚捡到手，掉东西那位就发现了。旁边还有人证明："是他捡去了，我亲眼看见的。"二话没说，动手就打，这边给我一拳，那边给我一脚。电车一到站，下车我就跑……

乙 嗨！你跑什么？

甲 不跑，等着挨打呀！

乙 你跟他们讲理呀。

甲 他是想找个地方去跟我讲理。

乙 什么地方？

甲 法院。

乙 法院，更要讲理，你跟他去！

甲 去？去了就出不来了。

乙 你跟他说嘛：这东西嘛，许你掉就许我捡，有掉的就有捡的。掉东西怪你不注意。不错，是我捡的，你得客气客气。丢的什么，说对了，我给你。动手打人对吗？

甲 也怪我，捡早了一点儿。

乙 东西当然要早捡，晚了不让别人捡去了。

甲 他们说我捡的地方也不对。

乙 不是在地下捡的吗？

甲 要在地下捡的就没事了。

乙　你在哪儿捡的？

甲　在他大衣兜儿里。

乙　唔，从大衣兜儿里掉的？

甲　它还没掉哪。

乙　你倒等它掉啊！

甲　我看准了钱包在他大衣兜儿里，我跟着，等着它掉，它老不掉，我等不及了，一伸手，从他兜儿里捡着了，他们就开始打……

乙　啊，这叫捡吗，这叫偷哇！

甲　你不懂法律，别瞎说，黑夜为偷，白日为捡。

乙　白日为抢。

甲　又没捡你的，你这不叫多管闲事？

乙　这个闲事，应该管，检举揭发人人有责。大家注意，这位是扒手。

甲　你嚷，你嚷，大声嚷，我也帮你嚷：我是扒手。请问，过去是扒手，现在能改不呀？

乙　改了，改了就好。

甲　还是的，我改了，你何必还管我叫扒手呢。我早就转业了。

乙　你转到哪一行？

甲　捡行。

乙　啊！

（康立本记）

没鼻子

甲　干什么都不容易呀。

乙　那是。

甲　就拿说话来说吧，同样一句话，会说的就使人爱听，不会说的就使人讨厌！

乙　是嘛！

甲　过去说话专讲究“见物增价，见人矬寿”。

乙　“见物增价”？

甲　比如说，碰着个熟人，拿着一把新买的扇子，本来也就值几毛钱，可你要问这扇子就得会说。

乙　怎么说？

甲　“大哥，您这把扇子多少钱买的？”“您猜猜吧。”“要叫我猜呀，起码也得两块。”“哪儿呢，才花一块五。”“便宜，要叫我买得两块五。”

乙　这不是瞎扯吗？

甲　这么说对方爱听。

乙　要不这么说呢？

甲　那就使对方非常不满意。

乙　您说一说。

甲　“大哥，您这把扇子多少钱买的？”“一块五。”“多少钱？”“一块五。”“这不是大头吗！要叫我三角钱都不能要它。再说，活人哪有拿这样扇子的！”

乙　啊！死人才拿这扇子啊！

甲　这就叫见物增价。

乙　那“见人矬寿”哪？

甲　见着上岁数的老大爷，你说他年轻他爱听。比如走在道上碰见一位老大爷，“老大爷，您今年高寿？”“我还小哪，八十三啦！”“八十三可不像，就冲您这身板，也就像七十来岁。”

乙　要多矬点哪？

甲　那就不爱听啦！

乙　怎么？

甲　“老大爷今年高寿啦？”“什么高寿，还小哪，才八十三。”“冲您这身板，八十三可不像，也就像六七岁！”

乙　啊？！

甲　这是会说话的，老大爷听着高兴。要是碰上不会说话的就完啦！

乙　怎么说？

甲　“嗳！老头儿！”

乙　是不够客气。

甲　你多大啦？

乙　这是问小孩哪！

甲　“还小哪，八十三啦。”“八十三还小哇！照你那份意思还想活多大呀？秦始皇你赶上了吗？”

乙　秦始皇？

甲　秦始皇那年间，六十活埋！

乙　像话吗！

甲　这就是“见物增价，见人矬寿”。其实这是最虚假、不讲实际的奉承了。

乙　是嘛！

甲　可是，旧社会专讲这一套。

乙　多没意思。

甲　从前我们街坊有个大嫂，她就专门爱听人家说她岁数小。

乙　噢！

甲　每天我碰上她的时候都说：“没吃饭哪，大嫂。嗬！您这装束显着真年轻，一点也不像三十多岁的人，就像二十几岁似的！”大嫂一高兴，第二天又多擦了点粉。“大嫂子，您这一打扮更年轻了，也就像十五六岁的了。”她这一听，心里特别高兴。第二天买了二斤团粉都抹脸上了，我一见吓得扭头就跑。

乙　跑什么？

甲　她把脸都抹平了，连鼻子都没啦！

（于世德等整理）

官衣贺喜

甲 （打量乙）呀嗬！不简单哪！

乙 怎么了？

甲 您是大干部。

乙 是什么大干部啊？

甲 不，您一定是大干部。我一瞧您这身穿戴就知道您是大干部。您瞧，这中山服，料子裤，亮皮鞋，最小也是个科长。

乙 我呀，我是“不长”。

甲 部长？我没看错吧！

乙 我都六七十岁了，不长了，就这么高了。

甲 不过，从您的衣帽穿着来看，您还真像个部长样儿。

乙 得了吧，您什么时候学会的衣帽取人哪？

甲 实不相瞒，打满清末年我就学会这手儿了。

乙 好嘛，年头儿够远的了。

甲 满清末年，官场里面可真是更腐败了。

乙 都怎么腐败，您给咱学学好吗？

甲 比方说，有权势的人家要办红白喜事，就您这身穿戴呀，连大门都不能让您进。

乙 我也不去呀！那都得什么穿戴的才能去呢？

甲 一般的都是冠戴顶子，补服朝珠、戴着顶珠，拿着拜匣，说话咬文嚼字，走起道来都这个样的。

乙 迈四方步！

甲 这些人都是士大夫阶层，人家穿戴这套去叫官衣贺喜，一般白丁小民没有补服、朝珠、冠戴顶子——

乙　那就不能去了。

甲　我十八九岁的时候好奇心盛。有一回，我们隔壁张老爷家娶媳妇办喜事，去道喜的，全是有功名的，没有白丁，我就打算跟他们凑凑热闹。

乙　你有功名吗？

甲　功名没有，我们家有只公鸡。

乙　废话，我们家还有只鸭子呢！

甲　没有功名我也要去。

乙　那你上哪儿弄那补服朝珠、冠戴顶子呀？

甲　我有主意呀！我爸爸有个破酱斗篷草帽，拿它当大朝帽。

乙　人家那上头都有红丝线盖着那帽子，您上哪儿弄去呀？

甲　我爸爸是要猴儿的，有那给猴儿戴的红胡子往下一披，跟那红丝线一样。

乙　那也不成啊！人家那帽子上有顶子。

甲　那没关系。我买串糖葫芦，那一串是五个，我把那四个小的吃了，剩那个大的用颗洋钉往那草帽上一插，“亮红顶”！

乙　嘿！您真能折腾。可你没有开襟褂啊？

甲　我把我妈的一个大褂穿上了。您还别说，镶着云子，绣着花，还真好看。

乙　那您也没有马蹄袖啊？

甲　我找两只破袜子，把尖儿铰下去往上一套，跟马蹄袖一样儿。

乙　还真有办法。那还不成啊！您没有前后补子啊？

甲　那我早有主意。买两张煎饼用刀一切，四角四方，前心来一块，后心来一块，用针一别，用笔一画，花里胡哨的，就跟那补子没啥两样儿。

乙　嘿！多缺德呀！那脖子上的朝珠怎么办？

甲　有办法，买一斤脆枣，挑那大个的用水一洗再擦干净，拿针线穿成串往脖子上一挂，多漂亮的“琥珀朝珠”呀！

乙　还真像！翎管还没有呢？

甲　我妈有个破烟袋嘴，把个破笤帚头子铰去，拧进去就是翎管。

乙　您真能对付！那朝靴呢？

甲　从杠房借双抬死人的靴子。

乙　没有拿拜匣呀！

甲　拿我家那鞋盒子。

乙　那你那时的岁数也太轻了。

甲　没关系，用锅底灰抹两撇胡，戴上我妈那老花镜，一步一摇，奔了张公馆。

乙　唉？你走道还“抖索”什么呀！

甲　您没见那满清官员，斯文一派，走道不都“抖索”吗？

乙　干吗都这么走哇？

甲　这么走有好处啊！身上有虱子，这么一“抖索”，不就“抖索”下去了？

乙　没听说过。

甲　我刚一出胡同，就给吓趴下三个。

乙　怎么了？

甲　都以为我是诈尸了呢。

乙　真跟那诈尸差不多。

甲　我到了张公馆，进了敞厅，那儿坐着六七个老头儿，都是补服朝珠，冠戴顶子。

乙　也让您给吓趴下了？

甲　您还别说，这几个老头儿还真不善。他们看我的穿戴，认不出我是什么官儿，都赶紧站起来，给我请安。

乙　嘿！真有意思。

甲　我一看也别不识抬举，赶紧过去给人家回敬。一摩挲马蹄袖，这下可坏了。

乙　怎么了？

甲　袜子给拽掉了。

乙　嘿！你倒是小心点儿呀！

甲　那内中有个老头儿带着他的小孙子，小孩儿能有六七岁，我那天倒霉就倒在这小孩儿身上了。

乙　小孩儿怎么了？

甲　打我一进敞厅，那小孩儿就拿眼睛上下打量我。我请完安刚要坐下，那小孩儿就拽他爷爷，嘴里直嚷嚷：“爷爷，爷爷，我要吃煎饼。”

乙　那老头儿生气了，“这孩子，一会儿坐席了，吃什么煎饼！”“不，我就吃煎饼。”“等着吧，待会儿卖煎饼的过来，爷爷再给你买。”“过来了！过来了！”他爷爷问：“这大敞厅里，哪儿来卖煎饼的？”小孩儿一指我那前心上，“那不在那儿吗？”我一听：得，这张给他吧！

乙　唷！补子叫小孩儿吃了？

甲　那小孩儿真没出息，三口两口吃没了，又嚷：“爷爷，我还要！”

乙　快给人家吧！

甲　我赶紧把后心那补子摘下来，也给他吃了。像那个，你吃完煎饼就得了呗，那小孩儿还磨他爷爷，“爷爷，我要吃糖葫芦！”

乙　他爷爷说什么？

甲　“你这孩子，太闹了！待会儿卖糖葫芦的过来，我再给你买。”“过来了！”

乙　在哪儿呢？

甲　“那不在那人脑袋上吗？”唷！赶紧给吧。

乙　顶子让人给吃了，你这官衣要露馅儿呀！

甲　是啊！那小孩儿把糖葫芦吞下去了，又拿那眼睛看我。我赶紧撒腿就跑。

乙　你跑什么呀？

甲　我再不跑，脖子上那串枣也得让他给我吃了。

乙　好嘛！

（祝敏述　崔凯整理）

念二年书

甲　我这人就是有学问。

乙　您念几年书?

甲　我念过二年书。

乙　才二年哪!

甲　我还病了些日子。

乙　病多少天?

甲　一年零十一个月。

乙　就念一个月呀?

甲　逃了二十九天学。

乙　才念一天哪?

甲　那个月是小进。

乙　一天没念。

（于世德整理）

小平头

甲 干什么都不容易。

乙 没有容易的事!

甲 “瞧事容易做事难”。

乙 “万般不可力巴干”嘛!

甲 过去我瞧着什么都很容易。

乙 那还行啊!

甲 有一回我上理发馆串门去,捅娄子啦。

乙 怎么回事?

甲 我跟他们聊天。我说:“你们这手艺没什么,干吗还要学三年零一节呀?我一瞧就会啦,一会儿来客人瞧我的!”

乙 瞧你的?

甲 我把白工作服穿上啦。这时来了一位客人:“辛苦您,给我推个小平头。”我过去,把白单搭好,一下推子这位就睡着了——

乙 睡着了更好推了。

甲 是呀!一会儿工夫就推完了:“先生醒醒,推完了。”这位一伸懒腰:“真快呀!”这位一照镜子火啦:“嗳!我没告诉你推平头嘛!你怎么给推光头啦?”“您不是说,推矮着点吗?”“是呀,这也太矮啦!”“您摸摸。”“我还用摸——”这位一摸呀,连他也乐啦。

乙 怎么?

甲 倒是小平头,叫我给留后边啦!

(于世德整理)

蛋　糕

甲　在我们生活当中，有这么一种人，对于粮食非常不爱惜，随随便便糟践粮食。

乙　这种人是好了疮疤忘了疼。

甲　可不！就拿日本统治时期，你花多少钱也没地方买去呀！

乙　那可不。

甲　花了很多钱买点混合面吃。

乙　好粮都叫日本鬼子弄去了。

甲　净是粮食还好，他净往里边胡掺乱兑！

乙　掺什么？

甲　掺些锯末子。

乙　嘿！那怎么能吃！

甲　是呀，我吃了一个礼拜，连大便都不通啦！

乙　真是花钱找别扭！

甲　那天我一使劲儿，拉出好些木柈子来。

乙　好嘛！

甲　后来我实在没办法了，想买点点心吃吧！

乙　也对。

甲　买了好几家都没有，最后找到一家。

乙　有点心！

甲　就在玻璃柜子里摆了些蛋糕，还真便宜，挺大的块才二百块钱。

乙　二百块钱？

甲　那会儿买个烧饼还得五百块呢！

乙　啊，那蛋糕可真便宜。

甲　当时我说："掌柜的，给我拿块蛋糕。"等拿出来我一瞧啊，才这么大点儿（比作手指头肚大小）。

乙　怎么变成那么点啦？一定是拿错了。

甲　我说我要里边那块大的。掌柜的说里外一样，都这么大块儿。等拿出来一看，可不，都是那么大点儿。

乙　那是怎么回事？

甲　我当时一细看啊，好嘛，原来这玻璃柜子是放大镜！

乙　噢！给放大啦！

（于世德等整理）

画扇面

甲　现在这相声很普遍哪，大多数的观众都爱听相声。

乙　对。

甲　因为这个相声说出话来使人发笑。

乙　对。观众也是非常地欣赏，说到可笑的地方，大家哈哈一笑能够提神助兴。

甲　也不能光说是相声好，别的曲艺——快板、单弦、地方戏，也都是很受观众欢迎的。

乙　那是呀，百人食百味嘛。要不为什么我们现在要“百花齐放”呢。

甲　对呀，爱好什么的都有嘛。常言说得好，好走东的不走西，好吃萝卜的不吃梨，好养鸭子的不养鸡，好吃长虫的不吃鳝鱼。

乙　啊！

甲　不，不吃长虫净吃鳝鱼。

乙　吓我这一跳哇。

甲　反正这么说吧，好动的不静，好静的不动，好文的不武，好武的不文，爱写爱画的你要让他出去打打球、跑跑步他绝不同意。

乙　那是呀，各人有各人的爱好嘛。

甲　提起写、画，没有工夫办不到。画得好的那个主，可不好求哇！你要求他画个扇面那可得时间了，少说也得三个月、五个月的。

乙　为什么呢？

甲　恐怕给你画完了，你有个如意不如意的。

乙　噢，慎重。

甲　你不信你见面一求他：“我这有个扇面，求您给画一画。”对方就说了：“对不起，我没有时间。”

乙　这就是推辞嘛。

甲　再三地要求："我这扇面还是去年买的，求您给画，您就没给画。今年无论如何您给我画画，画什么都行。"对方一看哪，这位实在是恳切，这才回答："画是画，我可画不好。"一听说画不好，这就算有了希望啦。这位说："那您就别客气了，您随便画，画什么都好。""可是您可多容出我点时间来。""可以，您几时画得了，我几时再取。""您等八月节再来取吧。"

乙　啊！有过八月节扇扇子的吗？

甲　根本人家拿扇子就不为扇，爱好嘛，拿着就为瞧。这个扇子拿出去碰见行家一瞧，那是非得欣赏欣赏不可。过来很客气地说："嗬！您这把扇子很好哇！能不能让我瞻仰瞻仰？"这位一听可以，双手捧过来很客气地说："请您小心。""是，是。"右手拿扇子，左手用中指和拇指一推扇子的大边，慢慢地打开一看："好！季砚的山水画得就是好。人家画的这个'千山'，你就拿着扇子对去吧，丝毫不差，真好。这个扇面您好好地保存起来，几时不拿的时候您买个镜框把它镶起来。"这是爱好者，知道求人画这东西不易。类似我等之辈不懂，人家瞧，他也跟着看，人家拿着扇子，他不取得人家的同意，伸手就夺："我瞧瞧！"拿到手里唰啦一打，呼嗒呼嗒扇两下，哗啦一折："给你。"就他这两下连瞧带扇，本主差一点没得了半身不遂。

乙　怎么呢？

甲　人家求人画这扇面，一年多才画出来，不知道深浅拿过来呼嗒呼嗒那么一扇，人家心里能不疼吗！

乙　本来嘛，求人画的时候就难。人家工作忙，哪有时间给画。

甲　也不然。我二大爷就能画。他不等人家求他给画，成天没事，净到处追着人家给画去。

乙　这一说，他的字画一定是不少了？

甲　嗯……也不多。在前几年还能画点，近几年来腰腿不行了，就画不着了。

乙　这画画碍着腰腿什么事了？你要说眼神不好不能画那还可以，这与腰腿有什么关系？

甲　我二大爷是追着人家画，看谁要拿把好扇子他就凑过来啦："嘿！你这扇面还真不错，来来来，我给你画画。"人家一听："怎么着，您给我画？您快饶了我这把扇子吧。”说完了这话，人家是撒腿就跑。我二大爷跟着就追，一边追一边嚷嚷：“我好心好意地给你画扇面，你还不乐意。你跑到哪我追到哪，我是非画不可。”一把就把这位给揪住了，从人家手里把扇子抢过来，这就算画上啦！人家要是跑得快，扇子没抢过来那就算画不上啦。

乙　噢，怪不得腰腿不行就画不了啦。

甲　你还别说他画得不好，你说他画得不好他还有气哪。前些日子跟我吵起来啦。

乙　因为什么呢？

甲　我朋友送给我一个扇面，挺好。也不怎么让他知道了，见了我就问：“听说你有个好扇面呀？快拿来我给你画画。”

乙　那就让他给画吧！

甲　我说：“我那扇面打算托别人画。”他问我：“你打算画什么吧？”我说：“我打算画美人。”“你画美人还找别人干什么？我最拿手，我给你画。”“您画美人？您知道美人都有谁吗？”“美人谱我最有研究。美人有四绝。”

乙　哪四绝？

甲　“病西施、笑褒姒、醉杨妃、恨妲己。”我说：“您能画谁呀？”他说：“环肥燕瘦，我拿手的就是画杨妃。我给你画一个贵妃醉酒吧。”

乙　这也不错。

甲　我一听他说得挺在行，就说：“那好，您去画吧。得几天画得？”“一个礼拜。”

乙　日期还不多。

甲　到了一个礼拜我问他：“您这贵妃画得怎么样了？”“咳！别提了，画坏了。可是你别着急，扇面可没糟蹋，不过就是走了点样子，我画的不像贵妃了。”

乙　像谁呀？

甲　“像张飞。”

乙　啊！张飞？美人都画成张飞了。

甲　我说：“那怎么办哪？”他说：“索性咱就改一个张飞吧。”我一听张飞就张飞吧。“张飞得几天哪？”“啊……还得一个礼拜。”到一个礼拜我问他：“张飞画得怎么样了？”“咳！又画坏了。”

乙　那怎么办哪？

甲　他说还能改。

乙　改什么呢?

甲　“我给你改个‘判儿’，来个五鬼闹‘判儿’。”

乙　那也不错。

甲　我说:“这‘判儿’得几天?”“这个有三天就行了。”到了三天我问他:“我说您这‘判儿’画得怎么样了?”“又坏了。”

乙　啊!又坏了?坏了再改吧。

甲　也就是那意思。他说:“好改。”

乙　改什么呢?

甲　“我给你画一匹礼服呢吧。”

乙　礼服呢?我还没听说扇面上有画礼服呢的哪。

甲　我说:“礼服呢得几天哪?”“明天就得。”第二天我问他:“礼服呢怎么样了?”“坏了。”

乙　那怎么办哪?

甲　“我给你画个黑扇面吧。”

（冯立章述）

张宗昌讲演

甲　说相声可不容易。

乙　怎么？

甲　俩人往台上一站，这么多的人听。甭说一个人瞪你两眼，瞪你一眼，就能把你瞪糊涂啰！

乙　这可倒是！

甲　还要把各位说笑啦，难哪！

乙　是不容易。

甲　甭说说相声，就是讲演，要没有经验，没有学问，也说不了囫囵话。

乙　嗽！

甲　过去山东军阀张宗昌，他目不识丁，一句中国话都说不通，他也讲演，说得驴唇不对马嘴，真笑死人。

乙　那谁还听呀？

甲　都是他的部下，不听也得听。

乙　专制呀！

甲　有一次在山东对他部下讲演。

乙　讲的什么呀？

甲　一上台，头一句就能把你气坏啰！

乙　嗽！

甲　（学山东话）“今天是开会的天气。”

乙　什么叫开会的天气呀？

甲　“各位弟兄来得很茂盛，大概到了五分之七。”

乙　啊？

甲 “没有来的举手。”

乙 那怎么举手呀?

甲 “没有举手的。喔，全来啦！”

乙 是没有举手的。

甲 “今天大家行列站得很不好看，前排的不要动，后排的向前三步——走！”

乙 得！全挤到一块儿啦！

甲 “今天来的除了弟兄之外，还有来宾。来宾们都是很细的，都是从笔杆里爬出来的，我是从炮筒里冒出来的。”

乙 啊！

甲 “你们都是各国的留学生，会说各国的英国话。”

乙 啊?

甲 “昨天我到各学校去调查，有一件事情，使我非常生气。”

乙 什么事呀?

甲 “就是各学校的校长都在贪污。”

乙 他怎么知道呀?

甲 “我看到各学校的学生，都是十几个人抢一个篮球玩，学校有那么多的钱，为什么不多买点球，叫一个学生玩一个。”

乙 没听说过。

甲 “我前些日子，看到各国在我们中国都有大使馆，但就是没有看见中国的大使馆，这是国际上最不平行的事情。”

乙 那没法有。

甲 “现在马路上要车辆靠左边走，这件事使我最不舒服。”

乙 怎么呀?

甲 “车辆都靠左边走，那马路右边空起来做什么用。”

乙 啊?

甲 “今天我向大家要说的最主要三件事：第一件是关于军事秘密，不能向大家公开。”

乙 那说他干吗呢！

甲 “第二件等于第一件，第三件代表第二件。”

乙 得！一件没说。

甲 “我说的话也使大家疲倦，我感觉十二万分感冒。”

乙 感冒，那赶紧吃阿司匹林吧！

甲 “我的话，完了！”

乙 这就完啦？

（叶利中、张继楼整理）

坐火车观碑

甲　文学艺术工作可不简单。

乙　那是呀！

甲　光念过多少年书不行，得有天才才行哪！今天这话也不是吹，相声演员里最有天才、最聪明的还得说我 ×××！

乙　这还不是吹呀？

甲　怎么啦？

乙　您有什么天才呀？

甲　我说说，我是过目成诵、对答如流、口若悬河、一目十行、博学多文、目数群羊……

乙　您先等等，目数群羊是怎么回事？

甲　就是羊群从我眼前一过，我就数出数儿来。

乙　羊走得那么急，连蹿带蹦的，您能数得出数儿来？

甲　啊！前两天我到郊区办事去，走在半道上，看见对面来个人，赶着一群白羊，走起来占很大一片地方，我用眼睛草草地一数……

乙　多少只？

甲　有四只黑的！

乙　废话！一群白羊里有四只黑的再看不出来，那可太难啦！

甲　这是取笑。我的眼神真快，我能够坐火车观碑。

乙　你别蒙人啦！又是看见四座碑有一座高的呀？

甲　不。这回是看碑上的字。

乙　越说越玄！我知道列国的苏秦走马观碑，那就了不得啦。

甲　不错呀，因为他了不得，所以更显出我不得了来啦！我是坐火车观碑，打破苏秦保持几千年的最高纪录。

乙　嗬！真的？

甲　你不信哪，还告诉你，我这坐火车观碑，坐的还不是普通客车，坐的是莫斯科到北京的特别快车。

乙　小站不停。

甲　哎。从哈尔滨出站，越走越快，走出几十里地以后，开起来跟飞一样，“突突突突……”这时候我隔着窗户往外一看，道旁边立着一座碑，火车刚过去当时我就朗诵碑文。

乙　写的什么？

甲　双城车站。

乙　就这个呀？

（于世德等整理）

补袜子

甲 我最讨厌说大话的人，可是我们家就有一个。

乙 谁呀？

甲 我媳妇！笨极啦，什么都不会，可净说大话。我说："咱们俩人结婚这么些年，你连一件衣服都没给我做过，还总说自己手巧。""哟！那不能怨我呀！你没买布，我拿什么做呀？""好！我这就买布去，做个大褂儿得多少布？""十四尺就够啦。"我出去买了十四尺蓝布。我说："这大褂儿半年得得了得不了？""你听你说话多损哪，做一件大褂儿哪儿用得了半年哪，仨月就行啦！"

乙 九十天哪？

甲 "好！我等你仨月。"过了一百多天，我才问她："怎么样？大褂儿得了吧？""哟！对不起！那大褂儿我给剪坏啦！坏啦没关系，能给你改！"

乙 改什么？

甲 "改个小褂儿。""小褂儿还得等仨月？""用不了，俩月就行啦！"

乙 好嘛！

甲 又过了俩月我问她："小褂儿得了吗？""小褂儿呀？对不起！我给剪坏啦！坏了没关系，可以改。"

乙 那改什么？

甲 "我给你改兜肚！"我三十多岁穿蓝布兜肚哇？"这得多少日子？""一个月就行啦！"过一个月我又问她："怎么样？那兜肚得了吗？""哟！对不起，那兜肚我给剪坏啦！坏了没关系，可以改！"

乙 兜肚坏了还改什么？

甲 "咱们补袜子！"十四尺布都补袜子啦！"这得多少日子？""补

袜子快！半个月就行啦！”

乙　这还快哪？

甲　过了二十多天，袜子补好啦。我一瞧，没法儿穿！

乙　怎么？

甲　都补脚面上啦！

乙　太笨啦！

（全常宝述）

拔 牙

甲 相声的题材非常广泛。

乙 对！反映哪方面的都有。

甲 有歌颂新人新事的；有反映我们祖国社会主义建设成就的；也有揭露旧社会的……

乙 是啊！

甲 比如旧社会有些骗人的买卖就值得揭露。

乙 对！

甲 就拿北京来说吧，过去集中在天桥一带。

乙 都有什么骗人的买卖？

甲 相面的、算卦的、点痦子拔牙的、卖野药儿的、卖大力丸的……

乙 有！

甲 就拿卖大力丸的来说吧，一边吆喝一边卖，然后还练一套。

乙 打把式卖艺嘛！

甲 真正治病的药不用吆喝，不用打把式，您什么时候见过“同仁堂”也练把式？

乙 没见过。

甲 有病就去医院，或是到大药铺买药，千万别图便宜。卖大力丸的专门蒙找便宜的人。

乙 那可不是！

甲 他们就凭吆喝。

乙 你给学学大力丸怎么吆喝？

甲 谁吃我这个大力丸，我这大力丸又叫宝贝疙瘩！那位先生问啦，说你这个大力丸治什么病啊？咱这是百病全治，甭管你是车撞着、马踩着、牛顶着、狗咬着、刀砍着、斧剁着、鹰抓着、鸭子踢着……

乙　啊？

甲　你听，有一句人话没有？刀砍着、斧剁着、鹰抓着……人嘛……叫鹰抓着！

乙　是不像话。

甲　最不像人话的是最后一句：鸭子踢着！

乙　好嘛！

甲　挺大活人叫鸭子踢个跟头，这人还活什么劲儿？

乙　就是啊！

甲　鸭子最笨，踱悠悠，悠啪！把那位踢死了！

乙　没听说过。

甲　还有拔牙的也是骗人。

乙　噢！

甲　在天桥摆个摊，他有个大瓷盘子里面装了很多牙。

乙　全是给人拔下来的？

甲　不！什么牙都有，就是没人牙！都是各处捡来的，拿它做幌子。

乙　骗人。

甲　有些人牙疼不进医院，找他来了："大夫，我牙疼！"

乙　来了。

甲　你看大夫这劲儿："牙疼找我来了？"

乙　这不废话吗！

甲　"大夫，您给我瞧瞧，我这牙疼得受不了啦！""唉！张嘴我瞧瞧。嗯，你是打算治好了好哇，你还是打算留点根儿解闷儿啊？"

乙　啊！这有留根儿的吗？

甲　"大夫，最好你把这牙给拔下来得了，上边这个。""上边那个一块六！""多少钱？一块六，别闹了，给八毛行吗？"

乙　还还价呢。

甲　"要一块六给八毛哇！"

乙　不治？

甲　掏钱！

乙　治了？

甲　这位觉得很便宜，掏出八毛钱来给大夫。大夫不慌不忙，把钱收起来，从大皮包里拿出一个家伙来，谁瞧见谁都害怕。

乙 什么呀？

甲 头号大老虎钳子！

乙 嚯！

甲 “张嘴！”这病人一瞧吓一哆嗦，“大夫！我拔牙，我不起钉子！”

乙 真跟起钉子一样。

甲 这位大夫真下得去手，把钳子塞到嘴里，夹住了一个牙，“咳嗽一声，咳！”他愣给揪下来了。

乙 好嘛！

甲 病人疼得汗珠子都流下来了。“大夫你太损啦，一点麻药都不上，光往下揪哇！早知道叫我们街坊揪去啦，我们街坊比你劲大得多。你看，牙是下来了，流多少血呀！你看，那牙上还带二两多肉哪！”

乙 哪那么多呀。

甲 后来病人一想，他倒觉得便宜。要一块六给八毛，可不这么拔嘛！没关系，年轻力壮，坏牙下来了疼一会儿得了。“回见！”

乙 他走了！

甲 走了半道他一摸牙，不对！他又回来了：“大夫，你给我拔哪颗牙了？我上边这儿疼，你怎么给我拔下边这个？”

乙 拔错了？

甲 大夫还有话说，“哪个？”“上边这个。”“上边一块六，下边八毛！”

乙 啊！

甲 “大夫！我花八毛钱给我拔个好牙，我上边这个？……”“上边再掏一块六。”

乙 得！

甲 没办法，又掏出一块六，交给了大夫，大夫换了个东西。

乙 什么？

甲 一根老弦。

乙 拉胡琴用的。

甲 对！那玩意儿最结实。“张嘴！把你那坏牙绑上。”“哎！这个别再绑错了。”他把这位揪到桌子旁边，桌子底下有个钉子，他把老弦那头绑到钉子上，这位病人就在这儿趴着，想站站不起来了。

乙 怎么？

甲 揪着这牙哪。大夫可不理他了，跑那边喝茶去了。一会儿围上一大群人，“二哥！这是干吗哪？”“拔牙的！”“拔牙干吗绑上啊？

有意思，咱们瞧瞧！”这病人有点不好意思啦！“大夫来吧！你别拿我当幌子，让我们街坊看着我这干吗哪！来吧！你别拿我当猴儿养活着。”这大夫才不慌不忙走过来，从大皮包里拿出一瓶子药来。

乙 什么药？

甲 炮药。

乙 炮药？

甲 过年过节放爆竹那药。打开盖儿往桌子上当当当磕三下，黑乎乎一大片。病人一瞧高兴了，嘿！一块六没白花，看见药了。“大夫，这是什么药？”“麝香！”“麝香怎么没味？”“还没拿火点哪！”

乙 啊？

甲 那玩意儿有用火点的吗？大夫太损啦。拿出一根香来把这头点着了，大夫可不去点那药去，他叫病人自己点，“给你！把这香火头往药面上一点，药味一出来牙马上就掉了。”

乙 太坏了！

甲 病人已经趴累了，心想赶快拔下来就完了，接过香来就戳到药面儿上啦。你想这炮药见火能有不着的吗，这“呼！”一下子吓得病人蹦起三尺多高来（蹦高）。“大夫！你怎么回事，花好几元钱你叫我放炮玩，你看这脸全弄黑了，这眉毛都烧了半拉，你这……哎！牙掉了。”

乙 揪下来了。

（老冀记）

糊　涂

甲　做一个相声演员脑子得聪明啊！

乙　是呀！

甲　您就挺聪明的。

乙　对了，因为我脑袋大。

甲　没听说过，脑袋大就聪明！

乙　人家都这么说嘛！

甲　我看一个人只要爱学习，遇事爱思考，就会慢慢聪明的。脑袋大管什么？我们有个街坊脑袋倒是大，可是比谁都糊涂，一家子都是这样儿。

乙　怎么回事？

甲　还是从前的事哪！有一天，他们孩子在门口儿玩儿，趴在防火水缸的边儿上，里边还有半缸水，一照，哎！有个小孩儿！

乙　就是他自己呀！

甲　他冲缸里这影子说话："咱俩玩儿，不许你打我，你要打我，我也打你（做动作）。你干吗打我！"小孩儿赶紧往家跑，告诉他爸爸去了："爸爸！门口儿有个小孩儿要打我！"他爸爸说："走！我瞧瞧去！"小孩儿把他爸爸带到缸旁边儿，他往里一瞧，来火儿了！

乙　怎么？

甲　"哎！这你就不对了！小孩儿打架，你大人出来干吗？"

乙　嗐！

甲　"太不讲理了！"他由地下抄起一块砖头，往里一扔，就听见：哗啦！

乙　缸碎了！

甲　因为他把缸底儿打碎了，水都流出去了。可有几块破缸碴儿，还积着水把他的脸照得一块一块儿的，他一瞧吓坏了！

乙　怎么？

甲　“坏了！我打坏了人啦！”

乙　哪儿的事呀！

甲　回家跟他妈一说，他妈说：“那你跑吧！”他就跑了。一走好几个月。他妈想他呀！叫他给家捎信的时候寄张相片来。

乙　对！

甲　他上街一转悠，看见一个小镜子摊：“哎呀！我这么些相片在街上摆着哪！”

乙　哪是他的相片呀！

甲　买一个小镜子寄家去了。他媳妇一看，跑到他妈那儿就哭上了。

乙　哭什么？

甲　“妈……他在外头胡来！”

乙　怎么？

甲　“他又结婚了！您看还把那个女人的相片寄来了！”

乙　嗐！

甲　他妈说：“我瞧瞧！”拿过来一照，“瞎！你胡说什么呀！他就是再找，也得找个年轻的，你看，他哪能找个老太太呀！”

乙　嗐！一家子糊涂！

（于春藻整理）

音高音低

甲　说话得有讲究。

乙　有什么讲究？

甲　问话的人声音要高，回话的人声音要低，听起来顺耳。

乙　是吗？

甲　比如俩人在马路碰上了，这位喊那位：“二哥！干吗去？”“兄弟，刚下班。”“走，咱喝茶去？”“不喝。”“咱吃饭去？”“不饿！”“咱俩玩去！”“没工夫。”您听，好听吧？

乙　好听。

甲　问话的人声音高，回答的人声音低。

乙　要换换行不行？

甲　怎么换？

乙　问话的人声音低，回答的人声音高，你看行不行？

甲　不行。

乙　你试试。

甲　“二哥，你干吗去？”“刚下班！”“走，咱喝茶去？”“不喝！”“咱吃饭去？”“不饿！”“咱们玩去？”“没工夫！”非打起来不可！

乙　那还不打起来！

（孙少臣记）

谁有理

甲　人要生气没完。

乙　怎么啦?

甲　前几天生了一肚子气。

乙　为什么?

甲　您知道我们家房后头是一个街道，在那儿经常有人扔西瓜皮、烟头儿、纸屑，乱七八糟的，苍蝇嗡嗡直叫，甚至有人在房后头解小手。

乙　多不卫生。

甲　有一天，我起了个大早儿，把垃圾都打扫干净了，撒上点石灰，拿粉笔在墙上还写上几个字。

乙　写的什么字?

甲　行路人等不得在此小便。

乙　好。今后再有人想解手，一看这条儿也就不尿了。

甲　对。拾掇完了，弄个小板凳往那儿一坐，心里挺痛快。

乙　那当然。

甲　正坐着哪，由那边过来一位，站那儿看了看那条儿，站那儿就尿。

乙　啊?

甲　我说:“这位，怎么回事?这写着条儿哪，你看见了没有?”

乙　啊!

甲　你要说没看见不就完了吗?

乙　对呀!

甲　他冲我一乐:“看见了!”

乙　看见了?

甲　那儿写着不叫尿。他说："不，上头写着叫尿。"

乙　叫尿？

甲　好，你念念，上头如果写着叫尿，就算白尿，如果写着不叫尿，咱得找个地方说说去。

乙　对。

甲　"您别着急。你是怎么念的？""我这么念的，'行路人等，不得在此小便。'""您这么念当然不叫尿了。我给您念。"

乙　他怎么念的？

甲　听着："行路人，等不得，在此小便。"

乙　那意思？

甲　那意思！行路人实在等不得了，就在此尿吧！

乙　咳！

（孙少臣记）

贼说话

甲　相声有新相声有旧相声。

乙　是嘛！

甲　旧相声现在有许多都不说了，因为内容比较差。

乙　内容不好嘛！

甲　过去说的鬼故事现在没人说了，迷信闹鬼的事情现在谁也不信这一套。

乙　是嘛！

甲　哪有闹鬼的？谁看见过鬼？不过小时候听的鬼故事，它有这么种印象。老大娘给小孩儿说笑话，说闹鬼的，小孩儿们越听越有劲，兴致蛮好。到时候老太太说："明儿再说。得啦，回家睡觉去吧！"小孩儿说："奶奶，我不走了，我在您这儿睡吧！我出去怕有鬼。"打这儿印象里就有鬼了，其实没这么回事。哪儿有鬼？谁见过？谁跟它一块儿吃过饭？

乙　跟鬼吃饭？

甲　谁跟它玩过？没这个事儿，旧社会也没鬼。

乙　这话对。

甲　真有这人哪，说得跟真事一样。

乙　噢！

甲　说："有鬼，我们以先住的那地方就闹，闹得厉害哪！我们住楼下，楼上就闹。楼上没人，人家那一家子出门了，房子没退，家具都在楼上搁着，夜里就闹畈。嗵！嗵！嗵！有人走道儿，我们几个人一块儿上去看看，什么也没有，门也照样锁着。你说这不是闹鬼吗？"

乙　这就叫闹鬼呀？

甲　这叫闹贼。

乙　闹贼？

甲　哎！

乙　贼！他不偷东西，闹什么呀？

甲　是呀！他先闹呀！

乙　干吗？

甲　他先吓唬你呀！小件的东西他早拿走了，大件的没法拿，箱子、柜子、地毯，怎么往出拿？他就先闹，闹几天把你吓唬得在屋里老早就睡觉，里头把门锁上啦……

乙　他叫你先害怕。

甲　等你睡着啦，他们几位就把大件都拿走了，跟拿他自己的东西一样。

乙　跟搬家一样。

甲　纯粹是这样。这我有经验，当初我们家闹过贼。

乙　您家闹过贼，那说明您家阔呀！

甲　那会儿我家穷呀！

乙　穷还闹贼？

甲　贼也分大小啊！有大贼有小贼。

乙　您家闹的贼是——

甲　小贼。

乙　专偷米。

甲　哎！这作艺的在那年头，一到冬天就没米了。

乙　可不是嘛！

甲　冬天生意不好啊！场子没人哪！

乙　是啊！

甲　我家里也很穷呀，我们夫妻俩就这两身衣裳。

乙　回家就是被窝，出门就是行头。

甲　没钱怎么办哪，把皮袄卖了，买件旧棉袍，剩下钱买斗米，把米倒在缸里头。赶晚上睡觉，我女人躺下就着了，我这儿还想茬儿哪！

乙　想什么茬儿？

甲　净有米不成啊，没柴呀，还得跟人借俩钱弄点煤呀。

乙　全想起来了。

甲　把火生上，把它弄熟了呀，也不怎么贼知道了，到我们家去了。“咣当、咣当”先推门，那意思是问我，“你睡着了没有？”我没睡，我也不言语。

乙　那你把他惊动走啊。

甲　怎么惊动走？

乙　你一咳嗽他就走了。

甲　走了？走了等会儿他还来。

乙　干吗还来呀？

甲　他惦记着你哪！

乙　噢！非偷不可。

甲　哎！我也不言语，你爱怎么着就怎么着吧！反正也没东西，什么也没有，都在身上哪！你偷就偷，你走的时候我再叫你……

乙　干吗呀？

甲　我好叫他把门给我关上。

乙　让贼给你关门，这主意倒好。

甲　我躺炕上就瞧着他。他把门拨开了，一点一点往里走，进来他就摸，摸到桌上有把茶壶，拿起来了，又给搁下了。

乙　怎么不要这个？

甲　没把儿啦，卖不出钱来。他往桌底下摸，桌底下就是我那米缸呀，他就往缸里摸，摸着这米，摸着米他拿不走啊！

乙　米在缸里搁着哪！

甲　那么大的缸他怎么扛得走啊！贼站在那儿了，看这意思是想办法哪！

乙　怎么拿？

甲　贼是有办法。想了半天，把棉袄脱下来，铺到地下了。我明白这意思呀！

乙　什么意思？

甲　他想把米倒在棉袄里一兜，不就走了吗！

乙　噢！要兜走。

甲　我想这怎么办哪！他把棉袄铺下去，转缸去了。我在炕上躺着这么一伸手，就把他的棉袄提拉起来了，盖在我身上。我瞧着他，一会儿把缸转出来把米就往地下倒，倒完了，缸搁旁边，那意思是兜起来就要走了，就这么摸。

乙　摸什么？

甲　摸他的棉袄哪！摸了半天没有啊，站那儿直发愣。贼一纳闷儿，他出声了。

乙　出声了！

甲　“嗯……”他这么一嗯，我女人醒了，叫我快起来。说：“你听听有人声，有贼了。”我说：“睡觉吧，没贼。”我说没贼，贼搭腔了。

乙　答什么腔？

甲　“不能，没贼我棉袄哪儿去了？”

（侯宝林回忆整理）

乌鸦闹巢

甲　我跟您打听点事儿？

乙　您说吧。

甲　您说世界上的动物什么嘴最快？

乙　我想……世界上嘴最快的是燕子，小嘴儿特别灵活。

甲　得了，得了，燕子的嘴最笨了。

乙　您说什么嘴最快？

甲　我说，世界上嘴最快的是蛤蟆。

乙　蛤蟆？蛤蟆的嘴最笨了。

甲　你要是不信，咱俩就一人学一个，比赛比赛！

乙　行！我来那燕子。

甲　我去那个蛤蟆。

乙　咱数十个数儿，由一到十，看谁数得最快，你行吗？

甲　肯定你不行。

乙　听着，我先来：一二三四五六七八九十（用最快的速度数下来）。您听快不快？

甲　快什么呀！连蛤蟆的一半儿也赶不上。

乙　那我听你蛤蟆叫得怎么快？

甲　听着：（学蛤蟆状叫）两个五。

乙　叫呀？

甲　完了。

乙　完了？不够十个数儿呀！

甲　“两个五”是多少？

乙　……可不十个嘛！

甲 怎么样？
乙 看谁嘴快，我要说一百……
甲 我这儿"俩五十"。
乙 我要说一千，你那是……
甲 "俩五百！"
乙 是没你嘴快！
甲 蛤蟆不但叫得"快"，叫唤出声来也非常好听。
乙 是吗？
甲 你听过有句话叫"蛤蟆闹湾"吗？
乙 听说过。反正我知道那太吵得慌！
甲 你外行。那是一场优美的大合唱，世界上独一无二的"交响乐"！
乙 真的吗？
甲 你不信咱学一学。
乙 好。（二人捏鼻子学蛤蟆叫）
甲 "青龙头！"
乙 "白凤尾！"
甲 "老天爷！"
乙 "下大雨！"
甲 "今儿下！"
乙 "明儿下！"
甲 "今儿下！"
乙 "明儿下！"
甲 "今儿下！"（越叫越快）
乙 "明儿下！"（跟着快）
甲 "呱儿呱儿呱儿……"
乙 你这是怎么回事？
甲 叫人家拿竹扦扎上了！
乙 竹扦儿扎蛤蟆呀？
甲 怎么样？
乙 不怎么样！最好听的，还是早晨起来，"家雀儿闹林""乌鸦闹巢"，那才叫好听哪！
甲 行。这回咱俩学一回"乌鸦闹巢"。
乙 不过叫完以后，得把叫的是什么意思翻译出来，叫观众听明白了，乌鸦叫的是什么味！

甲　来吧！

乙　（动作：两臂张开，头往前拱，学乌鸦抖翅飞翔之状）

甲　你这是干什么哪？

乙　这不是乌鸦想飞之前的叫唤嘛！

甲　我以为你要抽“羊角风”哪！

乙　学吧。

甲　来吧。

乙　（仍按前的动作）“啊——啊——啊——！”

甲　你要吐哇？

乙　外行，这不是乌鸦叫唤嘛！

甲　这就是叫？

乙　你也得叫。

甲　可以。

乙　（叫）“啊——啊——啊——！”

甲　（叫）“啊——啊——啊——！”

乙　我这可说话哪！

甲　说什么？

乙　“天亮了——天亮了——天亮了——！”

甲　我这也说话哪！

乙　说什么？

甲　“起呀——起呀——起呀——！”

乙　天一亮就起？

甲　天亮了不起还等什么？

乙　听着：（叫）“啊——啊——啊——！”

甲　（叫）“啊——啊——啊——！”

乙　我这说：“走哇——走哇——走哇——！”

甲　我这说：“跟着——跟着——跟着——！”

乙　我一走你就跟着？

甲　你走哪儿我跟你哪儿！

乙　（叫）“啊——啊——啊——！”

甲　（叫）“啊——啊——啊——！”

乙　我这说：“饿啦——饿啦——饿啦——！”

甲　我这说："找哇——找哇——找哇——！"

乙　一饿了就找？

甲　不找谁还给送来？

乙　（叫）"啊——啊——啊——！"

甲　（叫）"啊——啊——啊——！"

乙　我一看，一位老太太在门口晾的豆腐，我就喊上了："豆腐——豆腐——豆腐——！"

甲　我这说："吃啊——吃啊——吃啊——！"

乙　我找着你就吃？

甲　找着了还不吃？

乙　行。（叫）"啊——啊——啊——！"

甲　（叫）"啊——啊——啊——！"

乙　我看见老太太拿着棍子出来了，我就喊上了："打来了——打来了——打来了——！"

甲　我说："跑哇——跑哇——跑哇——！"

乙　找着你就吃，一打你就跑？

甲　人家打来了你还不跑，在那儿傻等着？

乙　你再听这个：（学声音很尖细的小乌鸦叫）"啊儿——啊儿——啊儿——！"

甲　你这是怎么回事？

乙　大乌鸦跑了，小乌鸦跟不上，在后边直喊。

甲　怎么喊的？

乙　（学小乌鸦叫）"爸爸——！"

甲　（叫）"啊——！"

乙　（看看甲，仍学小乌鸦叫）"爸爸——！"

甲　（叫）"啊——！"

乙　（有些生气地再看看甲，然后仍学小乌鸦的叫声）"爸爸——！"

甲　（叫）"啊——！"

乙　你说什么啦？

甲　我什么也没说。

乙　什么也没说就答应我仨"爸爸——"？

甲　（叫）"啊——！"

乙　这是怎么回事？

甲　又来个野乌鸦。

乙　去你的吧！

（孙少臣回忆整理）

看《聊斋》

甲 看过《聊斋》吗?

乙 看过。

甲 怎么样?

乙 很好。

甲 《聊斋》是蒲松龄著的，说的大部分是“鬼、怪、狐”。《聊斋》第一回叫《考城隍》，头一句是:“予姊丈之祖宋公讳焘”；最后叫《花神》，最后一句是:“成百年风流文恨”。头一个字是“予”，予当我字讲，合起来是“予恨”。就是蒲松龄平生所恨的事情。

乙 是。

甲 我兄弟就爱看《聊斋》，但他不正确理解。有一天他看一段叫《青凤》，说有一个小伙子在屋里正看书哪，由外头进来一个大姑娘，长得太漂亮了！进来三谈两谈，俩人就成亲了。后来，这姑娘一现原形是个大狐狸。我兄弟一想，看看书就来个大姑娘？虽然是个狐狸，我也愿意呀！在屋等吧。等了三天，连一个狐狸也没来。别看狐狸没等来，把耗子等来了。

乙 是呀?

甲 干脆，我上山上找去吧。你别说，找了半个月，还真找着狐狸了。

乙 好，那就结婚吧!

甲 结不了。

乙 为什么?

甲 是个公狐狸。

乙 是呀!

（孙少臣回忆整理）

看《红楼》

甲 经常看书对人有好处。

乙 开卷有益嘛。

甲 可是也不能看得太过了。

乙 太过了？

甲 我有个街坊，这小伙子在一个商店铺里当学徒。他最爱看《红楼梦》。白天看，晚上看，站柜台时也看。

乙 站柜台还看？

甲 有一天，掌柜的说他：“今后不能在站柜台时看《红楼梦》，再看你就别干了！”这不吓唬他吗？他倒不愿意了。

乙 是吗？

甲 “什么，掌柜的，想不要我了？告诉你，打林黛玉一死我就没心干了！”

（孙少臣回忆整理）

看　天

甲　你发现没有，有些人就爱好奇。

乙　噢！

甲　有一个看什么的，大伙儿就跟着看什么。

乙　是吗？

甲　比如说，你站在马路上，一句话也别说，倒背手看天。一边儿看一边儿纳闷儿，一边儿看一边儿嘬牙花子："哼？……哟？啊？"你看吧。

乙　看什么？

甲　一会儿后头六七个都和你一样，也歪着脖子往上看。

乙　唔，可能。

甲　人越来越多，一会儿好几十人。这时你就回家吃饭吧。吃完了饭你回来再看，这几位还在那儿看哪！

乙　还看哪？

甲　这位脖子都看酸了，问那位："先生，您看什么哪？"

乙　是呀。

甲　那位还不高兴："你问什么？你没见大伙儿都看吗？好好看不就得了嘛！"

乙　好好看？

甲　你要让这几位走，一句话就都走了。

乙　怎么说？

甲　（看天）"哟，这天儿是蓝的呀！"

乙　啊？

甲　（做走的样子）"看蓝天儿干什么！"

（孙少臣回忆整理）

酒鬼连长

甲　山东军阀韩复榘治军非常严。

乙　这我倒头回听说。

甲　他要求士兵衣帽整齐，不准抽大烟，更不准喝酒。

乙　喝酒爱误事。

甲　当兵的一天两天不喝酒还行，时间长了就憋不住了。

乙　受不了。

甲　这天晚上值班，四个当兵的赵一、钱二、孙三、李四，闲着实在无聊，酒瘾可就上来了。

乙　那怎么办？

甲　赵一酒瘾最大，首先开口："弟兄们坐着太没意思，干得慌。"钱二说："那喝点茶。"赵一说："喝茶不过瘾，那玩意儿通过喉咙管儿的时候，没有什么感觉。"

乙　要想有感觉，那只有喝酒哇。

甲　赵一打怀里掏出一瓶酒来，说："这几天太闷得慌，我把酒带来了。"

乙　嗬，早准备好啦。

甲　钱二笑眯眯地打怀里掏出四袋花生米，孙三拿出一碟牛肉干，李四端出一盘猪尾巴。

乙　好嘛，酒菜齐了。

甲　四人刚斟上，只听"当"的一声响，班长把门踹开了："干什么哪？"四个人赶忙立正："报告班长，喝一点散酒。"班长端起杯子一喝："散酒，说假话。这是散酒吗？正宗的北京'二锅头'。"

乙　这位是行家。

甲 “哼！想骗我，没门儿。我天天喝二锅头，给我也满上。”

乙 他也喝呀？

甲 班长刚一端杯，“当！”排长一踹门进来了：“干吗呢？”班长和四个当兵的连忙立正：“报告排长，咱们憋得太厉害，想喝两口。”“你们喝酒划拳没有？”“没有。”排长说：“五个人单数，是不好作对划拳，我来一个，凑成双数，这样就好划拳了。”

乙 真有两下子。

甲 排长刚要喝，“当！”连长一踹门，打外边进来了：“好哇！你们胆子不小啊，是认打呀还是认罚？”

乙 这回要麻烦。

甲 大家一想，认打那多疼哇，别说打屁股，就是弹脑瓜门儿也不好受。“我们认罚。您说，怎么罚我们吧？”连长说：“这也怪我带兵不严，要罚也得先罚我。”

乙 怎么罚？

甲 “罚我喝酒三杯。”

乙 酒鬼呀?!

甲 连长一扬脖儿，第一杯酒下去了。刚端起第二杯酒，“噔！噔！噔！”就瞧见从外边走进一个人来。

乙 哎，怎么不踹门啦？

甲 门都给踹烂了。

乙 好嘛。

甲 大伙儿一看这人，都吓得如同筛糠一样，头上的冷汗“嗞、嗞”往外冒。

乙 谁呀？

甲 韩复榘。

乙 得！这回看怎么办。

甲 大伙儿都吓得不得了，唯独这连长与众不同，一点儿也不慌张。

乙 行啊！

甲 当着韩复榘的面儿，端起一杯酒“吱喽”一声，喝下去啦。一转身给排长、班长和四个当兵的一人一个大嘴巴：“混蛋，还说不是酒，你们胆敢违抗韩主席的命令，全给我关禁闭！”

乙 嗯。

甲 连长走到韩复榘面前“啪”一个立正：“报告主席，他们喝酒还不承认，说喝的是白开水。我端起来一尝，确实是酒，还是七十五度的。”

乙　啊？七十五度的都尝出来了！

甲　韩复榘一拍连长的肩膀（学山东话）：“好小子，还是你听我的命令，你现在是什么职务？”“报告主席，我现在是连长。”（学山东话）“明天到军部报到，弄个团长当当。”韩复榘说完转身走了。

乙　什么事儿都有。

甲　这时候，勤务兵问连长：“连长，主席都走了，咱们走不走？”连长一整军帽：“慌什么，那儿不还有两包花生米吗？走的时候别忘了带上，我回家用得着。”

乙　嘿，他还想喝呢！

（薛永年搜集）

我吃他的二炮了

甲　一个人差不多都有点爱好。

乙　是呀！

甲　有爱看书的，有爱听戏的，还有爱下棋的。

乙　各有所好嘛！

甲　我二哥就爱下棋。没事能下一天也不带烦的。

乙　瘾头可真不小。

甲　有一天，从早八点开始连下到天都黑了，还下呢，对手换了十七个了，他是不管输赢接着来。

乙　简直入迷了。

甲　家里吃午饭时就没找到他，天黑了他儿子才找着他。他儿子说："爸爸，我妈叫你回家吃饭去哪！"

乙　回去吧？

甲　我二哥说："告诉你妈，我不吃饭了，我吃饱了。""您吃什么了？""我吃他的二炮啦！"

乙　那能饱得了吗？

（佚名）

捡 钱

甲 人的脾气不一样，爱好也不一样。

乙 麻辣凉香，各有所好嘛！

甲 可是就怕入迷。

乙 那是。

甲 听书的有书迷，听戏的有戏迷，喝酒的有酒迷，另外还有一种财迷。

乙 还有财迷？

甲 这种人净琢磨着怎样能发财，老想着出门要是捡两个钱才合适。

乙 哪有那事呀！

甲 在我们那边有哥儿俩，在街上走着走着就聊起来了。

乙 聊什么？

甲 大爷跟二爷说："今天我要捡着一千块钱有多好，我一定给你三百，我来七百。"二爷说："凭什么你来七百呀？见面分一半嘛！我得来五百。"

乙 这就争上啦？

甲 "你也太难了，我捡的钱，给你三百就不错了，你别不知足。"二爷说："要不叫我跟着你，捡钱哪，你也配！"

乙 这就吵上啦！

甲 "冲你这么说，我一个子儿也不给你！""他姥姥的！你不给，我打你！""你敢！"啪！那位给这位一个大嘴巴，这位把那位的头发揪住啦。

乙 这值当的吗？

甲 两人打了有一个钟头，警察来啦："撒手！怎么回事？"大爷说："我捡了一千块钱，给他三百都不行，非要五百不可。您瞧，他把我耳朵给咬下半拉来！”警察问：“钱哪？”“啊！……还没捡哪！”

乙　啊？

（于世德整理）

褒贬是买主

甲　说相声，得随时注意观察事物。

乙　噢！您对这方面也有研究？

甲　比如您站在地摊跟前，看人做买卖，只要多看一会儿，就能看出谁是买东西的，谁是起哄的。

乙　那怎么看得出来呀？

甲　常言说：褒贬是买主，喝彩是闲人嘛！

乙　这怎么解释呀？

甲　您看他越挑这东西的毛病，他就越想买。

乙　噢！

甲　比方说，有人看见地摊上有个小古董："你这个小花瓶怎么卖呀？""同志，五块钱。"他拿在手里一边端详，一边摇头、撇嘴……

乙　不想买？

甲　他才真想买哪！"嗯！五块，哪值那么多呀！瓷儿太新呀！""先生，老瓷。真正康熙五彩。""什么康熙五彩呀，江西瓷！""您是识货的人，哪有这么好的新瓷呀！""那也不值五块呀！给三块吧？""先生，三块可买不了，您给四块五吧！""值不了这么多，这儿还有点伤呀！""先生，那不是伤，是道璺。"

乙　还是伤呀！

甲　"得啦！我给三块五。""先生，您多花五毛，管保您不上当。""好吧，好吧！上当事也不大，开发票吧！"

乙　买啦！怎么又说喝彩是闲人呢？

甲　他只要一夸好，这档买卖准吹。"这花瓶怎么卖呀？""先生，五块。"他一边看一边笑，"五块？太便宜啦！明瓷呀！"

乙　康熙五彩他愣说成明瓷啦！

甲　“好，真没看到这样细的瓷器，多干净呀！难得一点伤都没有。五块钱，哪儿买去呀！”“先生，那给您包上吧？”

乙　他买啦？

甲　（微笑）不要！

乙　啊？不要啊！

（叶利中述　张继楼整理）

忙人遇忙人

甲　人要该着生气，怎么也躲不开。

乙　怎么啦？

甲　早晨起来，到饭馆儿吃点儿饭，生了一肚子气。

乙　在饭馆儿生什么气？

甲　一看，饭馆儿里人挺多，吃点简单的吧。

乙　怎么简单？

甲　麻酱面。

乙　对。

甲　我往那儿一坐："伙计，来碗麻酱面！……"我连喊七八声，伙计不理我。最后过来一个老头儿："你喊什么？你没看这么多人吗？"我说："我忙，吃完了我还有事。""忙也得等着啊！"他刚一走，我说："我要蒜啊！"老头儿一听："什么？不要了，算了！"

乙　啊？

甲　我又一想：不要就白等了？忙说："要，要，要。快点儿，我忙啊！"又等了半个钟头，面才端来。

乙　够慢的。

甲　端过来不放下。他问我："你在哪儿吃啊？"多别扭，在哪儿吃？我说："在桌上吃！""噢，在桌上吃。""哐！哐！"都倒在桌上了。

乙　这可不像话！

甲　当时我就火儿了！"回来！你们家都这个规矩？有倒在桌上吃的吗？""你别喊了，我问问你，我问你你说什么？""我说我忙啊。""我也忙啊。我忙着刷碗！等你吃完了再刷得什么时候？这回不等你吃完了我就刷完了。"

乙　嚯！

甲　倒霉！谁叫咱说忙呢！在桌上拌吧。正拌着哪，由外头进来一个拾大粪的，一句话没说把面条都划拉他粪筐里啦！

乙　啊？

甲　差点儿没把我气晕了："怎么回事？太不像话了！我还没吃哪，你怎么都划拉粪筐里啦？"拾粪的说：（倒口）"别忙，我问问你，你刚才说的什么？"我说："我忙着有事！""他呢？""他说他忙着刷碗。你呢？""我忙着捡粪！""你忙着捡粪你也等我吃完了拉出来你再捡哪！""等你吃完了再拉出来多麻烦！不如我都给你划拉了，多省事啊！"

乙　嗐！

（孙少臣整理）

“善人”

甲　您吃饭了吗?

乙　吃了。

甲　什么饭菜?

乙　大米饭炖肉。

甲　什么? 你吃肉?

乙　啊，吃肉怎么了?

甲　你都吃什么肉?

乙　猪牛羊鸡鸭鱼肉我全吃。

甲　你可缺大德了!

乙　我怎么了?

甲　猪牛羊鸡鸭鱼，那可都是生命啊，你吃它们的肉，不怕造孽呀!

乙　那有什么呀，看起来你是不吃肉了?

甲　当然了。我是个行善之人，扫地不伤蝼蚁命，爱惜飞蛾纱罩灯。别说吃肉，连个苍蝇我都不忍得打。

乙　苍蝇传播病菌哪，应该打死它。

甲　不不不不，那是条性命，我不干那缺德事儿。

乙　对，您是“善人”嘛!

甲　那蚊子嗡嗡直叫，还叮人，多讨厌哪。

乙　拍死它不就得了。

甲　不行不行，蚊子那么点儿，它一辈子才能活几天哪，我一巴掌:“乓”! 把它打死了，于心不忍哪!

乙　这位是够“善”的了。

甲　那虱子，在身上一咬，多痒啊!

乙　挤死它呀。

甲　那哪行啊，它也是条性命，我下不去手哇。

乙　那它咬你，你就忍着？

甲　忍着多难受哇。

乙　那你怎么办？

甲　我把它从身上摸了出来——

乙　扔了？

甲　扔了它多可怜哪。

乙　那你——

甲　我把它放在别人脖子里。

乙　啊？

甲　这就够惨的了！

（纪元搜集整理）

怪　病

甲　干什么工作都得有个好身体。

乙　我们都要保持健康的身体。

甲　我这个人，身体就一直不好。

乙　你有什么病？

甲　什么病还没上医院检查呢！

乙　那，有什么症状？

甲　就是吃什么吐什么。

乙　你都吃什么吐什么呀？

甲　吃瓜子儿，吐瓜子儿皮儿。

乙　啊？

甲　吃枣儿，吐枣核儿。

乙　对，不吐它卡嗓子呀！

甲　也有不吐的。

乙　吃什么不吐？

甲　吃鸡鸭鱼肉不吐。

乙　看起来，你病得不轻啊！

甲　我什么病？

乙　馋病！

（朱相臣述　蔡培生整理）

白　吃

甲　世上有这么一种人，嘴上抹石灰，专门“白吃”。

乙　那可也得看遇到什么人。要是遇到我，随便他有多大的本事，也甭打算吃我一分钱。

甲　你怎么啦？你又不是三头六臂。

乙　干吗三头六臂呀！我有个外号叫“铁公鸡”——一毛不拔！

甲　你别吹。还甭说碰到那真白吃，就是碰到我这假白吃，也得叫你请我看场电影，来顿饭吃。

乙　那我可不信。

甲　你不信，咱们就试验试验。咱们俩人不过点头之交，就得要叫你请我看电影。

乙　咱们试试。

（甲乙各回台两侧。将桌子斜放在下场门，当作电影院的售票处。甲乙同时走到台中央。）

甲　（自言自语上）天儿不错，出来遛遛。（见乙）哟，真巧，这不是老王吗？

乙　是我呀！

甲　哪儿去呀？

乙　没事上街遛遛。

甲　走！今天片子不错，“首都”演的《家》（可以灵活说），我请你看场电影。

乙　看电影？不行！我人不舒服，少陪啦！

甲　人不舒服才看电影哪嘛！看场电影精神一愉快，病就好啦！走吧！我请客。

乙　我不去，谢谢您吧！改天我请您。

甲　干吗改天呀！今儿正好，明天换片啦！走！（拉乙）

乙　我真的不去。

甲　走吧！（拉着乙一同来到桌子跟前——售票处。甲抢着买票）同志，来两张甲票，中间的哪！什么，十八排啦！哎，老王，十八排啦，行不行？

乙　行行！（转身对台下）反正今儿是他请我。

甲　来两张。（假做摸钱状。向右方“小贩”说）水果糖怎么卖呀？什么？两毛呀！来五包。“大中华”来一盒。哎！苹果多少钱一斤呀？八毛五。来二斤。甘蔗，来两节。

乙　（拍甲肩膀）老张，人家等着你拿票哪！后边人直催。

甲　你先拿着。（又向左方“小贩”说）橘子，称三斤。快点呀！

乙　（自言自语）都说他爱白吃，今天看这人可真大方，买那么多东西请客。得啦，认识没多久，就叫人家破费，多不合适呀！电影票钱还是我给了吧？（摸出钱给“售票员”）

甲　（向右方）都称好了吧？多少钱？啾，三元二。这香烟、水果糖多少钱呀？一元四毛三。嗯，不多。一共才四块多点。（回身向乙）哎，老王，票呢？

乙　我买啦！

甲　干吗你买票呀？说好了今天我买嘛！

乙　你买了那么多东西请我，电影票当然应该我买呀！

甲　十八排多少号？（伸手在乙手中取了一张票）二号，正中间呀！

乙　是嘛！位置还马虎。

甲　（又向台右方说）什么？快点给钱。当然给钱喽！不给钱你还能让我把东西拿走吗！这……老王，糟啦！

乙　怎么啦？

甲　场院内不准吃带皮的东西，不准抽烟。咱们买水果、烟卷干吗呀？（向右方）算啦！算啦！不要啦！

乙　啊？

甲　走，咱们进去吧！马上就要开映啦！

乙　合着还是我请你呀！

甲　可不你请我嘛！

乙　像你这种人可真不能交。隔天走在街上，遇见了也只好装不认识。

甲　不认识也能吃你。

乙　不认识还能白吃？

甲　当然啦！不信你开个面馆，我进门就吃，吃完了就走，你不敢找我要钱。

乙　那你说得可太玄啦！

甲　不信你就试试。

乙　这回你能吃了我，那算你真有本事。（乙站桌旁扮作面铺招待员，甲从对面进来）先生，请坐。

甲　（坐在桌后）

乙　您吃什么面呀？

甲　都有些什么面呀？

乙　炸酱、打卤、炝锅肉丝、猪肝、腰花……

甲　炸酱面怎么卖呀？

乙　两毛。

甲　打卤呢？

乙　一毛五。

甲　来碗炸酱面。

乙　是您哪！（从二幕后拿一空碗和一副筷子上）面来啦！

甲　（吃了两口，当乙故意看别处时，抓一个"苍蝇"丢在碗内）哎、哎（指苍蝇），伙计，这是什么东西呀？

乙　先生，（苦笑）这……他们没小心，掉在里边一个苍蝇。

甲　这怎么办呢？

乙　（苦笑）我给你换一碗。（转身向内）下边的，来一碗炸酱面。

甲　别来炸酱啦！苍蝇就是酱里的，再来一碗还不是一样。来碗打卤吧！

乙　好您哪！（将桌上碗拿至后台，又换了一个碗上）面来啦！

甲　（做吃面状）这还差不多。（吃完抹嘴）舀碗漱口水来。

乙　（端水上）漱口水来啦！

甲　（漱口，吐水）拿个牙签来！

乙　啊！塞了牙啦！（从口袋里摸出两根牙签）先生，牙签。

甲　（剔牙）你这味不错呀！生意怎么这么坏呀？

乙　是啊！先生，您看，正是吃夜宵的时候，就您一位。

甲　哼！（叹息，抬头看）房子太坏啦！连天花板都没有，净往下掉灰。你看门口，连块招牌都没有，谁知道你这儿是卖面的。电灯也不安，点个油灯，黑咕隆咚的，这不行啊！

乙　是啊！（苦笑）

甲　我给你出主意吧！拆了重修。

乙　啊？

甲　修个钢骨水泥的洋房。

乙　钢骨水泥的洋房，开面馆啊？我实不瞒您说，房子是租的，连家具带锅碗，也不过值五十块钱。后头煮面的，就是我爱人……

甲　啊！夫妻店呀！你真够困难啦！好吧！我借你五百块添个本钱吧！也不要你利钱，什么时候赚回来，什么时候还。

乙　我跟你又不认识，那怎么好意思呀！

甲　没什么！我这个人最好帮助人。隔天我吃面的时候，多加点味精就是啦！

乙　那我谢谢您哪！

甲　（站起身做摸钱状）哎呀！今儿我可没带那么多钱，明儿我给你送来吧！

乙　是您哪！（甲大摇大摆地往外走）哎……先生，你先别走，五百块钱你借不借我倒没指望着，你先得把今儿这碗面钱给了吧！

甲　什么面钱呀！

乙　打卤面钱呀？

甲　打卤面我是炸酱面换的呀！

乙　这……那你得给炸酱面钱呀？

甲　炸酱面我没吃，凭什么找我要钱呀！

乙　那你得给打卤面钱呀！

甲　打卤面我是拿炸酱面换的呀！

乙　那你得给炸酱面钱呀！

甲　炸酱面我没吃凭什么给钱！

乙　（乙说不过甲）这……得啦！我说不过你，面钱我不要啦！又是牙签，又是漱口水，您总得给点小费吧！

甲　这还差不多。炸酱面多少钱一碗？

乙　两毛呀！

甲　打卤面呢？

乙　一毛五呀！

甲　我吃一碗面，给了五分小费还少呀？

乙　啊？

（叶利中、张继楼整理）

暴脾气

甲 一个人一样脾气，一个人一样秉性，有急性子的，也有慢性子的。

乙 人的秉性脾气都不一样。

甲 我有个街坊，我管他叫二大爷。人倒是不错，就是一样不好。

乙 哪样？

甲 脾气太暴。去年夏天，有一回他正睡晌觉，我从他门口路过，就听他在屋里嚷嚷上了。

乙 嚷嚷什么？

甲 “好小子，欺负到我头上来啦！我给你白刀子进去，红刀子出来！咱俩完不了！”

乙 这是谁惹着他了？

甲 我也不知道哇！我隔着纱窗往里一看，就他一个人。

乙 这可新鲜。

甲 是呀。老头子脸也红了，脖子也粗了，胡子都立起来了。我到屋里就问：“二大爷，您跟谁生这么大气呀？”他说：“老二你甭管，我跟他有死有活，我这条老命跟他拼啦！”

乙 火儿可真不小。

甲 我说：“您先压压火儿，到底是跟谁呀？”

乙 是啊，跟谁呀？

甲 “啊！我刚睡着，来俩苍蝇跑我脑瓜顶上跳开舞啦。这不是欺负咱们老实吗？咱能答应它吗！”

乙 这值当的吗？

（于世德等整理）

和　气

甲　营业员对顾客的态度应该和蔼可亲！

乙　那是。

甲　您没事到百货公司溜达，本来不想买东西，可叫营业员的态度一影响，不但买了点儿，心里还很高兴。

乙　我就不信。

甲　您要不信，咱俩就比方比方。我比作营业员，您比作闲溜达的。

乙　好吧！

甲　啊！×先生。

乙　嗳！

甲　上街遛弯儿呀，您？

乙　对，没事闲溜达。

甲　听说头儿天您上我们这儿买暖瓶来了？

乙　可不是嘛！

甲　头几天货没来全。最近由上海新来一批货，您瞧这个，天蓝色。

乙　不错。

甲　这是粉的。

乙　也不错。

甲　给您包上这俩。

乙　俩？

甲　您不是要送朋友吗？

乙　对。

甲　剩下这零钱也甭找了，给您的小孩儿带回俩胶皮娃娃去。您走啊？有时间来。

乙　对！什么买卖都得这么和气。

甲　不，有的买卖就不能这样和气。

乙　要这样和气呢？

甲　非打起来不可。

乙　什么买卖？

甲　棺材铺！

乙　棺材铺？我不信。

甲　不信咱俩试试。

乙　好。

甲　哎！×先生，您怎么老也不上我们这儿买货来呢？

乙　我，我这辈子也不打算上你这儿买货呀！

甲　等您死的时候，可千万上我们这儿买棺材来呀！

乙　一半会儿我还死不了。

甲　您瞧这个怎么样？

乙　不怎么样！

甲　这是松木才五十多元。您瞧这尺寸怎么样？等我把盖儿打开，您躺里边试一试。

乙　我呀？

甲　您要不要？

乙　不要。

甲　您不要。再不您给小孩儿捎回俩小棺材去？

乙　我要那个干吗？

甲　底下安俩轱辘，上头安个把，这不是小车儿吗？

乙　那不把孩子吓哭了吗？

甲　把盖儿一盖，小孩就不哭了。

乙　好了？

甲　吓死了！

（于世德整理）

明　偷

甲　小偷最可气了，你一不小心，东西就没了。

乙　是得防备点。

甲　还有明偷的，当你面愣把东西拿走了。

乙　是啊！

甲　你听，有这么一回事。

乙　什么事？

甲　有一位老太太，用个大铜盆洗衣服，小偷就看上这铜盆了。老太太洗完衣服得泼水，端着盆就出来了。小偷赶紧跑过去："大妈，您怎么自己出来倒水呀？孩子呢？"这话就有学问。

乙　什么学问？

甲　你要问你儿子呢？人家要是没有儿子不就露馅了！问儿媳妇，人家儿子要没结婚呢？问"孩子"肯定错不了。老太太一看不认识："你是谁呀？""大妈，你怎么连我都不认识了？我不就是'二百五'吗？"

乙　二百五？

甲　"我小时候您还常领着我买糖吃呢。"老太太一想：不错，是有个"二百五"。老太太也糊涂，"二百五"那是《大劈棺》里的"二百五"。老太太说："噢，你就是'二百五'，啊！我真想不起来了。""大妈，您这么大岁数了，端个盆多沉哪？来，我替您端吧！"老太太也是不放心："不用了，不用了！""大妈，您跟我还客气什么？我不就跟您的孩子一样吗？来来，我给您倒。"说着把盆就接过来了，把水倒了。一句话不说，拿着铜盆就走。老太太一看怎么走了？"哎，你别走哇！……你叫什么来着？……对，

‘二百五’。二百五！二百五！你回来呀！二百五！”小偷不慌不忙地一回头！“老太太，二百五哇？你给三百我也不卖呀！”

乙 噢，他成卖盆的啦？

甲 还有的瞪着两眼看着叫小偷拿走的。

乙 还有这事儿？

甲 过去，买卖家儿柜台上都摆着大煤油灯，大玻璃罩子非常好看。这盏灯，要买也得十块八块的。小偷愣叫掌柜的看着把灯端走了。

乙 那怎么端呢？

甲 有办法。掌柜的正在柜台里坐着呢，小偷由外头进来。掌柜的马上站起来："先生，买什么？""不买什么。掌柜的，告诉你个新鲜事儿，对过儿那家买卖，好几个人看着，愣叫人家把灯偷走了。您这儿灯也得留神，小心别丢了！"掌柜的一听："嗐！哪儿有这事儿？瞪着眼睛叫人家把灯端走了？我不信。他是怎么端走的？""掌柜的，他是这么端走的：他把灯端起来（做端灯的姿势），就这么一吹（学吹灯的样子），把灯就给端走了（往外走）！"

乙 真端走了？

（孙少臣记）

全上来

甲　相声演员也得有一定的文化水平。

乙　没文化干什么都不行。

甲　排个新段子也要自己先看脚本，背好了词。

乙　然后两个人再对词排动作。

甲　所以得认字，而且得认准了。

乙　上台讲白字让人笑话。

甲　特别现在这批青年演员文化更高了。

乙　新社会都能有机会上学。

甲　过去想念书念不起呀！

乙　没钱。

甲　有些有钱的人想让孩子念，可孩子不好好念。家长一想，不念就不念吧。

乙　为什么？

甲　有钱哪！“有钱能使鬼推磨”，只要认几个字，将来花几个钱就能“运动”个官当。

乙　噢，他有他的算盘。

甲　我们那儿就有这么一位，大伙儿背后叫他白字先生。

乙　白字先生？

甲　“泰山石敢当”他念“秦川右取当（音荡）”；“孔夫子”他念“扎天了”；“太医院”他念“大酱碗”。最可乐的，“糖炒栗子”他念“糖炒票子”！

乙　没法吃！

甲　就这位竟花三千两银子捐了个知县。

乙 当知县？那批个公文什么的怎么办哪？

甲 他有个师爷呀。什么事都师爷给办。师爷懂嘛，就像现在这秘书似的。

乙 噢。

甲 有一天师爷闹肚子没上班，出了个大笑话。

乙 什么笑话？

甲 来了几个打官司的，这名字叫得都挺绝，不常见。

乙 叫什么名字？

甲 原告叫金止未：金银的金，禁止的止，辰巳午未的未。

乙 金止未。被告呢？

甲 叫郁卞丢：郁是没有的有字右边加个耳刀儿，卞是上下的下字上边一点，丢是丢东西的丢。

乙 郁卞丢。证人呢？

甲 证人姓干钩于，叫于斧，斧子的斧。

乙 这仨人名是够新鲜的。

甲 所以才出笑话啦。

乙 出笑话？

甲 他一看原告叫金止未，他给念白了，“全上来！”

乙 全上来？

甲 衙役连原告、被告、证人全给带上来了。

乙 这可热闹。

甲 他不知道自己把字念白了，还纳闷哪！心说：“怎么叫一个来仨呀？我再叫被告，看还把谁带上来。”

乙 对，叫郁卞丢吧？

甲 “都下去！”

乙 都下去？又念白了。

甲 衙役又都给带下去了。

乙 好嘛！

甲 就这样，“全上来”“都下去”，打官司的跑了二十多趟。

乙 这份倒霉！

甲 这会儿师爷带病来了。知县的水平他知道哇，不放心，来看看。一看这“全上来”“都下去”，唏噜呼噜，越看越别扭。绕到知县后头一看公文：敢情全念白了！赶紧冲知县嘀咕：“老爷，那不是

‘全上来’‘都下去’，那是金止未、郁卞丢，证人叫于斧。”

乙 知县说什么？

甲 “哎呀！多亏你来得及时呀。”

乙 要来晚了呢？

甲 “我非管于斧叫干爹不可呀！”

乙 嗐！

（大良搜集）

规矩论

甲　无论干什么都得有个规矩。

乙　对，没有规矩不成方圆，没有五音难成六律。

甲　观众听相声得笑吧?

乙　那是自然了。

甲　可这笑就有笑的规矩。

乙　笑有什么规矩呢?

甲　笑容得来得快回去得慢。

乙　这我倒是没注意。

甲　您看哪。（学）“这俩人说得真有意思！哈……”

乙　嘿！

甲　是不是这样？这笑容来得快，回去得慢，多自然哪?

乙　哎，要是来得快去得也快行不?

甲　不行。旁边那位非趴下不可。

乙　至于吗?

甲　您看哪。（学）“这俩人说得可真有意思，哈。”

乙　吓！是受不了。

甲　再比如夏天扇扇子也有规矩。

乙　怎么？扇扇子还要有规矩?

甲　有哇！其实扇扇子正面叫扇面，脸面的面，也就是扇脸。

乙　噢，扇脸。

甲　“二哥，这天可够热的，足有三十九度多！”（扇脸）您看?

乙　是挺顺眼的。

甲　其实浑身上下哪儿都热，可扇的时候要换个地方就难看。

乙　扇哪儿难看？

甲　扇后脑勺就难看。有这样的吗？（扇后脑勺）“二哥，这天可够热的呀，足有四十度。我走了，回见吧！有空到我家吃涮羊肉去吧！”他这扇火锅子哪！

乙　是难看。

甲　还有这挠痒痒也有规矩。

乙　挠痒痒有什么规矩？

甲　由肩膀儿这儿为齐，上边儿痒痒往下挠，下边痒痒往上挠。

乙　我倒没留意。

甲　看哪！“二哥，这两天这蚊子太多了。哟！咬我脖子了。”（动作）

乙　要是咬腿呢？

甲　往上挠哇！“二哥，这两天蚊子可真多。哟！咬我腿了。”（动作）

乙　掉个个儿怎么样？

甲　怎么掉？

乙　上边儿咬了往上挠，下边儿咬了往下挠行不？

甲　这样？“二哥，这两天蚊子可真多。哟！咬我脖子了！”（动作）

乙　猴哇！

甲　再看。“二哥，这两天蚊子可真多。哟！咬我腿了！”（动作）

乙　好嘛！叨毛哪！

（大良搜集）

见面话

甲 人，应该讲礼貌。

乙 那当然。

甲 什么时候说什么话。

乙 是吗?

甲 早晨起来一见面:“你吃了?”

乙 吃了。要说没吃呢?

甲 你老叫人家请你吃饭是怎么着?

乙 对呀。

甲 晚上见着了:“您还没睡哪?”

乙 还没睡呢。

甲 问错了就不好听了。

乙 怎么?

甲 早晨起来一见面:“您还没睡哪?”

乙 没睡?

甲 这位说我上夜班是怎么着?

乙 就是。

甲 中午一见面:“您刚起呀?”

乙 这位睡了一天了。

甲 晚上一见面:“吃了吗?”

乙 这位饿了一天了。

甲 对不对?

乙 对。

甲 您看我在这方面就不大注意。

乙　是吗？

甲　有一天我在家里正吃饭哪，我有个朋友叫张春奎，上我家来串门儿，应该让让人家。我哪，没让。“来啦？坐吧！”

乙　完了？

甲　张春奎心里不太高兴，我们又有点儿小玩笑儿，他就说了！

乙　说什么？

甲　“少臣，我跟你说个新鲜事儿——”

乙　什么新鲜事儿？

甲　“今天早晨，在我们院里，树上落着很多的麻雀。我抓了一把米往院子里一撒，你猜怎么着？”

乙　怎么着？

甲　“那些鸟都下来吃食了。我就拿一个口袋，一个一个地往里装，装了一口袋。”我越听越不像话。我说：“它怎么不飞呢？”他说了：“飞什么？这小子光顾低头吃哪！”噢，这是说我哪！

（孙少臣记）

三生有幸

甲 您贵姓?

乙 我姓李。

甲 噢!咱们还是当家子。

乙 您也姓李?

甲 我姓赵。

乙 嗐!那叫什么当家子啊?

甲 都在《百家姓》上,不是当家子吗?

乙 不像话,《百家姓》上都是当家子呀!

甲 这您也不至于瞪眼哪!行了,您说吧,赵同志。

乙 哎,您听吧李同志……又换姓了!

甲 怎么啦?

乙 什么呀?应该是您姓您的李,我姓我的赵……

甲 对了。

乙 不对,他是我姓赵哇……不是您不是姓李……不……他是我呀姓赵……嗐!

甲 您愿意姓什么哪?

乙 我愿意姓赵。嗐!我姓赵干吗呀,我愿意姓李,我不管你了。

甲 您姓李?

乙 对了。

甲 那您老爷子姓什么?

乙 姓刘……您走吧!有这么问的吗?

甲 又怎么了?

乙 我姓李,我爸爸也姓李。

甲　父子同姓？

乙　啊！

甲　这可就矛盾了。

乙　不！这完全合乎发展规律。

甲　是呀！您这李是弓长李呀，还是立早李呢？

乙　嗐！弓长、立早那都是张。

甲　噢！那么您姓哪个张？

乙　我姓弓长张，嗐！我姓那个立早李！也没这么个字呀？我姓十八子的那个李。

甲　这是跟您开玩笑，认识您，你叫李 ×× 。

乙　对！

甲　相声演员李 ×× 就是您。

乙　是呀！

甲　哎呀！说相声您可有年头儿了，您说相声都四五十年了，在这四五十年中……

乙　您等等吧！哪儿有四五十年哪！我今年才多大？

甲　有六十几？

乙　没那么大岁数。我今年才二十八岁。

甲　二十八岁？您长得面嫩。

乙　也就像二十一二的吧？

甲　像七十几的！

乙　那叫面嫩哪？那叫面老！

甲　本来嘛，二十多岁的人留这么长胡子。

甲　是呀。我不是该刮脸了嘛……您没睡醒哪？我哪儿有胡子呀？

乙　让各位瞧（摸乙的眉毛）这不是胡子吗？

乙　这叫胡子呀？这是眉毛。

甲　您也有眉毛？

乙　废话。没眉毛多难看哪！

甲　对了，要是不留眉毛那更年轻了。

乙　眉毛有留的吗！这是长的！

甲　您要是不长眉毛……

乙　您会说中国话吗？谁也得长眉毛哇！

甲　知道，您对说相声可算是老经验了。

乙　那可谈不上有经验。

甲　久仰您的大名，不亚如驴贯耳。

乙　如驴干吗呀！如雷贯耳。

甲　对，如雷贯耳，皓月当空，天下第一，全球无二，久想遇会尊颜，今日一见李先生尊容，真乃是三生……

乙　有幸。

甲　也不怎么样！

乙　我叫你捧我来着？捧高高地把我摔下来。

甲　三生有幸。

乙　哎！

甲　您是一位优秀的相声演员。

乙　不敢当。

甲　人类灵魂的工程师。

乙　这个光荣的称号，更担当不起了。

甲　您是我们相声界的第二代呀！

乙　第二代？我是小孩儿呀！

（于世德等整理）

习惯动作

甲　看得出来，您是说相声的。

乙　眼力不错。

甲　当然啰！不单是您，看别人也能看得出来。

乙　看哪儿呢？

甲　看他的习惯动作。

乙　看习惯动作，就能看出他是干什么的？

甲　当然。因为，哪行哪业都有各自的基本功，练基本功都要狠下一番功夫，时间长了就能在习惯动作上有所表现。

乙　噢，这样就看出来了。

甲　比如说早晨在公园，河边儿看见有一位，他的手老这样：（手指动作）……

乙　这是干什么的？

甲　做财会工作的。

乙　对，他那是拨拉算盘的动作。

甲　还有他老这样的：（动作）……

乙　这是？

甲　弹琵琶的。

乙　噢，练那个“轮儿”哪。

甲　再有这样的：（动作）……

乙　这个我看出来了，是面案上的大师傅。

甲　怎见得？

乙　那不是在和面呢吗？（动作）……

甲　不对，人家是弹钢琴。（动作）

乙 啊，弹钢琴呢！

甲 还和面的哪！

乙 让你见笑了。

甲 再看，那位他总这样：（动作）……

乙 这位是……？

甲 拉胡琴的。

乙 噢，对，那是练腕子，演奏员。

甲 旁边那儿还有一位，动作跟他有点儿区别，这样：（动作）……这是干什么的？

乙 这是拉……看不出来。

甲 看不出来了？告诉你：（动作）……

乙 干什么的？

甲 半身不遂。

乙 走！

（蔡培生整理）

反正话

甲　相声是一门语言艺术。

乙　对。

甲　相声演员最擅长说大笑话、小笑话、俏皮话、反正话什么的。

乙　这是相声演员的基本功。

甲　这回咱们俩说一回反正话。

乙　您先说吧。

甲　说：我的桌子。

乙　说：我的桌子。

甲　（不解地瞧乙）我的桌子。

乙　我的桌子。

甲　咳！我们俩跑这儿抢桌子来啦！我说你会不会说反正话呀？

乙　会说呀。

甲　会说就这么说呀？

乙　那应该怎么说呢？

甲　我说“我的桌子”，你得把“桌子”翻过来。

乙　这回明白啦！您说吧。

甲　注意啦。说：我的桌子。

乙　（动手翻前边的桌子）我把桌子翻过来……

甲　别，别翻桌子呀！

乙　你不是让我翻桌子吗？

甲　咳，我是让你把“桌子”这句话翻过来。

乙　这回明白啦。

甲　注意开始啦，“我的桌子”。

乙　我的子桌。

甲　哎，对啦，对啦。

乙　你来吧。

甲　我的椅子。

乙　我的子桌。

甲　（瞪乙）我的灯泡。

乙　我的子桌。

甲　（急）我的钢笔。

甲乙　（合）我的子桌！

甲　（推乙）你自（子）作（桌）自受去吧！

乙　又怎么啦？

甲　说什么你都"子桌"呀？

乙　那应该怎么办哪？

甲　我说什么话，你把什么话翻过来。

乙　我懂，这是成心跟你闹着玩儿。

甲　这回咱们俩正式开始。

乙　来吧。

甲　说：我的桌子。

乙　我的子桌。

甲　我的椅子。

乙　我的子椅。

甲　我的灯泡。

乙　我的泡灯……咳！

甲　我的钢笔。

乙　我的笔钢……

甲　我鼻梁子。

乙　我量（梁）鼻子，咳，我量鼻子干吗呀！

甲　我眼眉。

乙　我没（眉）眼，咳，我瞎子呀！

甲　这回咱们俩逛回花园，报一回花名，美着点儿。

乙　您来吧。

甲　说：咱们两个逛花园儿。

乙　咱们两个花园儿逛。

甲　我是芍药花。

乙　我是花芍药。

甲　我是牡丹花。

乙　我是花牡丹。

甲　我是海棠花。

乙　我是花海棠。

甲　我是狗尾巴花。

乙　我是花尾巴狗——啊？！

甲　这回咱俩不逛花园儿啦，咱俩报一回古人名儿。

乙　报哪朝的古人呢？

甲　报一回唐朝《西游记》里的古人名儿。

乙　您来吧。

甲　说：我是唐三藏。

乙　我是藏三唐。

甲　我是猪八戒。

乙　我是戒八猪。咳！

甲　我是沙和尚。

乙　我是和尚沙。

甲　我是孙猴子。

乙　我是猴儿孙子。咳，这都是什么呀！不说啦。

甲　咱们这回说点儿有意思的。

乙　再说“孙猴子”我可不干啦。

甲　这回咱们报回各朝的古人，带点儿动作，挺胸凸肚，扬眉吐气，精神着点儿。

乙　这行，您来吧。

甲　说：我是姜子牙。

乙　我是子牙姜。

甲　我是周武王。

乙　我是王武周。

甲　我是汉萧何。

乙　我是萧何汉。

甲　我是楚霸王。

乙　（带动作）我是王八（霸）杵（楚）——咳，我呀！

（张权衡回忆整理）

马屁精

甲　您会唱吗？

乙　说相声的讲究说、学、逗、唱。

甲　我也爱唱。今儿没事唱一段您听听。

乙　唱什么呀？

甲　老调太平歌词。

乙　行！我还真爱听这个玩意儿。唱什么词呀？

甲　马屁精。

乙　噢！马屁还能成精，一定够瞧的。您唱吧！

甲　（唱）过去的世道颠倒颠——您听这味怎么样？

乙　（苦笑）没什么！就是味不大正。

甲　这是您才听头一句，我嗓子还没遛开哪！您再听上五句，保险您不走！

乙　听迷啦！

甲　腿肚子都气直啦！

乙　噢，走不了啦！

甲　（唱）过去的世道颠倒颠，有钱的好过没钱的难。有钱的开了一个典当铺，三分大利钱赚钱；没钱的东拼西凑把一个小买卖做，顾得了吃来顾不了穿。有钱的到处赴席去，拍马屁的将他拉拉扯扯让在上边；没钱的有一次也赴席去，拍马屁的说，像你这样的人也就得坐在下边。有钱的吃尽了盘中菜，拍马屁的说，嘿！看人家福大量大海量宽；没钱的多夹了一筷菜，拍马屁的说，看你八辈子没得饱饭餐，跑到这儿来解馋，到这儿来过年。有钱的不爱吃盘中菜，拍马屁的说，贵人口高懒得餐；没钱的不爱吃盘中菜，拍马屁的说，（夹白）你别装蒜啦！你扭扭捏捏假装酸。有钱的口是心非到处吹牛说大话，拍马屁的说，贵人说话分外甜；没钱的说了一句真心实意的公道话，拍马屁的说，你这穷鬼讨人嫌，你紧着叨叨烦不烦。有钱的肚里没货不会说话，拍马屁的说，贵人语沉懒得言；没钱的看不入眼懒得说话，拍马屁的说，爸爸是傻子儿子憨。有钱的要把呵欠打，拍马屁的说，你闻闻这味够多新鲜；没钱的要把呵欠打，拍马屁的说，你们闻闻这股恶味熏死咱。有钱的放了一个屁，拍马屁的说，贵人放屁又响、又亮，味儿扛口甜……

乙　行啦！您别唱啦，听着都恶心哪！过去有这种人，现在可没啦！

甲　说不定。马屁成了精，阴魂就不散。

乙　怎么？

甲　我昨天在茶馆里还看见他哪！

乙　马屁精？

甲　马屁精的子孙。

乙　噢！传了代啦！

（叶利中回忆整理）

见人矬寿

甲　说话不容易。

乙　那有什么不容易的，就随便说呗。

甲　随便说？在新社会没什么，话说得对不对的，同志之间都有个谅解，说得太不对了，有了意见交换交换，完了。

乙　是啊。

甲　在旧社会你要不会说话，就容易得罪人。

乙　是吗？

甲　在旧社会，会说话的，专门奉承人，讲究见人矬寿、见物增价。

乙　什么叫见人矬寿呢？

甲　你比如说这位老大爷今年六十三岁，你过去一问，你要会说话，他就高兴。

乙　怎么说？

甲　“噢，老大爷，你今年高寿了？”

乙　他说什么？

甲　“唉，我今年还小哪，六十三了。”

乙　噢，六十三啦！

甲　六十三了他为什么还说小呢？

乙　是呀！

甲　这就是客气。一方面说我呀，虽然六十三了，比你呀也大不多少。

乙　噢。

甲　另一方面说我呀，离死还早哪。

乙　你这不废话吗！

甲　你一听他说六十三啦，你要会说话，他就高兴啦。

乙　怎么说？

甲　“您不像六十三的，您体格多好，您这是留胡子显的。”

乙　噢，真会说话。

甲　“您要不留胡子，顶大像五十来岁。您看您的腰板还没塌呢。我爸爸那年三十五岁，腰就直不起来了。”

乙　怎么呢？

甲　罗锅。

乙　这不废话嘛！

甲　“您年轻的时候好练吧？”“唉，可不是，托您福。”这他爱听。

乙　噢，就是把岁数往小里减，叫“见人矬寿”？

甲　对了，不过矬寿你也别太矬喽，太矬了他也不太乐意！

乙　怎么？

甲　你见六十多岁老大爷，你问：“老头儿！几岁了？”“啊！几岁了，比你爷爷还大呢！”

乙　不愿意听。

甲　不愿意听，所以也不能太矬寿了。

乙　对。那么什么叫“见物增价”呢？

甲　比如你买这条手绢，我问：大哥，您买的？

乙　啊。

甲　多少钱买的？

乙　五毛。

甲　五毛！不对吧？

乙　这我还说瞎话吗！

甲　卖手绢的和您认识？

乙　不认识。

甲　不认识怎么这么便宜呀？上回我买的花十五块。

乙　是手绢吗？

甲　不，被面。

乙　这不废话吗！

甲　您这手绢现在卖，还能值五十块。

乙　就这条手绢？

甲　再搭上一件皮袄。

乙　你呀！外边溜达溜达去吧！

甲　他爱听。

乙　没法爱听！你都给捧假了。就这条手绢值五十块？

甲　反正这么说话他不生气，不信你给两边换过来，非打起来不可。

乙　怎么换？

甲　见人增寿，见物矬价。那就不行啦。

乙　您来来！

甲　比如说这位老大爷六十三，你一见面先来这么一句。

乙　哪句？

甲　“嗬！还活着哪？”

乙　这像话吗？

甲　“今年高寿了？”“唉，我还小哪！”“噢，还没满月哪？”

乙　啊！什么叫还没满月哪！人家那是客气话。

甲　“你多大岁数了？”“唉，六十三啦。”“六十三还小啊！你想活多大？你是赶上好年头了……”

乙　怎么？

甲　“秦始皇那年头，六十岁不死活埋。”

乙　这是怎么说话呢！

甲　“眼神还行吗？”“唉，眼神还行啊。”“噢，眼神还行，你看（晃五指）这是几个？”

乙　啊！那甭说是老头儿，小伙子也看不见，（学甲晃手）你说这是多少？

甲　“牙口还行吗？”“行啊！”“牙口还行，我这儿有个铁球，你把它嚼了吧！”“你呀！玩儿去吧！”

乙　那能不让你玩儿去吗？有这么说话的吗？

甲　见物矬价也不行。比如说你这条手绢，我问：大哥，这条手绢多钱买的？

乙　五毛啊。

甲　啊！多少钱？

乙　五毛钱。

甲　五毛钱！就买这一条手绢五毛钱？你可真有钱，这什么玩意儿！

像小孩尿布子似的。

乙　你呀，拿过来吧！

甲　我们那小孩儿花一毛五买的，比你这个还好。你呀！你纯粹地瓜！

乙　你才是地瓜呢！

（张嘉利整理）

好　哇

甲　您是哪儿的人啊？

乙　我是北京人。

甲　噢！北京好哇！北京是首都，历代皇帝建都之地。那儿的气候好，不冷不热；里九外七皇城四，九门八典一口钟。北京的景致也好哇！有名的燕山八景、卢沟晓月、银锭观山。北京是大邦之地，文化之区，别搬家，住着好！

乙　好哇，我搬了。

甲　搬哪儿去了？

乙　搬到天津去了。

甲　天津好哇！九河下梢天津卫，三道浮桥两道关。那儿是水旱两路的码头。天津有三宗宝：鼓楼、炮台、铃铛镐。别搬啦，住着好！

乙　我又搬到保定去了。

甲　保定好哇！那儿是河北省的省头。那儿也有三宗宝：铁球、面酱、春不老。您挣俩钱儿买两个铁球，没事揉着玩儿。别搬家，住着好。

乙　我又搬到山海关去啦！

甲　山海关好哇！万里长城东起山海关嘛！长城是秦始皇修的，有好几千年了，工程太大啦！天下第一关嘛！别搬家，住着好。

乙　我又搬到沈阳去了。

甲　沈阳好哇！沈阳城有三宝：人参、貂皮、乌拉草。沈阳是前清皇上的老家，古迹不少，有个故宫，里面有个大石面，十面能看着九面，很有意思！别搬啦，住着好。

乙　我又搬到张家口去了。

甲　张家口好哇！张家口有三宗宝：莜面、蘑菇、大皮袄。那儿的皮货和牛羊肉便宜。别搬啦，住着好。

乙 好哇？我又搬了。

甲 你吃耗子药啦！又搬到哪去了？

乙 搬回北京去了。

甲 好哇！真是水流千遭归大海，故土难离嘛！您今年高寿？

乙 四十七啦。

甲 嗬！瞧您的面色可不像四十多岁的人了，长得少兴！跟前有几位少爷了？

乙 五个孩子。

甲 好哇！一个儿子一天给您挣一块，一天就是五块。您到了岁数往家一坐，老太爷子当上了。

乙 好什么啊！死了四个就剩一个了。

甲 好哇！好儿不用多，一个顶十个。一个儿子一天就许能挣十块。好哇！

乙 别提啦，这小子竟偷人家——

甲 好哇！“宁养贼子，不养痴儿”嘛！您缺什么他给你偷点什么。

乙 前些日子叫公安部门给抓起来了。

甲 更好啦！替您教育教育，将来还是好人啊！

乙 出不来啦！

甲 怎么？

乙 得暴病死在里头了。

甲 好哇！除掉一个祸害。

乙 我们家的人也快死光了。

甲 好哇！省着挑费，您也省心。

乙 干脆连我也死了得啦！

甲 好哇，那就干净了。

乙 还好啊？

（于世德等整理）

问　路

乙　这回咱们俩说段相声。

甲　可以嘛。

乙　不一定说得好。

甲　说得不好，请各位多包涵。您要是不包涵——

乙　怎么样？

甲　我也没法子。

乙　咳！

甲　为什么咱们一上台，先给各位鞠躬呢，就是为了请各位多包涵，同时也表示咱们有礼貌，对各位尊敬。

乙　不错。

甲　一个人说话行事，都必须有礼貌。常言说："你敬人一尺，人敬你一丈。"你要不尊敬人，人家也就不尊敬你了。

乙　是呀。

甲　我就见过一个不懂礼貌的人，结果，是自找没趣儿。

乙　你谈谈。

甲　有两个人初次见面，一个姓刘，一个姓李。

乙　刘李二位。

甲　这个姓刘的问那个姓李的："您贵姓？"

乙　贵姓。

甲　您说这姓李的应该怎么回答？

乙　"贱姓李。"

甲　他没这样说。他说："你问我呀告诉你，骑青牛过函谷关，老子李……"

乙　这是什么乱七八糟的？
甲　意思是说，我姓的是骑牛过关，李老子的那个李。
乙　你瞧这个费事！
甲　他这就是不讲礼貌，占便宜。
乙　怎么？
甲　你听他最后三个字是，老子李，就等于说，老子我姓李……
乙　啊！他成了老子啦！
甲　这姓刘的一听，心里说："好哇！初次见面就开玩笑，占便宜。"
乙　不应该！
甲　这姓李的说完了，也问姓刘的："您贵姓？"姓刘的说："我呀，斩白蛇芒砀起义高祖刘……"
乙　他这个也不省事。
甲　他这两句就是说："你问我呀，我姓的是斩蛇起义汉高祖刘邦的那个刘。"
乙　这又是什么意思？
甲　他这后边儿的三个字是"高祖刘"，那个意思就是说，老子你姓李，高祖我姓刘。
乙　好家伙，比他大两辈儿！
甲　这不能单怪姓刘的，怪姓李的自找没趣儿，你先对人家不尊敬嘛。
乙　这倒是。
甲　我有这个经验。有一次跟人家打听道儿，我对人家没礼貌，让人家教训了我一顿。
乙　真的？
甲　有一次，我由北京上马桥。
乙　正说是马桥镇，离北京三十五里地。
甲　对。我是骑驴去的，走到半路我不认识道儿了。
乙　找个人打听打听。
甲　走到一个村子里，见有一个老头儿在大门外边铡草呢。
乙　就跟他打听打听。
甲　我打听啦。按规矩说，我应该下了驴，说话客气点儿："老大爷，借您光，我上马桥镇怎么走哇？"人家一定会仔仔细细地告诉我，怎么走，怎么走。
乙　是呀。

甲　我没下驴。我说:“嗨，老头儿，我上马桥，由哪条道走哇?”

乙　他呢?

甲　老头儿看了看我，没说话。我连问了三次，老头儿都没言语。我说:“你聋啊?”我一说他聋，老小子不高兴啦。他说:“你才聋哪!”我说:“不聋，你为什么不说话呀?”

乙　他说什么啦?

甲　他说:“我家有个宝贝牛，没草吃了，我这儿给宝贝牛铡草呢，没工夫跟你说话。”

乙　宝贝牛?

甲　我也纳闷儿:“牛就是牛，怎么成了宝贝牛了?”

乙　对呀。

甲　老头儿说:“我这个牛，不是牛下的，是驴下的。你想想驴下的牛，不成了宝贝啦?”

乙　没听说过。

甲　我说:“你别胡说了，我不信。驴应该还下驴呀，它为什么下牛呢?”老头儿说:“你问我，我知道吗?这个畜生它就是不下驴，我有什么办法呀!”

乙　啊!

甲　一听呀，我下驴吧!

（韩子康述　薛永年整理）

奉承话

甲　人们都爱听好听的，奉承话。

乙　不见得吧？

甲　不见得？比方说吧，咱俩老没见，今天在街上碰见啦，我和您说几句……

乙　好吧！（二人走碰头）

甲　老 ×，总没见？

乙　我出趟门儿。

甲　发福啦！

乙　（用手摸脸）我没变化……

甲　胖多啦！

乙　我没觉出来。

甲　您气色也好啊，满面红光。今年三十几？

乙　三十几？我都快五十啦！

甲　嗬！照您这身体，再活五十岁没问题。

乙　瞧你说的。（笑模样）

甲　怎么样，高兴了吧？我要是不这么说，你听着就别扭。

乙　是吗？咱们再来一次。（二人走碰头）

甲　老 ×，总没见？

乙　我出趟门儿。

甲　你怎么这么瘦哇？

乙　（用手摸脸）我没变化……

甲　瘦多啦！

乙　我没觉出来。

甲 你气色也不好哇，脑袋都绿啦！

乙 我是香瓜儿呀？

甲 五十几啦？

乙 哪儿啊，我才三十八。

甲 三十八岁长这么老？就你这身子骨儿，好好活着，也就再活俩礼拜！

乙 我呀？我招你啦！

甲 怎么样，你不爱听吧？

乙 这谁爱听啊！

甲 奉承话和老实话可不同。比如你不学好——

乙 你才不学好呢！

甲 这是打个比方。你不学好，我劝劝你，说你几句是为你好，这就叫“良药苦口利于病，忠言逆耳利于行”嘛。

乙 对。

甲 这个奉承话跟客气话也不同。

乙 怎么？

甲 客气话是待人接物讲礼貌的语言。

乙 那奉承话呢？

甲 奉承话是属于谄媚，溜须拍马。

乙 是啊！

甲 这种人自古就有哇，至今不见衰亡。

乙 为什么呢？

甲 因为有人吃这个呀！

乙 你说古时候有，什么朝代？

甲 周朝。东周列国时出了一位圣人，姓孔名丘字仲尼，是位古代教育家。他的学生有三千徒众七十二贤人，就是七十二名最优秀的学生。圣人也最喜欢这七十二个人哪！有一天，圣人和他们闲谈，说：“你们毕业之后，想搞什么工作？”

乙 这是圣人说的吗？

甲 这是我说的。当时圣人问的那意思是：你们不能跟我一辈子啊！将来离开我了，你们干什么去？

乙 是啊。

甲 有的说：“我要继承老师的事业。”

乙　搞教育。

甲　还有的说："我要弃文习武捍卫国土。""我要搞耕、种、锄、刨，秋收冬藏。"

乙　当农民。

甲　还有的说："我要搞半导体……"

乙　你先等等，那年头有半导体吗？

甲　有哇。就是两人互相较量，看谁把谁"绊倒"了身"体"……

乙　这么个"绊倒体"呀？

甲　圣人问到最后一个贤人啦："你干什么去？"这人站起来一乐，说："我什么也不干，就凭我这张嘴走到哪儿都能吃香的、喝辣的。"

乙　咳！

甲　圣人一听也纳闷儿："你这张嘴有什么神通？"这人说："我的嘴会说奉承话，普天下谁人不爱听奉承话？"圣人有点担心地问："你到一处，万一遇着不喜欢奉承的人，你岂不活活饿死？"

乙　是啊！

甲　那人摇摇头："不可能，世上谁不爱听奉承话呀！"圣人问："万一你遇见这位，人家就是不吃你这套，你怎么办？"那人一想："是啊，如果徒儿遇见您这样的伟人，徒儿就没饭啦！因为您才高智广，六韬三略无所不知，三教九流无所不晓，徒儿所知道的还不都在您心里装着哪吗？"圣人点点头："那倒是。"

乙　他也吃这个！

（马敬伯整理）

聋子打岔

甲　您贵姓？

乙　我姓叶。

甲　噢！你姓聂呀！是不是双耳聂呀？

乙　嗳！我姓叶。

甲　噢！您姓岳，岳飞那个岳呀？

乙　（大声）我姓叶。

甲　噢！姓疥呀！

乙　有这个姓吗？您聋子。

甲　什么？红子。那是鸟儿呀，好玩意儿。

乙　嗳！我说你耳聋。

甲　啾！二红呀？

乙　什么二红呀！

甲　结婚啦！嫁了个工人，听说还不错。

乙　你耳背。

甲　小魏？

乙　啊？

甲　这小子蛮有出息，去年参加海军啦！听说在天津哪！

乙　你听不真。

甲　陈子真？

乙　合着他谁都认识。

甲　说相声的呀！陈子贞，广阔泉嘛，早就死啦，您找他呀？

乙　我找他干什么呀！你听不见？

甲　上法院？没多大的事可别打官司。

乙　上法院我告谁啊！

甲　噢！告贼呀！为什么事呀？最近小偷少多啦，丢了多少呀？

乙　我说，这是哪儿？

甲　为了件布衫儿呀？

乙　（大声地嚷）这是哪跟哪儿？

甲　噢！布衫里还有盒烟卷儿啊！

乙　你不是东西！

甲　你才不是东西哪。

乙　这回你怎么听见啦？

甲　你骂我还听不见！

（叶利中、张继楼整理）

万里云南

甲　说书唱戏，讲今比古，都是假的，可在人做。

乙　那是。

甲　听评书有扣子，听大戏有轴子。听评书不管多远路程，几个字一说就到。

乙　哪几个字？

甲　“饥餐渴饮，晓行夜宿，这一日来到了杭州。”到了。

乙　就这么快？

甲　可不，这就是说书的嘴，唱戏的腿。

乙　怎么叫唱戏的腿呀？

甲　你看唱戏的不管多远的路程，在台上一绕就到了。

乙　是啊。

甲　大家都听过吧，有这么一出戏叫《反云南》。

乙　对，这戏大家都听过。

甲　云南多远哪，万里云南。

乙　是不近。

甲　要是唱戏，在台上一转圈就到。

乙　是吗？

甲　可不。台上站着武生，拿着马鞭，跟打旗的说：“众将官，兵发云南去者！”打旗的说：“得令哦。”

乙　嗬！热闹。

甲　台上一吹那个三节腔：隆咚锵、隆咚锵、隆咚隆咚锵……打旗的在台上一转，对着下场门站住喽。武生问：“兵马为何不行？”打旗的回答：“兵至云南！”

乙　这就到了？

甲　对了。就这么快，逢场作戏嘛，没听说真上云南的。要真上云南，那火车就没用了。

乙　怎么没用啊？

甲　你想啊，你要真上云南，你就看看报纸就行了。

乙　那干什么？

甲　在报纸上看看哪家唱这出戏，你买张票，扛着行李卷，在戏院前三排一坐，又抽烟，又喝茶，等这出戏一唱，你赶紧给人家茶钱，扛好行李卷做准备。等武生一说："众将官，兵发云南去者！"你可别听了，扛着行李就上台，跟着打旗的转悠，台上一吹三节腔（念三节腔），站住了。你再看吧。

乙　到云南了？

甲　还在台上哪。

乙　还在台上啊！

甲　你琢磨琢磨那能到吗！不能仿真，真要仿真这戏没法唱。

乙　怎么？

甲　演武生的一发话："众将官，兵发云南去者！"打旗的叽里咕噜都跑后台去了，洗脸的洗脸，打行李的打行李，买票的买票，都奔云南。他们是走了，听戏的不干哪。

乙　怎么？

甲　好，一个多钟头台上没人，听戏的火了："咳！服务员，台上怎么回事？"服务员说："哎哟！我还忘告诉您了，他们都上云南了。""他们上云南了，我们怎么办？""怎么办？您过年再来接着听吧！要不您跟他们一块儿上云南听去。"

乙　这像话吗！

（张嘉利整理）

伍子胥卖宝剑

甲 唱戏可不容易。

乙 是呀，得坐过科。

甲 我就是科班出身。

乙 噢！您是科班出身，哪个科班呀？

甲 富连成。

乙 好科班呀！您是哪一科的？

甲 喜字科。

乙 老先生。

甲 那倒不敢当。侯喜瑞、康喜寿、雷喜福、陈喜星，我们都是同官。

乙 师兄弟。人家叫喜瑞、喜福、喜寿、喜星，您叫喜什么呀？

甲 我叫洗澡。

乙 洗澡呀？您上澡堂子吧！

甲 上澡堂子干什么呀？

乙 您不是洗澡吗？

甲 我叫喜藻，水藻之藻。

乙 好嘛，吓我一跳！您现在哪儿搭班呀？

甲 没地儿。

乙 怎么没地儿呀？

甲 我唱戏粗枝大叶，不负责任，没人敢用。

乙 哦！净出漏子呀！

甲 呃！您别看净出漏子，但我能找补上，前台观众听不出来呀！

乙 那后台的同行听着可别扭呢！您都出过什么漏子？

甲 一会儿也说不完。我找个典型的说给您听听。

乙　您说说。

甲　解放前，有一次我在“长安”唱《文昭关》，我去伍子胥。

乙　角儿呀！

甲　当然啦！我下了后台，前边的《打店》都快下来啦！

乙　那您就快点扮戏吧！

甲　扮戏？我还没过瘾哪！找个安静点儿的地方，跷着二郎腿先来根“三炮台”。

乙　啊！你就下了戏抽吧，来得及吗？

甲　我扮得快。我一边抽，跟包的一边催：“老板，您快点吧！还有五分钟就该您上啦！”我说：“不忙，不忙。”

乙　还不忙哪！

甲　剩下三分钟我才扮。嘁里咔嚓，先化妆，跟着穿箭衣、马褂，勒头。场上都打了长锤啦，我还没穿厚底哪！

乙　谁让你净抽烟啦！

甲　我穿上厚底往上场门就跑。一边跑着一边挂髯口。

乙　瞧您这份忙活劲儿。

甲　我挂上髯口，刚要出去，这么一摸，糟啦！还没带宝剑哪！

乙　那怎么办呀？

甲　带私房的来不及啦！好歹上场门那儿就是旗包箱。

乙　放刀枪把子的。

甲　我抓起来把家伙挎上，就出去啦！出去一亮相，摸宝剑，噫……

乙　怎么啦？

甲　没摸到宝剑把。

乙　您出来的时候不是带上了吗？

甲　是呀，怎么会没摸到宝剑把呀？我斜眼往下一看呀，带倒是带上啦，带错啦！带的不是宝剑，是腰刀。

乙　对啦！腰刀把在后边嘛，你当然摸不到啦！没关系，凑合这一场，下场再换。

甲　别的戏要是带错啦，观众还可能不注意，也许看不出来。唯独这出戏可不行。

乙　怎么？

甲　这出戏前边有四句流水，唱的有宝剑的词呀！

乙　怎么唱呀？

甲　（唱）“过了一天又一天，心中好似滚油煎，腰中空挂三尺剑，不能报却父母冤。”带着腰刀唱宝剑，那还不给叫倒好。

乙　那怎么办呀？

甲　我把词给改啦！

乙　怎么改的呀？

甲　我灵机一动，把言前辙给改成遥条辙啦！（唱）“过了一朝又一朝，心中好似滚油烧，中途盘费花没了，卖了宝剑换口刀。”

乙　噢！进了拍卖行啦！

（叶利中、张继楼整理）

周　仓

甲　京剧是我国艺术宝库中的瑰宝。
乙　对。
甲　不光唱念做打吃功夫，连服装、化妆都很讲究。
乙　哎，京剧的服装、化妆都很美。
甲　尤其那脸谱更好看。
乙　脸谱代表人物的性格嘛。
甲　对呀！红脸的忠义，白脸的奸诈，黑脸、绿脸的刚强、暴烈。
乙　一出台观众就看得出来。
甲　大部分黑脸、绿脸的都是戴着一个下巴颏上短一块的胡子。
乙　那叫“扎”。
甲　像什么窦尔墩、张飞、李逵、周仓啊，都是这个扮相。
乙　这类人物很多。
甲　勾上脸，戴上“扎”，一做身段，让你看着觉得特别地美。
乙　这就是京剧的特殊艺术魅力。
甲　可要是光勾脸，不戴“扎”，你看着就不顺眼了。
乙　哪有光勾脸不戴“扎”的呀。
甲　别说，我还真看见过。
乙　是吗？
甲　上个月我看了一出《青石山》，那里边的周仓就没戴胡子。
乙　怎么回事？
甲　你不知道，大部分演员都爱喝茶。
乙　为了润嗓子。
甲　扮周仓的这位，化完了妆，就没戴胡子，因为他喝茶哪，戴胡子碍事。

乙　那倒是。

甲　这位正一口一口品茶哪，那边锣鼓家伙响了，舞台监督催场，他把茶杯一放，“噌”地上场了。

乙　忙中出错了。

甲　他没戴胡子出场，台下观众一眼就看出来了。

乙　要热闹。

甲　有一位观众直嘀咕：“哎，今儿个这周仓怎么没胡子呀？”旁边有一位还给解释哪：“八成今天会对象，人家刮脸了呗。”

乙　这多不像话。

甲　台下纷纷议论，他在台上还一点不知道哪。等到关平和他一打照面，把那位演员差点没吓趴下。

乙　这是严重的舞台事故。

甲　演关平的这位心想：我给他个台阶让他回去吧。想到这儿，冲他一指：“你是何人？”

乙　是不认识。

甲　那位一问，演周仓的这位也愣了，心说：戏里没这词儿呀。

乙　这不叫你逼出来的嘛。

甲　再说了，你关平怎么会不认识我呢？咱俩在关公一左一右也站了不少年了。

乙　谁让你不戴胡子了。

甲　问我是谁？好，我告诉你。想到这儿双手来个“撕扎”：“俺周……”

乙　怎么了？

乙　他一“撕扎”没摸到胡子，心里明白了：噢，我忘戴“扎”了。

乙　才知道。

甲　他来得也快：“俺周——周仓的儿子是也！”

乙　好，缩回一辈儿。

甲　关平一瞪眼：“嘟，小小年纪来此做甚，唤你爸爸前来。”

乙　往回撵。

甲　“得令哦！”一扭身回去了。

乙　这戏还唱不唱啊？

甲　回到后台戴上“扎”他又上来了。

乙　这回好了，接着演吧。

甲　演什么呀，他一句话又给弄砸了。

乙　他说的什么呀?

甲　“爸爸我来也！”

乙　谁的爸爸呀!

（纪元搜集整理）

难诸葛

甲　这回该我表演了。

乙　您是相声演员？

甲　不，我是唱京剧的。

乙　噢，京剧演员，那么您是演哪个行当的呀？

甲　甭管哪个行当，哪出戏都少不了我。

乙　这么大能耐？

甲　当然了。

乙　总得有个正工啊。您是包头哇，还是勾脸儿呀？是挂髯口啊，还是画豆腐块儿呀？

甲　您问我的扮相？

乙　是啊。

甲　我是头戴扎巾身穿帔，脚蹬薄底儿手拿旗，主角儿未出我先上，不是喊噢就是叫咿——

乙　龙套哇！

甲　有时候还来个朝臣、家院、旗锣伞报什么的。

乙　反正也是零杂儿。

甲　我这么大个子，跑龙套、演零杂儿，公平不？

乙　话不能这么说，您没有演角儿的艺术水平，也就得跑个龙套。再说了，红花总得绿叶扶，龙套就好比绿叶，也是一出戏里不可缺少的。

甲　说得好听，可上台红花他怎么在中间坐着，我们绿叶怎么在旁边站着？

乙　这是剧情需要。

甲　我看着这情形心中就有气。

乙　有气也白搭。

甲　白搭？等哪天我这绿叶一定好好治治那红花。

乙　这可不应该。

甲　哎，机会来了。

乙　怎么？

甲　那天演《空城计》，让我来个旗牌。

乙　就那报事的？

甲　对。

乙　你要什么坏招儿啦？

甲　那场戏不是这样嘛：诸葛亮上来念："兵扎祁山地，要擒司马懿。"然后坐好。这时候旗牌上来："人行千里路，马过万重山。"

乙　是这么回事儿。

甲　琴童通禀完毕，旗牌向前："参见丞相。""罢了。你奉何人所差？""王平将军所差。""手捧何物？""地理图。""展开。"诸葛亮看完地图大吃一惊，赶紧吩咐："旗牌过来，命你去到列柳城调回赵老将军。快去！快去！"旗牌应了一声："得令！"跑下去了。

乙　这场戏就应该这么演哪。

甲　我就不这么演。

乙　你怎么演的？

甲　前边还都一样，就是到了诸葛亮传令的时候，我给他出个难题。

乙　什么难题？

甲　诸葛亮说："旗牌过来，命你去到列柳城调回赵老将军。快去！快去！"

乙　得令下去吧。

甲　不下。

乙　不下？

甲　我反问那位"红花"诸葛亮一句。

乙　什么叫"红花"诸葛亮啊？

甲　他是"红花"我是"绿叶"嘛！

乙　怎么净想着这个呀？

甲　我问他："啊，丞相，若是那赵老将军不在那列柳城呢？"

乙　戏里没这词儿呀。

甲　有这词儿我就不问他了。哈哈哈。

乙　你可够缺德的了。

甲　红花呀红花，我叫你尝尝我绿叶的厉害。

乙　哎，那位演诸葛亮的怎么回答你的？

甲　只见他眨巴眨巴眼儿，冲我一笑：“赵老将军若不在嘛——此乃军机不可泄露，你附耳上来。”

乙　要小声告诉你。

甲　我把耳朵往他嘴边儿一凑，他用羽扇一挡说——

乙　说什么？

甲　“你小子再捣乱，我告诉团长扣你这月奖金。赶快滚下去！”

乙　你怎么回答的？

甲　“得令哦！”（做戏中动作）

乙　还亮相哪！

（纪元搜集整理）

摇铃铛

甲　这回咱们说段相声。

乙　哎。

甲　解放几年来，相声已经成为群众文娱生活中不可缺少的精神食粮了。大家都爱听相声。

乙　那是。

甲　相声本身也有了很大的进展，在内容上也丰富了，在表演方法上也提高了。

乙　可不是嘛。

甲　不但是相声和过去不一样了，而且听玩意儿和过去也不一样了。

乙　听玩意儿怎么也不一样呢？

甲　太不一样了。您看现在大部分都卖票。您花几毛钱能听好几个钟头，规矩。

乙　噢。

甲　就是不卖票，三分一段的，那也有一定的时间才要钱呢。

乙　规矩。

甲　搁过去不行。旧社会净讲究欺骗人。

乙　是吗？

甲　欺骗人最厉害的就是赶庙会唱野台子戏的，那才赚人哪。

乙　赚谁呢？

甲　净赚不常出门的老太太，常出门的谁也不上那个当。老太太不轻易出门，非得到年节，领着孙子：“走啊，跟我听戏去。”到戏园子一问票价，合现在钱说吧，六角。老太太不看。

乙　怎么？

甲　嫌贵。跟孙子说："走，咱上别处听去。"走来走去，就看见这野台子戏了。门口有一个人，一看见老太太就喊："听戏去吧，听戏便宜，一毛一位，还有八出大戏哪！"老太太一听，一毛钱能听八出大戏，这可便宜。

乙　可真便宜。

甲　老太太问："多少钱？""一毛一位。""我们这小孩儿还买票吗？""小孩儿五分。"

乙　小孩儿半价。

甲　"给你一毛五！"老太太给了一毛五，领着孙子进去了。老太太眼神不好，耳音也差点儿，非得坐头里听，就听台上唱"老妈上京"。

乙　旧社会净唱这路戏。

甲　头一句是：（唱）"小老妈在上房打扫尘土吧您哪……"

乙　嘿！

甲　就听台上有人摇铃铛，当啷当啷……铃铛一响，打那边过来一个人："钱啦老太太！"老太太一听一愣。

乙　怎么？

甲　老太太说："我买了票了。"

乙　是啊！

甲　那个人说："我知道您买票了。您买票是外边的，他是他，我们是我们。"老太太说："噢，你们这儿不一事啊？""对了，不一事。他那儿要的是大棚和凳子钱，我们要唱的钱。"老太太说："好，多钱吧？""一分一位。""行，给你二分。"

乙　这就二分！

甲　听台上又唱：（唱）"打扫了东屋啊打扫西屋里呀啊……"听台上铃铛当啷当啷一响，刚才要钱的那位又过来了："老太太，钱啦！"

乙　又要钱？

甲　老太太一听："怎么又要钱哪？""对了，铃铛一响就要钱。""给你二分！"给完钱，老太太说："光听个打扫屋子，花一毛九了。"

乙　这也不贱。

甲　就听台上又唱：（唱）"东屋西屋打扫完毕呀……"就听台上铃铛一响，当啷当啷，要钱的那位又过来了："钱啦老太太！"

乙　又要啊？

甲　老太太说：“怎么又要啊？”

乙　是呀。

甲　“没跟您说吗，铃铛一响就要钱嘛！”老太太说：“你们这铃铛响得也太快了。给你二分。”给完钱老太太指着台上：“你那铃铛等会儿响，我们不听了，我们走。”说完了领着孙子：“走！咱走！听不起，这玩意儿光要钱。”

乙　这可真是欺骗人。

甲　老太太领着孙子往外走，园子也大点儿，老太太走得也慢点儿，刚到门口，就听台上铃铛一响，当啷当啷，门口有一位把老太太截住了：“钱啦您哪！”“我没听啊！”“我不管您听不听，您也得给钱！”

乙　没听还跟人家要钱哪。

甲　老太太一看没办法，由兜掏了半天，掏出一分钱来：“我这儿还有一分行不行？”“不行！二分钱差一分也不行！”老太太一听，说：“好嘛，你们这儿还言无二价哪！”老太太又掏兜，正掏兜这工夫，听台上铃铛一响，门口那个人说：“老太太，两段了！”老太太说：“好，就你们这倒霉的铃铛，你能不能把我摇死？”老太太由兜掏出五分钱来：“找钱！”看门的找了二分钱递给老太太。这票儿啊，破点，可也能花，老太太闹一肚子气，非跟他“矫情”不可：“给我换换！”

乙　老太太这是急了。

甲　门口的那个人说：“老太太，能花。”“能花我也不要！你们怎么一点不将就哪，差一分都不行呢？给我换！”

乙　这是非换不可啦。

甲　门口的那位说：“没零票儿了，要有，早就给您换了。”老太太说：“不管你有没有，你给我换！”正这工夫，听铃铛一响：当啷当啷。老太太自己就说了：“正好，都给你吧！”老太太领着孙子往家走，一边走一边琢磨……

乙　琢磨什么？

甲　琢磨这倒霉的铃铛，当啷二分，当啷二分，受得了吗？老太太快到家门口了，就听身后“当啷当啷”的铃铛又响了，把老太太吓了一跳：“啊，追这儿要来了？”

乙　是啊，他怎么追人家来要钱哪？

甲　老太太回头一看才放心了，是秽土车。

乙　噢，老太太是让铃铛给吓怕了。

（张嘉利整理）

问令郎

甲 山东军阀韩复榘，这天闲着没事，就把副官叫过来：（学山东话）“今天有没有什么事？”副官一敬礼：“报告主席，今天没事。”“没事好，没事我给你找点事。”

乙 噢？没事找事！

甲 “今天我想到下面看看弟兄们。”副官赶忙备车召集团以上的军官开会。不一会儿大家都赶到了会议厅，一个不少。

乙 够快的啊！

甲 没多大工夫，韩复榘也坐着小轿车到了会议厅的门口。他下了轿车，走进会议室，大家是热烈欢迎。韩复榘为了表现自己平易近人和主席的风度，走到军长面前，一拍军长的肩膀：“赵军长，你有几个令郎啊？”

乙 令郎就是儿子。

甲 军长赶忙站起来立正：“报告主席，在下只有一个犬子。”“犬子是嘛玩意儿？”

乙 什么都不懂。

甲 军长赶忙解释：“报告主席，犬乃狗也。”“哦，我明白啦。你养了条狗哇，有条狗也不错嘛！”

乙 嗐！

甲 站在军长旁边的是师长。韩复榘走到师长旁边，一拍师长的肩膀：“钱师长，您有几个令郎啊？”师长一想军长很谦虚，说自己的儿子是犬子，那我就不能说是犬子啦，我得比军长差点儿：“报告主席，我只有一条狗腿子。”

乙 狗腿子？！

甲　“有条狗腿子也很好嘛！”

乙　还好呢！

甲　韩复榘又走到旅长面前，一拍旅长的肩膀：“孙旅长，你有几个令郎啊？”旅长为难了，自己的儿子绝对不能超过师长的儿子。哎！有了，一立正：“报告主席，我只有一条狗尾巴。”

乙　好嘛，都成狗尾巴啦！

甲　韩复榘又走到团长面前，一拍团长的肩膀：“李团长，你有几个令郎啊？”

乙　团长怎么回答的？

甲　把团长急得冷汗都下来了。

乙　为什么？

甲　这位团长想啦：军长的儿子是狗，师长的儿子是狗腿子，旅长的儿子是狗尾巴，那我无论如何也不能超过他们啦。那我儿子该是什么东西呢？

乙　东西呀！

甲　这位李团长一狠心，一跺脚，一咬牙：“报告主席，我只有一个狗屁。”

乙　咳！

（薛永年搜集）

马路红

甲　京剧讲究的是唱念做打。

乙　这是四门基本功。

甲　只有勤学苦练才能掌握真本领，受到观众的欢迎。

乙　那才算唱红了哪。

甲　这叫前台红。

乙　前台红，这么说还有后台红？

甲　不光有后台红，还有池子红、马路红。

乙　这可头一回听说。哎，你给大伙儿说说。

甲　讲讲这几种红的特点？

乙　对。你先说说前台红。

甲　前台红是真红。像四大名旦、四大须生，以及许多著名演员那样，有扎实的基本功，有娴熟的表演技巧，知名度很高。只要一登报，剧场就满员，一出台观众就鼓掌，一唱大家就叫好。

乙　噢，这就是前台红，那后台红呢？

甲　后台红，这种人不虚心学习，不钻研业务，长年在剧团里混，一瓶子不满半瓶子晃荡，没事儿老在后台哼哼，什么戏都会，什么行当全行。

乙　这也可以呀。

甲　在后台咋咋呼呼，上前台马马虎虎，站没站相，坐没坐相，只要一张嘴，要多难听有多难听。

乙　不是味儿呀？

甲　他嗓子痛快了，观众回家恶心了三天。

乙　咳！这可真够坑人的。那么池子红是怎么回事儿？

甲 池子红就是在浴池里红。
乙 澡堂子呀！
甲 这种人哪儿也不唱，只要进了澡堂子，一下浴池："啊啊——"
乙 这就要唱。
甲 热水烫的。
乙 嗐！
甲 （边做洗澡动作边唱）"包龙图打坐在开封府哇——突突突突。"（做吐水状）
乙 怎么了？
甲 洗澡水进嘴里去了。
乙 喝汤啦！这是池子红。那马路红哪？
甲 马路红最有意思了，这种人专爱在街上唱。特别是那胆儿小的，走黑道他害怕，用唱来壮胆儿。
乙 怎么唱？
甲 （用颤抖声音唱）"听他言吓得我……"
乙 嗯，听出来了，这是真吓的。
甲 （接唱）"心惊胆怕——哎呀妈呀！"
乙 怎么了？
甲 跑过去一只猫。
乙 胆子也太小了。哎，马路红都是夜里唱吗？
甲 也不一定，像我二哥他就白天唱。
乙 你二哥也是马路红？
甲 红得厉害哪！一上街就摇头晃脑走台步，嘴里边儿哼哼呀呀地唱，后头跟了一大群人。
乙 这不影响交通吗？
甲 交通民警批评他好几回。
乙 别在大街上唱了。
甲 不在大街上唱还算什么马路红啊？
乙 噢，还唱？
甲 唱。那天领完了工资，在饭馆喝了半斤老白干，出了饭馆一上马路他就唱上了，前后左右围了好几十人。
乙 唱的什么？
甲 （唱）"洞宾曾把牡丹戏，庄子先生三戏妻，秋胡戏过罗氏女，薛平贵要戏自己妻，弓插袋内假意取——”（摸兜，惊慌失措）“呜呜呜——”

乙　怎么哭了呀？

甲　“我钱包儿没了。”

乙　看你还唱不唱。

甲　（接哭唱）“我把大嫂——呜——书——呜——信哪——失——”

乙　还唱哪！

（纪元搜集整理）

戏迷起床

甲 干什么都有入迷的。

乙 是吗？

甲 打球的有球迷。

乙 对。

甲 跳舞的有舞迷。

乙 是。

甲 喝酒的有酒迷。

乙 有。

甲 听戏的有戏迷。

乙 还有戏迷？

甲 有。我兄弟就是个戏迷。

乙 他喜欢什么戏？

甲 京剧。一天吃、喝、拉、撒、走都得唱。

乙 是吗？

甲 在马路上走道儿也唱。低着头，（唱）“我本是卧龙岗，散淡的人……”咣！

乙 怎么啦？

甲 脑袋碰电线杆子上了。

乙 看着点儿啊。

甲 还给人家作揖哪：“对不起，我光顾唱了，没留神碰您身上了……您怎么不说话呀？”（抬头）哦，电线杆子！

乙 给电线杆子道歉哪？

甲 在澡堂里洗澡也唱。“店主东，带过了，黄……”唏里哗啦！

乙　怎么还“唏里哗啦”呀？

甲　往身上撩水哪。

乙　好嘛。

甲　（唱）“黄骠马……”唏里哗啦！“不由得，秦叔宝……”唏里哗啦——咚！

乙　怎么还“咚”啊？

甲　掉后池子里了。

乙　瞧这倒霉劲儿！

甲　就是不唱，嘴里也闲不住。

乙　干什么？

甲　打家伙。

乙　带文武场？

甲　对。早晨起来一起床打四击头：“哒台……”

乙　怎么啦？

甲　坐起来了。“呛呛哒台才登呛！”（穿上衣状）

乙　这是穿上褂子了。

甲　然后打撕边“瓜儿呛！”（系扣子状）“瓜儿呛！……”（穿裤子状）“瓜儿呛！”（穿袜子状）“瓜儿呛！……”（穿鞋状）“瓜儿呛！……”（系腰带状）打彻锣“康才才才！……”

乙　这是？

甲　下地了！

乙　嘿！

甲　下地以后，首先要漱口。

乙　对。

甲　打这家伙点儿叫〔水斗〕。

乙　水斗？

甲　您看过蒋平捉拿花蝴蝶吗？

乙　看过。

甲　就是在水里打仗时打的家伙点儿。

乙　对。

甲　“吧哒”——

乙　怎么意思？

甲　挤上一点牙膏。然后刷牙：“吧哒——哒锵，锵锵锵锵，吧哒——哒锵，锵锵锵锵……（换方向）吧哒——哒锵，锵锵锵锵……吧哒——哒锵，锵锵锵锵！吧哒——哒锵，吧哒——哒锵，锵锵——噗！”

乙　怎么啦？

甲　腮帮子捅漏了！

乙　倒小心点儿呀！

甲　上厕所都打家伙。

乙　什么家伙？

甲　叫〔扑灯蛾〕。

乙　“扑灯蛾”？

甲《跳加官》的戏里打的那个家伙点儿。

乙　噢。

甲　说着好好话儿：“呛！”

乙　怎么啦？

甲　先来一冷锤。“有手纸吗？肚子不好，我得上厕所。”

乙　给你（递手纸状），厕所在那边儿。

甲　（接手纸）“台台七台七个雷台呛！台台七台七个雷台呛！……”（抬头看看笑一笑）

乙　看见厕所了。

甲　“台台七台七个雷台呛！……”（无止地打）

乙　转悠什么？

甲　坑儿都蹲满了。

乙　寸劲儿！

甲　“台台七台七个雷台呛……”（打几次，然后笑一笑）

乙　笑什么？

甲　走了一位。

乙　好。

甲　“台台七台七个雷台呛！台台七台七个雷台呛！”（反复打几次，逐渐地慢下来，声音也越来越小）

乙　怎么听不见了？

甲　拉了！

乙　嗐！

（孙少臣忆记）

武家坡

甲　王先生。
乙　您先生。
甲　您说相声说得真棒。
乙　不敢说。
甲　您说得挺棒，您脾气不犟；身子很壮，脑门发亮。
乙　这都什么呀?
甲　不是，我说您在相声界里，“说、学、逗、唱”全行。
乙　不敢说，什么都会点儿，就是不扎实。
甲　谁不知道您哪，您说的相声是月胜斋的酱牛肉——
乙　怎么讲?
甲　有味道。桂顺斋的点心——
乙　怎么讲?
甲　四方驰名。您就如同山海关——
乙　怎么讲?
甲　天下第一。
乙　不敢。
甲　您可称是王致和的臭豆腐——
乙　怎么讲?
甲　有味。
乙　那是够臭的。我说您别夸我了，再夸我，还不定说什么哪。
甲　不是。好长时间没见您，不知说什么好。最近您又练什么啦?
乙　最近打算学点儿戏曲的东西。
甲　戏曲学什么呢?

乙　京剧。
甲　好！这是大剧种啊，我就爱好京剧。
乙　你就爱好京剧？
甲　干吗是爱好，我还能唱，东西南北城都知道我是名票。我经常唱那白胡子老头儿。
乙　白胡子老头儿？
甲　白胡子老头儿嘛，带着闺女上船。
乙　噢，你说的这是《打渔杀家》。
甲　（唱）："父女俩打渔在河下。"
乙　唱得还真不错。
甲　就会这一句。
乙　嗐！说得这么热闹就会一句。您就会唱老生？
甲　干吗我就会唱老生啊？我贴上面穿上裙子，穿上木皲："我说驸马呀！"
乙　这是《四郎探母》中的青衣。
甲　对！（唱）"芍药开牡丹放花红一片。"
乙　好！
甲　就会这一句。
乙　嘿？！
甲　我还会唱那大黑脸，脑袋上有一月牙儿，审那个小子不认媳妇。
乙　你说的这是黑头戏《铡美案》。
甲　（唱）"包龙图打坐在开封府。"
乙　好！
合　就会这一句？
乙　我就知道是这句！我说你这每出戏就会一句。
甲　谁告诉你的，你挑出戏我跟你唱。
乙　好！你不是生、旦、净、末、丑都行吗？
甲　不不！我最拿手的还是（唱）"芍药开牡丹放花红……"
乙　那是青衣。
甲　对，对，青衣。
乙　那么咱们唱一出《武家坡》。
甲　《武家坡》好。这里的规矩大了，你要贴《武家坡》那是咱俩的事。你要贴王宝钏那是看我的，你要贴薛平贵那是看你的，你贴《大登殿》，那是看大伙儿的。

乙　他还都懂。

甲　懂啊，就怕我唱完了你接不下来。

乙　你唱上句我就能接出下句。

甲　行，行！闲话少说，以唱当先。

乙　这出戏太长，咱就唱当间的核儿。

甲　哪点儿？

乙　就是《武家坡》夫妻相见那点儿。

甲　就是那薛平贵与王宝钏见面那点儿，谁先唱啊？

乙　当然我先唱啊。

甲　那你就唱。

乙　好！（唱）“八月十五月光明。”

甲　你这是薛平贵的唱腔。

乙　这不废话吗，就咱俩人，你是王宝钏，你应该说：“住了，军营之中连个灯光都没有吗？”你这是道白呢。

甲　（白）“灯光倒有，那有许多嘛。”

乙　（白）“全凭何物？”

甲　（白）“皓月当空。”

乙　哎！咱们俩怎么倒个儿了？

甲　你知道是我的词儿你干吗说？你注意你的词儿吧，回头我说完上句你接不下来了怎么办。

乙　这倒怪我了。咱各顾各的词儿。

甲　我怕你唱不上来。

乙　你有词儿我就有词儿。

甲　好！你接着唱。

乙　（唱）“八月十五月光明。”

甲　（唱）“住了，军营之中连个灯光都没有吗？”

乙　（唱）“灯光倒有，那有许多嘛。”

甲　（唱）“全凭何物？”

乙　（唱）“皓月当空。”

甲　（唱）“要阴天呢？”

乙　他我……有这词吗？（唱）“薛大哥在月下修写书文。”

甲　（唱）“我问他好来。”

乙　（唱）“他倒好。”

甲　（唱）“再问他安宁？”

乙　（唱）“倒也安宁。”

甲　（唱）“三餐茶饭？”

乙　（唱）“小军造。”

甲　（唱）“衣服破了？”

乙　（唱）“自有人缝。”

甲　（唱）“衣服当了？”

乙　（唱）“赎出来再穿。”

甲　（唱）“衣服脏了？”

乙　（唱）“洗洗再穿。”

甲　（唱）“衣服丢了？”

乙　咱买一件得了。

（王本林述　王双福整理）

孙 权

甲　作为一个演员，一出台就得精神集中。

乙　对，那叫进入人物。

甲　要是精力一分散，就容易出错儿。

乙　发生舞台事故。

甲　我前些天看戏，那位演员就在台上出错了。

乙　怎么回事儿？

甲　那天的戏是《连营寨》。演孙权的那位是个年轻演员，还没出场呢，心就怦怦直跳。

乙　慌什么呀！

甲　从边幕条往下一看，场子里观众黑压压一片，吓得浑身直哆嗦。

乙　这哪能演好戏呀！

甲　这出戏他上场后应该自报家门："孤，孙权。"

乙　报名儿。

甲　那天他哆哆嗦嗦上场，刚一报名："孤，孙——""当！"

乙　怎么啦？

甲　灯光室里一个灯泡爆了。

乙　瞧这寸劲儿。

甲　把他吓得一趔趄："哎呀，我的妈呀！"

乙　至于这样吗？

甲　就这么一惊吓，把自个儿扮演的角色忘了。

乙　嚯！

甲　那也不能停下呀！他接着往下拉长音儿："孙——嗯——"

乙　嘿，拉上笛儿啦。

甲　旁边有位龙套演员看出来他是忘词儿了。

乙　告诉他吧。

甲　没法告诉。声小，他那听不见，声大，他听见，观众也听见了呀。

乙　这还难办了。

甲　这龙套演员有经验，他给那位打手势。

乙　什么手势？

甲　左手拿靠旗一挡，右手伸出来攥了个拳头。

乙　噢，这边儿有孙，那边来个拳，凑到一块儿——孙权。这办法好哇。

甲　可这位没明白，他瞪眼看那拳头发愣。"嗯？"

乙　太紧张了。

甲　龙套演员看他没明白，把那拳头又晃了两晃。

乙　这回明白了吧？

甲　没有。人家晃晃拳头，他跟着晃晃脑袋。"嗯？"（晃头发蒙）

乙　蒙啦？

甲　这位看他还没明白，一着急大声给说出来了："孙权！"

乙　他成孙权啦！

（纪元搜集）

珠帘寨

甲　你喜欢京剧吗？

乙　非常喜欢。

甲　京剧好哇！唱腔韵味浓厚，唱词典雅优美。

乙　具有很高的艺术魅力。

甲　有些戏词儿与唱腔配合得很讲究，可外行人看来觉得不合理。

乙　你举个例子。

甲　有出戏叫《珠帘寨》。

乙　就是沙坨搬兵。

甲　李克用有一段流水板。

乙　怎么唱的？

甲　（唱）"哗啦啦，打罢了头通鼓，圣贤提刀跨雕鞍；哗啦啦，打罢了二通鼓，人有精神马又欢；哗啦啦，打罢了三通鼓，蔡阳的人头落在马前。"

乙　这不挺好吗！

甲　我原先就挺纳闷儿。

乙　怎么了？

甲　这"哗啦啦"是什么动静呀？

乙　那是敲鼓的声音。

甲　敲鼓的声儿应该是"咚咚咚"，怎么成了"哗啦啦"呢？

乙　可也是。

甲　小河流水才"哗啦啦"哪。

乙　嘿，他倒挺有心计。

甲　后来我去请教一位专家。人家告诉我，因为这六句词儿，是一句比一句高，“哗啦啦”是平声字，唱起来好听，嗓子放得开。“咚咚咚”是仄声字，唱起来发闷，不好听。

乙　看看，这里面还有音韵学哪。

甲　我不信哪。那位专家说，不信你就唱“咚咚咚”。

乙　你唱没？

甲　唱了。

乙　大伙儿听听。

甲　（唱）“咚咚咚，打罢了头通鼓，圣贤提刀跨雕鞍；咚咚咚，打罢了二通鼓，人有精神马又欢；咚咚咚（懂）……”

乙　怎么了？

甲　掉水沟里三位。

乙　嗐！

（纪元搜集）

梆子迷

甲 （唱）“刘大哥讲话理太偏，谁说女子不如男。”

乙 唱上了？

甲 （接唱）“男子打仗到边关，女子纺织在家园。白天去种地夜晚来纺线，不分昼夜辛勤把活儿干。你若不相信哪就往身上看，穿的鞋和袜还有衣和衫，千针万线都是她们连哪！”

乙 好！

甲 听得懂我唱的是什么吗？

乙 您唱的是豫剧《花木兰》。

甲 对，也叫“河南梆子”。

乙 对。

甲 它吸收了蒲州梆子、秦腔与当地的民歌小曲所形成。有豫东调、豫西调、沙河调。

乙 是。

甲 要说梆子可太多了。

乙 都有什么梆子？

甲 有陕西梆子、山西梆子、河北梆子、山东梆子、莱芜梆子、枣庄梆子……还有“老梆子”。

乙 还有小伙子。

甲 小伙子干什么？

乙 “老梆子”干什么？

甲 老调的“河南梆子”。您听过吗？

乙 没有。

甲 过去老梆子……不，老调的梆子，都不正规，词儿随便唱，辙不限，可以唱“花辙”。

乙　是吗？

甲　我听过一出戏叫《陈州放粮》。

乙　包公戏。

甲　包公一出场，只穿袍子没靴子，纱帽翅前头一个后头一个，一上场就跟端着一屉包子差不多。

乙　唱出来什么味儿呢？

甲　我学学！锵锵锵……（唱）“下陈州路过太康县，我问问地瓜卖啥价钱。马汉就说二百三，王朝就说二百六称上几斤好过年。身上背着个大篮子，称上二斤绿豆丸子。葱花油饼烙两张，再来碗又酸又辣的胡哇辣汤啊！”

乙　包公这样儿放粮啊？

甲　包公赶集去了。您别看这些梆子还真有听入迷了的。

乙　还有入迷的？

甲　有。

乙　谁呀？

甲　我舅舅。

乙　你舅舅怎么入迷？

甲　行动坐卧都要唱。就是不唱嘴里也得打着家伙。

乙　是啊？

甲　早晨起来赶集去，嘴里“拉隆儿等隆儿冷咚儿一个冷咚儿等……”有人问他：“大哥，你上哪儿去？”

乙　他呢？

甲　回头看看人家“等隆儿冷……”

乙　不理人家。

甲　知道的行，你得唱着问他。

乙　怎么唱？

甲　（唱）“问一声老大哥你上哪去？”

乙　他呢？

甲　（唱）“今天没有事我前去赶集。”

乙　回答上来了。

甲　就是在家里，我舅母问他吃什么饭，问一天他也不回答你。

乙　那怎么办呢？

甲　唱着问（唱）“问一声小儿他爹，咱把啥饭来用？”

乙　你舅舅怎么回答的呢？

甲　（唱）“贴饼子打糊涂，面条也中。”

乙　这位吃什么都行。

甲　有一天我舅舅和我舅母在菜园子里浇水，我舅舅摇着辘轳把儿，我舅母看沟子。打那边过来一个人，扛着个行李卷，想打听路。你倒跟别人打听，他偏跟我舅舅打听！“大哥，上开封怎么走？”他看看人家，嘴里还“等隆儿……”问了好几遍他都不回答人家。这位一想，这位是哑巴？不能，哑巴怎么嘴里还哼哼呢。不是哑巴是聋子？不能，聋子怎么听见呢？这位不高兴了，“喂！你怎么回事儿？知道你告诉我，不知道你说不知道，为什么不理人？今后你就不出门在外啦？”

乙　对呀。

甲　我舅母在旁边听见了，（河南口音）“咦，我说那位大兄弟，你不知道，俺这个老头子是个梆子迷，你这样问他，一天也不告诉你。你会唱吧？你要唱着问，你一问他就告诉你了！”这位一听，怎么，唱着问？巧了！

乙　怎么？

甲　这位是梆子剧团唱大花脸的。

乙　寸劲儿！

甲　这位把行李卷往地下一放，打着家伙点儿就过来了。“锵锵锵……”（唱）“走上前搭一躬，问声挑水的大长兄，我上开封要走哪条路程哇——”

乙　问下来了。

甲　我舅舅高兴了，（唱）“你要上开封你奔正东。”

乙　回答上来了。

甲　坏了！

乙　怎么啦？

甲　一松手，辘轳把儿往回一转，“啪！”

乙　怎么啦？

甲　正打在后脑勺上。“咚！”

乙　怎么啦？

甲　掉井里头啦！

乙 哟！

甲 打听道的一看掉井里了，扛起行李卷就跑了！

乙 这位也不怎么样！

甲 我舅母正看沟子哪，一听没动静了，回头一看，俩人一个都没有了。哪儿去了？“小儿他爹，小儿他爹！……”喊了半天也没人搭茬儿。就听井里扑通通，扑通通……他正在井里玩命哪。

乙 是呀！

甲 我舅母可吓坏了，刚才还俩人哪，怎么现在一个人也没有了？一听在井里哪！“小儿他爹，你怎么上井里去了？快，你抓着井绳，我把你摇上来吧！”一边摇一边问：“小儿他爹，你淹着没有？你碰着没有？”

乙 你舅舅怎么回答的？

甲 他在井里“嘟……嘟……”

乙 这是什么意思？

甲 那意思淹得够呛了。

乙 还做戏哪！

甲 我舅母一想：噢，他是个梆子迷，我得唱着问他。

乙 你舅母怎么唱的？

甲 （唱）“在井台我泪涌涌啊，出言来叫声奴的相公，我问你淹得轻来还是重？”

乙 问下来了？

甲 他在井里也唱上了。

乙 怎么唱的？

甲 （唱）“昏昏迷迷我也不知情啊——”“咚！”

乙 怎么啦？

甲 一松手又掉里头啦！

乙 嗐！

（孙少臣整理）

捉放曹

甲　做一个相声演员，不容易。

乙　也没什么困难。

甲　首先要脑子灵活，见景生情，来得快。

乙　不能把对方的话掉在地下。

甲　你有来言，我有去语，有问必答。语言还要精练，不能拖泥带水。

乙　哎！

甲　要当好一名戏剧演员，更不容易啦。

乙　怎么呢？

甲　你们是说，人家是唱。说好说，唱要有韵调。

乙　那是有点儿困难。

甲　演员必须合作得好，要谦虚，要客气，互相尊重，才能把这出戏演好。

乙　那当然啰。

甲　有一次，我听了一出戏，俩演员就没合作好，闹出个大笑话来。

乙　什么戏呀？

甲　《捉放曹》。

乙　这是一出老戏。出什么笑话啦？

甲　扮曹操这位演员有点儿傲慢，看不起演陈宫的这个演员。

乙　哦！

甲　两个人扮好了戏，在上场门儿这儿一站。扮陈宫这个演员很客气，冲着曹操一抱拳说："您多辛苦。"曹操应当说"您托着点"就对了，可曹操没理他。

乙　这就不对了。

甲　台上吕伯奢唱完了，该他们上场了。曹操在前边，陈宫在后面，家伙点儿是〔碰锤〕：“匡切……切。”曹操先唱一句散板：“八月中秋桂花香。”陈宫接唱：“行人路上马蹄忙。”曹接唱：“坐在雕鞍用目望，是一老丈坐道旁。”

乙　对啦。

甲　那天曹操改词儿啦。

乙　怎么改的？

甲　曹操唱：“八月中秋桂花开。”

乙　“江洋”辙改了“怀来”啦。

甲　陈宫这个演员有经验，他也改了词儿啦，接唱一句——

乙　他怎么唱的？

甲　唱：“抛官丢印随他来。”

乙　改得好。

甲　曹操唱：“坐在雕鞍用目睬。”陈宫唱：“见一老丈坐土台。”台下满堂好。

乙　那还不叫好哇！

甲　是呀，台下叫好啦，俩演员到后台就吵起来了。

乙　是得吵。

甲　陈宫说：“哎，你怎么改词儿啦？”曹操说：“你不是也改了吗？”

乙　废话，他不改怎么下台呀！

甲　陈宫一生气，把胡子一摘，衣服一脱说：“你这个演员，我不伺候了。”说完他走了。

乙　那怎么办？

甲　曹操不知道哇。到了“杀家”这场啦，曹操上场唱：“自作自受自遭殃，小鬼怎当五阎王，宝剑一举往后闯。”右手把宝剑举起来，陈宫在后面接一句：“陈宫上前拉衣裳。”

乙　对呀。

甲　陈宫没出来。

乙　哪儿去啦？

甲　他走啦。

乙　那怎么往下唱？

甲　曹操这个右手举着宝剑，一看陈宫没出来，他急了一头汗，台下要叫倒好。有个观众说：“咱们都别叫倒好，看他这手怎么放下来。”

乙　这手儿够损的。

甲　这曹操也有经验，他现编了四句词儿，愣把倒好压下去了。

乙　他怎么编的？

甲　曹操唱："大叫陈宫太不该，为何这时不上台，听戏的观众多原谅，我找着陈宫再出来。"他下去啦！

乙　干吗去了？

甲　找陈宫去啦。

（杨松林记）

青石山

甲 作为一个相声演员，要无不知，百行通。

乙 对啦！

甲 还有一个最大的特点——

乙 什么特点？

甲 要有状元才、英雄胆、城墙厚的一张脸。

乙 怎么讲？

甲 状元才，要有点儿文化。

乙 文化也不太高。

甲 英雄胆，要胆子大，不管什么样的场合，不管台下坐着什么样人物，不怯场。

乙 胆小就怯场。

甲 还要有城墙厚的一张脸。

乙 噢，我们说相声的，都是厚脸皮？

甲 也没多厚，也就是一指多厚！

乙 一个手指那么厚？

甲 不，用手一指，指到哪算哪。

乙 那还不厚哇！

甲 反正是不害臊，不怕台下叫倒好。

乙 怎么呢？

甲 台下观众叫倒好，你们也按正好听。

乙 我们演员都这样。

甲 不对！只有你们相声演员这么厚脸皮，不能说演员都这样。

乙 这倒是。

甲　戏剧演员跟你们就不同。
乙　是吗?
甲　当然了。戏剧演员要在台上听见一个倒好，那是唱砸了，丢面子，下次再唱就得换地方。
乙　再唱就没人买票了。
甲　前几年我听过这么一出戏。
乙　什么戏呀?
甲　《青石山》。
乙　这是一出老戏。
甲　人物不多，就三个。
乙　哪三个人呢?
甲　关公、关平、周仓。关公当中一坐，关平在左边抱着印，关公喊一声:“周将，看刀来。”
乙　对。
甲　那天周仓就唱砸了。
乙　怎么呢?
甲　那天周仓扮好了，把刀立到上场门儿那儿，把胡子也挂在旁边儿，他坐在那儿睡着啦。
乙　他睡啦?!
甲　台上关公喊:“周将看刀来。”他还没醒呢!
乙　误场了。
甲　后台管事儿的推他一把:“哎，上场了!”他一慌，拿着刀就出来了:“来也。”他这一慌，可忘了戴胡子了。
乙　周仓不戴胡子多难看哪!
甲　四起头上场，“来也。”打仓巴打仓场仓。一亮相儿，往台口一站，台下的观众吓了一跳:“哎，周仓怎么今天没戴胡子呀!”
乙　大花脸不戴胡子多难看哪。
甲　旁边儿还有一位说:“噢，周仓刮脸啦。”那一位明白啦:“他忘了戴胡子啦，咱们给他叫个倒好。”后边儿坐的那位才损呢，说:“哎，别给叫倒好，你一叫倒好，他下台了。咱们不给叫倒好，看他怎么下去!”
乙　对，这手儿损哪。
甲　台下观众来了个满场笑。

乙　那还不笑哇。

甲　关平这个演员有经验。台下一场笑，关平一看：哟，周仓没戴胡子出来了，台下一叫倒好，是你砸了，还是我们砸了？这不行，得落到你身上。他把印往桌上一放，往前走了两步，冲周仓一指："呔！来将通名。"

乙　叫他报名。

甲　周仓心说：这戏别唱了，关平不认识周仓啦。

乙　没听说过的事儿。

甲　周仓心想你要砸我，没门儿，你问俺："俺乃是周……"他一抓胡子，没有，这才想起来。哟，我忘了戴胡子了。他说了周……往下仓字说不出来啦，"周……"

乙　没词儿啦！

甲　关平又追了一句："周什么？讲。""我乃是周仓的儿子。"

乙　他儿子！

甲　关平说："不要你，换你爸爸前来！""得令！"他又回去啦。

乙　是呀！

（杨松林记）

反五关

甲　哎，你喜欢听戏吗?

乙　戏剧?那我听得太多了，什么京剧、评剧、河南戏……

甲　噢，河南戏你也听过。

乙　那听得太多了。

甲　光绪年间的河南戏，你听过吗?

乙　没有，那时候还没有我呢!

甲　我是说，过去的没有经过改革的河南戏，你听过吗?

乙　没有。

甲　我听过。

乙　那时候的河南戏，怎么样?

甲　一听就懂，都是大实话。

乙　举个例子。

甲　先说一出小生戏。

乙　好。

甲　小生一上场，唱四句大实话:(唱)“有我生出门来，腿肚子朝后。”

乙　对，腿肚子朝前，怎么走哇!

甲　(接唱)“头朝上，脚朝下，脸在前头。”

乙　哼!

甲　(唱)“走一步，退一步，如同没走。”

乙　对。

甲　(唱)“朝前走，往后看，必须回头。”

乙　这不废话吗?

甲　废话，这还能听。还有的戏唱出来不合情理，自相矛盾。

乙　什么戏呀？

甲　有出戏，叙黄飞虎《反五关》，一唱就可笑。

乙　他怎么唱的？

甲　黄飞虎一上场，在台上唱两句："正催马来抬头看，眼前来到一座关。"（白）眼前来到潼关。

乙　到潼关了。

甲　"不知什么所在。"

乙　好嘛，他又忘了。

甲　"待我下马一观。"

乙　看看吧。

甲　上写三个大字：哎，咳，潼关。

乙　这是仨字呀！

甲　"老夫行兵到此，为何四门紧闭？"

乙　关着城门呢。

甲　"众将官，人马穿城而过。"

乙　飞过去的呀？

（杨松林记）

四大名旦

甲　您知道四大名旦都是谁吗？

乙　梅、尚、程、荀啊！

甲　您这学问不浅啊！

乙　这谁都知道。

甲　常言道："内行听门道，外行看热闹。"

乙　是有这么一句话。

甲　咱不仅是听，而且能听出板眼、听出韵味、听出滋味、听出咸淡……

乙　听出咸淡？

甲　外行不是，咸淡是指口轻口重。

乙　那是什么意思？

甲　是指唱腔的轻重缓急、抑扬顿挫，一个弯儿，一个撇儿，一个疙瘩腔儿，犄角旮旯儿没有地方不给您唱到的。讲究不漏汤，不洒水儿……

乙　别说，他还真有点儿研究。

甲　四大名旦各有艺术特色。

乙　您给介绍介绍。

甲　咱先说荀派。

乙　荀慧生先生。

甲　荀派戏讲究媚气。他演的主人公天真活泼，情纯意真，都充满了青春的活力。

乙　看荀派戏感到自己都年轻了。

甲　像什么《红娘》《金玉奴》《红楼二尤》、全部《玉堂春》……

乙　这都是荀派的代表剧目。

甲　再说程派。
乙　程砚秋先生。
甲　程派戏的唱腔如天河之水迂回婉转，如泣如诉；似涓涓流水绕山滴石，似断非断；既有低谷之韵，又有金石之声……
乙　唔！
甲　像《锁麟囊》《春闺梦》《青霜剑》《荒山泪》等等。
乙　这都是程派的代表剧目。
甲　尚派戏又不同啦！
乙　尚小云先生。
甲　尚派戏唱腔高昂宽亮，峭拔刚健，铿锵遒劲，一气呵成。
乙　对，音亮气足。
甲　像什么《二进宫》《昭君出塞》《梁红玉》《乾坤福寿镜》……
乙　这都是尚派的代表作。
甲　我对梅派更有研究。
乙　梅兰芳先生。
甲　梅先生的代表剧目有《宇宙锋》《洛神》《贵妃醉酒》《霸王别姬》《生死恨》……
乙　《生死恨》这出戏不仅表达了梅派艺术，也体现了梅先生的爱国主义精神。
甲　梅先生台风优美，扮相极佳，嗓音圆润，唱腔流畅。
乙　对啦。
甲　那身段儿婀娜多姿，轻盈飘逸。
乙　太美啦。
甲　当他表演《贵妃醉酒》的时候——
乙　怎么样？
甲　您瞧那闻花，那手、那眼、那神、那情，让你如临其境，如痴如醉……
乙　绝啦！
甲　要我演就不是闻花啦。
乙　你是……
甲　闻酒。
乙　你就忘不了酒。
甲　还有那下腰，您说那腰是怎么练出来的，跟面条一样。

乙　那么柔软。

甲　别说，我这腰也跟面条一样。

乙　软面条？

甲　干面条。

乙　提你干什么？

甲　那手伸出来都有名堂。

乙　叫什么？

甲　“兰花指”。

乙　是那么称呼。

甲　我这手伸出去就不叫“兰花指”。

乙　叫什么？

甲　酱萝卜。

乙　好看不了。

甲　那眼神儿也有名堂。

乙　叫什么？

甲　秋波流慧。

乙　多媚气。

甲　我这眼神儿就不叫“秋波流慧”啦。

乙　叫什么？

甲　迎风流泪。

乙　没看头儿。

甲　要说梅先生的唱、做、念、舞，那可是王母娘娘咬蟠桃——

乙　这话怎讲？

甲　天下第一鲜。

乙　您能不能给学学？

甲　你看好啦，在《生死恨》中有这么几句唱词：“耳边厢又听得初更鼓响，思想起当年事好不悲凉。遭不幸掳金邦身为厮养，与程郎成婚配苦命的鸳鸯……”（欲做卧鱼，手扶腰）

乙　您这是？

甲　我腰岔气了。

乙　瞧你这德行！

（王树田演出本　薛永年整理）

白话梆子

甲　作为相声演员不能光会说，还得会唱。

乙　对。这唱讲究南昆、北弋、东柳、西梆。

甲　单说梆子就有很多种。

乙　您说说都有什么梆子？

甲　有山西梆子、陕西梆子、河南梆子、河北梆子、莱芜梆子、上党梆子、山东梆子，还有白菜帮子。

乙　白菜帮子？

甲　不是白菜帮子，是白话梆子。

乙　白话梆子？没听过。

甲　没听过，这也不能怨你，你没赶上啊。

乙　我没赶上，你赶上啦？

甲　我也没赶上。

乙　还是的。

甲　你别看我没赶上，我可会唱。

乙　你怎么会唱哪？

甲　因为我是跟我姥姥学的。

乙　你姥姥，那甭问，肯定是老梆子啦！

甲　你怎么说话呢？

乙　我是说你姥姥肯定会唱老调梆子。

甲　那当然啦！你想，我从小就听，听来听去我就听会啦。可是这白话梆子一般人连听都没听过，会唱这白话梆子的就更少了。据我调查，会唱这白话梆子的在全中国——

乙　有多少？

甲　就我一个。

乙　是吗？

甲　多会儿我一死，这白话梆子跟着就完了。

乙　行了，您还别死。既然您说得这么热闹，今天您给咱学学这白话梆子，怎么样？

甲　我唱几句倒可以，不过怕你听不懂啊。

乙　我听不懂，可以向您请教哇！

甲　行，你只要不明白你可以问。各位观众朋友哪位要不明白，您上来咱共同研究。不是我说大话，这个白话梆子就剩我会啦！

乙　您唱吧。

甲　我可唱了，你可精神集中。

乙　您放心吧。

甲　（唱）“有孤王坐椅子脊背朝后。”

乙　这不是废话吗？

甲　您听听，这词句多深奥，多讲理，不论谁坐椅子，脊背肯定朝后。

乙　就这大白话还深奥啊？

甲　这句是白了点儿。你往后听啊！

乙　您往下唱。

甲　（唱）“有孤王坐椅子脊背朝后，头冲上脚冲下脸冲前头。走三步退三步如同没走，两只手伸出来十个指头。”

乙　就这个呀？

（金涛述　新纪元整理）

学西河大鼓

甲　有这么一句话，叫“看戏看轴，听书听扣”。

乙　对。

甲　要讲说书人的扣子，那可有意思，它总能给人留下悬念。

乙　哎，勾着你第二天还来听。

甲　过去有一位唱西河大鼓的演员，他经常说蔓子话。

乙　噢，长篇的。

甲　嗓子特别好，唱得也好听，就有一样不好。

乙　哪样？

甲　不给书听，老唱废话。

乙　那也是为了拖延时间挣钱。

甲　你要听他说书，保证唱半天你也听不出个子午卯酉来。

乙　是吗？那您能不能给学学？

甲　我给你学学。（学西河大鼓）“在座的压言，你们慢慢留神听。”

乙　怎么还留神听呀？

甲　让你注意小偷。

乙　还什么都管。

甲　（学唱）“在座的压言，你们慢慢留神听。轧住了鼓板书开正封。”

乙　要开书啦！

甲　开书？离开书还差八百里哪！（学唱）“在昨天说了半部残文《刘公案》，还有这半本、本半、多半本我没有交代清。”

乙　有交代就行。

甲　（学唱）“哪里丢的哪里找，哪里接着唱，哪里破了哪里缝，奉敬我的明公。”

乙　有门儿啦！

甲　（学唱）"常言道，丝弦子断了就把丝弦续，续上一根儿麻绳万万的不中。"

乙　废话，续麻绳能弹吗？

甲　（学唱）"龙生龙来凤生凤，老鼠的儿子会盗窟窿。东屋里点灯东屋亮，西屋里不点灯黑咕隆咚，看也看不清。"

乙　唱半天还没报名哪？

甲　（学唱）"从东海漂来了，那叫拨浪鼓，七不隆咚咱也有名，四两棉花纺一纺，小爷不是省油灯。"

乙　你到底是谁？

甲　（学唱）"头辈爷爷有名姓，二辈爷爷也有名。子不言父为正理，我要不说你怎么知情。"

乙　你不说，我怎么知道哇？

甲　（学唱）"你要问我的名和姓——"

乙　对呀！

甲　（学唱）"下回书中你再来接着听。"

乙　噢，完啦？！

（可军述　新纪元整理）

练嗓子

甲 作为一名演员，要天天练嗓子：

乙 对。练嗓子讲究冬练三九，夏练三伏。

甲 可是不同行当的演员，练法也不一样。

乙 有什么不同？

甲 洋唱法用钢琴伴唱：妈——咪——妈咪！

乙 唱歌的都这么练。

甲 戏曲演员是喊嗓子：啊——咦——阿姨！

乙 阿姨呀？

甲 甭管妈咪，还是阿姨，反正都是娘家人。

乙 是。婆家人一个没有。

甲 可有的演员图省事，练西皮流水板的时候不唱原词，她嘀咕。

乙 怎么嘀咕呀？

甲 按理说唱《苏三起解》应该这么唱——

乙 您来来。

甲 （唱）“苏三离了洪洞县，将身来在大街前。未曾开言心好惨，过往的君子听我言：哪一位去往南京转，与我那三郎把信传，就说苏三把命断，来生变犬马我当报还。”

乙 好！

甲 可是要唱嘀咕，那就可乐啦！

乙 是吗？

甲 （唱）“嘀咕嘀咕嘀嘀咕，嘀咕嘀咕嘀咕嘀。嘀咕嘀咕嘀嘀咕，嘀咕嘀嘀咕嘀咕嘀，嘀嘀咕嘀咕嘀咕嘀，嘀咕嘀嘀咕嘀咕嘀，嘀咕嘀咕嘀咕嘀，嘀咕嘀嘀咕咕嘀咕嘀。”

乙　噢，全是嘀咕呀？

甲　关键是你唱嘀咕也没关系，你在排练场唱呀，你别上外边嘀咕去呀。

乙　她上哪嘀咕去啦？

甲　她逛金银首饰楼，在那看项链，她嘀咕上啦！

乙　看项链怎么嘀咕？

甲　（唱流水）“嘀咕嘀咕嘀咕嘀，嘀咕嘀咕嘀咕嘀。”正嘀咕哪，过来一位警察：“别嘀咕啦！跟我走一趟吧！”

乙　为什么呀？

甲　“昨天丢两条项链，我怀疑是你偷的。”

乙　是啊？！

（可军述　新纪元整理）

学楚剧

甲　楚剧是咱们湖北的地方剧。

乙　对。

甲　湖北人最喜欢看楚剧。

乙　家乡戏嘛。

甲　楚戏有位名家叫“菲律宾”。

乙　还“新加坡”哪。

甲　怎么又出来个“新加坡”？

乙　“菲律宾”怎么回事儿?

甲　楚剧表演艺术家“菲律宾”。

乙　什么呀，你说的楚剧名家他叫“关啸彬”。

甲　“菲律宾”！

乙　那是国名。

甲　“关啸彬”。

乙　这是人名。

甲　两码事儿。

乙　对啦。

甲　那你提“菲律宾”干吗?

乙　我提呀，是你说的。

甲　我说的就算了。

乙　嘿，什么人都有。

甲　对，楚剧名家关啸彬。

乙　称为“关派”。

甲　对。观众形容他的嗓子为云遮月的嗓子。

乙 有特点。

甲 现在学他的人很多。

乙 但是学得像的没有。

甲 不！不！据我调查了解还真有一位学得跟关啸彬一模一样的。

乙 谁呀？

甲 就是我！

乙 你还活着哪！

甲 什么意思？

乙 你别说像关啸彬啦，你就是能唱两口儿楚剧我就佩服您。

甲 小看人儿。今儿我是不蒸馒头，争口气，非给你唱一段儿楚剧让你见识见识真人。

乙 好！

甲 关啸彬的拿手戏多啦！像什么《大访友》《双玉蝉》《蓝桥会》《白扇记》《百日缘》……

乙 行，我就听《百日缘》。

甲 哟，内行啊。

乙 过去我常听。

甲 知道什么词儿吗？

乙 “上写着——”

甲 好，知道怎么唱吗？

乙 他是……咱俩谁唱啊？

甲 看来你是真内行。好啦，你注意听着啊。

乙 你唱吧。

甲 （唱）“啊，啊，啊，啊……”

乙 像，像，太像啦！就这音儿我听过。

甲 在哪儿？

乙 北京动物园儿野狼馆……

甲 噢，我这是狼叫唤哪！

乙 野狼寻找配偶的声音都这样儿。

甲 不像话，外行啦！我这是找调儿。

乙 您那是找调儿？

甲 对呀！

乙 你这么找调儿非把狼招来不可！

甲 关派唱腔好唱吗？

乙 好听不好唱。

甲 对呀，唱高了不行，唱低了也不行。往日我有胡琴伴奏，胡琴一拉，我一张嘴正是那个调门儿。今儿个有胡琴吗？

乙 没有。

甲 这就得自己找调儿，看在哪吊合适——

乙 还是上吊。

甲 看哪个调门儿合适是“关调”。

乙 好好！你慢慢儿找吧。

甲 你别着急呀。

乙 我没着急。

甲 你不着急，我也不着急。有手绢吗？

乙 干吗？

甲 擦擦汗。

乙 好嘛，还不着急哪！

甲 （唱）“上写着——”

乙 您唱的这是——

甲 噢，对啦，这是京剧——

乙 《四进士》。

甲 （唱）“上写着——”

乙 河北梆子。

甲 （唱）“上写着——”

乙 评剧呀！

甲 （唱）“上写着——”

乙 又改黄梅戏啦！

甲 嗳，这就过来啦！

乙 过来啦？

甲 快到湖北啦！

乙 噢，寒潮哇！

甲 （唱）“上，上……上写着哇……”

乙 有门儿。

甲 （唱）“上写着哇，拜上了噢，董郎夫晓哇，拜上了我的董郎夫哇，你莫要吃香蕉哇啊……”

乙　吃香蕉啊！

甲　吃什么？

乙　什么也不吃！原词儿是你莫要心焦。

甲　对，（唱）“你莫要吃新香蕉哇啊……”

乙　咳！

甲　（接唱）“只等得春暖花开呀，送子来到，夫妻俩哪，要相逢在汉水铁桥哇啊……”

乙　汉水铁桥哇，不对！

甲　噢，对啦，（唱）“在长江大桥哇……”

乙　去你的吧。

（董铁良演出本　薛永年记）

象形字

甲 你认识字儿吗?

乙 我这么大个子不认识字儿成傻子了。

甲 那我考你个象形字儿可以吧?

乙 象形字儿?行啊,考吧。

甲 门窗的“門”字儿知道吗?

乙 知道哇!不就这么(比画)写的吗?

甲 对。那我考考你:半拉门儿念什么?

乙 这考字儿还考一半儿呀?

甲 学问就在这里嘛!

乙 这半拉门儿我还真不认识。

甲 考住了吧?

乙 那你说半拉门儿念什么?

甲 你问我?

乙 当然了。你既然考我,就肯定得认识。

甲 不认识能考你吗?

乙 那你说吧,半拉门儿念什么?

甲 那得看你问哪半拉。

乙 这还有区别?

甲 那可不。左半拉没钩儿,右半拉有钩儿,有钩儿的和没钩儿的当然不一样了。

乙 好。那我问左半拉没钩儿的。

甲 左半拉念“瓦”(袜)。

乙 怎么念“瓦”呢?

甲　象形字嘛！瓦匠师傅用的那瓦刀，你看（尸）这上边儿是刀头，下边儿是刀把儿。
乙　嘿，别说，还挺像。
甲　我是象形字专家。
乙　吹上了。我再问问你，右边儿那带钩儿的（刂）念什么？
甲　那念“提斗”。
乙　“提斗”？怎么讲？
甲　就打油、打醋那提斗。
乙　也不像啊。
甲　你把它倒过来，头朝下看哪。
乙　嘿！还带翻个儿的。
甲　（做打油动作）一提斗半斤，两提斗一斤，你喝多少醋？
乙　不喝。我受得了吗？
甲　像提斗了吧？
乙　哎，那还有个钩儿呢？
甲　打完了挂起来呀。
乙　还都有用。真不愧自称是象形字专家。
甲　你讽刺我。
乙　你呀，不怎么样。
甲　我再考你一个。
乙　又是半拉门儿？
甲　这回是个整门儿。门字儿里加个“一”字儿念什么？
乙　念“闩”，门闩的闩。
甲　再加一竖念什么？
乙　加一竖？——不认识。
甲　我告诉你，那是“顶门杠”。
乙　顶门杠也上来了！
甲　象形字嘛。
乙　你可真有学问。
甲　门字里加一个人念什么？
乙　闪。
甲　加俩人儿呢？
乙　加俩人儿？——怎么尽是这别扭字儿呀？不认识。

甲　念“躲”。
乙　“躲”？
甲　门里边儿俩人儿了，这个一闪，那个一躲，都过去了。
乙　噢，那门里边儿仨人儿呢？
甲　念“挤”。这个一闪，那个一躲，当间儿的一挤，过去了。
乙　门里边儿四个人儿？
甲　念“碰”。这个一闪，那个一躲，这个一挤，那个一碰，全过去了。
乙　门里边儿五个人儿？
甲　念“躺”。
乙　怎么讲？
甲　人太多了，闪也闪不开啦，躲也躲不了啦，这边儿一挤，那边儿一碰，砰啦！门就倒了，倒乃躺也。
乙　还转哪！那门里加六个人呢？
甲　你加六六三十六个人也没关系。
乙　怎么呢？
甲　你想啊，门都倒了，就走豁子吧。
乙　没听说过。

（纪元搜集）

猜　字

甲　考你个字儿认识吗?

乙　不敢说准认识。你写出来试试。

甲　注意了:（比画阿拉伯数字 1）这字儿念什么?

乙　这是阿拉伯数字“1”。

甲　“1”字旁边儿加个圈儿。

乙　念十。

甲　再加个圈儿。

乙　那是一百。

甲　再加个圈儿。

乙　一千。

甲　再加个圈儿。

乙　你这儿加圈儿玩儿来啦?

甲　你念哪!

乙　那是一万。

甲　一万后边儿再加俩圈儿。

乙　一字后边儿六个圈儿那是一百万。

甲　那好，后边儿这六个圈儿不动，把前边儿那个 1 拿过来，横穿到这六个圈儿里，这是什么?

乙　这——我不认识。

甲　不知道了吧?

乙　水平低呀。那你告诉我吧。

甲　行啊。

乙　那你说，这一竖穿六个圈儿里，念——

甲　糖葫芦。

乙　去！

甲　再考你一个。

乙　不来了。

甲　怎么？

乙　刚才考出来串糖葫芦，这回再考还不得出来山楂糕啊！

甲　这回真考个字儿，不过这里有猜头儿。

乙　那考吧。

甲　我问你，十字儿加个口字儿，念什么？

乙　十字儿加个口——那念“古”哇。

甲　不念“古”，念“田”。

乙　噢，把十字儿搬当中间儿去啦！

甲　再考你一个。

乙　说吧。

甲　十字儿加个口。

乙　念古、念田。

甲　都不对，念“由”。

乙　上边儿出头儿啦！

甲　再考一个。

乙　说。

甲　十字儿加个口。

乙　念古、念田、念由。

甲　念甲。

乙　嘿！又跑下边去啦！

甲　再考你，十字加个口。

乙　念古，念田，念由，念甲。

甲　全不对。

乙　那念——

甲　申。

乙　噢，上下都出头儿啦！

（纪元搜集）

批白字

甲　我最不爱和你们说相声的在一起了。

乙　怎么了？

甲　文化水平太低。

乙　怎么见得呢？

甲　一张嘴就是白字儿，叫人笑话。

乙　没那事儿。我们相声演员最注意语言，绝没有白字儿。

甲　要是我给你挑出白字儿来怎么办？

乙　要是让你挑出白字儿，没别的，咱们一块儿下饭馆儿，我给（gěi）钱。

甲　你说什么？

乙　我给钱。

甲　请问，这个给（gěi）字儿怎么写？

乙　乱绞丝儿这边儿一个合字儿呀。

甲　那不念给（gěi）。

乙　念——

甲　念“记”。山东的朋友这个字儿念得最准了。朋友在饭馆吃完饭争竞上了：“二哥，今天这饭钱我‘记’了。”“不行，我‘记’。”“我‘记’我‘记’。”“我‘记’我‘记’我‘记’。”

乙　这可够热闹的。

甲　是不是你一张嘴就是白字儿。

乙　谁说话也保不准有那么一个俩的。

甲　什么叫一个俩呀？

乙　又怎么了？

甲　正字儿应该是一个两个。两，十两为一斤，有说十俩一斤的吗？

乙　怎么没有呢？一个俩仨嘛。

甲　什么叫仨呀？

乙　得，又挑出毛病了。

甲　一是一，二是二，三是三，初三、十三、二十三，有说初仨、十仨、二十仨的吗？

乙　哪有那么说的呀！我今儿个——

甲　什么叫今儿个呀？

乙　我——

甲　只有今日，今天。有说“今儿天”的吗？

乙　“今儿天”，不像话呀！

甲　再说了，你今儿今儿的，是牛筋呀，还是羊筋呢？

乙　行行，赶明儿个我……

甲　什么叫明儿个呀？

乙　……

甲　正字儿念“明”，清清楚楚，明明白白。有念清清楚楚，明儿明儿白白的吗？

乙　那也没法说呀。

甲　说你们相声演员一张嘴就是白字儿，你还不服。

乙　你呀，挑的都不是正地方，刚才我说的那几个字儿，都是口语的念法。要叫你这么挑，我们以后就甭说话了。

甲　什么叫甭啊？

乙　又来啦！

（纪元搜集）

考　字

甲　说相声可不容易呀，起码得有一定的文化基础。

乙　当然啦。

甲　您这文化水平怎么样？

乙　够用的。

甲　够用的？

乙　啊，反正像您这样的人，考不住我。

甲　这话不大呀？拿笔来，我考你一个字。

乙　没有笔，你就说吧。

甲　也好。听着，这字有个“草字头儿”。

乙　噢，“草字头儿”。

甲　还有个“秃宝盖儿”。

乙　你往下说吧。

甲　听着啊，草字头儿、秃宝盖儿、单立人儿、双立人儿、竖心儿、耳刀儿、乱绞丝儿、铡刀儿、皿墩儿，一个大走之儿！

乙　……

甲　念什么？

乙　这不认识。

甲　不认识了吧？往后别说这么大的话。

乙　对对，下次再也不敢了。跟您打听打听这字念什么？

甲　就是这个：草字头儿、秃宝盖儿、单立人儿、双立人儿、竖心儿、耳刀儿、乱绞丝儿、铡刀儿、皿墩儿，还有一个大走之儿，你不认识？

乙　你认识？

甲　我也不认识！

乙　你这不是起哄吗！

甲　根本没这么个字。

乙　你把好些零件儿凑一块儿啦？

甲　真考你一个字，这字很简单，就是好些人都不认识。

乙　您说说。

甲　好，（用手向左方指）从这儿下笔，（继向右画）往这边一拉，完了。念什么？

乙　这念一呀。

甲　行啊，一字都认识！大学毕业。

乙　这有什么呀！就这个呀。

甲　一字上边再添一横呢？

乙　念二呀。

甲　二字也认识！外国留洋吧？

乙　没有。我溜冰还摔跟头哪！

甲　二字上边再添一横哪？

乙　念三哪！

甲　哎呀！圣人在这儿哪！

乙　我是剩饭。

甲　三字中间加一竖，注意！这一竖可不出头儿。

乙　王啊。

甲　太了不起啦。王字加一点儿哪？

乙　念玉呀。

甲　王字加四十八个点儿哪？

乙　四十八……不认识了。

甲　不认识了吧？

乙　念什么？

甲　王麻子呀！

乙　王麻子，啊？！

（于世德等整理）

白字会

甲 学文化要严肃认真，一丝不苟。

乙 对。

甲 如果稀里糊涂，就容易出笑话。在过去，有这么哥儿俩，马马虎虎认识几个字，不在二五眼之下，也不在二五眼之上……

乙 在哪儿？

甲 正是二五眼。

乙 二五眼哪！

甲 这一天，哥儿俩到外边游玩，看见一座庙。

乙 什么庙？

甲 庙门上边写着：文庙。

乙 哦，文庙。

甲 这哥儿俩走到了庙前，哥哥对弟弟说："瞧，'大庙'这两个字写得多好！"弟弟一听就说了："那哪是大庙！是丈庙。"

乙 好嘛，哥儿俩，错了一对儿。

甲 他俩正吵吵，从庙里走出来一个和尚。这和尚挎着一个白布兜，兜子上面有两个字——打斋。

乙 哦，这和尚要打斋去。

甲 哥哥上前问道："大师父，我说这俩字念大庙对不对？"弟弟马上接话说："不对，那念丈庙。"

乙 和尚怎么说的？

甲 和尚笑了笑，说："我没工夫分辨是大庙，还是丈庙。我得赶紧去打齐！"说完就要走。

乙 这和尚也念错字儿了。

甲　哥儿俩一听，就把和尚给拦住了：“哎，人家都说打斋，你怎么说打齐呢？”

乙　和尚怎么回答的？

甲　和尚说：“我给我师父打三十来年齐啦！”

乙　嗐，年头儿还真不少！

甲　三个人正在争论，从庙里出来一位教书先生，他夹着一本儿书。

乙　什么书？

甲　《字彙》。

乙　哦，彙。

甲　他们仨看见教书先生了，就说问问老师，看看到底谁对谁错。

乙　对，这挺好。

甲　哥哥上前说：“先生，我念大庙，他念丈庙，最可气的是和尚，他不说打斋说打齐。您是教书先生，您快给评评谁对谁错！”

乙　教书先生怎么说的？

甲　教书先生说：“我一时也说不出你们谁对谁错，我得查查字果。”

乙　啊？他把“彙”念成“果”啦！

甲　这哥儿俩一听，拽住教书先生说：“听说有字彙（汇），没听说有字果！你这么教书不是误人子弟吗？不行，咱们得打官司去，弄清谁对谁错！”说着，四个人拉拉扯扯到了县衙门。县官听说有人来打官司，迈着四方步上了大堂。大堂上挂着一块牌匾，这块牌匾是他刚一上任的时候，硬让老百姓捐款献来的，红底儿、金字儿，非常醒目。

乙　上面刻的什么字儿？

甲　赛东坡。

乙　嚄，赛东坡！

甲　县官坐在大堂上一问，四个人就把事情从头儿至尾说了一遍。县官听完，不由得哈哈大笑，说：“好吧，我给你们四个人说四句诗，你们回去好好研究研究，就知道谁对谁错了。”

乙　县官这四句诗是怎么说的？

甲　县官指着四个人说：“大庙丈庙两差异，和尚不该说打齐，哪有先生查字果？”

乙　第四句呢？

甲　县官抬手一指那块牌匾："抬头看看赛东皮。"

乙　他也错啦！

（曲宗仁整理）

写 账

甲　要学相声也不容易吧？

乙　看怎么不容易啦。

甲　有什么条件呀？

乙　头一样儿，你得说得好北京话；二一样儿，你得口齿没有毛病；三一样儿，你还得认字。

甲　这话我倒爱听。不认字是睁眼儿瞎子。提起不认字来，我想起一档子事来。

乙　什么事呀？

甲　在我们隔壁有个油盐店，一个掌柜的，一个学买卖的，俩人全不认字。

乙　那怎么做买卖呀？

甲　有一天。去了一位老太太："掌柜的，您把豆腐干儿赊给我一块儿吧！"豆腐干儿这仨字他不会写。

乙　那怎么办哪？

甲　他有他的办法，在账本儿上画了个四方块儿。

乙　这路账谁看得明白呀？

甲　没过几天，这位老太太又赊了一股高香去，他在四方块儿底下画了个长道儿。

乙　嘿！真可乐。

甲　到五月节老太太还账来啦："掌柜的，您看我该多少钱哪？"掌柜的打开账本儿看了半天："大娘啊，您不该钱，您借了把铁锨去！"

乙　唉！这买卖干个什么劲儿呀！

甲　老太太说："一块儿豆腐干儿，一股高香，你让我给买铁锨呀？我赔不起你。”日久天长，谁也不上那儿买东西去啦。

乙　多新鲜呀，搁着我也不上这儿买去啦。

甲　不到一年，买卖关张啦！把学买卖的散了，把家具也卖了，他找了个事由儿。

乙　干吗去了？

甲　给学校当厨子去。

乙　这倒不用写账了。

甲　谁说的？买菜赊账不得记上点儿吗？

乙　那怎么办哪？

甲　画画儿吧！他有各种颜色，买茄子画个茄子，买冬瓜画个冬瓜，买韭菜画捆儿韭菜，天天儿买菜，一样儿也错不了。

乙　这不是厨师傅，这成画画儿的了。

甲　有一天，他拿着菜篮子到菜市买菜去了，到了菜市一想："哎哟！账本儿忘在厨房里了。昨天买的菜还没给人家钱哪，我回去拿账本儿去吧。"正赶上学校里头检查卫生，老师来到厨房一看，挺好的一张纸画得乱七八糟的，他不知道是厨师傅的账啊，老师赌气地把红笔拿起来，就来了两杠子。老师走啦，厨师傅回来了，拿起账本儿，翻开账篇儿一看，一捆儿韭菜，两个冬瓜，仨茄子。"哎呀！谁买的两根儿胡萝卜写到我的账上啦！"

（武魁海述　胡仲仁记）

画 账

甲 人要是没有文化，到时候真耽误事。

乙 实话。

甲 我有一个亲戚，就因为没有文化，闹过很多笑话。

乙 闹什么笑话了？

甲 他早先自己开了一个小铺，卖点儿烟、酒、青菜、日用的东西。主顾都是老街坊，有时候零钱不够就在那儿赊点儿账。那天有一位到他那儿赊了一块豆腐，掌柜的不识字，不会记账啊！

乙 是呀！

甲 他也有办法。

乙 什么办法？

甲 他在账本上画了一个四方块儿。

乙 噢！代表是一块豆腐。

甲 第二天又赊了一根烟卷儿，他又画了一个道儿。你倒画在别处啊！

乙 他画在哪儿啦？

甲 他给画在那方块儿上边啦。合着是方块儿上边又添了一竖。过了几天人家还账来了，进门说："掌柜的，我该您多少钱？"

乙 查查账吧！

甲 他打开账本一看说："您不该钱，前几天您借我们一把铁锹，给送回来吧！"

乙 吓！

（于世德等整理）

糖葫芦

甲　您这说相声的上过学吗？

乙　倒是念了几年书。

甲　几年？

乙　四年。

甲　比我强。

乙　您上过几年学？

甲　二年。

乙　要是二年勤学也还凑合。

甲　说二年不够二年。

乙　怎么又不够二年呢？

甲　我闹了些日子病。

乙　病了多少日子？

甲　一年零十一个月。

乙　才念了一个月的书哇！

甲　还逃了二十九天学。

乙　才一天！

甲　那天是礼拜日。

乙　嗐！一天没念哪！

甲　这是说笑话。念过几天书，我的算术还比较不错。

乙　您不行，算术您可比不了我，我算术最好。

甲　噢，您算术好？

乙　好！加减乘除、鸡兔同笼我都学过了，小数点儿、分数儿这我都会。

甲 那好，我给您出一道题，您算得上来吗？

乙 可以。

甲 一个加一个等于几个？

乙 一个再加一个那等于两个呀！这是加法。

甲 对！要是一个再减一个等于多少？

乙 一个再减一个……这没有了。

甲 怎么？

乙 您想，一个要再减去一个那不是没有了吗！

甲 不对了。一个减（捡）一个等于俩呀！

乙 怎么会等于俩呢？

甲 嘿！怎么不明白。比方说扇子吧，这儿已经有一个了，你要再捡（减）一个那不两个了吗？

乙 噢，往起捡呀？

甲 啊！

乙 好嘛！我是往下减，他那往上减（捡）。

甲 不管怎么说你没算上来。

乙 你再出一道题。

甲 一竖儿，这边儿一个圈儿等于多少？

乙 等于十啊。

甲 嗯，再加一个圈儿？

乙 一百。

甲 再来一圈儿？

乙 一千。

甲 再画一个圈儿？

乙 一万。

甲 行。把这一竖儿横过来，放在这四个圈儿里边儿等于多少？

乙 这……不知道。

甲 糖葫芦啊！

乙 糖葫芦呀！！

（郭全宝整理）

我没说他们

甲　语言也是一门儿艺术。

乙　对啦！

甲　往往有些人，由于说话不加思考，不分问题乱说，就容易把朋友得罪了。

乙　是嘛！

甲　我有一个亲戚，人性倒是不错，就是因为说话不假思索，有一次和他的朋友就闹了一次误会。

乙　怎么回事？

甲　他有几个盟把兄弟。

乙　过去讲究拜把子嘛！

甲　一共是五个人，他最小。

乙　他是排行老五。

甲　有一天他请那四位吃饭。大哥、二哥、三哥都到了，就差四哥没来。他等了俩钟头还没来。

乙　人家也许有要紧的事。

甲　他可等急了，他就说出一句话，就把三哥给得罪了。

乙　他说什么？

甲　“咳！该来的不来。”三哥一听，该来的不来？甭说啦，一定是我们不该来啦！那我就走吧。想到这儿，站起来走到门口跟饭馆的人说：“我有点急事，待会儿那位要问，你就说我走了。”

乙　真是有嘴无心。

甲　他们又等了一会儿，四哥还没来，一看三哥也没啦，一问饭馆，人家说：“他走啦！”你说他说啥？

乙　他说啥？

甲　“嘿！不该走的倒走啦！”

乙　这叫什么话？

甲　他二哥一想，合着我是该走的，那我就走吧！

乙　二哥也走了。

甲　大哥实在绷不住了，“五弟呀！你这是怎么说话呢？你四哥没到，你说该来的不来，把你三哥气走了。你又说不该走的倒走了，你二哥还能不多心？人家也走了。也就是我大两岁，有点涵养没走。你以后可不能这样说话呀！”

乙　这话对。

甲　老五一听这才明白，他打算给大哥解释解释，这一解释不要紧，把大哥也气走了。

乙　怎么解释的？

甲　“咳！大哥，我没说他们。”大哥一听，“噢！你是说我哪！”

乙　这份儿乱。

（于世德等整理）

蹲一辈子

甲　人要是该着窝气，想躲都躲不开。

乙　怎么啦？

甲　今天早晨我起来解手儿去，窝一肚子气！

乙　怎么回事？

甲　我解完大便，一摸兜坏啦，没带手纸。我正为难哪，又来了一位，蹲在我的对门儿啦！我心想，这回行了。

乙　怎么？

甲　等会儿跟他要一张就行啦！他一摸兜儿……也没带着。

乙　这份儿巧！

甲　我们两个人都不好意思走啦，足足耗了两个多钟头。我一想老耗着也不像话呀！可巧对面来了一个熟人，我就把这个熟人叫住了，“大哥，您给家送个信儿，今天晚上我不回去啦！我闹肚子得蹲一天。”

乙　真蹲一天？

甲　这是诈语，那个蹲着的人听我要蹲一天，不就走了吗？没想到这个人死心眼儿，我不走他也不走。不一会儿又过来一位熟人，我又把这个熟人叫住了，“二哥，回去告诉您弟妹，让她嫁人吧！”

乙　干吗？

甲　我在这儿跟这小子耗一辈子啦！

（于世德等整理）

不会说话

甲　先生，你结婚了吗?

乙　早就结婚了。

甲　你爱人会说话吗?

乙　废话，不会说话，那是哑巴!

甲　我爱人不会说话。

乙　是哑巴?

甲　不是哑巴。

乙　那怎么不会说话呢?

甲　她不会说好话。

乙　你可以帮助她，教教她。

甲　不教还好，越教越坏。

乙　是吗?

甲　那天我跟她说:“咳!你看人家张大嫂，多会说话，你就不会向人家学学吗?”我说，昨天我到她家去借书，一拍门儿:“张大哥在家吗?”张大嫂出来了:“哟，大兄弟，你大哥不在家，请朋友吃饭去了，有事吗?”我说:“没什么事，把大哥看的那部《三国》借给我看看。”

乙　借书去了。

甲　张大嫂说:“哟，大兄弟，《三国》一套是六本，前三本他看完了，你先拿去，看完了再来换后三本。”

乙　这话回答得好。

甲　我拿着书往外走，她抱着孩子送我。小孩儿穿着一双小花鞋，绣的花真好看。我那孩子整天光着脚。

乙　她不会做?

甲　我说："大嫂，你这小花鞋做得多好，我的孩子整天光着脚。"大嫂说："咳！这是我没下功夫做的，不好看。我要下功夫做，比这还好看呐。"

乙　这话多好听。

甲　走到院里，看见院里有一口老母猪在那儿哼哼。我说："这东西在院里多不卫生呀！"大嫂说："这是俺八十块钱买的，过年就杀了。一半敬神，一半自家吃。"

乙　这话说得就是好听。

甲　我爱人一听说："这有什么，这样的话我也会说。"

乙　她也会说呀！

甲　赶巧啦，第二天早晨，我闹肚子上厕所啦。正在这时候张大哥到我家来借"皇历"，一拍门儿喊我："兄弟在家吗？"我爱人出去了，一开门："哟，大哥呀，你兄弟不在家，他请朋友吃饭去啦。"

乙　咳！

甲　我在蹲厕所，也不好答话。

乙　是呀！

甲　"有事吗大哥？""没事，把大兄弟那本'皇历'借我看看，我给人家办喜事去。"

乙　找个好日子。

甲　"哟，大哥，皇历一套是六本，前三本他看完了，你看完这三本，再来换那后三本。"

乙　废话，皇历哪有六本呀？

甲　老张没理她，拿着"皇历"就走，她抱着我们那孩子送他。老张看见我们那孩子又黑又胖，说："弟妹，你这孩子多胖、多健康。"

乙　夸小孩儿胖！

甲　我爱人说："哟，大哥，这是我没下功夫，做得不好。我要下功夫比这还胖呢！"

乙　啊！！！

甲　走到院子里，看见我妈在院子里坐着。老张说："怎么叫老太太在院里坐着。注意别受凉，感冒了。"我爱人说："咳，这是八十块钱买的，过年就杀了。一半敬神，一半自家吃。"

乙　咳！

（杨松林忆记）

美人赞

甲　观众们，您看看我们俩谁长得美?

乙　咱俩呀，都不怎么样。咱们说相声来了，也不是找对象，美不美能怎么着。

甲　您说这话可不对，每个人都有一种爱美的观点。

乙　那您说什么是美呢?

甲　一个人长得不高不矬，不瘦不胖，身体好，能劳动，这就是美。可是这美没有标准，也不管您怎么打扮，怎么修饰，也达不到标准。

乙　有标准。

甲　什么标准?

乙　唉，这男人我不知道，女人我可知道，形容美，有这么几句话。

甲　哪几句话呀?

乙　柳叶眉，杏核眼，通天鼻梁，樱桃小口一点点，不笑不说话，一笑俩酒窝儿，杨柳细腰，燕语莺声。

甲　你说的这话是说书先生常用的“美人赞”。又是什么柳叶眉，杏核眼，通天鼻梁，樱桃小口一点点，不笑不说话，一笑俩酒窝儿，杨柳细腰，燕语莺声。你说女人长这样能好看吗?

乙　我是听人家说女人长这样好看。

甲　你先说这个柳叶眉吧，（用手比画柳树叶）柳树叶都见过吧？这么宽，这么长，由打这儿（由眼眉往下比）到这儿。像话吗!

乙　对，是不怎么样。

甲　杏核眼。杏核多大一点儿呀？滴溜圆的，一个人长这么两个跟手指盖似的小圆眼睛。啊?

乙　这不好看。

甲　你再说这鼻子，通天鼻梁由鼻子尖一直长到天灵盖这儿。还有樱桃小口一点点。樱桃多小哇！女人嘴长樱桃那么点儿，那吃大饼怎么吃呀？吃米饭一个粒一个粒地那么吃，那不成了蛐蛐了吗！那只能吃面条啦，吃汤面还可以，夹一根找着头儿往嘴里一搁，一忒儿喽面下去啦。吃炸酱面都没法儿，面捞出来，拌好酱找着头儿往嘴里一搁，一忒儿喽面下去了，你再瞧酱全糊到嘴上啦。

乙　您这形容得也太过火了。

甲　不笑不说话，一笑俩酒窝儿，再搭上樱桃小口，离远了一看整跟三个嘴一样。还有杨柳细腰，那个杨柳多细呀！女人那个腰像杨柳那么细。啊！有那么细的腰吗？真要长那么细可好啦，跳舞就甭搂着啦，这一只手掐着就跳啦。

乙　你这也太不像话啦。

甲　最可气的是这燕语莺声。燕子叫的声音多快呀，黄莺的声音多细呀。比如你下班了，你爱人看你回来啦，问你："刚下班哪？你先喝点儿水我去热菜去，回头一块儿吃。"你听这多好听！要是用燕语莺声来说，你听着就别扭了。

乙　怎么？

甲　我给你学一学。你爱人瞧你下班回来了，燕语莺声地来跟你说话：（学燕子和黄莺的声音）"你下班了，先喝点儿水，我去热菜去，回头一块儿吃。"

乙　得得得，您别学啦！

（张嘉利述　张继英记）

两头忙

乙　这回该我们俩给大家说啦！说一段——

甲　（唱太平歌词）“高高山上两间房。”

乙　得，我还没说他唱上啦！

甲　（唱）“一家姓张一家姓王。”

乙　怎么？

甲　（唱）“张家有个大闺女，王家有个小儿郎。”

乙　唱得真挺有味儿。

甲　（唱）“正月里提亲二月里娶，三月得了个小儿郎。四个月会爬，五个月会跑，六个月送到学校念文章，七个月进京去赶考，八个月得中状元郎。九个月奉旨去上任，到了十个月年高岁迈告老还乡。十一个月得了一个治不好的病，十二月三十就见了阎王。”诸位要问我唱的是哪一段？

乙　哪一段呀？

甲　（唱）唱的是，来得慌张走得忙。

乙　两头忙！

（大良搜集整理）

游龙戏凤

甲　在封建社会里，皇上自称是真龙天子。

乙　文武百官也得这么恭维他。

甲　其实生活里并没有龙。谁看见过龙？

乙　我看见过。

甲　在哪儿？

乙　故宫里。

甲　还有戏台上，对吧？那是画的，五色团龙嘛，真的谁见过啊？

乙　没有。

甲　这是封建意识。就为把皇上说得至高无上，超凡入圣，没第二个人能跟他比，所以用龙来称呼他。他的一切都离不开龙。

乙　都有什么呢？

甲　先说皇上这脑袋，叫“龙头”。

乙　其实也是人脑袋。

甲　皇上的眼睛叫“龙目”。

乙　有——“龙目圆睁”。

甲　皇上的脸叫“龙颜”。

乙　“龙颜大怒”嘛！

甲　胡子叫“龙须”。

乙　我就爱吃“龙须菜”。

甲　皇上的手叫“龙爪”。

乙　嗐！什么叫“龙爪”哇？那是“龙掌”。

甲　皇上的身子叫“龙体”，一有点儿病就说是“龙体欠安”。

乙　穿的衣服呢？

甲 龙袍。

乙 戴的帽子？

甲 龙帽。

乙 穿的靴子？

甲 龙靴。

乙 坐的椅子？

甲 团龙椅。

乙 凳子？

甲 绣龙墩。

乙 睡的床？

甲 龙床。

乙 用的桌子？

甲 龙书案。

乙 都离不开龙啊！

甲 皇上是龙，娘娘是凤。有了小孩儿就是龙生凤养，血统都那么高贵。

乙 纯粹是封建意识。

甲 皇上跟娘娘在一块儿叫“龙凤配”。

乙 把好词儿都给他了！

甲 《龙凤呈祥》嘛！

乙 这我知道，刘备招亲，在东吴娶的孙尚香。

甲 直到皇上荒淫纵欲，寻欢作乐，在外边侮辱民女都得起个好名字。

乙 叫什么？

甲 《游龙戏凤》。

乙 有这出戏。

甲 这事发生在明朝正德年间。正德就是个腐化享乐的皇上。他有三宫六院七十二个嫔妃，还不满足，要微服查访，寻找天下的美人。在山西大同梅龙镇巧遇李凤姐，看见人家长得好，花言巧语地那么一说，把人家就给摧残了，蹂躏了。完事他说什么：“孤三宫六院俱封尽，封你闲游玩耍宫。”

乙 这辈子不一定见得着他了！

甲 可不是。离开梅龙镇，他就把李凤姐扔脖子后边了。

乙 还有的传说李凤姐至死不从，把正德骂了一顿，碰头自尽了。

甲 这是对封建制度的血泪控诉啊！可是编这戏的有封建意识，一个劲儿地美化正德皇帝。说他是风流天子，懂得“陋巷出美女”，喜欢民间的美人，所以编出这戏来叫《游龙戏凤》，就是说他是游动的金龙在戏耍彩凤。

乙　形容得多美。

甲　就因为他是皇上，所以才有人这么吹捧，叫什么《游龙戏凤》。这事要是搁在我身上也是四个字。

乙　游龙戏凤？

甲　游街示众。

乙　嗐！

（张寿臣述　陈笑暇记）

商店的字号

甲　买卖家儿的字号起出来得好听，迎合顾客心理，这买卖准发达。

乙　是啊！

甲　旧社会的商业竞争，在给商号起名字上也反映出来了。

乙　您给举个例子。

甲　一条街上好几个饭庄，在竞争中求生存，求发展。你叫“会宾楼”，我叫“悦宾楼”。

乙　会见宾客，喜悦宾客，这名字好。

甲　又开了一家儿，名字上既要合乎饭馆的职业特征，又带有竞争的意思。

乙　叫什么？

甲　“鸿宾楼”！

乙　鸿宾大宴，多有气魄！

甲　开鞋店，你叫“千里”，我叫“远征”，千里之行始于足下，穿上这鞋远征，没个开绽！

乙　太结实了！

甲　有个百货店叫“大有”，这名字多好，规模大，应有尽有。

乙　像个百货店的名字。

甲　对过儿又开了一家儿百货店，从名字上就要压倒它。

乙　叫什么？

甲　大字上边加一横。

乙　“天有”啊！

甲　天生就有，源源不断。

乙　这名字不错。

甲　又开了一家儿百货店叫“大伦”，开市后业务挺好。对面又开一家叫“天伦”。

乙　也是大字上边加了一横。

甲　开市没几天就倒闭了！

乙　怎么？

甲　这名字叫起来别扭。“您这暖瓶哪买的？”“大伦。你呢？”“我刚在天伦那儿——”探亲去了！

乙　是不好听！

（张寿臣述　李磊记）

大概出不来

甲　你们说相声的还都有点儿文化吧？

乙　什么叫有点儿文化呀？现在的相声演员起码都是中等文化水平，有的人还是大专程度哪。

甲　这么说，信能写了？

乙　写信算什么呀！只要有事儿想写信，提起笔来一挥而就。

甲　诗会写吗？

乙　写诗也不难。诗是有感而发，只要灵感一来，就能写它三首五首的。

甲　检讨也常写吧？

乙　那可不。写检讨咱不发怵，犯了错误——我犯什么错误啦？

甲　和你开个玩笑。

乙　别价呀。

甲　新社会的演员有文化，旧社会就不行。

乙　怎么？

甲　文盲多呀。

乙　没文化。

甲　那可太难了。甭说别的，就通个信、写个条儿都得求人。

乙　自个儿不会写嘛。

甲　不过，有时候求不着人，他们自己也想点儿笨招。

乙　什么笨招？

甲　画画儿。

乙　噢，用画儿来表达？

甲　对。有一年我师傅想请我师叔吃饭，叫我大哥给送个条儿去。

乙　既然你大哥去了就捎个话儿呗，何必再送条儿呢？

甲　话儿捎不过去。

乙　怎么？

甲　我大哥是哑巴。

乙　得，还送条儿吧。哎，条儿上写的什么？

甲　我师傅是文盲，不会写字儿。

乙　这么说是画画儿了？

甲　画得挺有意思。

乙　怎么画的？

甲　画了个小人儿，一手拿着饭碗往嘴里比画，一手捂着屁股。

乙　这是什么意思？

甲　我师叔一看就明白了："噢，这是午后请我吃饭哪。"

乙　午后请吃饭？

甲　可不嘛！画儿上那小人儿，手捂屁股是午后，拿饭碗往嘴里比画是请吃饭。

乙　嘿！这画儿画得还真挺绝。

甲　我师叔当时也画了画儿给带回来了。

乙　他是怎么画的？

甲　画了个雀笼子。笼子里放一个王八，这王八脑袋在外边儿，身子可在里头哪。

乙　这又是什么意思呀？

甲　我师傅一看笑了："啊，他大概（盖）出不来了。"

乙　怎么知道呢？

甲　那不画着呢吗？

乙　哪儿呀？

甲　那王八盖子太大，卡在笼子里出不来了。

乙　这么回事儿呀！

（纪元搜集整理）

下象棋

甲　你对下象棋有研究吗?

乙　没研究过，刚通点路。

甲　那棋盘上一共有三十二个棋子，分红、黑两方，一方十六个子。

乙　对。

甲　五卒二马配双车，双炮、士、相保一将。

乙　正好十六个子。

甲　两个人下棋这就有学问了。

乙　什么学问?

甲　分下文棋和下武棋。

乙　什么叫“文棋”?

甲　下棋双方都谦虚、客气:“哟，大哥，今天休息吗?”“可不是嘛。”“咱俩儿摆一盘吧?”“不行。我下不过你。”“别客气啦!玩嘛!”边说边上啦。

乙　好。

甲　谁先走棋，这也要谦让一阵:“大哥，你先走。”“不，兄弟你先走。”眼看天要黑了，哥儿俩才商量好:“要不咱俩红先黑后吧!”

乙　这耽误事不。

甲　拿红子那方还客气呐:“兄弟，哥哥不公啦，我先飞相。”

乙　可开棋啦!

甲　拿黑子那方说:“我支士。”等快要见输赢的时候，那位说啦:“大哥，我说我不行嘛，你偏让受罪。行啦，我输啦!”“兄弟，你这还能走好几步呢。”边说边把步眼告诉人家，让人家提高棋艺。

乙　好!

甲　等那位把车放好啦，这位又说啦："兄弟，这车放得可不是地方啊！"

乙　怎么不是地方？

甲　"你瞧瞧，这是我的马脚啊！"

乙　要丢车啊。

甲　人家先告诉他。

乙　多有交情。

甲　要是武棋就不一样了。

乙　怎么不一样？

甲　听嗓门就能听出来。

乙　是吗？

甲　两人一见面先撸胳膊，挽袖子："老 ×，还敢跟我杀一盘吗？""来吧，我怕你呀！"

乙　要打架怎么的。

甲　"就你这个臭棋篓子，我五分钟能赢你八盘。"

乙　这位的嘴够损的。

甲　那位也不含糊："我让你一天不开和，下完棋让你找不到北朝哪儿。"

乙　嘿！

甲　"我先走，当头炮！""我跳马！""我飞相！""我出车！"

乙　是够快的了。

甲　他俩三分钟下了六盘。

乙　这是下棋呢吗？

甲　这是玩命呢！两个人越下劲越大，嗓门越高。

乙　我看要出事。

甲　前六盘中各胜三盘。这第七盘可是关键。

乙　决胜局嘛！

甲　这老 × 一眼没看到，车叫老 × 给吃了。

乙　这可要输棋。

甲　老 × 要悔一步，老 × 不干，把老 × 的车攥在手里，老 × 上来就抢。老 × 不让老 × 抢，就把老 × 的车放嘴里了。老 × 动手从老 × 嘴里往外抠车，老 × 一着急把车咽肚里去了。

乙　出事了不是。

甲　看棋的都着急了，赶快救人吧。大伙儿把老 × 抬到医院。大夫听后说：赶快进手术室，手术吧！

乙 开刀啊！

甲 老 × 一听要开刀，不干啊，忙向大夫请求说："大夫等一会儿动手术行不？"大夫说："你想干什么？""这棋我赢到家了，等我和他把这盘棋下完的。"

乙 还想下呢呀！

（老曲搜集整理）

使绝活儿

甲　山东军阀韩复榘，这天带着两个马弁到大街上溜达。

乙　他喜欢溜达。

甲　他听说本地有个剃头师傅手艺高有绝活儿，想见识一下。

乙　要理理发。

甲　韩复榘一进店门就对剃头师傅说：（学山东话，下同）"伙计。给我剃个头。"剃头师傅一看这位穿着一件大马褂，身后跟着俩马弁，知道准是位有权势的主儿。

乙　还带着俩马弁哪。

甲　剃头师傅赶忙招呼："您老请坐。""你认识我吗？"剃头师傅摇摇脑袋："不认识。""你不认识我，我还认识我呢。没关系你大胆剃，剃好了我重重有赏。"

乙　他有钱嘛！

甲　剃头师傅高兴了，给韩复榘围上之后拿起剃头刀"唰唰唰"剃上了。

乙　真够利索的。

甲　韩复榘心说这位和别的剃头的没什么两样啊？就问剃头师傅："听人说你有绝活儿，是真是假我也没见过。"

乙　想见识见识。

甲　剃头师傅一听是慕名而来的，更高兴了，心说我今天要好好露一手。"您老瞧好吧。""嗖"的一声把剃头刀甩到半空，等剃头刀落得离韩复榘的脑袋只有一寸的时候，一伸手捏住刀把儿顺势"唰——"削下一片头发。

乙　玩命啊！

甲　剃头师傅得意地问韩复榘："您老看我剃得好吗？"

乙 韩复榘怎么说的？

甲 韩复榘心说：我剃了几十年头还没出过汗呢！这下可好，出了一身汗。要是感冒上你这剃头准好。好小子你拿我脑袋练把式，万一你失手我非玩儿完不可。"剃得太好了。行了，这回该你啦。"

乙 什么叫该你啦？

甲 "来人，把他给我捆上！"

乙 啊，抓人哪？

甲 "不，不！把他给我围上。"剃头师傅问他："您老会剃吗？""我也有绝活儿。"剃头师傅心说今天我算碰上高手了，我也得见识见识。

乙 也想开开眼。

甲 韩复榘一伸手把他后脖领子抓住了。剃头师傅纳闷了：不对呀，别人剃头都是用左手轻轻按住头，右手拿刀剃，怎么这位一上来就抓后脖领子。

乙 有这么剃头的吗？

甲 剃头师傅被勒得直翻白眼："您老轻点，我气都喘不上来啦。"韩复榘也不理他，一撩大马褂，"噌"掏出一把手枪来。

乙 啊？！

甲 剃头师傅侧脸一看心说：哎哟，我的娘呀，你这是剃头还是要枪毙人呢！韩复榘还直安慰他："别紧张啊，你看我就不紧张。"

乙 玩命呢！

甲 "你把脑袋一低，不要乱动啦，我这就开始了。"

乙 他一开始，剃头师傅还活得了吗！

甲 韩复榘一抬手只听"砰砰砰"一阵枪响："剃好了。"剃头师傅摇摇晃晃，等清醒过来一照镜子——

乙 怎么样？

甲 一根头发都没了。

乙 噢。

甲 剃头师傅不但不害怕，一拍脑袋倒高兴了。

乙 还高兴呢？

甲 他冲韩复榘一鞠躬："您老真有绝活儿，以后我剃头就不用剃头刀啦，把您老的手枪借给我，我用手枪给他们剃。"

乙 谁敢来呀。

（薛永年搜集整理）

当“字”

甲　做一名相声演员对任何事物都要研究。

乙　对啦！

甲　你看这人与人兴趣就不一样。

乙　你发现什么啦？

甲　好走东的不走西，好吃萝卜的不吃梨。

乙　是那样。

甲　有爱花的，有爱虎的，还有人爱吃糖葫芦蘸腐乳的。

乙　那没法吃。

甲　有爱听的，有爱看的，还有人爱吃汽水下挂面的。

乙　呀嗬！

甲　好骑马的不骑驴，好打扑克的不下象棋。

乙　那你爱好什么呢？

甲　书法。

乙　怎么你爱书法？

甲　你要吃人哪！

乙　没看出来。

甲　没瞧起我。告诉你吧，对书法我曾下过苦功夫。古今书法家都讲究：“心不厌精，手不忘熟。”

乙　那你呢？

甲　我是整天笔不离手，临摹欧、褚、颜、柳；什么隶书、行书、草书、楷书全来。

乙　你练得怎样？

甲　成名了。都知道我是书法家。

乙　你练了多长时间？

甲　三个多月！

乙　三个多月就成名了？

甲　外行不是。常言道："书无百日功"嘛。

乙　有人求你题字吗？

甲　我能随便给谁题字吗？我的字一个字就值三十块大洋。

乙　有人要吗？

甲　怎没有？一般说我是不往外拿的。

乙　那你什么时候往外拿呢？

甲　去年三十儿，要过年了，我等钱用，就写了一个"福"字，送当铺去了。

乙　人家要吗？

甲　当铺掌柜的拿起来一看，问我当多少。

乙　你要多少？

甲　我要三十块大洋。掌柜的二话没说就答应了。

乙　他要了？

甲　不但要，还说："你的字很珍贵，我们给你三十块大洋。但你要把它好好包装起来我们才能收。"

乙　怎么包装呀？

甲　他让我取件新貉绒皮袄来包字。

乙　当皮袄呀！

（老曲）

怯看球

甲　山东军阀韩复榘给一所中学的学生训话。讲完话后，校长特意为他举行一场篮球比赛为他助兴。

乙　不错呀！

甲　韩复榘一看好几个学生抢一个篮球，顿时火冒三丈（学山东腔，下同）：“这是干吗呢？”副官赶忙解释：“报告主席，这是打篮球。”

乙　对呀。

甲　“打篮球有这么打的吗？校长你过来。”

乙　叫校长干吗？

甲　校长赶忙凑近韩复榘：“主席，我在这儿。”韩复榘一见校长劈头便骂：“好小子，你胆敢把办学校的钱贪污了？我毙了你！”

乙　他就会这一手儿。

甲　校长急忙申辩：“主席，我没有贪污。”

乙　是啊！

甲　“你小子还不老实。你要没贪污，那为嘛十来个学生抢一个球哇？”

乙　嗬，敢情这位主席不懂打篮球的规则呀！

甲　校长马上解释：“主席，打篮球就是这样，分成两队。”

乙　一边五个呀。

甲　“行啦，少废话，别说是两队，就是八队也没关系。只要一人发他们一个球儿，他们不就不会抢了吗？”

乙　混球一个。

（薛永年搜集整理）

智力算术

甲　您给算算：一加一等于几？

乙　一加一等于二。

甲　二加一呢？

乙　等于三。

甲　那么这个三加上那个二呢？

乙　等于五呀。

甲　三加二？

乙　是呀。

甲　等于多少？

乙　等于五呀。

甲　行。那么，三加二，在什么情况下不等于五？

乙　三加二，在什么情况下不等于五？

甲　动动脑子。

乙　在……

甲　想准了。

乙　在什么情况下，不等于五……我知道了。

甲　说吧。

乙　三斤加二两，它就不等于五。

甲　不行。就是三加二，没有斤、两的事。三加二在什么情况下不等于五。

乙　……我算不出来了。

甲　让我告诉你吗？

乙　向你请教。三加二在什么情况下不等于五。

甲　记住了。
乙　一定。
甲　在算错了的情况下不等于五。
乙　走!
甲　走什么呀，你还是没动脑子。
乙　是呀，这题越动脑子，越受骗!
甲　再出一道，你动动脑子。
乙　说吧。
甲　小筐里有四个苹果，有四个小孩儿分，一人分了一个，筐里还有没有啦?
乙　筐里没了。
甲　可是分完了以后，筐里还有一个。你说怎么分的?
乙　啊?四个小孩儿分四个苹果，筐里没了。
甲　筐里还有一个。
乙　怎么会还有一个呢?
甲　用我告诉你吗?
乙　我认输了。
甲　告诉你。
乙　怎么还有一个?
甲　第四个小孩儿分的一个苹果在筐里没拿出来。
乙　没拿出来呀!
甲　你又没动脑子。
乙　那我给你出一道吧。
甲　好。你说吧。
乙　俩爸爸、俩儿子是几个人?
甲　是四个人。
乙　有三个苹果，正好一人分到了一个。你说怎么分的?
甲　一人分到一个，应该是四个苹果呀。
乙　三个苹果，正好一人一个。
甲　这是怎么分的呢?
乙　你动动脑子。
甲　我也分不了啦。
乙　告诉你吧，俩爸爸、俩儿子是三口人，所以，仨苹果正好一人一个。

甲　那怎么是三口人呢?

乙　我问你，我爷爷是我爸的啥人?

甲　是爸爸。

乙　我爸爸是我的啥人?

甲　也是爸爸。

乙　我们爷儿仨之中这是几个爸爸?

甲　俩爸爸。那俩儿子呢?

乙　我是我爸的啥人?

甲　儿子呀。

乙　我爸爸是我爷爷的啥人?

甲　也是儿子呀。

乙　这不俩儿子了吗?

甲　噢，老少三辈呀!

（蔡培生搜集整理）

一丝不犬

甲　（主动与乙打招呼）× 先生您好！

乙　您好！（与甲握手）

甲　见到您很荣幸。能和您同台演出，可以说是我的夙愿！

乙　噢，您可别这么说！

甲　您是名人哪！提起您 ××× 三个字，可以说是名驰宇宙、如驴贯耳……

乙　如驴贯耳？

甲　如雷贯耳！

乙　我没那么大的声望。

甲　您客气，提起您，您是远近闻名、南北尽知、永垂不朽！

乙　我死啦！

甲　谁说你死啦？

乙　你看，你说我永垂不朽，不是我死了吗？

甲　我可不是那意思啊。我的意思，不朽，是不死。是你的艺术青春常在。你，你怎么，怎么歪曲我的本意呢？

乙　他这还怨我啦！

甲　本来嘛，您身上有很多值得我们学习的东西。

乙　不，不。

甲　就说你的演出态度吧，是那样地认真负责。

乙　都这样。

甲　你的艺术是那样地炉火纯青。

乙　差得还远。

甲　你的表演，是那样地风趣幽默。

乙　你夸我。

甲　你的工作作风，是那样的一丝不犬。

乙　不敢……一丝不犬？

甲　啊！

乙　那叫一丝不苟！

甲　对，狗乃犬也！

乙　你就别转啦！

（蔡培生回忆整理）

差一万人马

甲　我们的演出，经常得到各位观众的帮助！

乙　大家给了我们很多支持。

甲　作为演员，我们愿意经常听到观众的批评。

乙　这样，艺术才能提高。

甲　虽然我们说的段子都很熟了，但也保不齐会出错。

乙　这倒是，下次多注意就得了。

甲　可有的演员听到意见，先找提意见人的毛病。

乙　谁这样啊？

甲　我二哥。他是说书的。

乙　噢，讲评书。

甲　那回他在茶馆说《三国》。

乙　这部书可不错。

甲　也不知怎么啦，精神一溜号，把曹操领兵八十三万人马，说成八十二万人马了。听书的呢，也没往心里去。

乙　没注意这小节骨眼儿。

甲　可门口有个打烧饼的不干了。

乙　怎么啦？

甲　他天天手里打着烧饼，耳朵也不闲着。

乙　听书？

甲　对。这天，他打着打着烧饼，忽然听见我二哥少说了一万人马，撂下烧饼，就进了茶馆："先生！错了！曹操带领的是八十三万人马，你怎么给说成是八十二万啦？"

乙　是呀。

甲　我二哥心想，你这不是多管闲事吗，观众都没说啥，显你耳朵长啊！

乙　嗐！

甲　我要是没两下子，今儿个还叫你给问住了呢。你不就是问曹操为什么领了八十二万人马吗？

乙　为什么少了一万？

甲　也不知道！

乙　你也不知道啊！

甲　我不知道，我能说吗？

乙　那为什么是八十二万人马呢？

甲　不是半道上有一万人向刘备投降了吗？

乙　能对付！

甲　打烧饼的说："你呀，说错了还想遮寒碜！""你胡闹！""你胡说！"

乙　得！吵起没完了！

甲　一位听书的过去劝那位打烧饼的："算了吧，别争了，快看看你那烧饼别烤着了！"

乙　对。

甲　打烧饼的听了这话，把腿一抬——

乙　跑出来了。

甲　上凳子顶上了："不行，一炉烧饼算个啥，这儿还差一万人马呢！"

乙　嗐！

（蔡培生回忆整理）

官府的忌讳

甲　过去，老百姓的日子难熬啊！

乙　封建社会嘛！

甲　就说当官的那些忌讳，人们就够受的！

乙　忌讳？

甲　啊，宋朝有一个知府，姓田名登。

乙　叫田登。

甲　为了显示他的统治地位，不许别人用这个“登”字。

乙　这个字归他一个人专用啦？

甲　对。这一个“登”字还不算，蹬高的蹬，噔噔响的噔，就连油灯的灯都不许别人用。

乙　音同都不行！

甲　谁冒犯了，谁就是违法。

乙　你说这多霸道吧！

甲　别人不能犯他的忌讳。

乙　那需要说点灯怎么办？

甲　躲着说。说点火。

乙　点火？

甲　正月十五是灯节。

乙　对呀。

甲　满街上要放花灯。

乙　这也是喜庆啊。

甲　这年就不行了。他们事先贴出了告示。

乙　怎么写的？

甲　上写："奉圣谕，元月十三至十七日普天同庆，娱乐升平，可高搭彩棚，满城放火。"

乙　放火？！……对，不许说灯呀！

甲　后来，人们总结出一句话，只许州官放火，不许百姓点灯啊！

乙　这叫什么事呀！

甲　武官就更厉害了。

乙　那是呀。

甲　在晋朝有个将军，姓罗名文虎。

乙　罗文虎。

甲　他下令谁也不准说"虎"字。

乙　"虎"字又犯忌讳了。

甲　谁犯了，打谁八十大板。

乙　多专制。那若需要说"虎"字呢？

甲　得说"猫"。

乙　猫？

甲　别人倒霉了。

乙　怎么回事？

甲　这年罗文虎奉旨西进，督军入川，经过大巴山。山里猛虎特别多，一个探马急忙回报罗文虎，"报——启禀督爷！"

乙　什么事？

甲　"山中——猫多——"

乙　猫多？

甲　"猫多，为害非浅，军士不敢向前！"

乙　这好，管虎叫猫！

甲　罗文虎一听，气坏了，一拍桌子，"尔等俱是饭桶！猫多能有何妨，我等又不是耗子！"

乙　嗐！

甲　"传我的命令，驱兵直入！""哎，得令！"

乙　还得令哪！

甲　一下子遇上猛虎群了。据说不到一顿饭的工夫，兵马报销了一半。先行官丢盔卸甲，骑着快马蹽回来了。罗文虎一见他这模样，吓了一跳。忙问："为何落得如此狼狈？"

乙　赶紧说："差点喂了老虎。"

甲　是呀，吓得他也忘了忌讳这码事了：“回禀督爷，山中猛虎猖獗，军士们伤亡一半，小将也险些命丧虎口！”

乙　说出“虎”字啦。

甲　“嘟！大胆先行，竟敢冒犯老夫的名讳。拉下去，重打八十！”

乙　这打挨得多冤啊！

甲　先行官疼得这个骂：“这群该死的老虎呀！……”罗文虎耳朵特别尖，听见了。

乙　坏了！

甲　“刀斧手！将他推出斩了！”

乙　啊！没命啦！

甲　一个刀斧手出于好心，埋怨这位先行官，“我的爷爷，你不说虎字，不就完啦！”

乙　就是。

甲　罗文虎又听见了，“来人！把他也处死！”

乙　得，又死一个！

甲　这时候，过来一个拍马屁的，想借机会献献殷勤：“嘿嘿嘿，督爷，您真英明果断，他等故意冒犯您的名讳，当众说出虎字，理当问斩，免除后患。”

乙　哎，他也说出“虎”字了！

甲　所以罗文虎更火了，“嘟！你小子更坏，大卸八块！”

乙　好！这叫溜须不要命！

（蔡培生搜集整理）

傻子学京话

甲　在我们那村有个财主，他有个儿子是个傻子。老财主一想：这不行啊，我这么多的家产，儿子怎么能继承呢？对，我叫他到北京城去，学点北京话去，回来就不傻了。

乙　他这想法倒不错。

甲　老财主拿了二十两银子，交给傻子。告诉他说："傻子，这十两银子是你来回的路费，这十两你到北京学点北京话回来。"

乙　哪儿那么快就学会了。

甲　傻子拿着银子就走了。到北京，手里托着十两银子乱喊："谁卖北京话呀！"

乙　北京话有卖的吗！

甲　走路的人都拿他当精神病。

乙　是有点神经！

甲　有的人好奇，说："哎，你干什么？"傻子说："我这十两银子，来学北京话的。"

乙　钱还不少。

甲　这位说："来，我教给你。"把傻子拉到一边说："你明天就回家，到家叫门，里边问你谁呀？你就回答说：'我呀！'"

乙　这就是北京话！

甲　"要问你几时回来的？你就回答：'昨天晚上啊！'"

乙　对！

甲　"要问你北京城热闹吧？你就回答：'那是当然喽！'"

乙　嘿！

甲　"再叫你：快进屋休息吧，你就说：'这不得了嘛！'回去吧！"

乙 好嘛，十两银子学了四句话。

甲 傻子第二天真回家了。到家一叫门儿，老财主听见了："谁呀？"傻子在门外回答："我呀！"

乙 是这味儿。

甲 老财主一听这高兴劲儿就甭提了："我儿子学会北京话了。"开门看见傻子，又问："你几时回来的？"

乙 他怎么回答的？

甲 "昨天晚上啊！""北京城热闹吧？"

乙 他说？

甲 "那是当然喽！""快进屋休息去吧。""这不得了嘛！"

乙 嘿，一句没错！

甲 第二天老财主到处宣传："我儿子学会说北京话了，今后村里有什么事多叫他出面！"

乙 他出面，能干什么呀？

甲 巧啦！没过几天，他们那个村出了一件人命案，人不知道是谁杀的。

乙 凶手跑啦！

甲 正好县官来验尸，县官是个北京人，要找个会说北京话的人回话，大家就把傻子推出去了。

乙 他去啦？

甲 县官就问："这个人是谁杀的？"傻子回答说："我呀！"

乙 啊，他承认了。

甲 县官又问："你几时杀的呀？"傻子说："昨天晚上啊！"县官说："杀人可要偿命的。"傻子说："那是当然喽！"县官说："拉出去枪毙！"

乙 噢，完啦！

（杨松林记）

怯进京

甲　一处不到一处迷，十处不到九不知。
乙　你这话是什么意思？
甲　就是说，一个人不到那里，不知道那里的生活习惯。
乙　这话对。
甲　我们那儿有个人，只听说北京好，没去过，他很想去逛逛。
乙　应当去开开眼界。
甲　他在家准备了路费，就到北京去了。
乙　还真有决心。
甲　临走的时候有人跟他说："北京是个大地方，到那儿干什么都得学着点儿，别露了怯。"
乙　对，都学着点儿，没错。
甲　没错？错就错在都学着点儿上了。
乙　怎么呢？
甲　他到了北京看什么都好看，五光十色看得他眼花缭乱。他玩了半天，肚子饿了，想吃饭，到了饭馆不敢进去。
乙　为什么？
甲　他不知道吃什么，怎么吃。
乙　那就跟人家学着点儿呀。
甲　对呀，他也是这么想。站在门口等了半天，从那边过来一个人，进饭馆啦。他也在后边跟进来了。
乙　吃饭也要学呀？
甲　这位一进门儿，就上楼啦，他也上来啦。
乙　是呀！

甲 这位找了个位子坐下了，他找了个位子也坐下了。正坐这位对面儿，睁着眼看着这位。

乙 这是干吗？

甲 他这样想：我不会吃，我跟你学。你吃什么我吃什么。

乙 他还真有主意。

甲 这位坐在那儿叫堂倌儿：“堂倌儿！”跑堂的过来：“客官，您要什么？”“给我来盘儿炒虾仁儿，四两白干。”跑堂的刚要走，他说话了：“跑堂的！”

乙 嗓门儿还不小。

甲 跑堂的赶紧过来说：“客官，您要点儿什么？”“你给我来盘儿炒小人儿。”“炒小人儿？炒大人儿也没有。”“再来四两该班。”“该班儿？那你上班儿去吧，我们这儿没有！”

乙 是没有。

甲 他一指对面那位，说：“他要什么我要什么。”跑堂的说：“好吧！”不大的工夫就端上来了两盘炒虾仁儿，两壶白干酒。

乙 这回学对了。

甲 对面那位倒酒，他也倒酒，那位吃菜，他也吃菜。

乙 学吃，学喝。

甲 对面那位一看明白了，这小子在跟我学呀，好啦，我叫你知道知道我的厉害。他把跑堂的叫在一边说：“哎，待会儿我说要什么，是反话，我说要碗热汤面，你给来碗凉面。我说热热的，你就给我来凉凉的。”堂倌说：“好吧！”

乙 这是干什么？

甲 这位叫堂倌：“给我来碗汤面，越热越好。”堂倌刚要走，他又喊：“跑堂的，给我来碗热汤面，越热越好。”

乙 哼，他也要热的。

甲 不大的工夫，堂倌端上来两碗面，一碗是凉水面，一碗是开水面。把凉面放在对面啦，把这碗开水热面放在他那儿啦。

乙 好嘛！

甲 对面那位站起来了，脚一蹬板凳，冲他说：“呔！到北京要学吃学喝，要学就学对了，学不对，我提着脚脖子往下扔！”

乙 要出麻烦了！

甲 这位把手伸出来在凉面里一抓，抓出几根面条来，说：“这叫海底捞月。”从手腕上一绕：“这叫金丝缠腕。”又从脖子上一绕：“这叫枯树盘根。”拿两根面条，往嘴里一吃，“这叫金龙入井。”说完睁眼看着他。

乙 该他的了。

甲 他不含糊，伸手从开水面一抓，开水多烫呀，抓了几根面条：“这叫海——底——捞月。”

乙 都转了音儿啦。

甲 烫的。又从手腕上一绕，“这叫金丝缠腕”；再从脖子上一绕，“这叫枯树盘根”；拿两根面条往嘴里一吃——

乙 烫得五官都挪了位了。

甲 对面那位一笑，由鼻子眼儿里出来两根面条。

乙 笑坏了。

甲 他一看，有词了。哎，这面就不吃了。

乙 怎么不学了？

甲 我这还没“金龙入井”呢，他又出来“二龙吐须”了。

（杨松林记）

弹棉花

甲　现在人们生活提高了，都喜好艺术。

乙　对。

甲　不论是戏剧、曲艺、音乐、舞蹈，都是很受观众欢迎的。

乙　那是。

甲　你就说音乐吧，不论中乐、西乐、合奏、独奏，都能给人一种美感。

乙　对！我就喜好音乐。

甲　噢！您也喜好音乐？

乙　我只是愿意听音乐。

甲　您听过我二哥的音乐没有？

乙　您二哥是音乐家？

甲　他主要是喜好古琴。

乙　他一定演奏得很好？

甲　就是一样，只要他一奏乐，人家全躲开他了。

乙　一定是演奏得不好听。

甲　你可别说他演奏得不好，你说不好，他不愿意听，说你不懂艺术。头几天就因为我说了几句，他一生气就跑到北市场去了。

乙　干吗呀？

甲　跑那儿找知音去了。借张桌子，把琴放在桌子上，不大一会儿就围了一帮人。

乙　人真不少！

甲　我二哥一想，今天来了这么多知音的，我得先来段得意的曲子，弹一段大悲调。刚弹了几下，人就走净了。我二哥心这个烦啊！

乙　他弹得难听嘛！

甲　我二哥抬头一看，心里这份儿高兴就别提了。

乙　怎么？

甲　面前剩一位老太太，还在那儿等着听呢！

乙　这回可找着知音的了。

甲　我二哥接着弹起大悲调，弹着弹着就看老太太直掉眼泪。

乙　一定是听悲曲子听的。

甲　我二哥站起来对老太太一鞠躬："大娘，您喜好音乐？"老太太说："我不懂什么叫音乐不音乐的！"

乙　那为什么哭呀？

甲　他又一问老太太，老太太又说："咳！我一听你弹这玩意儿，我就想起来我们老头子了，我们老头子死了三年啦！"

乙　甭问！他们那位老先生定是老音乐家！

甲　我二哥又一问，老太太说不是。"那他是干什么的呢？""是弹棉花的！"

乙　弹棉花的？

甲　"你弹的这声音，就像是我们老头子弹棉花那个动静似的，所以我就想起我们老头子来了！"

乙　嗐！

（于世德记）

绕口令

甲　来了？

乙　来啦。

甲　咱们说一段相声。

乙　对。

甲　咱们说什么呢？

乙　离不开说、学、逗、唱，对个对子，打个灯谜，说个绕口令。

甲　你会说绕口令？

乙　怕你不会说。

甲　只要你会说，我就能说。

乙　好，你说这个："长虫钻砖堆。"

甲　长春——

乙　不对。

甲　长虫……一大堆。

乙　什么呀？长虫钻砖堆。

甲　长出穿专追。

乙　你呀，要命也说不上来。

甲　长虫钻砖堆。

乙　哟，真说上来了。

甲　逗你玩儿，这算什么呀。"长虫钻砖堆，长虫围着砖堆转，转完了砖堆，长虫钻砖堆。"

乙　我再说……

甲　"长虫围着砖堆转，转完了砖堆，长虫钻砖堆。"

乙　你再听这……

甲 “长虫围着砖堆转，转完了砖堆，长虫钻砖堆。”

乙 行啦，别没完没了的。你再听这个。

甲 哪个我都行。

乙 “门外有四匹伊犁马，你爱拉哪俩拉哪俩。”

甲 “门外有四匹伊犁马，你爱拉哪俩拉哪俩。门外有四辆四轮大马车，你爱拉哪两辆拉哪两辆。”你再听这个：“南门外有个面铺面冲南，面铺挂着蓝布棉门帘，摘了蓝布棉门帘，瞧了瞧，南门外头面铺面冲南，挂上蓝布棉门帘，还是南门外头面铺面冲南。”还有：“扁担长，板凳宽，扁担没有板凳宽，板凳没有扁担长，扁担绑在板凳上，板凳不让扁担绑，扁担偏要绑在板凳上。”还有：“打南边来了个喇嘛，手里提着五斤鳎目，打北边来了个哑巴，腰里别了个喇叭，提着鳎目的喇嘛，要拿鳎目找别着喇叭的哑巴换喇叭。别着喇叭的哑巴，不拿喇叭换提着鳎目的喇嘛的这个鳎目。喇嘛拿鳎目打了哑巴一鳎目，哑巴拿喇叭打了喇嘛一喇叭，喇嘛炖鳎目，哑巴滴滴答答吹喇叭。”

乙 你听我——

甲 “正月里，正月正，姐儿俩商量去逛灯。大姑娘名叫粉红女，二姑娘名叫女粉红。粉红女穿一件粉红袄，女粉红穿一件袄粉红。粉红女抱着一瓶粉红酒，女粉红抱着一瓶酒粉红。姐儿俩找到无人处，推杯换盏饮刘伶。女粉红喝了粉红女的粉红酒，粉红女喝了女粉红的酒粉红。粉红女喝得酩酊醉，女粉红喝得醉酩酊。粉红女追着女粉红就打，女粉红见着粉红女就拧。女粉红撕了粉红女的粉红袄，粉红女撕了女粉红的袄粉红。姐儿俩打架停了手，自己买线自己缝。粉红女买了一条粉红线，女粉红买了一条线粉红，粉红女反缝缝缝粉红袄，女粉红缝反缝缝袄粉红。”这算什么，你听我唱一个。

乙 好，你唱吧！我听着。

甲 “数九寒天冷风飕，转年春打六九头。正月十五龙灯会，有一对狮子滚绣球；三月三王母娘娘蟠桃会，孙猴子就把仙桃偷；五月初五端阳节，许仙、白蛇不到头；七月七日天河配，牛郎织女泪双流；八月十五云遮月，月宫嫦娥犯忧愁。要说愁，净说愁，唱一段绕口令十八愁：狼也愁、虎也愁、象也愁、鹿也愁、骡子也愁、马也愁、牛也愁、羊也愁、猪也愁来狗也愁、鸭子也愁、鹅也愁、蛤蟆也愁、螃蟹也愁、蛤蜊也愁、龟也愁、鱼也愁来虾也愁。虎愁不敢把高山下，狼愁野心耍滑头，象愁脸憨皮又厚，鹿愁头上长了大犄角，马愁鞴鞍行千里，骡子愁得一世休，羊愁从小把胡子长，牛愁愁得鞭子抽，狗愁改不了总吃屎，猪愁离不开臭水沟，蛤蟆愁长了一身脓包疥，螃蟹愁得浑身净横沟，鸭子愁得扁扁嘴，鹅愁得长了个疙瘩头，蛤蜊愁得是闭关自守，乌龟愁得是不敢出头，鱼愁离水不能走，虾愁得空枪乱扎没准头。”说我诌，我就诌，闲来没事绕绕舌头：我们那六十六条胡同口，住着个六十六岁刘老六，他家盖六十六座好高楼，楼上有六十六篓桂花油，篓上边蒙着六十六匹绿绉绸，绸上边绣着六十六个大绒球，楼下边钉着六十六个檀木轴，轴上边拴着六十六头大青牛，牛旁边蹲着六十六个大马猴。六十六岁的刘老六，站在门口啃骨头，来了那两条大黄狗，跑到近前抢骨头。吓跑了六十六头大青牛，惊跑了六十六个大马猴，拽折了六十六个檀木轴，撞倒了六十六座好高楼，洒了那六十六篓桂花油，油了那六十六匹绿绉绸，脏了那六十六个大绒球。从南边来了个气不休，手里拿着个土坯头去打狗的头，也不知是气不休的土坯头，打了狗的头，还是狗的头，碰了气不休的土坯头。从北边来了个秃妞妞，手里拿着个油篓去套狗的头，也不知是秃妞妞的油篓口，套了狗的头，还是狗的头，套进秃妞妞的油篓口。狗啃油篓篓才漏，狗不啃油篓篓不漏油。颠颠倒倒绕口令，一句话不来当面羞。

（屈义搜集）

比高个儿

甲　您说相声有多少年啦？

乙　二十多年。

甲　老人儿啦。

乙　不敢说，反正知道得多点儿，我们这行叫无不知，百行通。

甲　噢！什么都知道？

乙　对啦！就是经得多见得广。

甲　您都见过什么呀？

乙　什么都见过。

甲　见过高人吗？

乙　高人可见多啦！跟我有来往的人，都是有学问的人。

甲　不！我问你见过身量高的人吗？

乙　噢！身量高啊，那见过啊！您知道动物园吗？

甲　知道哇。

乙　过去叫三贝子花园，那阵儿门口儿有俩收票的，那就是高人哪。

甲　多高啊？

乙　一丈多高。

甲　那不算高。我看见过一个人，比那俩高得多。

乙　多高身量儿？

甲　城门楼子高不高？

乙　高。

甲　这个人坐在城门楼子上，两只脚挨着地。

乙　嗐！还不算高。我见过一个人，他坐在井底下，脑袋顶着天！

甲　坐着？他怎么不站起来呀？

乙　不能站起来，一站起来把天顶一个窟窿！

甲　我见过一个人，比你说的这个人还高！

乙　多高身量儿？

甲　甭说身量儿，先说他这嘴，这个人一张嘴，他上嘴唇挨着天，下嘴唇挨着地！

乙　上嘴唇挨着天，下嘴唇挨着地？他这脸在哪儿呢？

甲　嗐！这小子有嘴说大话，还要脸干吗呀！

乙　我呀！

（全常保整理）

盼月份

甲　您是说相声的，相声好哇！

乙　相声就是逗乐，您听到可笑之处哈哈一乐——

甲　人家要是不乐呢？

乙　那——我也没主意。

甲　你能过去胳肢人家吗？

乙　没那规矩。

甲　还是呀。

乙　不怕你不乐，就怕你不听。只要你听，就得乐。

甲　对。只要说得好，听众准乐。你的相声就说得不错。

乙　夸奖。

甲　最近生意好不好？

乙　这几天不大好。

甲　我猜着也好不了。你知道什么原因吗？

乙　不知道。

甲　月份儿不对。

乙　怎么？

甲　你外行啊，这正是六月里，晒车板儿的时候。常言说六七月不出门，就是活神仙，这么热的天谁出来听相声啊！您忍着吧，等过了六七两个月，到了八月您看那买卖——

乙　那个好哇。

甲　好不了。

乙　怎么又好不了哇？

甲　八月中秋节，人家都忙着过八月节，哪有工夫出来听相声啊！等过了八九月，到了十月你这买卖可就——

乙　好喽。

甲　糟喽。

乙　又为什么呀？

甲　十月天冷啦，人家都忙着收拾窗门，做棉衣哪，谁出来听相声啊。过了十月、十一月，到了腊月，您看您这买卖——

乙　可就挣钱了。

甲　可就没人了。

乙　为什么呢？

甲　您想啊，一年到头了，十二月谁不歇工放假呀。

乙　我说你想把我饿死怎的？

甲　你着什么急呀！

乙　七个月我什么都没干，能不急吗？

甲　这就到了你时来运转，发财的时候了。一过腊月，到了正月，常言说得好：金正月，银二月。你一个正月里，就能挣下一年的钱。不过你这园子太小啦，坐不了多少听众啊。你在外边儿露天里租一个大布棚，再借几百条凳子，再添四个卖票的，两个收票的，另外再雇两个点钱的，买一个大钱柜，装钱用。你都预备好了，等到过了年由正月初一起一直到十五，嗬！你瞧这半个月——

乙　这个人可就海了去啦。

甲　这个风可就刮得大了去啦！

乙　我说我还活得了吗，好容易盼到了正月又刮大风啦。

甲　你别着急呀，风只刮了半个月，还有半个月哪。

乙　就指望着下半月啦。

甲　到了下半个月你是时来运转，大富大贵，这回可就让你给碰上了。大年下的刮了半个月的大风，人们都没出门儿啊，一天到晚在家里蹲着，都闷得够呛啊。好容易风住了，谁不想出来玩玩儿，转转，溜达溜达，听你的相声啊？

乙　是啊。

甲　你是吉人自有天相，这么说吧，由正月十六到正月三十，哎呀，你瞧这个——

乙　这个人哪。

甲　这个雨呀。

乙　走！

（韩子康述　薛永年整理）

逛书店

甲　山东军阀韩复榘，这天带着两个随从，身着便服上街私访。

乙　他喜欢来这手儿。

甲　他走进一家书店，看见上面挂的都是自己的画像，心里非常高兴。

乙　是呀。

甲　（学山东话）“来人，把经理给我找来。”

乙　找经理。

甲　书店经理一看是韩复榘，就满脸堆笑地说：“主席您这么忙还能光临小店，在下真是感到万分荣幸。”

乙　真客气。

甲　韩复榘亲切地对经理说：“你这个书店办得很不错嘛！”

乙　夸上了。

甲　“不过，也有不理想的地方。比如你们这里不要只挂我一个人的画像嘛，这样不好嘛！”

乙　说假话。

甲　“要挂国父的像嘛。你知道国父是谁吗？”经理说：“知道，是孙中山。”

乙　谁都知道。

甲　“知道就好。”

乙　废话。

甲　“俗话说得好，家大业大没有国父大。”

乙　没听说过。

甲　“咱们要尊敬国父，热爱国父，拥戴国父。所以不能只挂我的像，要把国父的像挂出来一起卖，懂吗？”

乙　嘿！别说，他还有点良心。

甲　“说挂就挂，现在就挂，赶紧拿出来挂。”

乙　那就赶紧拿出来挂吧！

甲　经理听说马上拿出来，着急啦：“什么，主席，现在实在没法拿出来挂呀——”

乙　为什么？

甲　因为孙中山先生的画像都卖完啦！

乙　噢！韩复榘的像没人要呀！

（薛永年搜集）

唠家常

甲　咱俩可有挺长时间没见了。

乙　有十多年了。

甲　今天我想和您好好唠唠家常。

乙　那就好好聊聊吧！

甲　你们家都好啊？

乙　看你问谁了？

甲　你们家老碟子好？

乙　老碟子？早让我给摔了。

甲　那是老茄子？

乙　老茄子我早熬着吃了。

甲　要不是老橛子？

乙　老橛子我早钉墙上了。

甲　那你家里岁数大的那个叫老什么东西？

乙　什么叫老什么东西？那是老爷子。

甲　要说老爷子今年够受的了。

乙　什么叫够受的了？那是高寿了。

甲　对了，你爸爸是高了、瘦了。

乙　你爸爸是矮了、胖了？高寿得放到一块儿说。

甲　你爸爸高寿了？

乙　我爸爸还小呢！

甲　噢，还没满月呢？

乙　没满月，像话吗？

甲　那满了月了。
乙　满了月也不像话。我爸爸今年六十了。
甲　噢，吃饱了遛食的就是你爸爸？
乙　没事儿转弯的是你爷爷！我爸爸岁数六十了。
甲　啊，你爸六十岁了。结婚了吗？
乙　废话！我爸爸没结婚，我打哪儿来呀？
甲　你不是打你们家来吗？
乙　是呀，我不打我们家来，我还上你们家来呀！我爸爸结婚了。
甲　我是说你爸爸给你结婚了吗？
乙　我也结婚了。
甲　结婚以后跟前有儿子、爪子什么的没有？
乙　什么叫儿子、爪子呀？就是有一个儿子。
甲　你儿子今年高寿了？
乙　问孩子有问高寿的吗？就问多大了就行。我儿子今年六岁了。
甲　噢，六岁了。留下胡子了吗？
乙　六岁小孩留胡子？像话吗？
甲　那留胡子的是谁呀？
乙　那是我爸爸。
甲　你爸爸留胡子好哇！唉！你爸爸最近不尿炕了吧？
乙　六十岁的还尿炕啊？
甲　那尿炕的是——
乙　那是我儿子，最近不尿了。
甲　不尿好啊！你儿子还拄拐棍儿吗？
乙　六岁小孩儿拄拐棍儿呀？
甲　那拄拐棍儿的是——
乙　那是我爸爸，还拄着拐棍儿呢。
甲　拄拐棍儿出门稳当。最近你爸爸不和小孩儿打架了吧？
乙　六十岁的人和小孩儿打架呀？
甲　那打架的是——
乙　那是我儿子。已经不和小孩儿打架了。
甲　噢！你儿子还戴老花镜吗？
乙　我说你成心是怎么的？一会儿六岁的，一会儿六十的，一会儿问我爸爸，一会儿问我儿子，来回这么绕腾我！

甲 这么一问我不是就明白了嘛！

乙 你倒明白了，我可糊涂啦！

（于春明述　新纪元整理）

吟诗大王

甲　人有没有学问，能看出来。

乙　看哪儿呢？

甲　看脑袋呀！脑袋越大，学问越大。

乙　噢，脑袋大学问就大？

甲　对啦，你看见我没，我这个脑袋就比你那个大一号，所以我比你有学问。

乙　是吗？

甲　唉，我师傅那脑袋比我还大，所以我师傅比我还有学问。

乙　好嘛，一套大脑袋。

甲　这可不是吹牛。您说我师傅那脑袋大到什么程度。

乙　大到什么程度？

甲　平时都不能出门。

乙　那要出门呢？

甲　得雇两个人抬着脑袋。

乙　至于吗？

甲　您想啊，有这么好的师傅，我那学问能不大吗？

乙　你有什么学问呀？

甲　我能即兴吟诗，所以大家都送我一个雅号，管我叫“吟诗大王”。

乙　噢，您能即兴吟诗。

甲　对啦！

乙　那您能不能当场在这儿给吟一首？

甲　那没问题。您说以什么为题吧？

乙　我出个题，您就以下雪为题，能吟吗？

甲　没问题。我当场吟一首七言绝句，怎么样？

乙　七言绝句，好啊！您请。

甲　听着啊，这第一句是“天上一片黑咕隆咚”。哎，七言绝句。

乙　“天上一片黑咕隆咚。”这哪儿是七言绝句，这是八言哪。

甲　八言？不能。

乙　不信您数数。

甲　“天上一片黑咕隆咚。”啊，谁说七言啦？你听错了，我说的就是八言绝句。

乙　你不是说七言绝句吗？

甲　我说的是八言绝句。

乙　好，我听错了。那您这第二句呢？

甲　听着，“好似白面往下扔。”

乙　“好似白面往下扔。”不是八言嘛，这怎么又改七言啦？

甲　废话，什么叫改七言了，早我就说是七言绝句嘛！

乙　那您第一句怎么是八言呢？

甲　啊，对呀！七八言嘛！

乙　没听说过，哪有七八言绝句呀？

甲　对。以前是没有，可是自从有我这个“吟诗大王”啦，当然就有七八言绝句啦！这是我的独创，一句八言，一句七言，七八言绝句。

乙　嘿，行，那您接着往下说第三句。这句该八言了吧？

甲　那当然啦！你听着：“坟头儿就像大个馒头。”

乙　这叫什么词呀？最后一句该七言了吧？

甲　听着，“井是黑窟窿”。

乙　“井是黑窟窿”？哎！这才五个字呀，不是七个字吗？

甲　你不会添字儿吗？“井是个黑窟窿。”

乙　那这才六个字。

甲　你死心眼儿，你不会说“井是大个黑窟窿。”

乙　噢，你上这儿凑字来啦？

（于春明述　新纪元整理）

扭嘴儿

甲　一段相声，不管有多少人听，我们俩都是这么说。

乙　是这样。

甲　有百八十位观众，我们俩就这么说。

乙　对。

甲　三十、五十位观众，我们俩也这么说。

乙　是。

甲　十位、八位观众，我们俩还这么说。

乙　就是剩一位观众，我们俩照样这么说。

甲　一位观众可不行。

乙　怎么呢？

甲　一会儿他要上厕所，你说咱俩是在这儿等着，还是跟着？

乙　那就等着吧！

甲　他上完厕所要回家，不回来了，你说咱俩等谁去呀？

乙　要不就跟着？

甲　跟着到了厕所门口，你说咱俩是跟进去，还是在门口等着？

乙　那就在门口等着吧！

甲　赶上这位闹肚子，三个小时不出来，你等得了吗？

乙　那就跟进去。

甲　你多咱见这儿蹲一位，这儿站俩说相声的，“您这儿歇着哪。”

乙　有上厕所歇着的吗？

甲　“不是，您这蹲着哪，您不没什么事吗，您看您闲着也是闲着，听我们俩说段相声吧！”

乙　说哪段儿呀？

甲　说“吃葡萄不吐葡萄皮儿”。

乙　嗐，有上厕所吃的吗？

甲　就是说，给一位观众说不行。

乙　还真是这样。

甲　澡堂子也是一样。不管多少人洗，总是那一池子水。

乙　对。

甲　没见过那样的，澡堂子六点刚开门，进来一位洗澡的，一池子水就他一个人洗。“嗬，好水。”澡堂子老板来气了，这么一大池子水就你一个人洗？看我的，过去把塞子给拔了。这位洗得正带劲儿呢，“嗬，好水——呀，落潮啦？”

乙　那还不落潮。是没这样的。

甲　我们在舞台上演出，保不齐有的观众对我们有意见。

乙　那是。

甲　如果有意见，您可以提出来。

乙　唉，我们虚心接受。

甲　您要顾及我们的面子，不好意思提——

乙　那怎么办？

甲　我给您出个主意，您可以扭扭嘴儿。

乙　扭扭嘴儿？

甲　对，您一扭嘴儿，我就知道您对我有意见了，演完了，我就找您去。

乙　这主意好。

甲　那回我刚说到这儿，就看台下有一位观众冲我扭上嘴儿了。

乙　那是对你有意见了。

甲　是啊。演出结束以后，我赶紧下台找到那位观众。还没等我说话，那位观众瞅了我一眼，又冲我扭了扭嘴儿。我明白了，剧场里说不方便。

乙　那就出去说。

甲　是啊。我赶紧跟着这位观众来到剧场门口。我刚想问，他还是冲我扭了扭嘴儿。

乙　可能是剧场门口太乱，干脆你跟他到马路上去说。

甲　到了马路上，还没等我问哪，他又冲我扭了扭嘴儿。

乙　怎么还扭嘴儿呀？

甲　可能是嫌马路上人太多，我跟着他，一直往前跟了四站。我实在是走不动了，赶紧跑到前边把他拦住了，他还是冲我扭了扭嘴儿。

乙　噢，他还扭嘴儿哪！

甲　我当时就急了："您别扭嘴儿了，您快说吧，到底对我有什么意见！"

乙　他怎么说的？

甲　我对你没什么意见！

乙　那你为什么老扭嘴儿呀？

甲　我从小就有这毛病。

乙　是啊！

（周志光述　新纪元整理）

转文露怯

甲　有这么一种人，没什么学问，可平时说话还爱转文。

乙　为什么呢？

甲　好显示他呀！仿佛有多大学问似的。

乙　还有这种人？

甲　我有一个邻居就是这样。

乙　是吗？

甲　有一天他上街碰见一个朋友，想问人岁数多大，他转上文啦，“您今年贵庚了？”

乙　那朋友怎么回答的？

甲　人家一听他转文，也跟他转上文了，“小弟今年我廿之一了。”

乙　廿就是二十，廿之一就是二十一了。

甲　对。可我邻居不明白呀，“廿之一？什么叫廿之一呀？”人家一看他不懂，就告诉他了：“廿为二十，廿之一就是我今年二十一了。”说完了，人又问他贵庚了。礼尚往来嘛！

乙　他怎么答的？

甲　他一想，二十为廿，我还不够二十呢。啊，那什么，我今年不定不够廿呢！

乙　什么叫不够廿呀？

甲　像那你吸取教训吧。他不价，结果又闹了一个笑话。

乙　又闹什么笑话了？

甲　他的母亲不幸去世了。

乙　哟！

甲　他戴着孝上街办事。这时候打对面过来一位，胳膊也戴着黑纱。

我邻居一看，这位也戴着孝，我得跟他说句话。

乙　怎么说的？

甲　“年兄为何人挂孝啊？”那人说了：“唉！兄弟不幸，中年断弦了。”

乙　中年断弦是怎么回事？

甲　自己的妻子去世了，叫断弦，再娶一个叫续弦。

乙　噢，是这么回事。

甲　我邻居不明白呀，“断弦？您断的是哪根儿弦呀？”

甲　那人一听，连这都不懂，干脆我说两句白话把他打发走得了：“中年断弦就是我媳妇死了。不知您为何人挂孝啊？”我邻居一想，他媳妇死了叫中年断弦，我妈死了怎么说呀。一着急，他还真说上来了。

乙　怎么说的？

甲　“那什么，我断老弦了。”

乙　嗐。

（金涛述　新纪元记）

不宜动土

甲　你看解放以后，人的思想有多大变化，过去的人信神信鬼。

乙　可不是嘛！

甲　今天没人信这套。

乙　是啊。

甲　你说哪儿有鬼？鬼什么模样？谁跟鬼一块儿喝过酒？

乙　谁跟鬼喝酒啊！

甲　就那么说。过去有很多很多像这样的鬼故事，有人就信这一套。

乙　就信以为实。

甲　可是谁也没看见过，可都信。

乙　你说谁看见过鬼呀！

甲　就是嘛！根据巴甫洛夫学说，这叫交替反射。

乙　怎么叫交替反射？

甲　小时候你听到的鬼故事，到一定的时候，就在你的脑子里反映出来了，使你恐惧。现在没人信这套，烧香磕头的没有了。

乙　没有了。

甲　都追求真理了嘛！

乙　这话对呀！

甲　过去真有这样的人。像我小时候，我们街坊住着一个老头儿，光棍儿一个人。这老头儿这迷信哪！他的唯一的宝贝，他的行动的指南针——

乙　是什么？

甲　历书！

乙　历书？

甲　过去叫皇历。要干一件事，他得看看皇历。

乙　他得看看皇历。

甲　皇历不是打初一到三十，小月是二十九天，每天怎么样，天天干什么，都一条一条写着。

乙　对呀！

甲　今天是黄道日啊，黑道日啊；明天是宜沐浴呀，宜探亲哪，宜出行啊；还有什么诸事不宜，这天干什么都不好。

乙　诸事不宜。

甲　有的人他真信这套。他的行动，得先看看历书，每天他都看。

乙　好嘛！

甲　今天想洗澡去——

乙　那怎么样啊？

甲　先看历书，没有。

乙　不宜沐浴？

甲　不是不宜沐浴，这一条还没有，这天是洗澡的日子，他就写“宜沐浴”。

乙　找洗澡的那日子。

甲　哎！也有的时候这一栏有好几样事儿，宜沐浴、探亲、出行。他一找啊，由初一到十五都没有。

乙　那得往后找啊。

甲　那得往后推了，这半个月就算不能洗了。等下半月再说吧，下半月把这茬儿忘了。

乙　这半个月又隔过去了。

甲　一个月没洗呀！

乙　太不好了。

甲　是啊！等下月，由初二到十五又没有。

乙　还没有。

甲　结果哪，那一个半月就算没洗。

乙　这多不卫生。

甲　你说这人迷信到这程度。今天要出去办点儿事，上边写着宜出行，这才出去。

乙　这才出门。

甲　如果说今天诸事不宜，哪儿也不敢去，就在家等着吧！

乙　诸事不宜嘛。

甲　哪儿也不敢去，就在家待着，什么事都不敢干，话也少说，往屋里一躺，看书。夏天的蚊子短不了啊，待着待着来个蚊子，往他腮帮子上来一顿改善生活。

乙　改善生活？打算叮他一下子。

甲　一叮他哪，老头儿下意识地用手一拍，拍在腮帮子上了，您想那有不疼的吗？

乙　是啊！

甲　拍得老头儿直拨拂。一想：噢！你看是不是，得亏我没出门，出门不知会闯什么祸。诸事不宜嘛！不敢动还挨一嘴巴哪！

乙　这不是自己打自己吗？

甲　是啊。就说他这迷信哪！

乙　你说这迷信到什么程度了。

甲　哎呀！可不能出门啵！不出门就在家待着吧！住一间屋子，半间炕，这房全老了，下午一下大雨，一漏，这房啊，咔嚓一下子，墙塌了。房这一塌可坏了。

乙　老头儿怎么了？

甲　老头儿在屋子里头哪！

乙　好嘛！

甲　老头儿在炕上躺着看书哪！这房子还好，没砸死人，当初盖的时候是硬山隔。

乙　噢！硬山隔。

甲　喀一下，这头儿的檩头糟了，落在地下了。那一头儿哪，还在山墙上头，整个地斜着坡。可巧他躺着的那地方，成了个小窝棚。

乙　你瞧！

甲　街坊可吓坏了，哄的一下，大伙儿全跑出来了。“坏了，老头儿在家哪，没出门儿。”街坊邻居都来了，七手八脚地就给抢东西。把窗户拉开了，拉开了一个洞。一瞧，行，瞧见那老头儿的脚了。这下儿没砸着，可能把老头儿吓晕了，往出拉吧。大伙儿伸手往出一拉他，他在里边嚷上了：“别动，别动！瞧瞧皇历，要是不宜动土啊，明儿再弄！”

乙　嘿！这迷信。

（侯宝林整理）

诸葛亮借旋风

甲　这场换您说了?

乙　对。

甲　要做一个相声演员，脑筋得好。

乙　不错。

甲　您就聪明。

乙　夸我哪!

甲　您想啊，八岁那年您就会抓挠了。

乙　我呀!我成大傻小子啦!

甲　那您会什么?

乙　我会尿炕，嗐……

甲　反正您是够聪明的了。

乙　哎，就是脑子来得快。

甲　我说个灯谜您能猜着吗?

乙　我这么聪明，肯定能猜着。

甲　您听着:“一根棍，百根梁，不用砖瓦盖成房。”

乙　这我猜着了:雨伞。

甲　不对，旱伞。

乙　哦，旱伞!

甲　我再说这个，你还猜不着。

乙　你还说这个，我肯定能猜着。

甲　您听着:“一根棍，百根梁，不用砖瓦盖成房。”

乙　雨伞，旱伞。

甲　全不对。

乙 那是什么？

甲 蘑菇。

乙 你还敢说不？

甲 我还敢说："一根棍，百根梁，不用砖瓦盖成房。"

乙 雨伞，旱伞，蘑菇。

甲 还是不对。

乙 这回又是什么？

甲 狗尿苔呀！

乙 你这叫什么呀？要猜就猜个好的。

甲 这回给你出个好的："诸葛亮借东风。"

乙 这个——这个可难啦！

甲 这个怎么样？三国典故："诸葛亮借东风。"

乙 这个猜不着。您说是什么？

甲 西瓜。

乙 怎么是西瓜？

甲 我问你，这东风往哪边刮？

乙 往西刮。

甲 这不是西瓜（刮）吗？

乙 有点意思！

甲 再给你出一个："诸葛亮借西风。"

乙 这我就知道啦，这是冬瓜（东刮）。

甲 你看这学问马上就见长。

乙 就长这学问？

甲 再给你出一个："诸葛亮借北风。"

乙 南瓜（南刮）。

甲 诸葛亮借南风？

乙 北瓜（北刮），就是倭瓜。

甲 你太骄傲啦！我说这个你就猜不着，"诸葛亮借旋风。"

乙 他这个，诸葛亮什么风都借呀？这个可猜不着啦！那您说是什么？

甲 告诉你，记住啦，"诸葛亮借旋风"这是（用手比画）角瓜（搅刮）。

乙 角瓜呀！

（常佩业述　新纪元整理）

买大葱

甲　作为一个相声演员，应该是知识渊博，头脑机灵。

乙　对！我们说相声的都这样！

甲　都这样？你也别那么说，也有不这样的。

乙　谁呀？

甲　就拿你来说吧，我看就不机灵。

乙　我怎么不机灵了？

甲　你可以说是我们说相声里边最傻的。

乙　你凭什么说我是最傻的？

甲　我叫你算一笔简单的账，你就算不过来。信不？

乙　好，你说吧，我要真算不上来，我承认我是最傻的。可话又说回来啦，那我要算上来怎么办？

甲　你要算上来，我给你道歉。

乙　光道歉不行，你得承认你比我傻。

甲　好，一言为定。你肯定算不上来。

乙　你说吧。

甲　现在你有十斤大葱，一角钱一斤，这十斤是多少钱？

乙　一元钱。

甲　我拿五角钱就能把你这大葱买走，你信不？

乙　这我可不信。钱少我不卖呀。

甲　那我要买走了呢？

乙　我承认我傻。

甲　好！那我买五斤。

乙　买五斤像话吗？你得全买。

甲　好，我全买。你把大葱切开，分为葱白和葱叶，谁买大葱都为要葱白，所以葱白给你八分，葱叶呢，给你二分。这行吧？

乙　你等我算算：八分，二分，一共一角。行。

甲　五斤白，八分一斤，五八四十，一共四角；五斤叶，二分一斤，二五一十，一共一角。四角加一角，一共五角，买来了吧。

乙　我这才明白，我确实是最傻的。

甲　承认了吧！

乙　不过，你是最缺德的。

甲　我呀！

（金涛述　新纪元记）

贼问话

甲　青年人好学上进。

乙　有胆识不怕事。

甲　老年人有经验。

乙　思考处事有阅历。

甲　有句古话，生姜——

乙　老的辣。

甲　老葱——

乙　白儿长。

甲　小家雀儿——

乙　唬不住老家贼。

甲　我就唬不了你。

乙　我是贼呀！

甲　你像。

乙　我呀？

甲　贼明着不说。

乙　对，全是暗着。

甲　他有经验。

乙　我还是贼。

甲　就干过两三天。

乙　一天都没有。

甲　你现在不干啦？

乙　过去也没有。

甲　改造好啦！

乙　我招你啦！

甲　开个玩笑。

乙　我不爱逗。

甲　反正是小贼唬不了老贼。

乙　是吗？

甲　过去发生过一件事，老贼早上看见个染店房门前用竹竿晾着十挂线。

乙　他要偷啦！

甲　他要小贼晚间去偷。

乙　偷来啦？

甲　十挂线全偷啦！小贼留了个心眼儿，自己存了五挂线，给老贼送去了五挂。

乙　老贼收了吗？

甲　要不说小贼唬不了老贼。那十挂线是一起晾着的，不能五挂干了五挂没干。

乙　对！

甲　老贼心里明白，就问："不是十挂吗，怎么拿回五挂？"

乙　小贼说什么？

甲　小贼睁眼说瞎话。

乙　他怎么说的？

甲　"师傅——"

乙　贼也有师傅。

甲　"是这么回事。"

乙　"怎么回事？"

甲　"就有五挂线了。"

乙　"不是竹竿上有十挂吗？"

甲　"我到那儿就剩五挂啦。不信您问去。"

乙　贼有问话的吗？问被盗者，我们小贼偷了您十挂线还是五挂呀？

甲　可是老贼聪明，问就问。

乙　真问去，小贼怕了吧？

甲　小贼心里有数。

乙　是呀，哪能问丢主呀。

甲　你去个小贼。

乙　那你去老贼。

甲　咱俩来表演。

乙　老贼怎么能叫小贼说实话。

甲　贼徒弟。

乙　叫谁呢?

甲　叫你。

乙　是，贼师傅。

甲　贼徒弟呀。

乙　贼师傅哇。

甲　今天早上天气好。

乙　两贼去把失主找。

甲　问丢五挂还是十挂?

乙　这个实话说不了。

甲　说不了！（打乙）

乙　干什么打我?

甲　为让你哭，你一哭看热闹的不就出来了吗?

乙　那也问不出来是五挂还是十挂。

甲　看热闹人里有染店的掌柜的过来劝架，问老贼干什么打人，老贼说了。

乙　他偷了十挂还是五挂呀?

甲　怎么能这么问呢。

乙　那你怎么问?

甲　贼有贼智。他跟染店掌柜的说:“我让他拿十块钱买十块钱的东西，他把剩下的五块钱给丢了，您说他有用吗?”染店掌柜一听，说了——

乙　说什么?

甲　嘿，您的徒弟不就丢了五块钱嘛，昨天我们店里晾着十挂线，叫徒弟拿进去，可徒弟没拿，结果十挂线全丢了。老贼笑了:“徒弟呀，听见了没?掌柜的十挂线全丢了，我也就不打了。”

乙　这么问出来的呀!

（王本林述　王双福抄录整理）

刮过去啦

甲 大鼓的种类很多。

乙 唉！

甲 有京韵大鼓、梅花大鼓、西河大鼓、唐山大鼓、奉天大鼓、乐亭大鼓、梨花大鼓、山东大鼓，还有大鼓大鼓。

乙 什么叫大鼓大鼓呀？

甲 两面鼓一齐打，就叫大鼓大鼓。

乙 没听说过。

甲 有的唱小段儿，有的唱蔓子活——长篇。京韵、梅花呀，都唱小段儿；西河、乐亭呀，就是唱蔓子活的多。

乙 噢！

甲 过去天津有一位唱乐亭大鼓唱出了名啦，专唱《刘公案》。

乙 哪位呀？

甲 刘文彬。从他那儿一兴呀，后来不知怎么又出来几位，也唱《刘公案》，那可就赶不上刘文彬啦！

乙 怎么？

甲 人家刘文彬有一定的词儿呀！后来这几位现编现唱。您想，那能好得了吗？往他那儿一坐，半个钟头也听不出什么玩意儿来。

乙 怎么？

甲 他净唱废话呀！那词儿呀，讲不通的地方多得很。

乙 噢！还有讲不通的地方？

甲 不信，我学学您听听。

乙 对！您学学。

甲 您听着。这：嘣嘣嘣嘣嘣，嘀嘀嘀嘀嘀，哐哐哐哐哐。（唱）“小弦子一弹响叮咚，各位压言我开了正封。”

乙　唱正书啦！

甲　唱正书？还差六里地哪！

乙　那开什么正封呀？

甲　（唱）“小弦子一弹响叮咚，各位压言我开了正封，您爱听文爱听武？爱听奸的爱听忠？爱听文的是包公案，爱听武的是杨家兵；爱听忠来唱寇准，爱听奸的唱潘洪。半文半武双合印，酸甜苦辣白金羹。”

乙　唔！是啰唆。

甲　（唱）“我刚才唱的只是小半本刘公案，还有多半本没有交代清。哪里丢来哪里找，哪里截住接着唱，哪里破了哪里缝，奉敬众明公。丝绦断了丝绦续，续上了麻绳万万不中。那位说，你们唱书的怎么嗓子哑，众明公，你别看俺的嗓子哑，字眼可交代得清。那位说，你们说书的爱把词儿忘，俺从小投师记得更清。”

乙　唱这些有什么用呀？

甲　（唱）“东屋里点灯东屋里亮，西屋不点灯黑咕隆咚。”

乙　废话！

甲　（唱）“小燕子南飞尾巴冲着东——”

乙　啊？您别唱啦！小燕南飞尾巴冲着北呀，怎么尾巴冲着东啊？

甲　（唱）“正赶巧那天刮的西北风。”

乙　噢，刮过去啦？

（叶别中述　张继楼整理）

追　柳

甲　我有个体会，干什么也不如说相声难。

乙　是不容易。

甲　您就拿这四门功课来讲。

乙　说、学、逗、唱。

甲　有的管它叫相声演员的基本功。

乙　对。

甲　别小看了这四个字。有的演员为这四个字愣学了一辈子，到头来还不敢讲学到家了。

乙　是吗？

甲　你要不服气，我问问你，看你学得怎么样。

乙　我学得不行。

甲　我知道你这都是客气话，实际上你打骨子里感觉虽然不是百分之百，也是八九不离十，对吧？

乙　马马虎虎。

甲　怎么样，你说说你是怎么理解这四个字的。

乙　干吗我理解呀，是说相声的都知道。

甲　知道什么？

乙　“说”嘛就是……

甲　说个大笑话儿，小笑话儿，文笑话儿，武笑话儿……

乙　“学”嘛就是……

甲　天上飞的，地上跑的，河里游的，草棵儿里蹦的……

乙　“逗”嘛就是——

甲　逗个长段子，短段子，不长不短的段子，可短可长的段子……

乙　“唱”嘛就是……

甲　南昆北弋，东柳西梆……

乙　你全知道哇？！

甲　我理解这四个字跟你不一样。

乙　你是怎么理解的？

甲　同样是这四个字，每一个字又包含四个字。

乙　您先讲讲这“说”。

甲　说古论今。

乙　学？

甲　学者风范。

乙　逗？

甲　逗幽取默。

乙　唱？

甲　唱念做打。

乙　办不到。

甲　有一句话说得好，天下无难事……

乙　只怕有心人。

甲　我是有心的人。

乙　我是没心的人。

甲　京剧里有“四大名旦”。

乙　“四小名旦”。

甲　“四大须生”。

乙　还不止。

甲　“武生泰斗”。

乙　不错。

甲　为什么我们没有？

乙　是啊。

甲　我们也应该有哇！

乙　对呀！

甲　现在就有啦！

乙　谁呀？

甲　我呀！

乙　咳！

甲　瞧不起我。
乙　屎壳郎逛公园……
甲　什么意思？
乙　根本就不是这儿的虫！
甲　非也！
乙　哟，还转哪！
甲　“我这叫屎壳郎扶花草……”
乙　怎么讲？
甲　正根儿。
乙　你那叫“屎壳郎戴花……”
甲　干吗？
乙　臭美。
甲　恰恰相反，我这叫“屎壳郎娶媳妇……”
乙　什么话儿？
甲　名正言顺。
乙　得了吧，你那叫“屎壳郎拜把兄弟……”
甲　怎么解释？
乙　臭味儿相同。
甲　你懂什么呀，这叫“屎壳郎吹喇叭……”咱干吗离不开屎壳郎啊？
乙　你说话口气也太大了。
甲　这叫“屎壳郎……”
乙　又来啦！
甲　我在唱上真下过功夫。
乙　谁没下过功夫？
甲　我张口就能唱。
乙　这算什么，跟你这么说吧，只要你一张嘴我就知道你唱什么！
甲　这话可是你说的。
乙　是我说的。
甲　大家都听见啦。
乙　都听见啦。
甲　我一张嘴你就知道我要唱的是什么！
乙　就有这把握。
甲　好，你说我这是什么戏？

乙 “喝风”。

甲 有“喝风”这出戏吗？

乙 是呀，你那儿张着大嘴叉着腰不是“喝风”是干吗？

甲 是你说的，我一张嘴你就知道我要唱的是什么戏！

乙 你得有声儿呀！

甲 还得有声儿？

乙 多新鲜，没声儿那叫“哑剧”……

甲 行，“啊……”

乙 牙疼！

甲 这不有声儿了吗？

乙 还得有字儿。

甲 光有声儿还不行？

乙 那当然啦！

甲 真麻烦，“马——来——”哪出戏？

乙 “备——轿——”哪出戏？

甲 这不有字儿吗？

乙 这是戏作料，哪出戏都用得着，它起个搭桥儿、衔接的作用，你得有戏词儿。

甲 我这瓷儿也不粗哇。

乙 瓷儿？

甲 对，全是“钧瓷儿”“郎瓷儿”“汝瓷儿”“哥瓷儿”“越瓷儿”……

乙 嘿，他跑这儿烧窑来啦！

甲 外行，这些窑是能随便烧的吗？这是“官窑”，又称“御窑”……

乙 谁问你这个呀。

甲 你是不说细瓷儿吗？这瓷儿还不细？

乙 我是说唱戏的词儿。

甲 那是戏文。什么都不懂。

乙 我不懂，行啦，我也看出来，根据您这种水平，咱也不是吹，你要是能唱个上句儿，我准能给你接个下句儿。

甲 哟嗬，“屎壳郎掰腕子——较劲啊”。

乙 别价，这叫“屎壳郎顶头球——瞧好吧您哪”！

甲 注意啦：“她那里用眼来看我……”

乙 黄梅戏呀！（接唱）“我哪有心肠看娇娥……”

甲　“我也曾连三本保荐汉君……”

乙　又改京剧啦！（接唱）“他说你出身卑贱……”

甲　“君王专制有阶层……”

乙　嘿，京韵大鼓。

甲　“曾记得，弟兄们柳荫结拜……”

乙　好嘛，楚剧！

甲　“拜上了信阳州顾大人……”

乙　还是京剧！

甲　“人家的女婿多么子大，我的妈妈子噻，我的女婿——滴尕呀……”什么戏？

乙　不知道！

甲　湖北民歌《小女婿》。

（薛永年搜集整理）

学汉剧

甲 汉剧不知道您听过没有?

乙 汉剧是湖北的地方剧。

甲 湖北省有许多地方戏，不过有影响的要数汉剧和楚剧。

乙 汉剧是个大剧种。

甲 历史悠久。

乙 它和徽班儿一起进的北京城。

甲 对，徽班儿是从扬州出发的。

乙 汉剧是从汉口出发的。

甲 汉剧分工非常细。

乙 行当多。

甲 讲究一末二净三生四旦五丑六外七小八跌九夫十杂。

乙 是不少。

甲 汉剧有许多名人、名戏、名派、名菜。

乙 名酒有没有?

甲 喝上啦!

乙 是你说的有名菜。

甲 汉剧泰斗余洪元。

乙 家喻户晓。

甲 是不是名人。

乙 名大了，连梅先生都向他请教。

甲 米喜子?

乙 红净戏的创始人，他是第一个进的北京城。

甲 老牡丹花。

乙　小牡丹花。

甲　行啊！

乙　陈伯华谁不认识。

甲　像什么万盏灯、六岁红、大和尚、吴天宝、尹春宝，李四立、胡桂林、李罗克，那就数不胜数啦。

乙　这我知道，名人名戏名派，那名菜是怎么回事？

甲　这你就不懂啦，汉剧名家最大的特点就是他的甩腔儿各有不同，最受欢迎的是用菜名甩腔。

乙　用什么菜名甩腔？

甲　比如说有这么一句唱词“蛟龙困在浅水中……”

乙《四郎探母》一句唱儿。

甲　我给你学学汉剧里的唱腔，您注意喽，唱完了以后在甩腔儿的时候准有菜名出来。

乙　听着新鲜。

甲　吃着也新鲜。

乙　又来啦！

甲　还跟您说，所有的听主儿还就是冲着他这口儿来的。

乙　嘿！

甲　（唱）“蛟龙呕呕呕……哇，困之在呕呕呕……浅水中呕呕呕……”听清楚了没有？

乙　听清楚啦！

甲　“蛟龙呕呕呕……实际上指的就是藕哇。”

乙　藕？

甲　这就是汉剧流派当中的一大特点，叫藕腔。

乙　都是藕！

甲　光藕没有萝卜

乙　咳！

甲　后来我明白了，在湖北湖多水多藕塘多，可藕多了又怕卖不出去，怎么办呢，请名人做广告。

乙　名人效应嘛。

甲　这广告怎么做呢，他们想了个招儿，他不把这广告放在戏词儿里，放在一句唱完了的甩腔就是那个“藕藕藕……”

乙　是这么解释吗？

甲　没错儿！

乙　他要是把这广告放在唱词里不更好吗？

甲　没有那么做的。

乙　也可以试试。

甲　试试。

乙　来来！

甲　比如有一出戏叫《哭灵牌》。

乙　三国戏。

甲　一唱这样“白盔白甲白旗号……”这位刚要甩腔儿，突然演员不唱了，家伙点儿也不打了，胡琴儿也不拉了，打鼓佬儿也傻了，演员把髯口一摘。

乙　把胡子拿下来啦！

甲　冲大伙儿一鞠躬，双手抱拳，拱拱手说道：“乡亲们——”

乙　啊！

甲　“你们喜欢吃藕吗？……”

乙　这就开始啦！

甲　“汉阳蔡甸的藕，那是好藕，它不大不小吃了正好，借这个机会我先给您介绍介绍……”

乙　好嘛，这刘备成推销员啦！

甲　汉阳蔡甸的藕得属“莲花塘”的藕。

乙　还有产地。

甲　“莲花塘”的藕与众不同，它有眼儿。

乙　废话，没眼儿那是萝卜！

甲　它的眼儿多，别的地方的藕有六个眼，最多也就七个眼儿。

乙　那莲花塘的藕呢？

甲　九个眼到十个眼儿！

乙　这么多眼儿？

甲　要不怎么汉阳人最聪明呢。

乙　为什么？

甲　他吃藕吃得多。

乙　这跟藕有什么关系？

甲　心眼儿多呀！

乙　是啊！

甲　“莲花塘”的藕，又嫩又白吃了发财！
乙　神啦！
甲　它是又粉又面吃了好看。
乙　带美容的。
甲　“莲花塘”的藕是天下第一藕。
乙　真能吹呀！
甲　是蒸、是炒、是焖、是拌、是煮、是炸……甭管您是生吞还是熟咽。
乙　听着吓人。
甲　“莲花塘”的藕越吃越有，越吃越不松口。
乙　行啦，您倒换点儿别的。
甲　就得说“莲花塘”的藕。
乙　我知道“莲花塘”的藕，眼儿多。
甲　那儿广告费给得多！
乙　嘿！
甲　我就不耽误各位时间了，咱接着往下唱。这再戴上髯口起家伙开唱！
乙　这还是刘备吗？
甲　这是刘藕！
乙　没听说过。
甲　不过汉剧里真有一段名唱，还全是用菜名组成的。
乙　那肯定特别有风味儿。
甲　不仅唱腔好听，而且别具一格。
乙　您能不能唱一段儿，让我们欣赏欣赏。
甲　好！（唱）“有灶王做灶门，烟熏火炕啊。”
乙　您等等，什么叫烟熏火炕？
甲　就是烟熏火燎。
乙　噢。
甲　（唱）“有灶王做灶门，烟熏火炕啊。”
乙　又熏一回。
甲　（唱）“吹火筒和火剪哪，靠在两旁。”
乙　烧灶用的。
甲　（唱）“锅炉城发出了人和马，砂锅炖钵领雄兵，胡萝卜莴笋掌帅印，四季豆将军当先行，葱姜蒜前边走，茄子苦瓜后面跟，黄瓜手拿齐眉棍，豇豆的钢鞭把路引，白莲藕是计划准，一炮打开豆腐城……”

乙　不攻自破！

甲　（唱）“只吓得洋芋土里遁，只吓得菜苔掉三魂，只吓得葫芦哇去吊颈，只吓得黄花木耳泪纷纷，唯有刀豆心肠狠，杀得苋菜血淋淋，南瓜正在帐中坐，拿到奸细两个人……”

乙　哪两个？

甲　（道白）“洋葱和洋苕。”

乙　这二位。

甲　（唱）“洋葱拔剑来自刎哪。”

乙　得，死了一个！

甲　（唱）“只剩下你这洋苕噢……一个人。”

乙　我呀！

（薛永年搜集整理）

洋鼓洋号

甲　您是干什么的？

乙　说相声的。

甲　好哇！

乙　还可以。

甲　谁都知道干你们这行有个讲究。

乙　是什么？

甲　无不知，百行通。

乙　也就那么一说。

甲　这可了不得，天上地下没有您不知道，没有您不会的。

乙　您可别这么捧我们。

甲　在下有一事不明，想在老兄台前，请教一二，不知肯赐教否？

乙　岂敢，岂敢，有话请讲当面，何言请教二字。酸不酸哪！

甲　很简单，我就是想问一下这市面儿上卖的洋布是哪国发明的。

乙　噢，你问洋布哇，德国。

甲　洋火？

乙　法国。

甲　洋车？

乙　美国。

甲　洋蜡？

乙　俄国。

甲　羊肉？

乙　羊……不知道。

甲　哪国都有。

乙　我让他给问糊涂啦！
甲　洋鼓？
乙　不知道！
甲　洋号？
乙　不知道！
甲　洋人？
乙　不知道！
甲　哪国都有。
乙　咳！又来啦。
甲　不动脑子。
乙　我问你这洋鼓是哪国发明的？
甲　意大利。
乙　洋号呢？
甲　意大利。
乙　都是意大利？
甲　这意大利本来只发明了洋鼓，后来因为洋鼓出了点儿事儿，没办法又发明了洋号。
乙　是怎么回事？
甲　外国人都喜欢玩。
乙　比较开放。
甲　没事儿喜欢琢磨怎么玩儿。
乙　是吗？
甲　外国人喜欢动，坐不住，怎么办，发明了钢琴，坐不住没关系，可以在那儿弹钢琴。
乙　好办法！
甲　外国人喜欢旅游。
乙　对，喜欢到各家做客。
甲　老在亲戚朋友、附近邻居之间串门儿，日久天长没意思。
乙　怎么办？
甲　走远点儿，到天涯海角，异国他乡，多有意思。
乙　那倒是。
甲　光靠两只脚走猴年马月才到哇。
乙　得有代步的工具。

甲　对，所以发明了汽车，有了汽车想到哪儿就开到哪儿。
乙　是。
甲　外国人喜欢吹。
乙　吹牛！
甲　吹奏，发明了许多吹奏乐器，像什么双簧管儿、巴松……
乙　这么个吹。
甲　就在这个时候，意大利发明了一件玩意儿。
乙　什么？
甲　洋鼓。
乙　噢。
甲　打起来好听："咚咚咚，咚咚咚……"
乙　节奏感挺强。
甲　一下子就传开了，许多国家都喜欢意大利的洋鼓，花钱买了回去打着玩儿。只有英国不同，英国人小聪明，买回来以后他不玩儿。
乙　干吗？
甲　他研究。
乙　动脑子！
甲　他心想，这玩意儿意大利可没少赚钱，发了大财了，我要是把它改动改动由大变小，外观也讲究，鼓点打法也花哨点，由原来几个人抬着打，改成一个人用一个小钩儿挂在腰带上打。
乙　怎么打？
甲　"得儿伦敦，得儿伦敦……"
乙　是好听。
甲　不光是好听，这鼓点儿还有学问哪！
乙　有什么讲究？
甲　你没听明白，"得儿伦敦，得儿伦敦。"那意思这鼓是我英国人造的，跟意大利没关系啦。
乙　啊！
甲　啊什么！听，"得儿伦敦，得儿伦敦……"伦敦是哪儿呀？
乙　英国伦敦哪！
甲　英国人制造的。
乙　归他啦！
甲　这事儿很快让意大利知道啦，意大利骂英国人是小偷儿，是骗子，是强盗。

乙 那英国人呢?

甲 谁是小偷儿?

乙 说你们。

甲 说我们。喏喏喏，不可能。

乙 就是你们!

甲 纯属误会，我们不跟你们一般见识，随你们怎么说，我们是有涵养的人。

乙 嘿。

甲 意大利怎么受得了。

乙 人家吃亏啦!

甲 不行，不能吃哑巴亏!

乙 有什么办法?

甲 总统领着举国上下示威游行。

乙 抗议。

甲 一边儿游行一边儿呼口号:“不许英国人挂羊头卖狗肉，坚决反对英国人欺世盗名，向英国人讨还鼓债……”

乙 鼓债呀!

甲 把鼓要回来!

乙 英国人给吗?

甲 根本没理这茬儿。

乙 意大利呢?

甲 没办法。

乙 就这么认啦?

甲 那多丢人哪!

乙 有什么招儿?

甲 到了还是意大利人聪明。

乙 想出什么主意来啦?

甲 他们一合计，既然英国人把咱们的鼓改成英国的啦，咱们为什么不能让全世界都知道英国没有鼓，他现在的鼓是咱们意大利发明的!

乙 对呀!

甲 几个原来发明鼓的能工巧匠凑在一起就鼓捣上了。

乙　鼓捣呀！

甲　你别说，天下无难事，就怕有心人，他们还真鼓捣出一样玩意儿。

乙　什么？

甲　洋号。

乙　这洋号是意大利人发明的。

甲　没错儿。

乙　那跟鼓有什么关系？

甲　太有关系啦，这洋号就冲洋鼓来的。

乙　您解释解释。

甲　这洋号就是为鼓发明的。意大利的洋号专门等着英国的鼓，只要英国的鼓在前边一敲“得儿伦敦，得儿伦敦……”意大利的号立马儿就吹开啦“嗒嗒嗒迪，嗒意大意大利……”

乙　什么意思？

甲　连鼓代号全是我意大利的。

乙　别逗啦！

（薛永年搜集整理）

戏迷夫妻

甲　有这么一句话不知道您听说过没有？

乙　哪句话？

甲　好走东的不走西，好骑马的不骑驴，好看电影儿的不听戏，好吃香蕉的不吃香蕉皮……

乙　多新鲜哪！

甲　每个人的爱好各不相同。

乙　这倒是。

甲　咱俩就不同。

乙　也不能一样咯。

甲　是吧，我喜欢唱戏，你喜欢跳舞……

乙　是这样。

甲　我喜欢吹箫，你喜欢打鼓。

乙　对。

甲　我喜欢打牌，你喜欢聚赌……

乙　啊！

甲　我喜欢吸烟，你喜欢吸毒……

乙　没有！

甲　现在不吸啦……

乙　那是……过去也没吸过。

甲　什么时候吸呀？

乙　等没人的时候……哎！咱不兴这样的啊！

甲　开个玩笑。

乙　没这么开玩笑的。

甲　说错了，我是说你喜欢习——武。
乙　这还差不多。
甲　我喜欢听戏。
乙　好哇！
甲　我有个邻居，那是一对老夫妻，比我还喜欢。
乙　怎么个喜欢法？
甲　他们二位不单喜欢听，还喜欢唱。
乙　是啊。
甲　老两口从一早儿睁开眼开始，行动坐卧走，全离不开戏词儿。
乙　戏迷呀！
甲　戏迷夫妻。
乙　有意思。
甲　天一亮老头醒了，起来以后喊老太太。
乙　这很正常啊。
甲　（韵白）"妈妈醒来，妈妈醒——来。"
乙　好嘛，这就开戏了！
甲　老太太没睁开眼以前，先用双手中指搌搌眼皮……
乙　这动作还挺规范的。
甲　这才慢慢儿地睁开眼睛左右巡视一番，冲着老头儿喊上了。
乙　怎么说的？
甲　"啊，姥姥……"
乙　姥姥！
甲　还外祖母哪！
乙　她不是管老头儿喊姥姥吗？
甲　什么呀，你不懂。戏台上管岁数大的女的喊妈妈，管岁数大的男的喊姥姥。
乙　噢，平常他们就这么称呼？
甲　没跟你说嘛，他们是戏迷夫妻。
乙　我把这茬儿忘了。
甲　（韵白）"啊，妈妈，看窗外，日上三竿，天时不早，你要快些起床啊——"
乙　受不了！
甲　（韵白）"哎呀呀，每日起床，你总要大呼小叫，闹得左邻右舍鸡犬不宁，你你你你，实在地讨厌哪……”

乙 哟，老太太还不高兴了。

甲 （韵白）“好，好，依你就是，明日小声些不就是了……”

乙 说改就改。

甲 （韵白）“拿来……”

乙 干吗呀！

甲 （韵白）“噢，噢，明白了，少许便来……”

乙 什么呀？

甲 洗脸水。

乙 咳！

甲 不大工夫，老头儿端着铜盆走到了老太太跟前，冲着老太太说：“妈妈，水已打好，就此洗漱，你看如何？”

乙 真客气。

甲 （韵白）“我来问你，天到这般时候，你我二老还未曾进膳呢。”

乙 您就说早饭得啦。

甲 （韵白）“啊，妈妈，不知道你想进些什么？”

乙 好嘛，听这话茬儿，吃什么有什么。

甲 （韵白）“如此说来，你我二老就吃炸酱面吧……”

乙 这倒省事儿。

甲 （韵白）“呜呼呀……”

乙 什么毛病？

甲 （韵白）“你待怎讲……？”

乙 吃炸酱面哪！得，我也受传染啦。

甲 （韵白）“不……好……了……”

乙 这是要唱啊。

甲 （唱）“听说要吃炸酱面……”

乙 嗒呛。

甲 （唱）“不由得老汉作了难……”

乙 呛。

甲 （接唱）“囊中羞涩怎么办……”

乙 没钱哪！

甲 （唱）“眼望着哦……切面铺哇啊……”咣！

乙 怎么还有一锣呀？

甲　洗脸盆掉地下了。

乙　没听说过。

（雪峰搜集整理）

学坠子

甲　知道各位为什么这么捧咱们吗？

乙　不知道！

甲　喜欢咱们哪！

乙　对！

甲　为什么喜欢咱们知道吗？

乙　不知道！

甲　咱们长得好看哪！

乙　那是。

甲　咱们为什么长得这么好看呢？

乙　不知道！

甲　你问我呀！

乙　你知道？

甲　我也不知道！

乙　跟没说一样。

甲　其实我是说咱们这一行就像是一朵花，你想啊，相声要是一朵花，这说相声不也跟花一样吗？您说谁不喜欢花儿呀！

乙　您是什么花儿？

甲　我是仙人掌。

乙　净刺儿呀！

甲　脸皮厚。

乙　我看你不是仙人掌。

甲　那我是——

乙　仙人球！

甲　我是刺头哇！
乙　开个玩笑。
甲　说实在的，大家为什么喜欢相声，首先是相声听得懂。
乙　你算说到根儿上去了。
甲　咱们是北京人讲的北京音，其实带京味的不光是相声。
乙　还有京剧。
甲　对，唱京剧的北京人多。
乙　唱评剧的？
甲　唐山人多。
乙　唱汉剧的？
甲　湖北人多。
乙　唱湘剧的？
甲　湖南人多。
乙　唱河南坠子的？
甲　河南人多。
乙　河南坠子当然河南人多啦！
甲　你只说对了一半儿，其实湖北就不少。
乙　湖北有坠子？
甲　不但有坠子还有耳环哪！
乙　首饰啊！
甲　我问你，襄樊、随县、枣阳、光化都属于哪个省？
乙　湖北省啊！
甲　为什么有唱坠子的？
乙　这个——
甲　这坠子不仅湖北省有，全国各地都有，只是唱的声音各有不同，比如陕西的坠琴，吉林的琴书都有坠子味儿，就是现在的豫剧老根儿也是河南坠子。
乙　跟坠子有关系。
甲　有位坠子皇后叫乔清秀。
乙　被称为乔派坠子的创始人。
甲　现在外国人玩的桥牌也跟她有关系。
乙　不会吧！
甲　听我的没错！

乙　什么毛病！

甲　她就是山东口音唱河南坠子，你敢说湖北没有坠子？

乙　你知道的还真不少。

甲　连桥牌我都知道，能少得了吗？

乙　这是两码事儿。

甲　河南坠子咱真有研究，就连坠子的历史来源——

乙　你都知道。

甲　没听说过。

乙　那你吹个什么劲儿。

甲　没听说过那么多，但一星半点儿我还是知道的。

乙　那我问问你什么叫坠子？

甲　说来话长。

乙　长话短说。

甲　老年间，那阵儿还没有你哪。

乙　有你？

甲　好像也没我。

乙　这不是废话嘛！

甲　老年间在河南开封府有位老师傅姓坠，是个说书唱曲儿的，他老了，唱不了啦，可老百姓又喜欢听他说唱，怎么办呢？老头想了个办法，叫儿子接着说，从那儿起，大家都说，走，咱们听坠子去，就是听姓坠的儿子说唱叫坠子。那位问啦，什么叫河南坠子呢，因为坠子是河南人啊。

乙　哎呀，听君一席话，胜读十年书。

甲　见笑，见笑。

乙　你不讲我是不明白，通过您这么一讲啊——

甲　你就明白啦！

乙　我更糊涂啦，什么乱七八糟的。

甲　开个玩笑，其实坠子早在宋朝就有了，它是通过长时间的演变而形成了现在的坠子，据说过去叫“莺歌柳”。

乙　什么叫“莺歌柳”？

甲　老年间啦——

乙　又来啦！

甲　它类似湖北的道情，渔鼓，当初只是唱没有乐器伴奏。

乙　可惜听不见了！

甲　我会。

乙　哎呀，太难得了，你能唱？

甲　对，现在就剩我一个人能唱了，我要是死了的话——

乙　那就绝啦！

甲　还有会的。

乙　我说呢，你唱两句我听听。

甲　怀里抱着个渔筒鼓子，右手拍打，嘟嘟嘟……嘟嘟，"书重述论短长，说说好汉武二郎，二郎武松来到庄头上，有一条黄狗闹汪汪，二郎武松一见有了气，抓起黄狗扔过了墙，你说这武松力气有多大，他扔过去了，七道宅子八道房，有个大嫂在院中坐，怎么那么巧，不左不右不前不后，吧嗒落在了她肩上，亲娘唉二姥姥，哪里飞来的这黄狗，正砸在了咱的后脊梁——"嘟嘟嘟嘟……嘟嘟。

乙　别打啦！

甲　这是比较原始的坠子，后来发展到添上了弦子，叫坠琴，因为唱坠子的人很多，个人的唱法又不一样，这样就出现了流派。

乙　噢！

甲　流派多了，唱法不一样，形式也随之不同了。

乙　坠子当中有哪些形式？

甲　有文坠子、武坠子、催眠的坠子、打架的坠子、贱骨头的坠子，还有坠子坠子。

乙　什么叫坠子坠子？

甲　就是坠子专场，从开始到完了一场接一场没别的，全是坠子。

乙　听不腻呀！

甲　你别看场场都是坠子，但是演员不同，伴奏不同，演唱的内容不同，再加上道具也不同，更重要的是观众不同。

乙　观众怎么不同？

甲　过去看演出是计时收费或者计段儿收费的，想看你多看会儿，不想看立马走人，有走的就有来的，有出的就有进的，流动性很大，所以观众也不同。

乙　你这么一说我明白了。

甲　河南坠子的流派演员多也是吸引观众的一个方面，比如刚才提到的乔清秀。

乙 那是乔派。

甲 董桂芝、程玉兰、巩玉荣、巩玉萍、张永发、大老黑……他们各有各的风格，各有各的味道，各有各的拿手好戏。

乙 你能不能给我们学唱两段儿？

甲 可以，不过过去唱的和现在唱的差别很大。

乙 怎么呢？

甲 人类在进步，社会在发展，要跟上时代潮流就得不断地加工改造更新，河南坠子也不例外。比如徐玉兰唱的《十女夸夫》就与众不同，它不仅好听，而且听完了以后从中还能受到有益的启发。这就和开始的光凭嗓子喊，词儿满嘴跑，音乐想怎么拉就怎么拉，想唱到哪儿就唱到哪儿，正所谓台上是疯子、台下是傻子的现象越来越不多见了。

乙 只有这样才有观众，才有市场！

甲 我给你学学徐派河南坠子《十女夸夫》。

乙 好！

甲 （唱）“金玉良缘，把我骗——”

乙 等等，你这是徐玉兰唱的河南坠子？

甲 对不起，我这是唱的上海越剧。

乙 我说怎么这味儿不对呢。

甲 河南的徐玉兰。

乙 《十女夸夫》。

甲 （唱）“有一位老太太七十七，四年没见就八一，一辈子所生八个女儿——”

乙 不是说十个吗？

甲 （唱）“另外还认了两个是干的——”

乙 真能凑合！

甲 （唱）“这一天老太太寿诞之日，十个姑娘拜寿全来齐，老太太酒席宴前忙讲话，十个姑娘你们听仔细，哪个女婿干活儿好，哪个女婿举案齐眉他是好脾气，说得好来吃口菜，说得不好罚酒三杯臊脸皮……”

乙 太棒了！

甲 这是徐派的唱法儿。

乙　那么乔派呢？

甲　乔派细腻委婉，它最大的特点是唱腔随着内容变化，随着人物设计。

乙　这才叫大家风范！

甲　她有一段名唱叫《王二姐思夫》。

乙　我听别人唱过。

甲　同是一个段子，乔清秀唱出来的那才叫“旱香瓜——另一个味儿”。

乙　你唱两句儿。

甲　（唱）“王二姐房中她泪嗒洒，思想起二哥哥他老没还家，正是二姐胡思乱想，忽听窗户外头，唰啦——不用人说我知道，一定是二哥他转回了家，你就进来吧，进来吧——”

乙　他进来了？

甲　他进来我就跑了，你给我找主哇！

乙　接着唱！

甲　（唱）“从小的那夫妻怕什么，叫他十声九不语呀，原来是个蝎子在窗户棂上爬，手端着银灯……”

乙　往下唱啊！

甲　再往下唱就得哭了！

乙　是动人。

甲　还有一段河南坠子叫《兰桥会》。

乙　戏曲也唱。

甲　可是河南坠子二位名家唱出来就不同了！

乙　谁呀？

甲　一位董桂芝，一位程玉兰。

乙　这是两大流派的创始人。

甲　他们二位唱这段《兰桥会》的时候，不仅曲调甜美流畅，而且唱词也幽默诙谐，表演更是亲切大气。

乙　听听二位合作的《兰桥会》。

甲　伴奏就免了吧！

乙　根本就没有给你预备。

甲　程玉兰先唱。“好心好意让你喝水，你不应该在井台上调戏咱，你家也有姐和妹，咋不与她配姻缘……”

乙　程玉兰是这么唱。

甲　接下来董桂芝唱。“兰小姐井台上骂出了口，公子说大姐越骂我越喜欢，贤大姐有劲你就加劲地骂，多骂一句我多给那银子钱……”

乙　花钱找骂！

甲　这就是贱骨头坠子。

乙　头一回听。

甲　还有一种是男角的唱腔和女角的唱腔不同。

乙　男女唱法不一样。

甲　有两位唱得好的，一个叫大老黑，一个叫芦永爱。

乙　您给学学。

甲　有一段《凤仪亭》。

乙　三国唱段。

甲　（唱）“在凤仪亭上留神看，看见个美貌女子叫貂蝉，只见她头上的青丝如墨染，耳戴着八宝九连环，身穿着日月龙凤袄，嗳嗳嗳嗳——百褶的罗裙身下穿。”

乙　唱腔优美，别具一格。

甲　在男女对唱之中还有两位佼佼者。

乙　谁呀？

甲　张永发和董桂芝。

乙　这可是坠子双绝。

甲　有一段儿唱叫《马鞍山》。

乙　伯牙摔琴。

甲　他们二位善用悲腔来表现，再加上琴师的一曲大寒韵，互相映衬合着坠板儿如雨如泪的敲击声，不仅观众哭，连演员也泪洒香腮。

乙　你快唱给我们听！

甲　张永发唱：“猛抬头前边就是新坟地呀，但只见烧罢纸灰淹没了天哪……”

乙　是够悲凉的。

甲　没哭吧！

乙　哪那么快呀！

甲　下边董桂芝唱。“俞伯牙一见新坟忙跪倒，两眼我止不住地号啕哇，哭一声贤弟呀你死得太早，有为兄我与你化化纸钱烧噢……”

乙　您这是干吗哪？

甲　我这儿挤眼泪儿哪，挤不出来。

乙　这眼泪儿有挤的吗？
甲　那牛奶怎么能挤的呀！
乙　嘿，真有你的。
甲　还有一种坠子又不同啦，唱着唱着能打起来，没准儿你还得给他们劝架。
乙　没见过。
甲　这段儿叫《借髢髢》。
乙　什么叫《借髢髢》？
甲　就是发卡，到了河南叫髢髢。
乙　怎么唱？
甲　俩人唱，"大嫂你听提，我往你家借东西。二妹子你借米你借面，你借咱家拉磨的大叫驴。大嫂子咱不借米不借面，咱不借你家拉磨的大叫驴。你把那髢髢借与咱，咱往那娘家走亲戚。二妹子你娘家上门高下门低，摔坏了奴家的花髢髢，我不借。我偏借！不借不借不借的。偏借偏借偏借的……"龟孙子你借不借？！（叉腰冲乙指去）
乙　你骂谁呀？
甲　这不让你赶上了嘛！
乙　瞧这倒霉劲的。
甲　还有一种坠子听着更邪乎。
乙　真的？
甲　想听吗？
乙　想啊。
甲　这回你得给我帮帮忙！
乙　劝架？
甲　不是。
乙　那帮什么忙？
甲　帮我拉坠胡。
乙　这我可来不了。
甲　没有弦子就没有气氛，没有气氛我没法唱啊！
乙　我不会拉弦子。
甲　简单，就用嘴模仿一下就行了。
乙　怎么拉？

甲　铮铮铮铮铮铮铮铮——

乙　这我会，铮铮铮铮铮铮铮铮——

甲　好！

乙　铮铮铮铮铮铮铮铮……

甲　别忙，我叫你拉的时候你再拉。

乙　行！

甲　坏。

乙　谁坏？

甲　河南人管伙计就叫坏。

乙　那我呢？

甲　你也是坏呀！

乙　俩都坏，没一个好的。

甲　坏！

乙　铮铮铮铮铮铮铮铮——

甲　（唱）“收罢了……”

乙　铮铮铮铮铮铮铮铮……

甲　（唱）“收罢了……”

乙　铮铮铮铮铮铮铮铮……

甲　（唱）“收……”

乙　铮铮铮铮铮铮铮铮……

甲　我唱不了啦！

乙　是你让我拉的。

甲　你拉的那是过门儿，拉完了我就唱，我唱完了你再接着拉，你倒好，没完没了地拉，也不嫌累得慌。

乙　再来！

甲　坏！

乙　没好的，全坏啦！

甲　拉！

乙　铮铮铮铮铮铮铮铮……

甲　（唱）“收罢了钱书归了正，他管拉我管唱你老管听啊……

乙　废话！铮铮铮铮铮铮铮铮……

甲　（唱）“你老爱听文爱听武，你老爱听奸了爱听忠？”

乙　现问，对，铮铮铮铮铮铮铮铮……

甲　（唱）“你老爱听文的我不会，爱听武的没学成，半文半武我也唱不了……”

乙　散啦，铮铮铮铮铮铮铮铮……

甲　（唱）“苦辣酸甜也不中。”

乙　那就别唱啦。

甲　（唱）“回文书单表那一个……”

乙　又来啦！铮铮铮铮铮铮铮铮……

甲　（唱）“表一表八爷是罗成，罗八爷一同老罗义，哥俩迈步出了大厅……”

乙　铮铮……这是哥俩吗？

甲　（唱）“罗成爱拜把兄弟，跟他的爸爸也连着盟……”

乙　什么乱七八糟的？

甲　拉弦！

乙　还有我的事儿，铮铮铮铮铮铮铮铮……

甲　（唱）“罗八爷俩走道迈开了八条腿……”

乙　你先等等吧，爷俩八条腿？

甲　（唱）“后面还跟着一匹马走龙。”

乙　凑腿儿来啦！铮铮铮铮铮铮铮铮……

甲　（唱）“罗八爷一催战马往前进，连人带马上了城……”

乙　马能上城吗？

甲　（唱）铮铮铮铮铮铮铮铮……

乙　好嘛，连我的饭碗儿也端了。

甲　（唱）“你要问马怎么能够上得去的……”

乙　是呀！

甲　（唱）“人能腾云马能腾空……”

乙　神啦，铮铮铮铮铮铮铮铮……我先把饭碗儿保住。

甲　（唱）“罗八爷马上留神看，打坟里出来个将英雄，只见他九龙紫金头上戴，身穿袍子罩大红，足下金莲刚三寸，五缕长髯飘前胸……”

乙　妖精，铮铮铮铮铮铮铮铮……

甲　（唱）“左手拿着个文明棍儿，右手举着个‘勃朗宁’，罗八爷一见心害怕，没脱裤子就出了恭……”

乙　瞧这点出息！铮铮铮铮铮铮铮铮……

甲　（唱）慌里慌张只顾打马，一马来到汉口城，扬鞭就进《四季美》，回马来到《老通城》……”

乙　别唱啦！

（王树田演出本　薛永年整理）

图书在版编目（CIP）数据

中国传统相声小段精选 / 薛永年主编 .—北京：作家出版社，2019.4（2022.3重印）

ISBN 978-7-5212-0517-6

Ⅰ.①中… Ⅱ.①薛… Ⅲ.①相声—作品集—中国—当代 Ⅳ.① I239.7

中国版本图书馆 CIP 数据核字（2019）第 080304 号

中国传统相声小段精选

主　　编：薛永年
责任编辑：王　烨
特约编辑：李恩祥
装帧设计：Luke
出版发行：作家出版社有限公司
社　　址：北京农展馆南里 10 号　　**邮　　编**：100125
电话传真：86-10-65067186（发行中心及邮购部）
86-10-65004079（总编室）
E-mail:zuojia @ zuojia.net.cn
http://www.zuojiachubanshe.com
印　　刷：唐山嘉德印刷有限公司
成品尺寸：152 × 230
字　　数：580 千
印　　张：37.75
版　　次：2019 年 9 月第 1 版
印　　次：2022 年 3 月第 2 次印刷
ISBN 978-7-5212-0517-6
定　　价：65.00 元